U0626348

赛什腾

第四届冷湖科幻文学奖获奖作品集

冷湖IV

之眼

八光分文化 编

四川科学技术出版社

图书在版编目（CIP）数据

冷湖.Ⅳ, 赛什腾之眼：第四届冷湖科幻文学奖获奖作品集 / 八光分文化编. — 成都：四川科学技术出版社, 2021.12（2024.5重印）

ISBN 978-7-5727-0411-6

Ⅰ.①冷… Ⅱ.①八… Ⅲ.①中篇小说—小说集—中国—当代 Ⅳ.①I247.5

中国版本图书馆CIP数据核字（2021）第245807号

LENGHU Ⅳ   SAISHITENG ZHI YAN

冷湖 Ⅳ   赛什腾之眼
——第四届冷湖科幻文学奖获奖作品集

八光分文化 编

出　品　人　程佳月
责任编辑　兰　银
特约编辑　李晨旭　田兴海　大　步
封面插画　杨　汇
装帧设计　付　莉　张广学
责任出版　欧晓春
出版发行　四川科学技术出版社
　　　　　（四川省成都市槐树街2号　邮政编码：610031）
成品尺寸　155mm×235mm
印　　张　23.25　　字数　280千
印　　刷　四川省南方印务有限公司
版　　次　2021 年 12 月 第 1 版
印　　次　2024 年 5 月第 2 次印刷
书　　号　ISBN 978-7-5727-0411-6
定　　价　52.00元

■ 版权所有　翻印必究 ■

冷湖，一个创造伟大作品的地方

文/韩松

冷湖科幻文学奖，简称冷湖奖，是由青海冷湖火星小镇联手北京行知探索集团和成都八光分文化打造的一个科幻奖项，迄今为止，已成功举办四届。这本书汇集了第四届冷湖奖的获奖作品，共有九篇。本届评委会是由科幻世界杂志社副总编姚海军、青海省作协主席梅卓、复旦大学中文系教授严锋、著名科幻作家何夕、人民文学出版社当代文学编辑部主任赵萍、博纳影业集团影视制作副总经理曲吉小江、行知探索体验研究院院长金豆豆、八光分文化CEO杨枫和我组成。

从评奖过程看，冷湖奖经历了投稿的征集、初评、复评和终评等步骤。从总共征集到的725篇稿件中，最终评出了这九篇作品。评委们认真审读作品，进行打分，又通过网络会议进行热烈的讨论，对每一篇都发表了意见，最终对一些作品形成了比较一致的看法。可以说，这是国内最权威最严肃的科幻评奖之一。

获奖的这些作品，关照了科幻的想象力、科学性、文学性和故事情节这些基本元素。尤其是有一些作品，如《赛什腾之眼》等，在科学和文学艺术的表达上都达到了较高的水准，堪称近年来科幻创作中少有的令人惊喜的收获。参与冷湖奖的评审工作，也因这些优秀作品的出现而成为一个让人感到欣慰的过程。

冷湖奖是国内第一个以地域为名设立的科幻大奖。冷湖位于我国西北的青藏高原一带，它的历史可追溯至中华人民共和国成立初期。冷湖原为无人区，1954 年发现石油后开始建设，成为一座汇聚采油大军及家属的热闹城镇，冷湖石油在艰难困苦中，创造出了伟大。后来随着油气资源的渐少开始转型，目前旅游业已经成了冷湖新兴的产业。我觉得冷湖奖的意义，有这么几点：

一是冷湖本身具有典型的科幻色彩。这里有世界一流的雅丹地貌和戈壁沙漠，据说是世界上最像火星的地方之一，因此建立了火星营地。这里有石油小镇遗址，有中科院的大型天文台和望远镜，有明亮清晰的夜空，还有浓郁的藏族文化和风情，不时有参加科普活动的少年结队前来。夜里走出帐篷，看到漫天星宿及壮美银河，仿佛落到头顶，让人油然而生探究未知的强烈渴望以及创作冲动。这真的是一个能窥见宇宙秘密的地方。

二是顾名思义，冷湖奖的作品大多和冷湖有一定相关性。这是一种带有限制性的写作，对作者的想象力和知识储备是一个很大的挑战。从这四届的情况看，优秀作品既展现了地域特色，又表达了广延性。作者们从民族文化、石油基地一直写到银河星宿、时空尽头，由有限界面而生发出无限想象，锻造出一种别具效果的震撼性艺术，既有科幻的普遍特征，又独具风味，质感醇厚，颇有回味。这的确是一个能深入精神世界的幽微深渊的地方。

三是作者深入冷湖采风，能进基层接地气。这种做法对于推动科幻发展很重要。到达冷湖，与石油工人后代座谈，访问农家牧民，进入石油基地遗址探查，访问天文台，亲手制作探空火箭，这些都会让科幻作家有很深的感触。在冷湖会触摸到人类生存的坚忍顽强精神，以及民族复兴的艰辛壮美历程，在高寒地带还体验到了一个个火热的生命，为他们的牺牲而感慨流泪。我觉得，这些因素正是冷湖奖源源不断产生优秀作品的原因。这是一个能洞察人间兴衰成败的地方。

我记得，与成都八光分文化的科幻同仁们一起，在戈壁上，在石油基地旁，在雅丹危崖下，展开成都申办 2023 年世界科幻大会的横幅，发出欢呼之时，不禁有宇宙与我一体之感，这是在别处未有的体验。

正如柴达木循环经济试验区冷湖工业园党委常务副书记、管委会常务副主任田才让在第四届冷湖奖颁奖典礼上所言："冷湖的历史并不长，但未来一定会很久远，一定会有值得大家期待的精彩故事和伟大作品诞生。我们期待着。"

目录
Contents

1

退　化

星　决

/ 作者简介 /

　　星决，山西太原人，热爱科幻、热爱写作的老透明；沉迷电影游戏，觉得人生苦短，无梦难活。作品散见于各杂志和公众号。曾获完美世界影视杯"中国好故事"月奖，第四届"水滴奖"短篇组二等奖。

/ 颁 奖 词 /

　　从火星上模拟冷湖开始，巧妙地融合虚拟与现实、过去与现在、人类与外星生命，细腻地讲述了一段跨越时光、种族和生死的爱情故事，让人在典型的科幻设定中，感悟生命的可能形态与情感的巨大力量。

一、婚纱照

钟星杰和朱迪正在火星营地附近拍婚纱照。

前些日子，朱迪不知道在哪看到一组婚纱照，一直羡慕不已。照片中两人穿着宇航服，背景是青海的俄博梁雅丹地貌，经过后期处理，倒是很有火星的感觉，不同于普通的婚纱和西服，有种别样的浪漫。

于是朱迪便提出要把旅行结婚的地点放在青海，顺便在那里拍婚纱照。

钟星杰一直觉得朱迪非常善良，她的包里永远会备几根火腿肠，随时准备喂路边的流浪猫。他们在一起后，他也会在包里替她背几根火腿肠。在他心里，朱迪是世界上最纯洁无瑕的人，每次她看向他时眼睛里的澄澈，都让他心动不已。

朱迪也非常容易受感染，她会认真地陪钟星杰做他喜欢的事，一起吃他爱吃的火锅，一起看他喜欢的电影，陪他一起笑一起哭。她对他永远都不敷衍。

有一次，他在玩游戏，朱迪被游戏的剧情吸引，便依偎到他身边，一直到通关。游戏剧情催人泪下，讲了一个记忆缺失的丈夫和一个有表达障碍的妻子的故事。他们年少时约好了在月球上见，却因为两人的缺陷意外走散了，最终用尽一生才达成心愿。

朱迪也被感动了，通关后，她挂着泪痕仰起头看他，小声地说："星杰，如果我们走散了，那我们就在火星上见。"

他无比怜爱地将她拥入怀中，说："就算我们走散了，我也会排除万难找到你。"

钟星杰知道，朱迪一直对火星很感兴趣，还因此努力考进了研究所，并且最近她对火星愈发狂热了，常常把自己关在研究室里，一忙就是一整天，难得朱迪会主动提议出来旅行结婚。

钟星杰对宇航服兴致缺缺，倒是觉得这里很适合西部牛仔，但是想到朱迪两眼放光的样子，他便不假思索地同意了。

俩人穿着租来的宇航服，在一片片黄褐色的山梁中行走，自动感应相机正在飞上飞下。那是一只蜂鸟大小的机器鸟，不必拍打翅膀就能飞行，体内超小型质子堆的运转声小到可以忽略不计。等相机找到合适的角度自动拍摄完毕后，二人再从里面挑选满意的照片即可。

二人爬上一处较矮的山包，夕阳开始下沉，黄昏的光线让这里添了几分柔和，少了些许荒凉。

朱迪摘下头盔，从包里取出早就准备好的头纱，小心翼翼地戴上。

钟星杰屏住呼吸。他从未想过她戴头纱的样子会这么美，纯白圣洁到让他移不开目光。

"婚纱和宇航服不太搭呢，有点奇怪。"朱迪有些害羞，"可是，我想让你记住我戴头纱的样子。"

她的短发不足以梳起发髻，其中一缕头发被风轻轻吹散在脸颊上。

钟星杰摘下头盔放到一旁，随后抬起手，帮她把头发拨到一旁。

"真好看。"钟星杰仔细端详着她的脸，笑容沉醉，"你真好看，朱迪。"

然后，他拿出自己偷偷准备的牛仔帽戴在头上，"现在，我们都是奇怪的人了。"

朱迪轻轻笑了笑，将手覆上他的脸，无比认真地看向他。

"我爱你。"她说。

白色的头纱缓缓飘动，蔷薇色的余晖照在她的脸上，看起来温柔万分。

一个星际牛仔和一个宇航新娘站在这个像极了火星的地方，落日在身后，山包在脚下，风把周围的土石吹得沙沙作响。

机器鸟抓拍下了这一幕。

"星杰——星杰——我——"

钟星杰听到一个熟悉的声音在呼唤他的名字，那声音仿佛飞越了很远的路，来到耳边时被拉长了。他稍加辨别，是朱迪的声音。

他刚刚在梦里又回顾了一遍，他们昨天傍晚拍婚纱照的时候，朱迪温柔的脸。尽管身体的疲惫没有完全散尽，但是心底却浮出一丝甜蜜，他不自觉地微笑起来。

啊！今天还要继续拍婚纱照！钟星杰猛然睁开眼，想起了他们此行的目的。再不起床朱迪可要生气了。

钟星杰起身四处环顾，发现朱迪并不在身边。他想起他们昨天自驾抵达火星营地后已经是下午了，他只觉得颠簸了一天的身体像是散了架，何况之后又拍照到日落时分，晚上又观赏了银河。自从退伍后，他就再没像昨天这么累过。回到营地后，工作人员给他在太空舱安排了住宿，他也顾不得太空舱的床铺是大是小，是软是硬，简单洗漱过后倒头就睡，也不知道朱迪的舱位在哪。

朱迪去哪了？他刚刚明明听了到朱迪声音。他开始困惑了。

他开始翻找床铺，寻找自己的通信手机，却只在枕头底下发现了一个挂耳通信器。这种通信器在几年前就已经被彻底淘汰了，因为舒适度不佳，戴在耳后会有刺痛感，还有人向消费者协会反映过，这种挂耳通信器戴久了会导致头疼。

钟星杰正准备把它扔到一旁，通信器里突然传出断断续续的刺啦声，其中依稀夹杂着朱迪的声音。

他终于听清了。

"星杰——救——救我——"

二、玻璃

太空舱及旁边的男卫浴，综合大楼里的活动中心、办公室、餐厅、厨房，钟星杰通通找了个遍，全都空无一人。

另外，营地内的通信设备也全部失灵了，包括这个挂耳通信器。任凭钟星杰怎么操作，它都没再响起过。

火星营地里的人，包括工作人员，像是人间蒸发一样，在一夜之间消失得无影无踪。不，餐厅的水槽还有未清洗的餐具，办公室里的电脑还开着，活动中心里的电视还在播放宣传片。他们……他们更像是一瞬间消失了。

唯一还没找过的，只有女卫浴了。他顾不得那么多，一头闯了进去，遍寻之下，依旧空无一人。

钟星杰慌了，他冲出女卫浴，大声呼喊着朱迪的名字，但是回应他的，只有连接桥里他自己的回声。那声音经过数次回荡，听起来竟然有些凄厉。

他强迫自己冷静下来，暗示自己说："说不定他们是有活动，一起出去了而已，我出去找找看。"

但是先前朱迪求救的声音像水草一样紧紧缠住他的心，让他无法理智思考。

其实他刚刚已经看到，透过综合大楼的玻璃清楚地看到，营地的工作车一辆不少地停在外面。那意味着……

他沿着连接桥快步走着。

不，他不愿相信。

他开始狂奔。

那意味着——没有人出去。

他跑到连接桥的尽头，用力推门，门纹丝不动。不管他用多大劲，不管是推还是拉，门就像是不存在一样，连一丝缝隙都不曾出现。他又跑到其他几个门前，全都打不开。

钟星杰大口地喘着气，汗水早已打湿了他的衣服，恐惧紧紧裹挟住了他，他开始抑制不住地颤抖。

难道他真的一个人被困在这里了？他从耳朵上取下那个唯一能接收到讯号的通信器，企盼着它能再度响起，然而它却没有丝毫动静。

朱迪到底去哪了？她遇到了什么危险？还有什么办法？她会不会是开车出去之后遇到了危险？这附近有一大片无人区，无法保证安全。

钟星杰拼命让大脑运转起来。

可是他们的车还停在外面，刚刚他透过玻璃看到了。

他摇了摇头，把这个猜测甩出脑袋。

对了！玻璃！综合大楼的玻璃！他可以打碎玻璃出去！他抓住一闪而过的灵光，就像船员在迷雾笼罩的海面上看到了灯塔发出的一点光芒。

当然，凭他自己的力气是打不碎那厚厚的玻璃的，但是他的车有自动驾驶功能，可以用车撞碎玻璃！只要按下车钥匙上的呼叫键，车就会自动行驶到他面前两米处。

虽然这么做肯定会带来不小的麻烦，但现在已经是特殊情况了，有什么后果只能等找到朱迪之后再说了。

钟星杰立马拔腿跑向综合大楼，他站定在大楼的落地玻璃窗前，他的车正不偏不倚地停在玻璃后面七八米处。他往后退了几步，计算好让车撞碎玻璃的距离，然后从兜里掏出车钥匙，按下了呼叫键。

几秒钟后，那辆白色的越野车依旧静静地停留在原地，没有向前挪动半米。

他又试了几次，结果还是一样。

车钥匙故障了？还是自动驾驶功能失效了？他近乎崩溃了。

他愤怒地将钥匙扔向面前的玻璃。

突然，他瞥到玻璃外有一部分景象微微变形了，正是刚刚被钥匙砸的那里。一种奇怪的念头在他脑中升起。他伸出颤抖不停的手，拎起身边的椅子，用力砸向玻璃。

玻璃出乎意料地应声碎裂。但那声音轻飘飘的，并不像玻璃，更像是视讯电视的特殊超轻材质。

钟星杰呆立在原地，瞪着眼前的景象，甚至忘了松开那把椅子。

外面根本没有车，没有营地的白色建筑，没有黄褐色的山梁，更没有风沙。

他清楚地看到，外面是一个更大的室内空间。灯光忽明忽暗，头顶是纵横交错的通风管，墙壁上布满各种大小不一的输送管道，前方是一个类似操纵台的地方。整体的光线相当暗淡，不过机件附近都有充足的照明。

随后，一片闪烁的荧光吸引了他的视线，几块视讯电视挂在操纵台上方，播放着火星营地各个分区的画面。

他认出其中一块的画面正是综合大楼，而画面的角落，一个男人正站在一个黑漆漆的破洞前，手里拎着一把椅子。

他从破洞走到外面，踩在略有弹性的地板上。他终于意识到，他刚刚打碎的，不是玻璃，而是一个巨大的屏幕。

这里根本不是火星营地。

他刚刚一直在一个模拟舱里。

三、獏

钟星杰大口大口地深呼吸，快速整理着思绪。

他能感觉到，走出模拟舱后，身体似乎变轻了。他断定这里的引力完全不同，要比里面小得多。他震惊地联想到，这里可能不是地球。

他明明昨天还在火星营地，还在跟朱迪拍婚纱照。为什么一觉醒来就到了这样一个奇怪的地方？他开始对周围的一切都产生怀疑。

火星营地是假的，是模拟的。难道昨天发生的事情也只是他自己的一场梦？婚纱照是假的？

难道……朱迪也是假的？

不！他清楚地记得！他记得她乌黑的短发，洁白的头纱，深褐色的眼睛；他记得她摸着他的脸，对他说爱他；他记得她手的温度，她的声音，她看向他时的眼神。她不可能是假的，她刚刚还在向他求救！

可是为什么他会在模拟舱里？朱迪到底怎么了？

他按下挂耳通信器的输出键，用几近祈求的语气说："朱迪，你能听到，对吗？这到底是怎么一回事？你到底在哪？求求你，求求你告诉我……"

他感觉到巨大的恐惧。

"星杰——到——生物舱来——"通信器终于有了回应。

"生物舱？"钟星杰紧紧握住通信器，大声地喊，"这到底是什么地方？"

"要小心——墨——"

通信器归于平静，任凭他再怎么喊，也没有声音传出了。

"墨"是什么？钟星杰一头雾水。

不论如何，知道朱迪在生物舱后，他瞬间有了动力。当务之急，是要先搞清楚这到底是什么地方，最好能找到一份地图，这样才能最快地找到生物舱。

他捕捉到操纵台上，有一台手持电脑正在隐隐发出荧光。

他跑过去拿起像一张 A4 纸一样轻薄的电脑。主页赫然映出"火星基地"四个大字。

钟星杰的猜想居然成真了。他真的不在地球上，他——在火星上！

他忽然想起来，他们约好了，如果走散的话，就在火星上见。

现在他竟然真的在火星上了，当然，他也没有忘记，他要排除万难找到朱迪，兑现承诺。

这是台私人电脑，电脑主人是一位名叫"阿齐"的基地员工，里面都是电脑主人的收发邮件记录，其中大部分是和"艾莉"的邮件。钟星杰打开了最近的邮件。

日期：2077 年 7 月 29 日

时间：一小时前

艾莉：你还好吗？基地的人几乎都遇难了！

阿齐：我躲在模拟舱，你还安全吗？

艾莉：赶快到气闸舱来，我们一起坐逃生舱回地球！路上一定要小心那些獏，别让它们听到声音！对了，拿上气密胶枪，獏很排斥它，它能暂时封锁住獏的行动！快点！我等你！

阿齐：别等我，太危险了！你先跑，我会自己想办法的！

獏……原来朱迪说的是这个"獏"。从邮件的只字片语里，他看出了非同一般的紧张感，他们似乎对獏如临大敌。獏究竟是什么？

他滑动屏幕，开始看更早的邮件，想要找出更多线索。

日期：2077 年 7 月 29 日

时间：两小时前

艾莉：基地闯进来好多獏！它们袭击了艾比，艾比浑身抽搐了一阵就不动了，现在她翻着白眼，浑身发黑，我不知道她是不是还活着……我躲在储存柜里不敢出声，他们还在外面游荡，我们该怎么办？！

阿齐：我们判断错了，我们低估了獏的危险性，我们不应该进行这种实验……

艾莉：Z博士呢？獏一直是Z博士负责研究的，快让Z博
　　　士想想办法！

阿齐：已经晚了……我看到獏已经进入Z博士的房间了……
　　　快逃！！

　　在电脑自动拍摄记录的影像中，除了一些模糊的高大黑影，钟星杰也看到了被獏攻击的人发出痛苦的哀号。那人的眼睛已经变成全黑色，裸露在外的皮肤，比如脸上脖子上都布满了龟裂的黑色条纹，仿佛下一秒就要迸裂开一样，因为极度痛苦，那人用力挣扎着，将自己的皮肤抓出一道道黑色的血痕。那模样过于可怖，让他不忍心再看第二眼。因此，他没有看到，那人随后不久便恢复成正常人的模样，黑色的痕迹消失无踪，损伤的皮肤迅速愈合，然后猛然坐起身，眼睛空洞无神，一言不发地开始四处游荡。

　　在短短一个小时内，就能袭击几乎整个火星基地，看来这个獏的数量和行动力都不容小觑，而且根据邮件里对被袭击者的描述，獏很可能有让人致死的能力，他需要十分小心。

日期：2077年7月26日

时间：16:08

艾莉：今天獏的状况也很稳定，你那边呢？

阿齐：模拟舱这边也很稳定，看来实验日期很快就可以定
　　　下来了。如果顺利的话，我们就要进化成超人了哈
　　　哈哈！

艾莉：真的要感谢这位志愿者。他好像认识Z博士吧。他
　　　叫什么来着？

阿齐：钟星杰。他是个退伍老兵，身体素质一向很好，为
　　　了让他保持稳定情绪和最佳状态，所以他一直生活
　　　在模拟舱里。他选了他生命中最喜欢的一天，所以

每天都在这一天的模拟里循环。这一天他和他妻子在地球的火星营地举办了婚礼，我负责让他每天的日程顺利进行。

艾莉：地球上的那个火星营地呀，我小时候去过呢！在火星营地举办婚礼，好浪漫啊，他们一定很爱彼此。

阿齐：可是他妻子不同意他参加这个实验，所以他们离婚了。但他依旧坚持接受这个实验，真的很让人敬佩。换作是我的话，可能没有这个觉悟，也没法做出这么大的牺牲。

艾莉：我也听说过他们夫妻俩的事，他妻子是东区免疫研究部门的，我之前还无意中看到过她和 Z 博士在争执。不过事已至此，希望一切顺利！

他非常惊讶。

钟星杰。他看到了自己的名字。他原来是志愿者吗？他要参与什么实验？和獏有关吗？朱迪也是这里的工作人员吗？朱迪和自己离婚了？怎么可能！

他越是努力回想，脑袋就越疼，记忆就愈发模糊。是被困在模拟舱太久的后遗症吗？

但是邮件里这么说——"他选了他生命中最喜欢的一天"。至少他确定了，那一天是真实存在的，朱迪也是真实存在的。

他接着往下看。

日期：2077 年 7 月 2 日

时间：21:48

阿齐：艾莉，有个重磅消息，你要不要听？我可以先偷偷告诉你！

艾莉：什么呀？别再是生物舱里有面包虫这种无聊的消息！

阿齐：听好了，火，星，上，有，生，物！！！

艾莉：?? 怎么可能！

阿齐：真的，我们今天出去勘探的时候，发现了一种全身
　　　漆黑的生物，它大概一米多高，有四个像腿一样的
　　　东西，移动速度非常缓慢，攻击欲望也很低。我们
　　　已经把它关在研究舱里开始研究了！Z 博士还给它
　　　起了个名字叫"獏"。

艾莉：天哪！研究出什么结果了吗?

阿齐：目前只知道獏有非常强大的力量，它能把扔进隔离
　　　室的一把钛合金椅子弯曲变形成一个球体，虽然动
　　　作非常迟缓。太不可思议了！它究竟是怎么做到的?
　　　而且，我们把一只奄奄一息的小白鼠放进去后，獏
　　　慢慢移动过去，用它柔软的身体包裹住了小白鼠，
　　　我们本以为獏会把小白鼠当食物吃掉，然而獏却又
　　　慢慢移开了。残留在小白鼠身上的黑色黏液迅速渗
　　　透进皮毛里，然后小白鼠突然变得活蹦乱跳，不但
　　　伤口愈合了，而且跑得比平时要快好几倍！Z 博士
　　　说，獏很可能有极强的细胞再生能力，如果人类能
　　　拥有这项能力的话……

　　看到这里，钟星杰确定了。原来这个獏真的是一种火星生物。
而且，它最初的形象跟袭击基地时完全不同。

　　他推测有两种可能：一是基地捕获第一只獏的时候，它正在蛰
伏期，一段时间后苏醒，恢复了正常的速度和攻击性，并唤来了同
伴。第二种可能，第一只獏只是诱饵，基地中了獏的圈套。

　　现在，他大概了解目前的情况了，计划也随之浮现出来。

　　墙边立了很多把大型气密胶枪，毕竟这里管道多，需要多备几
把气密胶枪，以便在管道破损时应急。他使用过小型的气密胶枪，

它可以瞬间喷出大量的泡沫型胶质物，这种物质会迅速定型，且定型后非常坚固。这里的管道较粗，所以气密胶枪也比较大，特殊情况下确实可以当作应急武器使用。

钟星杰拿起一把气密胶枪背到背上，然后又手持了一把，做好了出发寻找朱迪的准备。

四、幸存者

钟星杰在这台手持电脑里找到了火星基地的地图，这让他省了不少事。

地图上显示，生物舱在模拟舱的西南方，中间只隔了一个健身娱乐舱。他不禁庆幸二者离得不算太远。

钟星杰弓起身子，放轻脚步，缓缓地走入健身娱乐舱。映入眼帘的健身器材七倒八歪，可供娱乐的游戏机和视讯电视也被砸得粉碎，雪白的地上和墙上分布着大片的黑色印迹。

一片狼藉。钟星杰亲眼看到这样的场景，才终于有了真实感。只是不见基地员工和獏的踪迹。

他小心地迈过拦在路上的东西，眼睛四处搜寻着。

在尽头的角落里，他看到了一扇几乎被气密胶枪封死的门，白色的泡沫门上写着"SOS"。

还有幸存者！这是他的第一反应。

他轻手轻脚地越过各种器材，走到那扇门前。头上的门牌显示，这里是一间公共浴室。

门上还有一小块玻璃没被完全封上，他凑近玻璃往里看，里面有七八位穿着工作服的员工，他们都垂着头坐在地上。

即使隔着玻璃，钟星杰都能感受到里面低落的气氛几乎让人窒息。

其中一位注意到在门外探头探脑的钟星杰，忙对身旁的同伴做手势，有几人惊恐地站起身，还有几人像是之前受了太大的惊吓，依旧目光呆滞地坐在原地，显得有些古怪。

一位年长的员工一边向门口移动，一边小声说："你……你是谁？你没被獏攻击吧？"

钟星杰虽然对他们毫无印象，但是能看到活生生的人类，已经让他非常兴奋。"我叫钟星杰，我刚从模拟舱出来。你们说的獏到底是什么？"

"钟星杰？我想起来了，你是那个志愿者！那你应该还没遇到过……那些生物。对不起，我们不能放你进来。獏会占领宿主的身体，它们可能会伪装成我们的同类，然后潜伏进来……"那人的眼神变得飘忽不定，"我们不能冒这个险。我们可能是整个基地为数不多的幸存者了。"

"没关系，"钟星杰摇摇头，"我要去生物舱救一个人。你们有人愿意帮忙吗？"

那人以询问的眼神看了一圈浴室内的几人，其余人纷纷避开了他的视线。"很抱歉我们帮不上忙。但是生物舱的话，需要门禁卡才能进入。这个给你。我的权限可以打开大部分的门。祝你好运。"

那位看起来像是高层的人从衣服口袋里拿出一张小卡片，从门底下的缝隙塞了出来。

"谢谢！"钟星杰捡起卡片，转身朝出口走去。

"对了！"身后又响起那人的声音，"如果找到你父亲的话，帮我们带个口信，说我们并没有忘记我们的任务，我们会在这里等待救援，我们相信地球不会抛弃我们的。"

钟星杰停下脚步，"我父亲？"

"对啊，他对你一直寄予厚望，所以才让你做这次实验的志愿者。Z博士一直非常信任你。"

钟星杰呆立在原地。

"Z博士还有一句话留给你。"

"什么?"

那人把整张脸凑到玻璃上,眼睛直直地瞪着他,压低声音说:"不要相信朱迪。"

五、雪球

钟星杰用门禁卡顺利地打开了生物舱的门,满眼的绿色让他仿佛走入了另一个世界。

中央有一棵五六米高的樱花树,几乎要碰到生物舱顶部。一圈圈的花草、小麦、水果被培植在大树周围,错落有致,十分漂亮。伴随着阵阵微风,钟星杰甚至可以闻到青草的香味。这让他差点忘记自己正身处于火星基地。

他按住挂耳通信器的键位,小声地说:"朱迪,我到生物舱了,你在哪?"

"去——树下——"通信器适时回应。

钟星杰拨开一丛丛的花草,向樱花树穿行。他离那颗大树越近,脑海中的那句话就越清晰。

不要相信朱迪。

他下意识地握紧了手中的气密胶枪。

树底下铺了一层樱花的花瓣,并没有朱迪的身影,只有一个一米高的操纵柱树立在正中央,看起来有些突兀。

"按下——它——"

钟星杰犹豫片刻后,按下了那个看起来非常古早的指纹识别按钮。一个方形的储物盒从地上缓缓升起,震落了原先在上面的樱花瓣。

储物盒的门轻轻弹开,里面是一个篮球大小的圆球,泛着银色的光芒。

钟星杰将它取出来,抱到怀里仔细地端详。

突然，这个球状物的中央亮起两盏蓝灯，像两只眼睛一样。

"你好，我是雪球。"球状物开口，是机械体独有的电子声。

钟星杰吓了一跳，下意识地将它扔了出去。

那个叫作"雪球"的球状物并没有掉落到地上，反而悬浮到了空中。

"现在接通和主人的连接。"它蓝色的眼睛随即变成一条线，围绕着中心点旋转，"连接成功。"

随后，雪球传出了钟星杰最想听到的声音，那声音比耳挂通信器里清晰了许多。

"星杰，你没事我就放心了。"

"朱迪！你在哪？你还好吗？獏是怎么闯进来的？还有，还有我父亲是怎么回事？"钟星杰激动地抓住雪球说。

能和朱迪即时通信让他安心了不少，但他有太多疑问和担心了。

"星杰，你冷静下来，听我说。先别担心我。我不是要你救我，是救我们，救我们的母星，救我们的地球！现在，只有你能救我们了。你是基地里唯一一个还没有被獏侵占的人了。"

"健身娱乐舱里还有……"

"不，我不相信其他人。他们其中说不定已经有人被獏同化了。事实上，不是我们捕获了獏，而是獏捕获了我们。"朱迪的声音低落下来，"我之前研究这种火星生物的时候，发现它们虽然能力超群，但是数量稀少，它们必须借助宿主才能繁殖，人类就是他们的目标。"

突如其来的信息让钟星杰更加困惑。

朱迪继续说："你父亲中了它们的圈套。他对獏的研究过于偏执了，他准备进行一项有悖人性道德的实验，让人类和獏融合并同化。他深信我们可以同化獏，让獏的能力成为人体的一部分，来提升人体的极限。换言之，你父亲深信人类可以借助獏来进化。但是，这项实验还没开始，獏就进攻基地了……"

"父亲？我……我不记得了。"

"你很小的时候，母亲因为脑瘤去世，之后，你和你父亲的关系一直都不太好。所以，在进入模拟舱之前，你把你父亲的记忆抹去了。星杰，你正是这项实验的志愿者。我最后悔的事，就是没能阻止你参加这个实验……"

连续的冲击使钟星杰的脑袋彻底混乱了，"朱迪，总之我先去找你，我们再一起想办法逃走！"

"不要管我，我被獏攻击了，我的意识坚持不了多久了。"朱迪自嘲地轻笑一声，"我的身体已经开始发黑了。我马上也会被獏同化了。"

钟星杰的身体彻底僵住，喉咙像是吞下一把沙子般干涩疼痛，无法发出一丝声音。我们不是说好了要在火星上见的吗？他在心里狂乱地怒吼。

"星杰，振作起来，听我说，你还有必须要做的事。去总控舱，启动基地的自毁程序！我们必须这么做。这样才可以将危机扼杀，将损害降到最低。否则等獏习惯了人类的身体后，肯定会偷渡回地球，它们的速度和力量都远在我们之上，我们根本没有同它们抗衡的能力。到时候，地球将会被完全吞噬！

"还好之前我趁博士不注意，偷偷复制了一把基地自毁程序的密钥，以备不时之需。密钥就藏在雪球里，雪球是被我改造过的除草机器人，可以给你提供很多帮助。万不得已的时候，雪球或许还会帮我们一个大忙……抱歉，让你一个人承担这么大的责任。我不知道我还能撑多久，虽然身上那些恶心的黑色条纹正在逐渐消失，可是我的身体已经不听使唤了，就让雪球陪你去吧。你和雪球，是我最后的希望了。"

"如果是你的话，一定可以办得到。"朱迪的声音温柔万分。

六、储存舱

为了避开獏，雪球带领着钟星杰七拐八拐，在各种意想不到的通路中，甚至通风管中来回穿梭。它对基地的通道熟悉无比，就好像鼹鼠进了洞穴一样。

到处都是黑色印迹，就像墨水瓶被随意砸在地上和墙壁上，溅开干涸后的样子。

雪球说这是獏吞噬人类留下的印迹。獏会借助自己的速度，猛扑到人身上，它们的身体可以随意变形，所以一般先将人完全包裹住，然后慢慢地渗透进去。人体先会浑身抽搐，然后渐渐变黑，最后连意识也会被夺取。

有些承受不了这么大压力的人会当场毙命，而有些身体素质较好的人可能会被獏同化并存活下来，当然过程极其痛苦。活下来的人虽然保持着人类的外貌，但是心智被獏夺走，也不能单纯地被称之为人类了。

此刻，一人一机正顺着通风管向总控舱爬行。

路过储存舱时，钟星杰感觉到空气变得浓浊黏稠，下方不断散发出一股怪味，那是一种非常接近腐臭的味道。他透过供风管破损处的缝隙向下张望。

下方似乎是獏的聚集地，十几只獏占据了储存舱，舱内的物品被翻得乱七八糟。他们三五成群地聚在一处，似乎在用他们独特的交流方式传递信息。

钟星杰终于第一次亲眼看到这种火星生物的模样。

与其说那是一种生物，不如说那是一种怪物，除了在各种恐怖影视书里，钟星杰从没见过这样的活体。它们全身漆黑，足有两米高，看不到任何五官肢体，只有体表污浊的黏液在不断蠕动，仿佛一扇扇通往虚空的门。

这离奇的光景让钟星杰感到四肢发麻。在雪球的提醒下，他才醒过神来，继续蹑手蹑脚地爬行，几乎忘记了呼吸。

还好，过了储存舱就是总控舱了。钟星杰在心里给自己打气。

"糟糕，有人黑进我的系统了。"雪球突然小声说，它的眼睛随即变成一条直线。

还没等钟星杰反应过来，雪球传出了一个中气十足的男性声音："不要启动自毁程序！重复一遍，不要启动自毁程序！"说完雪球随即恢复正常。

钟星杰心头一凛。

这声音马上吸引到獏的注意力，只见几团黑影以极快的速度爬上了墙壁，转眼就要接近他所在的通风管处。

钟星杰手脚并用地向前爬，可是獏已经攀上他身后的通风管。他几秒前身处的位置直接被挤压变形，几乎不留一丝空隙。而且这骇人的景象一路向着他扭曲奔来。

他突然想起身上背的两把气密胶枪，当即命令雪球想办法打开通风管。

雪球收到指令后，不知从身体何处射出一条红线，通风管道立马被切开。

钟星杰动作敏捷地跳到地上，从背上取下一把气密胶枪，对准离他最近的獏，按下扳机键。

那只獏在碰到气密胶枪喷出的泡沫后开始发出尖锐的叫声，那声音极其刺耳。然后它迅速萎缩，动作也减缓了很多。

其他獏迅速聚集过来，但似乎在忌惮钟星杰手中的东西，只是以半圆形的阵型将他围起来，迟迟没有接近。

短暂的僵持中，钟星杰找到了通往总控舱的门，就在他身后不远处。正当他思考对策时，那只被气密胶枪封锁住行动的獏重新挣脱了束缚。随后，几只獏向他猛扑过来。他再度将泡沫喷射在黑影们的身上，舱内立刻响起了此起彼伏的尖啸。

钟星杰感觉耳膜和心脏都在突突狂跳。直到那把气密胶枪再也喷不出泡沫为止，他才扔下那把弹尽粮绝的枪，转身向总控舱跑去。

雪球已经先行一步打开总控舱的门，只等钟星杰进去。

可是在离那扇门一步之遥的时候，钟星杰感觉突然有人抓住了他的左脚，他被狠狠绊倒了。

一只獏不知何时追了上来，裹住了他的左脚，白色泡沫还未从它身上完全剥离，而那黑色淤泥般的东西已经在朝他的小腿缓缓蠕动，他不知道自己的腿是不是已经开始发黑了。

钟星杰犹豫了片刻之后，从背上取下另一把气密胶枪，然后对准被獏包裹住的地方，扣下了扳机。

獏立刻尖叫着松开他的腿。

泡沫带走了大量水分，他感觉到自己的小腿以下正在迅速萎缩，迅速到几乎感觉不到疼痛。

他拖着被泡沫包覆的左腿，爬进了总控舱。

雪球适时关上门。

钟星杰用气密胶枪把门和通风口全部封上后，终于松了口气。

确认安全后，雪球从体内弹出一个拇指大的密钥，上面有繁复的花纹。

这就是毁灭基地的最终武器。只要他拿起密钥，插入总控制台，整个火星基地就会变成一片废墟，一切都将不复存在。

钟星杰突然胆怯了。他开始犹豫自己到底应不应该这样做。

然而雪球的蓝色眼睛又变成了一条直线，刚刚那个男性的声音再度响起。

"星杰，不要启动自毁程序。爸爸求你了……"

七、选择

钟星杰的腿开始隐隐作痛，他感觉到越来越深的寒意。

"星杰，她不是朱迪！"那声音接着说。

"你忘了吗？朱迪是一个联觉者。她看到乞丐瘸腿的样子都会伤心掉泪，更何况是要你放弃一整个基地的人。她根本不是朱迪！"博士的话如同一盆冰水，骤然浇在钟星杰头上。

钟星杰知道，朱迪是联觉者，她天生就比普通人更加敏感，她的共情能力也不是一般的强。大部分人和钟星杰一样，并不能真正理解"感同身受"这个词。但是联觉者不同，他们的镜像神经元天生便过于发达，所以极易产生共情，比如在看电影时更容易被打动，在看到别人身体受伤时自己也会很痛苦。

博士的声音越来越愤怒，几乎已经是喊叫，"你回想一下，从你从模拟舱出来到现在，你可曾看到一具真正的尸体吗？"

钟星杰回想起，他只是从邮件和雪球的只言片语中了解到人类被貘攻击后的模样，却始终没见过任何一具尸体，甚至在刚刚聚集了很多貘的储存舱，也并未见到人类的尸体。钟星杰陷入了动摇。

"它不是朱迪，它是貘！它在利用朱迪的声音骗你！基地的这些貘只是敢死队，貘怕人类会找到它们的母巢，于是就先来摧毁基地。貘千方百计阻止你，是因为害怕我们将它们带回地球。貘其实是比人类低等的生物，它们没有镜像神经元，认知能力、模仿能力都在人类之下，所以貘害怕我们的控制，害怕被我们同化。

"但是我发现貘在体能上却远远高于我们，并且它们还有极强的自愈能力，如果我们融合了它们的能力的话，人类的极限将会提升到你想象不到的程度，而且那些致命的疾病将不复存在！我之前解剖貘的时候，已经研究出将貘的细胞株注入人体的方法了！

"星杰，还记得你母亲吗？她因为脑癌早早就离开了我们，我致力于研究貘，就是想让人类得到这种体能和自愈能力。"

钟星杰逐渐回忆起，母亲去世时，那个在病床前痛哭的声音，与现在他听到的声音渐渐重合，那个将他拥入怀中的庞大身躯，将那个小小的、脆弱的他抱在怀里的，正是他的父亲。

"还有，星杰，你忘了吗？当初，你得知朱迪罹患癌症之后，主动来请求我让你当志愿者，你想促成这项实验，如果实验成功的话，就可以救朱迪了。现在，我们的成功近在眼前，你忍心让它毁于一旦吗？你难道要放弃了吗？"

钟星杰终于回想起来，他当初是为何执意要参加实验，甚至不惜和朱迪争吵决裂。他想要救朱迪，他不要失去她。哪怕拿他自己当实验品，哪怕她拼命阻拦，哪怕背弃所有信条，哪怕付出最沉痛的代价，他也要她活着。他只要她活着。

喷涌而出的回忆不停冲击着他的心灵，他几乎要承受不住。

待情绪缓和些许之后，钟星杰说："可是现在情况不同了，我当时并不知道会残忍地解剖獏，而且现在的危险已经超出实验可控的范畴了，如果失败的话，整个地球都会陷入危机。"

"不，虽然这次事发突然，但是獏无法将我们杀死。再坚持一会儿，等我们习惯了獏，我们就能主宰这副身体了，我们就能进化了！甚至可能成为比人类更高级的物种！"博士的声音听起来痛苦而癫狂。

"不要害怕獏，獏将会是我们的手下败将，被我们所支配。星杰，人类进化的机会，人类文明更进一步的机会，就掌握在你的手上！不要启动自毁程序！星杰，想想吧！只要我们带獏回地球，癌症将不再是不治之症！不但朱迪可以痊愈，而且从今往后，再也不会有人像你妈妈那样被病魔带走了！"

钟星杰心乱如麻。总控制台就在正前方，就在他触手可及的前方。他抱着头，痛苦万分地双膝屈地。左脚上凝固的白色泡沫已经变得坚硬如铁，如同沉重的镣铐。

总控舱的门后，獏的声音越来越喧嚣。片刻后，雪球重新连接上了它的主人。

朱迪轻声说："星杰，时间不多了。现在已经不是考虑你我的时候了。别忘了，博士的实验还未曾实施，我们并不知道结果如何。

而且，建立在奴役和控制之上的进化，真的能被人性所接受吗？是选择相信博士的科研成果，拿地球的安全豪赌，还是选择牺牲基地上的同伴，来保护地球上的人类。我知道这是一个极其艰难的抉择，但是你一定可以办得到，你一定可以做出正确的选择。"

朱迪的声音变得既坚定又温柔，"我相信你，我的牛仔。"

钟星杰怔住。他跪在总控制台前，肩膀不住地抖动。他用手捂住脸，眼泪偷偷从指缝间流出。

半晌后，他终于重新抬起头。

"父亲，正如你所说，貘没有镜像神经元，无法设身处地地理解其他生物的痛苦，所以它们不懂什么是杀戮，什么是道德，什么是怜悯。"

他拿起密钥，在手中紧紧地攥了片刻后，插入总控制台。

"但是人类懂。"

总控制台上方的屏幕立刻变得一片通红，并出现一组倒计时数字。

"各位员工请注意，三十分钟后，基地将启动自毁程序，请立刻撤离，请立刻撤离。"广播声响彻整个火星基地。

钟星杰感觉疲惫至极。因此，他没有注意到，窗外有一艘登陆舱正在悄悄降落。

"星杰，原谅我，我不得不这么做。"朱迪的声音听起来极其哀伤，"雪球，完成你最后的工作吧。"

"收到，主人。"

钟星杰困惑地回头。

他看到雪球将自己的上半球揭开，里面是中空的，一股白色气体迅速溢出。

钟星杰闻到那白雾后，只觉得身体软弱无力，脑袋昏昏欲睡。他慢慢地滑坐到操控台旁，眼看着雪球从身体两侧伸出了两只小小的机械手。左手的颅骨钻足够坚硬，右手的手术刀也足够锋利。

它缓缓地移向钟星杰的脑袋。

他的意识逐渐模糊起来，他好想再回到那个模拟舱，回到那个火星营地。在那里，他只需要记得他想记得的回忆，而回忆中的一切都那么美好。

他的意识渐渐淡去，却有那么一幅画面停留了片刻。

他拼命想抓住最后一点意识，那是他无论如何也不想忘记的画面——在一个像极了火星的地方，一个头戴婚纱的女孩，温柔地抚摸着他的脸，对他说："我爱你。"

"星杰，我们终究没能在火星上相见……"一个声音喃喃地说。

八、日落十四

室内灯光亮起之后，机器助手看到有几位獏的眼角已经湿润。

"今天的课程结束了。经颅磁刺激仪取下之后，会有短暂的晕眩感，请各位稍作休息，缓慢离席。"助手依序从学生们的头部取下经颅磁刺激仪。

走到日落十四老师身边的时候，助手顿了一下，它看到老师的神情平静而安详，然后它跳过日落十四老师，向下一位同学走去。

今天，就让老师跟它多告别一阵吧。助手想。

这些仪器整齐地围成一圈，通过若干条管道连着中央的控制器，控制器里存放着一个圆柱形的玻璃器皿，那里面是一个大脑，人类的大脑。

学生们陆续坐起身，他们外表和人类无异，但是都赤裸着身体，浑身上下没有一丝毛发，包括头发和眉毛，脸上也鲜少出现表情。

机器助手继续欢快地说："正如各位所见，这是我们现存的唯一一个人脑，一个原原本本的人脑。五十年来，这个人脑每天都在工作。然而在上次的会议上，大家以八成的赞成票同意让它退役，所以这是最后一堂课了。

"刚刚我们跟随日落十四老师，进入这个名叫钟星杰的人类的回忆，体验了'融合日'的原场景。可能有同学不太理解，为什么他最后启动了基地自毁程序，镆的计划还是成功了。我来替老师给大家解释一下。

"因为我们的主角并不知道，早在他启动自毁程序之前，在健身娱乐舱的那群人就已经发出了求救信号，一艘星舰在基地自毁前将少数幸存者接回了地球，少数被镆控制的幸存者。所以，有惊无险，镆进攻地球的计划终究还是成功了。

"但是，自从镆将人类同化融合后，生育率并不乐观，以至于后代的繁殖依赖于机器严格的管控，但是近年来机器越来越难以驾驭，它们甚至发动了几场小型革命。所以，研究人员提议还是让镆借助人类的身体自行繁衍。利用经颅磁刺激仪的脉冲磁场作用，刺激被镆封存起来的镜像神经元，增强共情能力，进而让镆自主恋爱及生育。这正是这个人脑的作用。

"五十年来，越来越多的同学被这份记忆里钟星杰和朱迪的爱情所感动，为他们甜蜜的结婚旅行而开心，为他们相互的信任而欣慰，为他们的生离死别而流泪……"

此时，一个稍显稚嫩的声音打断了助手："可是，有一些极端反对者管这叫'退化'。他们坚信，如果绝大多数镆都持续退化的话，镆便无法主导宿主的身体，人类将重新掌权。"

"该下课了，同学们。"日落老师不知何时已经坐起身，不由分说地宣布。

同学们陆续走出教室。

助手十分尊敬地搀扶起老师。日落十四老师是镆里面的一种尊称，后面的数字证明她是最早的那批融合者。

老师的脸上已经被皱纹爬满。助手一直不理解，镆的细胞再生能力非常强，她本有能力抚平皱纹，让皮肤保持在吹弹可破的状态，可是她并没有，她执意留下这些痕迹，仿佛需要用这些痕迹来提醒她什么重要的事。

"日落十四老师，我觉得刚刚那种'退化'的说法可能性很大。同理心强的獏越来越多了，这百分之八十的赞成票难道不是证据吗？"

日落十四觉得助手的铬刚胳膊冷冰冰的。

助手接着说："之前，獏的体内没有镜像神经元，所以他们并不能理解什么是杀戮，什么是道德，什么是怜悯。可是，现在他们拥有人类的身体，这副躯体里的镜像神经元只是被獏封闭了起来。而他们在这里日日体会的，不光是一个凄美的爱情故事，这份回忆里的恐惧、迷茫、挣扎、不舍、哀痛，这些情绪可以很好地刺激镜像神经元，让它恢复原本的、甚至超越原本的能力。

"当越来越多的镜像神经元被恢复，当越来越多的獏拥有了共情能力，当他们的思维方式、情感反应都与人类一样时，他们还能心安理得地继续占据人类的身体吗？他们会把身体的主导权让给人类也不是不可能。而且据我暗中调查，这种案例越来越多了。"

日落十四扶着助手的胳膊，只是微笑，似乎还未从那个大脑的回忆中抽离出来。

"起风了。"她朝中央控制器投去目光，淡淡地说了一句。

助手像是突然听懂了般，不再追问。

"他真的好辛苦，每天都要再挣扎一番，再重复一次那天的痛苦。对吗，日落十四老师？"

"五十年了，他真的该休息了。"说完，她站定在玻璃前，沉默了良久。

下定决心后，她亲手拔掉了给大脑输送养分的营养管，容器中的液体一点一点退去，里面的大脑迅速萎缩，旁边监测脑电波的仪器发出"嘀嘀"的声音，屏幕上的画面也不再有任何波动。

然后，她布满皱纹的脸上出现了一种助手看不懂的表情，像是如释重负，又像是万般不舍。

"老师，您终于可以为他办一个像样的葬礼了。给您的爱人。"助手缓缓地说。

她瞪着助手，震惊的表情让皱纹的沟壑更加明显了。

助手轻声地说："不必惊讶，我是机器，不是獏。您也不是獏。我知道您是一名联觉者，您的镜像神经元比普通人发达得多，它们并没有受到獏的侵蚀，我一直都知道。准确来说，那年獏在侵入您体内之后，并没有成功将您同化，您的镜像神经元非但没有受损，甚至反客为主了。您身体里獏的那部分，早已被您完美地同化融合，听从您的指挥，为您服务。

"但是令我不解的是，正因为您是一位联觉者，所以对于您来说，您爱人的痛苦，您天天都能感同身受。那这五十年来，您究竟是如何忍受这巨大的痛苦的呢？"

日落十四，不，朱迪布满皱纹的手上不知何时多出来一张照片。

她捏着这张照片，深深地、深深地凝视着它。

照片上，两个年轻人站在一个像极了火星的地方，落日在身后，山包在脚下。他们穿着怪异，一个戴着洁白的头纱，一个戴着牛仔帽。新娘的手正温柔地抚摸着新郎的脸。

那是一张婚纱照。

她终于放声痛哭。

2

走　蛟

海　㵎

/ 作者简介 /

　　海濋，现居深圳，深圳市作家协会会员。资深科幻迷、纪录片爱好者。对或然历史及怪兽题材情有独钟，作品追求在不改变真实历史的前提下，重构、解析某段时空背后的故事，以此展现历史的恢宏与个人的渺小，营造惊异感和宛如纪录片一般的真实感。在《科幻世界》《银河边缘》《科幻立方》《中华文学选刊》《今古传奇·故事月末》等刊物上发表过多篇作品。

/ 颁 奖 词 /

　　"弃身锋刃端，性命安可怀？"这是一段铁骨铮铮的边塞传奇，这是一部荡气回肠的英雄史诗。当你以为他们身陷绝境、早已湮没于历史烟尘的时候，却不曾想他们一直在默默战斗，守护帝国尊严，直到生命尽头。蛟化为龙，不仅是一个生物学奇想，更隐喻着一个民族的崛起。

一、塞外孤军

许是因为年老，又或是明白自己时日无多，近来他总不自觉地追忆往昔。当年出发时长安城楼上徐徐落下的斜阳仿佛还历历在目，年轻的血液熊熊燃烧着，一颗心早已飞向了遥远的边疆。他随着悠扬的驼铃一路西行，只留下身后伯父殷切而坚忍的目光。时局动荡，前路茫茫，但那时的他，似乎从未想过有生之年也许再无缘回望故土一眼。

"敌袭，敌袭！"游弋于城外的斥候身中数箭，拼死冲至城下，未及接应便轰然坠马。失去主人的马儿嘶鸣着，迷茫地垂首打转。夯土城墙上，数点火苗从高处亮起，片刻间便如游龙般连成了一片。守军控弦以待，森然如山，火光映照下，竟是一群白发苍苍的老兵。与之对峙的敌军则以骑兵为主，皆持矛负弓，周身覆以锁子甲，仅露双目。两军显是沙场宿敌，不发一言，旋即列阵厮杀起来。

步弓劲大，守军初时尚可压制敌军。但敌军甲胄精良，虽有损失却未伤根本，待到冲入骑兵短弓射程内后，其张弓搭箭的速度优势便体现了出来。城头的白发军眼见不支，却无一人后退。危急时刻，一手持横刀，身着明光铠的将军登高大呼，指挥亲兵将数十个铜制圆筒推上城墙。圆筒筒口焊一小笼，笼内置火炭，筒尾安有连杆。每筒以两人推杆，自筒内喷出一股墨流。墨流经筒口火炭后，居高临下地化为一道火舌，如刈麦般扫过前仆后继的敌军。这火焰诡谲有若活物，触之即附，水浇愈炽。原本劲弓利刃不能甚伤的锁子甲此时却因内着布衣、脱卸不便成了扼杀士兵最后一线生机的枷锁。

一轮肆虐后，铜筒内墨流殆尽，火势渐弱。敌军前队皆死，后队方进，似乎等的就是这一刻。亏得将军调度如臂使指，弓手后撤，长戟手与刀盾手结成的方阵立即压上。戟手居中，以长戟或扫或刺，不待敌军近身便将其挑落；左右各列一刀盾手，护住戟手身侧及头顶，同时挥刀斩杀零星抵近的敌人。靠着方阵阻截赢得的时间，铜筒已被再度注满，又一轮喷射之后，攻城敌军器械尽毁，死伤惨重，终于退去。

横刀归鞘，力挽狂澜的将军幽幽地叹出一口白气，下雪了。方才惨烈的战场很快便消失无痕，连焦煳的黑烟也被北风吹散。举目望去，只见城外苍茫寂寥，大漠于天地间无限延伸。入冬之后，大雪封路，敌军的攻势也行将告一段落。留在他身边的人已经越来越少了，但不管怎么说，他们又撑过了一年。

安西大都护府治所龟兹城①，还在他们手中。他，大都护郭昕，也还在这里。

郭昕淡淡地笑了，极目远眺。在大漠尽头，有一座不为敌人所知的神秘军镇。如果说龟兹是鼎盛大唐创下的赫赫武功，那么它就是荣光背后的阴影。它肩负着希望，隐忍着，置之死地而后生。

它的名字叫冷湖。

一切都要从震惊朝野的杨志烈之死说起。广德二年②，凉州陷于吐蕃，河西节度使兼已西副元帅杨志烈被迫移驻甘州。因兵源不足，无力反攻，志烈遂于次年向下属的沙陀部落征兵，不料却在行至长泉时遇害。其不仅主政河西，还兼管北庭、安西，他这一死，外有吐蕃虎视眈眈，内有各族暗流汹涌，西陲局势骤然崩坏。西陲乱则长安危，伯父随即上奏天子，请求遣使西行，巡抚各方，以安人心。天子对声威如日中天的伯父言听计从，当即派出三路人马。而他正

---

① 安西大都护府，唐朝时设立的管辖西域的机构。初为安西都护府，后晋级为安西大都护府，建置级别时有升降。治所龟兹为西域名城，在今新疆库车一带。

② 公元 764 年。

是前往安西的使臣之一。

"此番西行，路途遥远。安西更是艰险荒芜之地，你若不愿，我可奏请圣上另觅他人。"出发前一晚，政务繁忙的伯父亲临府上，握着他的手说道。郭氏一族，历来家风严明，但伯父自小就待他如若亲子，格外疼爱。

"让我出使安西不是您的意思？"他不解道。

"自然不是。"伯父无奈苦笑。

他本以为这是伯父给自己安排的一次历练，但细细一想其中关节，顿时豁然开朗。克复长安，单骑退敌①，伯父可谓功高震主，圣上钦定此次出使安西人选，大有试探之意。直到这时，他才理解父亲不事功名，痴迷金石之术的苦衷。但自己又如何能让伯父为难？更何况，远征边疆，建功立业，不正是自己所向往的么？

"伯父，不必了。男儿当志在四方，岂有退缩之理。"他一字一顿地说道，就此做出了改变自己一生的选择。

二、安西四镇

此时河西已大部陷落，使团一路绕行，西出长安三千七百余里后至瓜州。瓜州之后，又经沙、伊二州至西州。此地原为高昌故都，自贞观十四年②设州县后便成为了东西往来的枢纽之地，使团在此稍作休整后便向西踏入了安西属地。再向西南跋涉七百二十里，即是安西四军镇之一的焉耆，继续西行八百里后，终至龟兹。

因连年战乱，沿途驿站大半荒废，走走停停间距离他们出发已近半年。顾不得鞍马劳顿，郭昕又花了数月时间造访了四镇中剩余的两处——疏勒及于阗。尽管早有预料，可各地守备废弛的情形仍

---

① 指郭子仪于公元757年击败叛军收复长安和765年深入回纥大营说服其退兵的事迹。

② 公元640年。

令他感到触目惊心。自长寿二年①三置安西大都护府以来，四镇驻军人数基本维持在三万人上下。但至德年间，安西军奉诏平乱，大部组为行营内调，留守兵力仅余万人，且俱是老弱病残。此时扼守吐蕃北上要冲的疏勒和于阗，其外围据点皆已失守。龟兹及焉耆虽还安定，土地却日益贫瘠，终日黄沙漫天，屯田供军之策也越来越难以为继。好在当地残兵及民众仍然效忠于朝廷，使团初到安西便顺利接过了军政系统的权柄。随着河西重镇甘州、肃州相继失陷于吐蕃，来自中原的物资及消息逐渐断绝，使团无奈就地驻留，几年后，随团护军首领尔朱将军被众人拥立为都护。甫一上任，尔朱都护外连回纥，内修军纪，数次击败来犯的吐蕃军队。而郭昕则在其账下参赞帷幄，负责屯田及军械督造。此时吐蕃已尽占河西，完成了对唐廷本土与安西的割裂。在其围困下，外援断绝的四镇军民唯有自谋生路，郭昕身上的担子也愈加沉重。他一面指挥驻军垦荒，一面发动民众耕种。苦心经营下，龟兹营田二十屯②，焉耆七屯，疏勒和于阗虽战事频繁，亦有相当规模，基本满足了守军及部落民众对粮草的需求。

郭昕对屯田之事虽然尽心竭力，但他仍面临着土地缺水和沙化的双重考验。因父亲痴迷炼丹，他自幼便充当助手，故对万物的化生转变见解颇深。许久之前，他就曾观察到鼎炉散气之处多有水珠凝结的现象，几经模拟推演，终于想通了天公降水之理。江海湖泊，遇热蒸腾，水化为汽，聚而成云，遇冷凝结，降之为雨。因此，越靠近海洋的地方，降水越是充足。而安西深入内陆，水汽稀薄，仅有高山迎风处得以凝汽为冰，待到夏季消融之时，这些冰就成为当地的主要水源。只是周边山脉离田垄城镇尚有一段距离，沿着沟壑汹涌而下的山洪，经过不断地下渗和蒸发，到达城外的引水渠时只

---

① 公元693年。
② 古时土地计量单位，一屯为五十顷，一顷为一百亩。

剩下了涓涓细流。郭昕既已明了了水汽互化的原理，自有办法延缓这一过程，只是此法耗费颇大，他不得不再三权衡。等到冬天，他先是考察了四镇周边的山脉及冰川分布，又一一勘测了往年山洪流经的路径。将这些巨细无遗地绘作一幅水源图后，再结合沿线的地势土质，最终设计了一套完备的水利工程。当他把图纸和所需人力、材料列为清单一并呈给尔朱都护时，连这位沙场宿将也不由得勃然变色。

“郭昕，你可知四镇钱粮奇缺，民力匮乏的窘境么？”他厉声问道。

“末将知道。”郭昕目光炯炯，坦然应答。

“既然知道，你竟还敢提此大兴土木之事？来人啊！”都护怒道，喝令左右士卒，就要将郭昕拿下。

“都护大人！听说河西动荡，您的家人正向此处逃亡，您已派人接应？”郭昕不为所动，转而问道。

“是又如何？”尔朱都护声音一沉，不明白郭昕为何不为自己辩解，却突然问及此事。

“吐蕃蚕食我朝边界，兵锋先东后西，为的就是将安西困死，以求不战而胜。河西已丧，您的家人尚可逃往安西，但安西之后呢？与其日夜消磨、死守待毙，不如倾尽全力。我等孤忠遗民，万余将士，或有一线生机！”郭昕语气激昂，愤然道。

这番话触动了尔朱都护心中的隐忧，他的脸色变换不定，犹豫不决间，再看看坚毅挺拔的郭昕，终是下定了决心。

“好，不愧为郭令公之侄！当有此血性！”尔朱都护抚须大笑，“我又岂是贪生怕死之辈？家口已至，退无可退。从今日起，四镇兵力、粮草差役皆可由你随心调动。若我战死，当自邀旌节，为四镇节度留后。”

“末将定不负所托！”郭昕慨然领命。

获得尔朱都护全力支持后，郭昕再无顾虑，立即着手实施自己的计划。趁战事稍息的机会，他抽调了大部分兵力，并发动民夫，沿先前所绘的水源图，在四镇周边山脉的冰川聚集处开凿了陡坡，人为地加大了冰川融化时水流的落差。又将汉时就有的井渠之法改进，于山脚处开挖暗渠。暗渠内壁敷以泥浆，引火烧结后，上覆石板。地面每隔数里便挖一井，与暗渠连通，方便日后疏浚。夏季山洪暴发时，水流被汇集起来灌入暗渠，极快的流速和烧结硬化的渠道延缓了下渗，厚重阴凉的石板则抵挡了曝晒，减少了蒸发。如此一来，到达军镇的水量便达到了以往的数倍。

水源问题已解，但土地沙化却极难逆转。据当地牧民所说，从前四镇所在的绿洲面积为如今数倍，自从四镇人口剧增，拓荒垦殖之后，绿洲便逐渐萎缩。昔日膏腴之地苦咸龟裂，无法耕种，只得荒废。原只在冬春出现的狂沙飞尘也开始肆虐全年。郭昕本以为以上皆为水量不足所致，但水利竣工、引入水源后这一局面不但未得缓解，还有愈演愈烈之势。郭昕百思不得其解，加之入秋后，吐蕃军队凭着战马膘壮开始频繁扰边，他只得将这一问题暂时搁置。

近来战事频繁，军械消耗极大。这日，郭昕便亲临现场督造军械。众工匠受此鼓舞，更是卖力，一时间敲击锤打之声不绝于耳。谁知，眼看着到了锻造成型的紧要关头，炉中火力却陡然减弱。

"添炭，速速添炭！"赤裸上身，筋肉虬结的中年铁匠气喘如牛，大喊道。

"师傅，没炭了！"一旁的学徒匆忙离去，又带着哭腔赶回。

"唉！"一声长叹后，铁匠颓然落锤，一柄即将打造完成的斩马刀顿时化为废铁。

"让大人见笑了。"铁匠抹去满脸汗水，向郭昕拱手道。

"无妨，冶炼兵器本就容不得丝毫马虎，一时失手也是常事。只是近日吐蕃来犯，镇外颇不安宁，采伐不易，还是一次多备些薪炭为好。"郭昕待下宽和，在四镇颇得人心，不但未加责难，思虑还甚是周全。

"大人所言极是，我这就多寻几人去镇外采薪。"

"我正欲巡视镇外道路，随从军士亦可帮手，便与你们同去吧。"

"好，那就有劳大人和各位军爷了！"安西孤悬，户数不足，士兵农忙时参与劳作，居民战时入伍充军乃是常事。军民一体之下不重等级，众人也就不与郭昕客气，欣然应允。

一行人带齐工具，浩浩荡荡地来到镇外，又沿河道上行了数里，便见到了一片胡杨林。此树乃本地特有树种，耐旱耐盐，树干高大遒劲，色作灰褐，下部多有条形裂纹，木质坚硬，是烧制木炭的绝佳原料。稍作准备后，众人便动手伐木，最初只拣已经倒伏枯死的树木，之后因人手充足，速度大增，索性连活树一齐锯倒。放倒大树后，将树皮、树枝削下，聚拢起来，充作薪柴。树干则分为几段运走，或作建筑之用，或劈碎制炭。将要满载而归之际，晴空之中突然响过一声闷雷，天色陡然变暗。狂风大作下，干旱异常的龟兹镇竟迎来了一场罕见的暴雨。不过片刻，只见天地间晦暗一片，雨幕密集，数丈①外便不能视物。众人狼狈不堪，纷纷挤到树下避雨，唯有郭昕仿若魔怔，呆立不动，任由雨水浇身。几名士兵冲上前去脱衣为其挡雨，却怎么也拉不动他。好在暴雨来得突然，去得也快，不过一炷香的功夫便已停息。

拨云见日，阳光直射到郭昕身上，他突然大喊一声："我明白了！"众人不解其意，却不知郭昕为将，精于骑射，目力远胜常人。在刚刚的瓢泼大雨中，他分明瞧见，水流沿着光秃秃的树桩不断冲刷下渗，又于残根处分为数股，变得极为浑浊，显然带走了不少泥土。但这一现象在枝繁叶茂、长势良好的胡杨树下却不见发生。联想到胡杨树如经络一般细密分叉的根系，郭昕恍然大悟：活着的胡杨树，其根系好似触须，循水而进，延伸拓展的同时也将周围土壤牢牢锁住，土壤中的养分便得以留存蓄集；但若砍伐无度，树林渐

---

①　1 丈≈3.333 3 米。

次稀疏乃至荡然无存，水土自然也就极易流失了。想明此理，再看看遍地已被修整完毕的木料，郭昕不禁追悔莫及，恨不得返程之后便立即下令禁止四镇军民采伐林木。好在郭昕数年来统筹军政，已然褪去了初时的莽撞，深思熟虑之后便发觉此法不切实际。开锅造饭、御寒取暖尚可用芦苇、茅草等物代替，烧制陶瓷、冶炼兵器却对炉温要求极高，非木炭不可。犹记得天宝十五年①，叛军攻破潼关，兵临长安。时人多以为长安高城深池，足可据守，却不想随着叛军逼近，城外百姓流散，偌大的长安城竟无薪可燃，粮草兵器皆无可用，没几日便不战而溃。无可奈何之下，郭昕只得严禁百姓私伐滥采，由都护府设职专办采伐，集中所得之物后再按户调配。他深知，这一举措虽然延缓了林地萎缩的速度，但也加重了四镇军民的负担，绝非长久之计。归根结底，他需要找到一种新型燃料来代替木炭。

思来想去，在这贫瘠的边荒之地，他唯一能大量利用的就只有驻军和部落民众放牧时牲畜所产生的粪便了。为此郭昕还专门着人清点了四镇马匹及牛羊的数量，然而计算的结果却令他大失所望。当地牲畜产生的粪便，扣除农田堆肥的部分，剩余之数远远不足以应付日常所需。更何况经他亲自试验，干粪引燃后的火头虽大，却不持久，这一缺陷也是冶炼兵器时无法容忍的。

虽然最后的结果不尽如人意，但在整个过程中，郭昕愈发意识到了在广袤而又困苦的安西尽最大可能清查与调用一切资源的重要性。此后，他便开始花费大量精力来翻阅和整理有关安西的风物志、地理志。皇天不负有心人，数月之后，终于被他发现了一条极有价值的线索。据《水经注》引释氏《西域记》载："屈茨北二百里有山，夜则火光，昼日但烟，人取此山石炭，冶此山铁，恒充三十六国用"。其中"屈茨"即为如今的安西治所龟兹。如此说来，早在

---

① 公元 756 年。

数百年前，龟兹附近山中就发现了可以燃烧的"石炭"，数量之大以至于夜晚有火光闪现，白天则不断冒烟。用它冶炼山上的铁矿，常能供应西域三十六国所用。郭昕起初将信将疑，毕竟《水经注》成书距今已有两百余年，其引述的文献只会更早。经过代代传抄、增补、附会后，许多内容已与原意谬以千里。好在郭昕素来谨慎，还是派出一支人马按书中所载方向展开了搜索，不想还真就发现了一座荒山。山中遍布井巷，分明是被先民发掘和开采过的。收到消息的郭昕立即快马加鞭地赶去查看。等到达现场后，他让矿工利用原有的坑道查探。经过一番焦急地等待，矿工果然从地下起出了许多漆黑如墨、质地脆硬的矿石。将矿石置于火中，火竟愈燃愈旺，这正是《水经注》中提到的"石炭"。待到小小的一块石炭终于燃尽，插在其上的铁钎竟被烧得通红，可见这石炭不仅耐烧，产生的火力更是极好。

谁曾想，此行竟一举解决了困扰安西军民许久的燃料问题！郭昕大喜过望，当即决定留下少许军士镇守，自己则率领众人返回龟兹筹备开采事宜。

困境中的安西太需要这个振奋人心的消息了。

三、青海突围

然而，迎接郭昕一行人的却是一个天大的噩耗。在他们出城期间，一小队吐蕃骑兵化装为粟特商人，以贩卖马匹为名混入龟兹，与镇内细作汇合后竟直扑都护府。这场精心策划的偷袭虽被很快剿灭，但身先士卒的尔朱都护却不幸为流矢所伤，当晚便死于府内。其帐下亲兵连日来强忍悲痛，秘不发丧，为的就是避免吐蕃大军收到消息后乘虚而入。众将士皆知都护大人生前早已属意郭昕接任，待到郭昕归来，终可不再隐瞒，一时间都护府内尽是恸哭之声。

郭昕虽与尔朱都护早有约定，但也万万没能想到这一天来得竟如此突然。之前，在尔朱大人的全力支持下，郭昕行事从无后顾之忧。但从今往后，四镇的安危，万余将士及其眷属的性命，乃至大唐在西域最后的荣耀，都将由他一力承担了。当下，众军士群情激愤，纷纷请战，郭昕却只能不为所动。因他深知，即使四镇兵力倾巢而出，对上足有十万人马的吐蕃大军也无异于以卵击石。又过了月余，郭昕已于无声无息中将四镇要害之处尽数掌控，人心渐稳后，才将尔朱都护染病亡故的消息散布出去。围困四镇的吐蕃军队不知偷袭得手，见四镇士气高昂，疑心有诈，逡巡许久后终于退去。

渡过这场危机后，枕戈待旦的安西总算迎来了一段安宁祥和的时光。郭昕组建了以土著向导和中原矿工为骨干的勘探营，继龟兹北面荒山之后，勘探营又在四镇辖区内接连发现了多处石炭矿。很快，石炭便取代薪柴木炭，大行于安西。这不但保住了屯田水土的生命线，还使得铜铁产量迎来了暴涨。以此为基础，四镇武备焕然一新，连寻常兵士也可穿戴玄铁重甲。同时，郭昕还命人铸大历元宝钱，通行安西，用以往来贸易，筹措军饷。唯一不足的是，不知为何，用石炭冶炼的兵器较为硬脆，不如木炭冶炼来得柔韧。石炭属石，性硬脆；木炭属木，性柔韧。莫非燃料之性也会融入所炼兵器之中？郭昕颇为好奇，有心钻研，但他自统领安西以来，事必躬亲，一时竟脱不开身。加之石炭大大提升了冶炼效率，质量上的小小瑕疵不足为虑，不几日郭昕就将此事忘诸脑后了。以他自幼接触金石之术练出的敏锐，也没有意识到，万物本源的奥妙正向他透露出了些许线索。

在郭昕治下，安西上下军民一心，自给自足，面对十倍于己的吐蕃军队仍然屹立不倒。但他明白，长此以往，四镇陷落只是时间问题。若想保全安西，唯有打通与中原的联系，争取援兵。彼时，安西与北庭都护府南北相依，同悬塞外，北庭又与回纥接壤，常借助回纥势力抵御吐蕃入侵。尔朱都护生前便效法北庭，与回纥交好，郭昕延续了这一政策。他曾试图派遣使者出安西，经北庭，翻越金山，入回纥后南下中受降城而至长安。但面对他的要求，回纥却百般推托，不愿开放通道。于回纥而言，安西和北庭越是孤立无援，对他们的依赖就越强，借势染指西域也就指日可待了。对此，郭昕心知肚明。无奈之下，他只得将目光转向南方，那是一条更为凶险，但一旦成功也更为便捷的道路。

这条通道，往东南指向大湖青海，或可称之为"青海道"。与北道不同的是，它的路程虽短，但所穿越的地带几乎全在吐蕃控制之下。郭昕何等聪明，当然不会自寻死路，他是看出了此道有绝处逢生的机会。其一，此道途经沙漠戈壁，地广人稀，只要小心行事，未尝不可乘隙而进。其二，此道周边乃吐谷浑故地，其国虽已灭，但其部族仍世居于此，不服吐蕃号令，心向大唐。

为稳妥起见，郭昕先行派出了数支人马一探虚实。这些人马乔装为商人和牧民，化整为零，悄然突破了吐蕃的封锁。除个别因迷路折返外，大部抵达了青海之畔，并暗中与当地的吐谷浑部族取得了联系。接洽的结果令人欣喜，吐蕃吞并此地后，横征暴敛，早已惹得民怨沸腾。诸部都表示，愿助安西一臂之力，为其向中原求援提供掩护和支持。郭昕决意亲自前往吐谷浑，与诸部缔结盟约的同时还可考查沿途风貌，为出使引援之事早做准备。等到这年冬天，郭昕召集众人，将四镇城防交与副将暂领，其余诸事也一一分配下去，由数人分管。一切准备妥当后，他便将队伍分为几路出镇。也是他胆大心细，料定冬季草场荒芜，吐蕃大军补给不利必然回撤，他这一队仅有数名随从，极不显眼。就这样，他们一路未遇阻拦，加之不畏风雪，昼夜行军，只二十余日便与前来接应的吐谷浑部族汇合。又等了数日，其余人马也陆续到达。客随主便，会盟之地依吐谷浑诸部安排定在了青海湖心一石岛之上。

明月照积雪，朔风劲且衰。众人在封冻的湖面上如履平地，默然前行。距离长安又近了一分，但东归之日还要等到何时呢？郭昕等人相顾无言，随诸部首领登上了湖心小岛。行至该岛东北，前方峭壁之上陡然出现一石砌城堡，虽无人烟，想来已被废弃，但布局严整，依稀可见当年盛景。郭昕心中一动，隐约猜到了诸部首领选定此处会盟的用意。

"诸位首领有心了，此岛可名龙驹岛，此处可是应龙城？"入城落座后，郭昕开门见山。

"郭大人快人快语，倒打消了我等疑虑。不错，此岛正是龙驹岛，此城正是昔年哥舒翰大人见白龙而筑的应龙城。蒙天兵庇佑，吐蕃从此不敢犯我青海。"遥想当年，众首领无不叹服。

"唉，国逢大难，斯人已逝，生者如斯。我辈困于安西，不通音讯，唯忠心可昭日月，不想茫茫青海竟还有同道中人。"提及这场让大唐内外交困的动乱，郭昕与众首领不由得感慨安西与吐谷浑的命运也因此急转而下，无不唏嘘怅惘。

是夜，双方相谈甚欢。郭昕为吐谷浑诸部带来了丝绸、铁器，以及御寒取暖的石炭，诸部也献上了牛羊美酒。面对共同的敌人，他们很快同气连枝，订立了盟约。

在诸部的盛情挽留下，郭昕一行人直到春暖花开之际才动身返程。此时青海已经解冻，湖面涟漪不绝、湛蓝碧透，两岸水草丰美，隐有野花点缀其间，浑若仙境。郭昕心情大好，但也深知青海虽美，却不宜久留。按照盟约，郭昕将在吐谷浑诸部协助下，于安西至青海路线中点附近的荒漠上秘密建一据点，方便彼此互通有无，联络中转，是为安西第五军镇。搭载众人的木船扬帆破浪，直往对岸而去，新的征途就此开启。

许是上天有意考验众人，行至半途，疾风骤起，万里无云的碧空刹那间阴云密布。好在郭昕早已参透了降雨的原理，心知此地虽也远离海洋，但因青海的存在，兼之开春升温，水的蒸发加速，使此地水汽极为充沛。翻腾上升的暖湿气流与尚未散尽的冬季寒流相遇，形成阵风大雨，实属常见。于是，郭昕镇定自若地命众人收起船帆，聚于一处，以此稳住船只重心，静待风暴来临。霎时，风雨如晦，天地为之变色，木船行于青海，宛若浮萍。不过随从军士都是郭昕精挑细选的可靠之人，并不慌乱，反而互为倚靠，饶有兴致地谈论起这在安西难得一见的景象来。

"这雨来得好大好快，别说安西了，就是在我洞庭老家，也未曾见过。"一黑瘦军士连连称奇。

"张三儿，常听你念叨洞庭浩渺，那与这青海相比，孰大孰小？"这军士平日想来常与同袍吹嘘家乡美景，此刻便引得众人起哄。

"那自然是洞庭要大些！"张三儿倒是不假思索，一口咬定道。见众人似是不信，又反问道："我家祖祖辈辈靠打鱼为生，拜的都是洞庭湖里的龙王爷。你们说，都有龙了，那洞庭该有多大？"

"哥舒大人筑应龙城时，据说出现了一条白龙，距今也不过二十余年。这青海无边无际，周边部落视之为神，轻易不敢下水捕鱼，说不定就与那白龙有关。"郭昕毫无架子，也参与了进来。

"难道普天之下的大湖巨泽里都各有龙王镇守？"

"可不是！从前听云游道士说，连一些老井里也会有龙呢。"

众人聊得兴起，浑然忘却了船舱外风雨交加的恶劣天气。突然，船身剧烈一震，水面仿佛一只巨手，将船猛地托起，又狠狠砸下。

"快看，快看！"众人被这突如其来的一下颠得晕头转向，唯有见惯了大风大浪的张三儿趴在船尾，惊恐万状地大喊道，"走蛟了！"

"走蛟？"郭昕不明就里，刚巧离张三儿不远，便顺着他所指的方向望去。

只一眼，郭昕就被远处的奇景彻底震撼了。在往后的几十年里，这场犹如宿命般的相遇始终在他的脑海中萦绕不去，清晰异常。

狂风暴雨下，湖水激荡。阵阵巨浪让原本清澈的湖水化为泡沫，浑浊异常。天空黑中泛白，湖水白里透黑，仿佛水天颠倒。连接两者的，是一条飞旋扭转的白线。

"这是龙吸水，只是被旋风卷起的水柱而已，不必惊慌……"郭昕宽慰的话还没说完，张三儿的声音却已经带上了哭腔，"大人，小的在洞庭也见过龙吸水，但听老人讲，遇上走蛟，就是九死一生了！"

眨眼之间，龙吸水离木船越来越近，渐渐由细弱的一条白线化为通天入海的巨柱。当飞旋的水流转到郭昕一侧后，他终于看清张三儿怕的是什么了。

一道长达数丈的白影，赫然出现在龙吸水中，它身若蟒，头似鳄，兼具鱼蛇之形。伴着如牛鸣般的长嚎，那怪物随水流席卷而上，似要直入云霄。初时气若长虹，但冲至半空，势穷力竭，勉强腾挪一阵后，还是坠入湖中，激起的波涛几乎令木船倾覆。怪物狂性大发，并不放弃，但一鼓作气，再而衰，三而竭，它的努力最终在风暴和龙吸水平息后宣告失败。

湖面重归平静，但刚刚发生的一切委实虚妄，众人心神为之所摄，一时间呆若木鸡，任由木船随波逐流。

"快起帆！"还是张三儿最先反应过来，"再不走就来不及了！"

"什么？"郭昕已知张三儿深谙水性，善于操船，虽不解其意，仍按他说的照办。

"快，快！"张三儿急得跳脚，索性冲上前去帮忙起帆。郭昕满腹疑问，便立于船头静思，却瞥见那怪物最后坠落的地方冲起了老大一片水花。

"不好！"他心底一沉，忙令剩余士兵弯弓搭箭，注意水下。

另一边，张三儿与另几人已将船帆升起，木船稳住了方向，不再原地打转。眼看着船帆即将鼓满，木船一侧的湖面突然涌出一串气泡。

"放箭！"郭昕眼疾手快，却挡不住一蛇形白影猛地从水下窜出，重重撞在船身之上。

"大人小心！"在众人的惊呼之中，郭昕只感到一腥臭异常之物自身前横扫而过，其力万钧，虽未被击中，但带起的劲风也将他掀倒。在他身旁的数名弓箭手就没那么好运了，连声惨叫中，他们被卷入湖里，片刻后就没了声响。

是那条化龙失败的恶蛟！众军士追随自己多年，不想竟有人折在这畜生手中，郭昕目眦尽裂，喝令余众向它一阵攒射。谁知，那恶蛟十分狡猾，于水中或浮或沉，飘忽不定，射出的箭矢大多都落了空。且它身覆鳞甲，周身滑腻，偶有命中也未能伤它分毫。

"大人，船舱进水了，咱们快走，别让弟兄们白死！"张三儿跪在他跟前，痛哭流涕，苦苦劝道。

刚好这时一阵大风吹来，船帆终被鼓满。郭昕看了看聚拢在自己身旁虽然惊恐，但仍用身体将他保护起来的士卒们，长叹一声："罢了，走吧。"

众人见郭昕不再坚持，如蒙大赦，纷纷各归其位，木船便如离弦之箭一般向岸边疾驰而去。

不知为何，在人们已经妥协退让之后，那恶蛟竟不依不饶，跟在船后穷追不舍。为了赶上逐渐加快的船速，它甚至不惜一次次跃出水面。阳光下，恶蛟如奔腾的白练一般越来越近，它的铜铃巨眼、血盆大口和尖牙利齿都看得清清楚楚。在追至离木船仅有几丈远时，它从水中探出头来，颌下银光闪烁，身体反曲如弯弓，最后一击蓄势待发。

"取我弓来！"危急关头，郭昕急中生智，传说龙有逆鳞，触之必怒。这逆鳞定是龙的要害之处，那与龙相似的蛟是否也是如此呢？

接过士卒递来的二石硬弓，郭昕无暇多想，照着恶蛟颌下的反光处一箭射去。

"哞——"利箭虽被弹开，但腾空而起的恶蛟颌下也迸出一串血珠。它发出一声震耳欲聋的悲鸣，于半空中将躯干扭成一团，栽入水中。入水之前，它眼睛上眉部突起的肉块处竟有火光闪现，郭昕只觉脑中一阵嗡鸣，便不省人事了。

四、冷湖跌宕

"汝等竟敢扰我飞升!"郭昕大叫一声,猛然惊醒。

"大人说什么? 可感觉好些了?"众人围了过来,关切地问道。

"我没事。"郭昕捂着额头缓缓站起,见大家已经安全上岸,也就放下心来。

问过众人,郭昕才知射伤恶蛟后,好几人都有头晕目眩、恶心欲吐之感,只是自己格外严重些,竟致昏迷。大家议论纷纷,多以为蛟乃神物,伤之不祥,故有此报。郭昕对此一笑了之,心中却忐忑难安,看来,那句话只有自己一人听到而已。所幸剩余伤者皆无大碍,他便不再深究,率众人急向西北而去。

行至中途,众人在距焉耆东南尚有一千三百余里的一处荒漠上安营扎寨。在前往青海的途中,郭昕饱览各处风貌,发现此地遍布沙丘怪石,大风穿梭其间,发出阵阵怪啸,宛若鬼城。与吐谷浑诸部会面后,又得知该处地泉有毒,寸草不生,被游牧的吐蕃人视为禁区,避之不及。郭昕心中留意,返回安西时便刻意在此停留。几日下来,果如吐谷浑所言,方圆百里荒无人烟,人畜不近,即使大兴土木也不会惊动吐蕃大军。此外,郭昕等人还在附近山脚低洼处找到了一个汇聚冰川融水而成的淡水小湖,小心尝试后发现确可饮用。难得此处占尽天时地利,郭昕断定,它正是建立第五军镇的理想所在! 于是,他命张三儿等数十人携带干粮就地驻守,自己则带人兵分数路,潜回四镇。募集工匠后,再备好粮食、燃料、砖石,自己再率人前往新镇替换留守士卒。轮转数次之后,新镇的人马物料皆已充裕,郭昕便将自己在四镇的得意之作——暗渠水利移植了过来。也是上天眷顾,挖掘暗渠时其中一条碰巧截断了山中潜水,渠中水量骤然大增。郭昕因势利导,将所有暗渠的终点设在山脚小湖处。连日下来,小湖水位暴涨,湖面渐宽,扩大了数倍。待其水位稳定后，众人便环湖而居，兴建堡垒城墙。前来联络的吐谷浑部落见郭昕于荒漠之中从无到有地建起新镇，心悦诚服之余，大方供应粮草肉食，双方同盟更趋稳固。这第五军镇可说是因湖而起，加之水源来自冰川，湖水寒冷，郭昕便把它命名为"冷湖"。

眼看着冷湖初具规模，郭昕心中却越发不安，自青海射蛟昏迷之后，那个神秘的声音就不时在他脑中回响。最初他不以为意，只是觉得遇蛟之事太过惊险，心神难免受些刺激。又见当日在场的其余人等全无异常，他甚至暗中惭愧，自己堂堂将门之后，胆气竟如此不堪。

然而，接下来的日子里，不但怪声在白日里出现得愈发频繁，夜晚入睡后，他更感觉周身冰凉，四肢发窘，似被什么束缚困住。惊惧之下他奋力一挣，忽如游鱼一般窜射出去，身上似有水波涌动。定下神来，他观察四周，只见波光粼粼，暗青色的视野中，鱼群悠然而过。

天啊，自己竟到了湖里。

我要离开这！他只觉浑身憋屈，横冲直撞之下将鱼群惊得四散而逃。虽是怒火攻心，却又无路可走，只得一次次扭转身体，洄游湖岸，与自己斗气。

不对……我的身体？他蓦然惊觉，鱼身而蛇尾，分明就是一条蛟啊！

"啊！"郭昕跌下榻来，终于从梦境中逃离。

莫非青海遇蛟一事是上天向自己预示安西的未来？纵使拼尽全力，也无法突出重围。正如那恶蛟困于青海，飞升失败一般？郭昕本不是迷信之人，但到了这时也不免疑神疑鬼。不过他生性坚忍，断不会屈从于命运，心里虽有些惶恐，面上却不动声色，照常推进自青海道联系朝廷的计划。

正当他在南面苦心经营之时，本已放弃的绕北求援一事峰回路转。郭昕乐以忘忧，化蛟噩梦投下的阴霾也一度烟消云散。

事情还要从回纥汗位易主说起。建中元年①，骄横跋扈、反复不定的牟羽可汗被自己的从父兄顿莫贺击杀。尔后顿莫贺自立为汗，与大唐重修旧好。郭昕忆及，此人正是他出使安西那年，曾在伯父处有过一面之缘的回纥遣唐军统帅。既是故人，郭昕便修书一封，叙旧之余也一并试探其对北庭、安西以及吐蕃的政策。周旋于多方势力之间，郭昕心怀戒备，本未抱有希望。不成想，顿莫贺竟令驿卒八百里加急回复，除大表两国亲善、共抗吐蕃之意外，还承诺开放通道，配合北庭、安西遣使北上，返回长安。四镇之内，一直不乏反对在吐蕃眼皮底下兴建第五军镇，与吐谷浑结盟的势力，借此良机，他们的意见终于占了上风。几经权衡，两年后，郭昕与北庭节度观察使曹令忠一同派出使者，借道回纥，向长安进发。

　　当这支使团克服艰难险阻，终于出现在长安城内时，他们立即引起了轰动。城守问明他们来意，浑若白日见鬼，急令人入皇城禀报。

　　不过半个时辰，一队骑兵飞驰而来。看他们人人居于高头大马之上，甲胄鲜明、军容严整，应是禁军无疑。就这样，衣衫褴褛，形如乞丐的使团便在他们的护送下，踏入了帝国曾经辉煌，而今沧桑的皇宫。

　　"进殿者何人？"一个尖细绵长的声音传来。

　　穿越沙漠，跨过雪山，侥幸到达长安的安西、北庭使者不过寥寥数人。他们风餐露宿已久，乍入这富丽堂皇的大殿，面对内侍的问询，一时都有些发蒙，不知如何作答。

　　"尔等不必惊慌，照实说来便是。"高高在上的天子挥手制止了正欲逼问的内侍，波澜不惊地说道。

　　"臣等为安西、北庭使者，取道回纥，前来拜见陛下。"曾在郭昕麾下充当谋士，因满腹经纶而被选入使团的段文秀回过神来，颤

---

① 公元780年。

声答道。从时间上看，眼前天子的年岁明显轻了些。毫无疑问，在这消息断绝的十几年里，新君已经即位。一个时代过去了，他还记得西域尚有孤忠，苦苦相望么？

"安西，北庭……还在诸卿手中？"天子语调一变，腾地站起。

"安西犹在，北庭犹在，我大唐西疆犹在！"段文秀昂首说道，从背囊中抽出一卷地图，用力一抖，万里山河，便在这图中徐徐展现。只见中原地区与从前一般无二，河西、陇右则已被吐蕃所占。再往西，隔着吐蕃，一块飞地正中赫然书一大字"唐"，正是十余年来音讯全无，被朝廷认为早已与河西、陇右一同陷于吐蕃的安西和北庭！

这一刻，刚刚还有些畏缩，面露饥寒之色的使者们身上仿佛发出了圣光，满朝文武，锦衣华服，在他们面前都黯然失色。只有他们，才是这个国家真正的风骨和柱石。

接着，以段文秀为首，使团将多年来安西、北庭外援断绝，困守西域的情形娓娓道来。在他们平静的叙述中，诸如尔朱都护战死等事都如日常一般，在场君臣却无不动容。或许，唯有这份近乎愚钝的坚忍，才能支撑着他们，不退半步，不让寸土吧。

看着新皇微微泛红的眼角和群情激愤的臣子们，段文秀不禁长吁了一口气。使团总算不辱使命，安西和北庭，有救了！可他没注意到的是，一个格格不入的身影，正在大殿中不起眼的角落里冷静而疏离地观察着一切。

直到退朝之后，这人才徐徐走出，皇帝心领神会，低声问道："先生还有要事相商？"

"陛下打算如何处置安西与北庭？"那人问道。

"朕本欲西征，救两地于水火，复我大唐荣光……然朕即位时日尚短，各处军镇暗藏祸心，委实不敢轻举妄动。或只可宣郭昕、李元忠二人借道回纥，携众还朝了。"皇帝对这人显是极为信赖，坦诚道。

"安西、北庭控西域五十七国及十姓突厥，皆悍兵处，以分吐蕃势，使不得并兵东侵。陛下不吝嘉奖，结回纥助之足矣。"那人更是直白，心如铁石地献上一计。

　　"便依先生所言。"堂堂天子，此刻竟目光闪烁，似在逃避什么。

　　"二庭四镇，统任西夏五十七蕃、十姓部落，国朝已来，相率奉职。自关陇失守，东西阻绝。忠义之徒，泣血相守，慎固封略，奉遵礼教，皆侯伯守将交修共理之所致也。其将士叙官可超七资。"[1]

　　日夜苦盼，安西和北庭终于等来了一纸诏书。将士们欢欣鼓舞，郭昕却隐觉不妙。他识得大体，不愿伤害士气，但却力排众议，在与回纥日渐交好的情况下，仍然保留了冷湖的建制。除了谋求后路，以防生变外，还因为他在冷湖有了新的发现。

　　自冷湖建镇伊始，郭昕就未单纯地将它视为一个联络点和贸易站。多年来他辗转腾挪，已将四镇潜力发挥到了极限，而冷湖则寄托着他求新求变、置之死地而后生的希望。因此，郭昕对冷湖完全是按照不亚于四镇的标准营造的，自然也要求它能在四镇之外自给自足。对当地来说，水源已不成问题，粮草则靠吐谷浑补给。因吐谷浑对铁器需求甚大，郭昕便考虑在冷湖就地冶铸，用以贸易。于是，勘测周边是否存在铁和石炭矿藏就成为了重中之重。也就是在这一过程中，郭昕所率的勘探营遇到了一件奇事。那日，他们在冷湖附近的山脉破碎处、山谷低洼地里奔忙了整整一天，却一无所获。酷热难耐下，众人只好寻个阴凉处稍事休息。不多时，太阳落山，夜幕开始一点点爬上被曝晒得滚烫的山坡。这时一个矿工出身的老兵凑到郭昕面前，禀报道："都护大人，那片洼地之上似有异光，以我多年探矿的经验看，地下定有矿藏。"在夕阳最后一丝余晖中，顺着老兵手指的方向，郭昕果然看到了他所说的异光，其色蓝黄相间，缥缈不定。若不是刚好处于将暗未暗的日落时分，绝难发现。

---

　　① （宋）宋敏求编《唐大诏令集》，商务印书馆1959年版，第556页。

"好，咱们这就前去查看，若有发现，定会重重赏你。"郭昕嘉许道。他知老兵所言有理，浮空荧光往往是地下矿藏映射之故。虽说未必就是急需的铁和石炭，但总该试采之后再行定夺。

很快，他们来到那片洼地，并在它底部如胡饼般交叠分层的岩缝中发现了一种黑褐色、有着刺鼻气味的液体。其状黏稠，隐隐透出似熟漆般的奇异光泽，正从地下缓慢渗出。这是何物？郭昕感觉依稀有些相熟，却记不起来在哪见过。又问及手下能辨各色矿物的矿工，也是无人认得。踌躇不定间，负责挖掘的士卒中有一人被其气味所激，剧烈地咳嗽起来。郭昕脑中灵光乍现，是了，此物与石炭色泽相若，且石炭燃烧时也常有刺鼻气味，莫非这液体亦可燃烧？心念一动，郭昕随即着手验证，以佩刀蘸取少量液体，用火烧灼。伴着一阵"滋滋"细响，刀尖果真燃起了火苗。

"且夫天地为炉兮，造化为工，阴阳为炭兮，万物为铜。合散消息兮，安有常则？"郭昕不禁想起这句父亲炼丹时常常吟诵的赋辞。那时他还年幼，在父亲的指导下满是新奇地捣鼓着那些瓶瓶罐罐。时隔多年，丹房中氤氲的白气，若有似无的苦味在记忆中竟是如此清晰。他一时失神，恍然觉得封疆拓土、光耀门楣也不过是幻梦一场，还不如留在父亲身边做个丹童，探求万物奥妙来得逍遥快活。

"都护大人，都护大人！"部下的呼唤将郭昕拉回了现实。

"既然这石液也可燃烧，那咱们不妨试试用它代替石炭。"他思索片刻，点头应道。在内心深处，他总感觉这次发现的液体与石炭有着说不清道不明的紧密联系。如今石炭已成为了安西四镇的命脉，那么它是否会在冷湖创造新的传奇呢？

连续几日，勘探营的士卒们都遵照郭昕指示沿地缝向下挖掘，但越往下，岩石越发坚硬，那液体的渗出量也始终不见增长。难道它和石炭不同，并不是集中贮藏在矿层中，而是游弋于地脉裂缝，无迹可寻？可那日出现的荧光又如何解释？当郭昕还在怀疑中举棋不定时，勘探营的挖掘却不得不暂时中止了。地缝在一片坚硬密实的岩层上走到了尽头，石液亦被阻塞，不再渗出。几名身强体壮的矿工轮番上阵，抡锤狠砸一阵后也不著见效。见众人筋疲力尽，郭昕决心另寻办法做最后一搏，倘若再无斩获，采集可燃液体的打算也只能暂且放弃了。为圈定实施范围，郭昕手持铁锹，不断地游走敲击，通过回声来估测岩层的厚薄。很快，他就画出了一个圆面，其中圆心就是岩层最为薄弱的部分。众人见都护大人亲力亲为，也就鼓起余勇，听从号令，将冷湖为过冬而储备的石炭分批运来，堆积在圆面内。此刻已近日中，正是一天之中热力最猛之时，随着郭昕一声令下，垒成小山一般的石炭被点燃，在冷湖终年不绝的大风中越烧越旺。郭昕领着众人避开灼人的热浪，耐心等到石炭燃尽，在撇尽炭灰后又将暗渠引向冷湖的冰雪融水截留了部分，泼洒在了岩面上。

"呲……"岩面只湿润了短短一瞬，在腾起的白气下，由暗红转为灰白，生出无数裂纹。

"成了！"此前费尽全力也未得寸功的矿工们早已按捺不住，心急火燎地冲了上去，不待郭昕催促便沿着裂缝一通猛凿。眼看裂缝在他们的操作下不断延伸，越来越细密，郭昕心中陡然一凛，大喊道："快停手，小心！"

话音未落，皲裂的岩层突然爆开，从地底蹿升的强劲气流裹挟着黑褐色液体喷涌而出。几名矿工猝不及防，全被这墨流喷溅得向后跌倒，其中一人铁锹脱手，不偏不倚正落在了岩层破裂处。

"轰！"铁锹刃口与碎石相撞，带起的火星没入气流，气流瞬间化为了一道冲天而起的幽蓝火龙。众人惊骇异常，踉跄着挣脱了黏重的黑液，活像一条条从污泥中跳出的泥鳅。好在黑液不似地下气体那般容易引燃，此刻已慢慢流淌开来。经郭昕清点，幸而未有士卒死伤。

荒漠石滩，地底墨泉，还有那宛如活物般永不熄灭的诡异火焰……这一切构成了一幅空灵而又分外真实的画面，郭昕等人聚在一起，怔怔地瘫坐了许久。过了半晌，黑液仍在汩汩冒出，风中飘摇摆动的火焰更是毫无停歇的迹象。郭昕猛地一激灵，反应过来，忙命人将砂石配水调成黏土和泥浆，费了好一番功夫才将岩层裂口封堵压住。经此一遭，他算是彻底明白了，地下矿藏种类繁多，其形态、构成远比想象中的复杂，可做燃料的也绝不止石炭一种。因那黑液产于石中，黏腻似油，故被众人称之为"石油"。自然而然地，与石油相伴而生的可燃气体就是"石气"了。

五、万物化生

经过潜心研制，郭昕设计完成了一整套用于开采和利用石油及石气的装置。在原先的岩层裂口处，差人就地筑炉，烧造了一个上、中部各有一处，下部则有两处开口的巨型陶瓮。又以之为模加覆数层，层层相套，确保复合巨瓮密封性及抗压性无虞后，于上、中、下三处开口接以陶制导管，最后再经与岩层裂隙相连的下部开口将封土重新掘开。

石油与石气虽一道涌出，但石油黏重，石气轻浮，无须处理便会自动分离。在陶瓮有限的空间内，石油泄入下部的陶管，受挤压抬升的石气则灌进上部陶管，分别被引回冷湖镇内。为储存石油，郭昕命工匠加紧赶制了一批大号铁桶，灌满后放入地窖，随取随用。至于石气，因目不可视，不便分装，郭昕索性在导管尽头将其直接引燃，作为长明之火日夜熔炼矿砂矿石。只在熔炉偶尔修缮时将其掐灭，套上革囊，待石气充满后扎紧取下，留待日后研究。在开采一段时日后，随着地压逐渐释放，油气喷涌的速度大不如前，郭昕适时启用了陶瓮下部的最后一处开口。他集全镇之力铸造了一根奇长无比，内部中空的铜管，将其插入地下后自地势高处通过水车向内注水。很快，冷湖的油气产量就恢复了正常。

因石炭、石油和石气的大规模应用，冶炼时炉温增高，安西的冶金效率实现了突飞猛进的提升，其中又以铁器最为显著。郭昕治理安西，历来重视实务。四镇及冷湖工匠上行下效，亦对自己的傍身之计精益求精。在无数次的试验后，他们改进了传自綦毋怀文的团钢法，借助石气地火将铁矿融为铁水后直接浇淋在仅经过初煅的熟铁之上。两者相融后再反复锻打，去除杂质，方可获得性能极为优越的精钢，用来制造兵器最为合适不过。

郭昕对此大加赞赏，心中甚是欣慰。他知道，此风一开，安西的未来便有了希望，自己也不必再事无巨细地介入到这里的方方面面中去了。

离家那年，郭昕年纪尚轻，还未娶妻成家。但此刻，他竟有了一种身为父辈守护子女的豪迈之感。如今安西渐已成长自立，他终于可以将肩头的重担暂且放一放，开展属于自己的问道之旅了。

父亲一生痴迷丹药，既不出仕，也不从军。但与寻常钻研此道的人不同，他并不是为了成仙，对服药长生一说更是嗤之以鼻。

从前郭昕并不理解父亲这看似矛盾的作为。但当他于危如累卵之际被朝廷派往安西，他才终于意识到，郭氏一族已然树大招风。也许父亲也曾有过封狼居胥的豪情壮志，但伯父位高权重，退无可退，家族既要避嫌，就只能委屈他这个弟弟了。好在父亲为人冲淡谦和，寄情于硫黄、朱砂、水银等物之间，将它们按不同比例和配对逐一试炼，再根据经验推测最终产物，以此打发时间，倒也自得其乐。

郭昕记得父亲曾说过，世间本原不过"金、木、水、火、土"五行而已，万物皆是其相生相克的产物。这一朴素的认知在诸如"水—冰—汽"之类的物质循环中确可得到印证。石油、石气与石炭同产于地下，均可燃烧，三者之间似有关联。郭昕最初便想当然的认为它们本系同源，只是与水类似，分为三种形态。作为燃料，它们各有所长，但到底还是固态的石炭最易使用和储存。若能将石油石气尽数化为石炭，冶炼成本势必降低，岂不是一件美事？

然而，他稍加思索便发觉预想与事实有所偏差。水，冰，水汽的转化显然是由温度所决定的。常温为水，热而化汽，冷凝结冰，它们之间必定存在一个温度的临界点。但石炭、石油、石气均在常温下存在，在冷湖镇内，人们也曾将它们储于一处，同样未有异常情况发生。

即便如此，郭昕仍不死心，非要试过之后才肯罢休。但无论他在铁桶外堆砌多少冰块，桶内的石油始终没有丝毫凝固的迹象。而同样的方法也在石气液化的尝试中宣告失败。也许石油、石气与石炭间的转化条件不是温度？郭昕想到了另一种可能。可任他用遍所有办法，几乎还原了石炭采掘时现场的一切条件，石油和石气都没有产生他所想要的变化。郭昕明白，再不能用水、冰、水汽的关系来类比石油、石炭和石气了，它们根本就不是同一种物质。

虽说结论已经明了，但事先设计好的实验步骤仍需完成。郭昕最后将少许石炭装入了一个陶瓮中，密封后再点火炙烤。设计这个环节的目的本是在石油固化、石气液化完成后，通过将石炭加热液化成石油再气化为石气这种反向验证的方式勾勒出这三者互相转化的整个过程。但随着前两个步骤的失败，这个设想就如无本之木一般，已经没有存在的意义了。

谁知，天地万物再次展示了它变化无穷的一面。在陶瓮封口被揭开时，郭昕分明感觉到有气体涌出，呼吸为之一窒。再看看罐内，石炭已经变为了色作灰白、泛有光泽的多孔块状物。更令人难以置信的是，在陶罐底部竟浅浅地积上了一层黑褐色的黏稠液体！①

这液体会不会是石油？倘若如此，那瓮口涌出的气体就一定是石气了。郭昕又将这一过程重复了几遍，收集了更多的不明液体及气体。至少从外观上看，它们和石油、石气非常相似，并且也能燃

---

① 主人公在这里无意中发明了煤炭炼焦技术，得到了焦炭、煤气、煤焦油。关于真实历史中炼焦技术的发明年代，学界尚有争论，一般认为早至宋元，晚至明初。

烧。只不过，石气燃烧时几乎无味，但那种偶然生成的气体却会产生较为刺鼻的气味。郭昕猜测，可能是石炭在地下形成时混入了某些杂质，加热发散时被气体带出，再在燃烧中释放的缘故。至于为何石炭无论密封多好，加热多久都只会部分液化和气化的问题，他则归咎于陶瓮无法完全模拟地脉中的环境。

这些推测或许不无道理，但却无法解释石炭可液化及气化，反之不可的现象。日子一天天过去，期间郭昕还指挥安西军民数次击退了来犯的吐蕃大军。不曾想，在这紧张的间隙，一支远道而来的波斯商队居然令他的求索之路重现曙光。

波斯与中原早有往来，至贞观十三年、二十一年、二十二年①因大食②步步紧逼，波斯帝国更是三度遣使朝贡，向大唐求援。可惜大唐先后与西突厥及吐蕃陷入了对西域旷日之久的拉锯争夺之中，国力虽盛却也鞭长莫及。待到伊嗣侯子孙相继流亡大唐后，其王裔与国内复国势力的联系就完全仰仗于穿梭西域的商队了。

这支波斯商队显然也肩负着这一不同寻常的使命。除丝绸、瓷器等常见货物外，他们还置办了不少盔甲兵器。途经龟兹时，因吐蕃来袭，商队一时滞留，城守便想征用其武备以解燃眉之急。谁知商队不但不予配合，还聚集在都护府外要求都护大人出面主持公道。

他们哪里知道，自油气开采和铁器冶炼渐成规模后，郭昕每年常有近半时间驻扎在冷湖，只是为防四镇生变，每次都是秘密出城。城守有苦难言，未曾想到区区几个波斯人竟这般棘手。若是因此走漏了大都护此刻不在城中的消息，岂不因小失大？

进退维谷之际，城外响起一阵厮杀声，片刻后又归于宁静。一队军士突入城中，兵不卸甲马不解鞍，正是从冷湖驰援而来的郭昕等人。

---

① 分别是公元 639 年、公元 647 年和公元 648 年。
② 唐时对阿拉伯帝国的称呼。

"何人在此喧哗？"郭昕策马跃出，横刀上血迹未干，煞气纵横，瞬间就将一众波斯豪客统统镇住。

"大都护好大的威风。"清悦的嬉笑声中，人群分开，一个包裹在雪白长袍中的婀娜身影缓缓走出。

寂寥单调的黄沙大漠下，身姿曼妙的美丽女子如冰山上的雪莲，却用面纱将脸遮住，仅露出一双眼睛和微卷的栗色发梢。顾盼之间，深碧色的眸子中仿佛有湖水荡漾。

"尔等因何在我府前聚集？"郭昕没想到穿行大漠的彪悍商队竟是以一名年轻女子为首，语气一时柔和了许多。

"大人来自大唐长安，可识得继忽娑①么？"

"继忽娑？"这个名字唤起了郭昕已有些模糊的遥远记忆。不是那个永留长安，交游广泛的波斯王子么？在自己出使安西的前几年，还听说那王子随从妃嫔中有人诞下一女，长安显贵纷纷祝贺的事呢。

"波斯王子的大名我自是听说过，但家中长辈不喜我外出结交，故而无缘得见。姑娘也是波斯人士，可与继忽娑王子有旧？"孤守安西多年，关于长安的一切，对郭昕而言都有一种难以抗拒的亲近之感。

"继忽娑王子正是家父。吾父虽仰慕大唐，身在长安，却仍心念故国。我亦遵循父命运送军资，接济尚在国内留守的义军，谁知路经贵地却被扣押。我非不愿支持安西抵御吐蕃，大都护同是为国尽忠、矢志不渝之人，当能理解我的难处。"

白衣女子将事情原委不卑不亢地一一道来，郭昕心中也早有判断。须知安西贫瘠，大部分土地不宜耕种，开放道路，保护往来商旅实乃安身立命之本。不过城守事急从权，倒也不必苛责。于是郭

---

① 伊嗣侯玄孙，曾于开元十八年（730年）、开元二十五年（737年）两次入唐朝贡，其中第二次似乎永留不返，很可能在之后老死长安了。他是波斯萨珊王朝见于我国史书中的最后王裔。

昕命城守继续前往镇外布防，由他接手了所扣货物，盘查无误后便亲自送还。

自郭昕率军救援，在镇外大败吐蕃之后，城防已固。虽已破城无望，但吐蕃大军仍仗着人数优势在镇外啸聚不散。在这段被困于城中的日子里，他与自称帕蜜丝的波斯女子因同病相怜成了无所不谈的至交好友。

令郭昕惊奇的是，帕蜜丝虽为女子，但见识广博，还精通占星、炼金之术。她曾游历于大唐、吐火罗①、波斯、大食等国，诸番妙论总让郭昕有耳目一新之感。

一日，郭昕将自己在安西发现和使用石炭、石油、石气的经过颇为自得地介绍给她，却不想一下便被这狡黠如猫般的女子抓住了软肋。

"都护大人真是个固执的老学究！你怎么能断定石炭密封加热后生成的液体和气体就一定是石油和石气呢？明明已经有许多迹象表明它们压根就不是一类物质了。"郭昕仍然无缘得见她面纱下的容颜，但只要听到这青春明媚的声音，他的心情就会莫名地开朗起来。

"哦？那你认为它们是什么？"郭昕饶有兴致地问道。

"我也不知道。"帕蜜丝俏皮地耸耸肩。想了一会儿，她又说道："也许你的思路从一开始就错了。在大唐，僧侣们教给了我观察世界的方法。他们认为，三千世界，混沌未分。世间万物，本就是相互关联、相互融合、难分彼此的。千百年来，在波斯和大食，甚至是更为遥远的西方，炼金术士们一直致力于将水银变为黄金，却从未听说有人成功过。这些是不是能够说明，大人对石炭的炼制和我所研习的炼金术，从来都无法将一种物质转变为另一种物质，而只是将多种物质的聚合体不断分离或是重新融合的过程呢？"

"你说得有理……那么世界的本原是什么？一尘中有尘数刹，万

---

① 中亚古国，大致位于今阿富汗北部地区。

物真的都由'金、木、水、火、土'构成么？"模模糊糊中，郭昕似乎领悟到了什么。

"大道至简，古老的玄学往往蕴含真知。相比西方文明，东方的哲人们在思想上的探索无疑更为深远。但你们同样也有缺点，你能想到是什么吗？"帕蜜丝抬起头，正对上郭昕专注的目光。如小鹿般，她倏地躲开了。

"你的意思是，我对石炭的炼制也受制于此？这么说来……我们总是依赖于模糊的直觉和祖辈积累的经验，却缺乏系统的分析和精密的论证。"郭昕直言不讳道。

"哈哈。"爽朗的波斯女子顽皮地拍了拍手，似乎对这个"学生"的悟性很是满意。

"既然先贤已经为我们指明的方向，那接下来，就是用精确的手段来验证它了。帕蜜丝，你愿意帮助我么？"郭昕喜形于色，多少年来，他从未感到自己像此刻这般清明透彻过。

"当然……"她低下头，声若细蚊，薄如蝉翼的面纱下似有红霞闪过。

多年之后，芳华已逝。当郭昕独自一人在龟兹孤城的漫漫长夜中徘徊时，他总会克制不住地想起这段如梦似幻的绮丽岁月，那是他一生之中最美好的时光。

在连续几天废寝忘食的讨论后，郭昕和帕蜜丝达成了共识。他们认为世间万物的构成和运行类似于阴阳五行，但组成这个世界的物质绝不只有"金、木、水、火、土"这五种。在它们之下，还有着更微小、更本原的存在。斟酌再三，两人决定将它们称之为"元素"：元，始也；素，本质也。相应的，由不同元素组成的复杂物质，可谓"化万物而合之"，则被称之为"化合物"。

不经意间，志同道合的两人在远离繁华的荒漠孤城中迸发出了超越这个时代的文明之光。他们使用炼金术中的分馏、干蒸、冷凝等方法，将化合物不断分解，反复提纯，以期获得各类纯净的元素。

除了独到新颖的视角外，帕蜜丝还为郭昕带来了西方的透明琉璃。还在家中时，他也见过几件用于盛放丹药的琉璃盏，但均为杂色，且厚重易碎，远不及帕蜜丝手中的轻便耐用。据父亲说，琉璃早在商周就有，只是后来瓷器大兴于世，会烧制琉璃的工匠已经不多了。没想到，实用不比陶瓷、美丽不及珠玉的琉璃，却成了两人手中探索万物奥妙的利器。杯状的、瓶状的，还有管状的……借助形形色色的琉璃器皿和一些其他材料制成的容器，他们进行了不少旷古未有的实验，分离并提炼出了许多神奇的物质。

排除纷繁杂芜的表象之后，他们发现，有一些物质已经达到了纯净的状态，无法再继续分离，足以视为元素。例如金、银、铜、铁、锡、铅和水银。还有一些物质，似乎无处不在而又无从萃取。比如让郭昕引以为傲的石炭、石油、石气，抑或是传统的木炭和竹炭，燃烧时总会有烟尘产生，这种灰黑色的物质是否存在于一切可以燃烧的化合物中呢？索性就叫它"炭"吧。

又比如，通过观察，郭昕否定了气为场，不在五行之中，而火又为五行之一的传统观念。古有燧人氏钻木取火，而今蒸煮冶炼，人们走出蒙昧的每一步，都离不开它。正如在他们实验中所体现的，本质上，火是物质融合、分离、转化时释放的一种能量。反之，它也能催化这一循环。

而在火焰燃烧时，倘若将它置于密闭的容器内，即使燃料未尽，它也会熄灭。这一现象让郭昕想起了两件事。其一，在某次挫败吐蕃攻城计划的战役中，敌军大部被阻于城外，不支退走，只有一只重甲步军突入城内，被守军困于一酒窖内。从装束上看，该支敌军系吐蕃自尼婆罗①征调而来的奴隶兵，极是悍勇。屡次劝降不成后，为免手下将士徒增死伤，郭昕下令引火逼之，不想敌军顽固，竟无人出逃。火灭之后，士兵冲入酒窖，发现其中的敌军已尽数丧命。

---

① 今尼泊尔。

郭昕检视尸首，发现大多并被无焚烧痕迹，观其口鼻，状似闷毙。其二，为摸索保养兵器的办法，郭昕曾将几柄刀剑投入油中，数年后起出擦净，果如新铸一般不见一丝锈迹。

综上郭昕认为，在天地之间充盈着"气"，气亦由元素构成，其中与吐息、助燃、起锈相关的是为"阳气"，其他无法与别的物质发生反应的是为"阴气"。

当越来越多的元素被不断发现，郭昕和帕蜜丝开始意识到它们之间似乎存在着某种规律。这些元素形态各异，但大致可分为三类，一类以黄金为代表，质稳固，几乎不与其他物质发生反应，即使不经提取，也天然有纯度颇高的矿藏富集。一类以阳气为代表，质活跃，时刻都在参与其他物质的转化，无法提取和保存。还有一类介于两者之间，种类也最为繁多，银、铜、铁皆在此列。

郭昕猜测，元素就如《张丘建算经》①中提及的数列一般，依活跃程度渐次排序。帕蜜丝深以为然，手绘图表，将元素逐一填入。可问题在于，他们无从知晓元素间的"公差"。现有元素有些相似，有些差异极大，显然在它们之间还存在许多尚未被发现的新元素。两人穷尽了所有的智慧，终于窥见了万物本原的一线曙光。至于那幅元素序列图，也只能留待后人补全了。

即使这样，郭昕和帕蜜丝依托阴阳五行，借助炼金术发展而来的"元素说"也称得上是海内无双。此前他一直不明，为何以石炭为燃料冶炼的兵器质量不如用木炭冶炼的？现下反省，恐怕是因为石炭在地脉中形成时，不仅有可供燃烧的炭元素，还掺杂了许多其他元素，这些元素与铁融合得不甚牢靠，兵器自然脆硬。而通过密封加热石炭的方式得到的灰白精炭，杂质连同释出的炭气、炭液一并去除，也就不存在这个缺陷了②。受此启发，郭昕用类似的方法对

---

① 成书于公元5世纪左右的数学著作，研究了等差数列中公差、总和、项数的算法。
② 实际是一种炼焦脱硫技术。

石油加以冷凝，从中分馏出了不再黏稠滞重的轻油，将之灌入特制油柜中用以守城火攻，威力极大。

诸如此类的难题一个个迎刃而解，兵寡粮薄的安西再次为自己赢得了些许生机。

郭昕多想日子就这样永远过下去，但他与帕蜜丝都明白，离别的一天终会到来。快乐的时光总是如此短暂，两人都默契地回避着这个话题，但郭昕分明在帕蜜丝眼中看出了浓浓的忧伤。

一转眼已是贞元三年①，北上回纥前往中原的道路虽还畅通，但来自朝廷的消息却是时断时续。这时一位故人的到来，不仅印证了郭昕对安西处境的判断，也坚定了他让帕蜜丝速速离开的决心。

六、坠蛟之困

来人正是朝廷的使者，亦是郭昕曾经的部下——段文秀。

"都护大人，一别数年，您与诸将可还无恙？"一见郭昕，段文秀声泪俱下，倒头便拜。

"段大人使不得！"郭昕连忙将他扶起，温言道，"安西虽然闭塞，但尚可维持，我等也一切安好。只是如今段兄在朝中深受陛下重用，切不可再依四镇旧规了。"

"大都护哪里的话。若要我选，我情愿永留安西，与诸君同生共死！"段文秀言辞恳切，令郭昕感怀之余也庆幸自己当初没有看错人。那么他此次代表朝廷重返安西，将要传达些什么呢？到底是好是坏，是福是祸？

既是信得过的人，倒省去了官场客套，郭昕索性直入主题。

段文秀熟知郭昕心性，加上皇命在身，纵然心中愧疚，也只得据实相告："今岁回纥可汗遣使请续和亲，圣上已经复信应允。下官

---

① 公元 787 年。

送走回纥使臣后，自请重返故地，替圣上宣慰安西将士。只是大乱之后，中原藩镇林立，朝廷政令不通，钱粮不济，实无余力支援……"说到后面，他的声音越来越小，头也越埋越低。

"唉！段兄不必自责，近年来朝廷对安西多有赞许，却不见一兵一卒，我心中也早已有数。钱可自铸，粮可自耕，只是可怜我手下一众弟兄，青丝出塞，却连白发而归亦不可得。"郭昕叹道。

"朝廷已决意与回纥结盟，届时回纥可汗身为我大唐之婿，自当在西域全力相助。"段文秀心中不忍，急忙劝道。

"段兄不必多言。你我都知道，顿莫贺可汗年事已高，回纥国势也大不如前。还请段兄回去禀告陛下，大丈夫守土有责，我安西军民，理应不负天恩，唯死战到底而已。"

"大都护……"段文秀悲从中来，又思及自己竟是安西得归故土的少数几人之一，更是羞愧难当。

与段文秀的大悲大恸相比，郭昕却很平静，毕竟这一切早在他的预料之中。哪怕被朝廷抛弃，他和他手下的将士们仍可以安然接受为国赴难的命运。

但此时此刻，他心中放不下的，是另一个人。

段文秀还得赶回长安复命，为防吐蕃滋扰耽误行程，郭昕便率军护送其连夜出城。看着使团灯火渐行渐远，郭昕心中空落，明白自己和长安的唯一联系，恐怕就要自此斩断了。回城之时，夜色已深，但路过波斯行馆，其间尚有一屋油灯未熄。

窗纸之上，一袭倩影摇曳不定，不知它的主人在想些什么，是否正独自神伤呢？

"帕蜜丝，是我！"犹豫良久，郭昕终于敲响了薄薄的木门。

"郭大人请进。"出乎郭昕意料，仅过片刻，帕蜜丝便为他打开了房门。更让他手足无措的是，素不以真面目示人的帕蜜丝此时竟未戴面纱。

若非群玉山头见，会向瑶台月下逢。晦暗的烛光也无法掩盖帕蜜丝清丽绝伦的面容，郭昕惊为天人，一时竟有些痴了。

"郭大人今日深夜来访，常挂在嘴边的男女大防倒是忘了个干净。"帕蜜丝扑哧一乐，眼中满是欣喜。

"帕蜜丝……因我一再强留，你与商队已在龟兹盘桓许久。如今吐蕃已退，明日，我便送你们出城吧。"郭昕心中纷扰，明明有千言万语，最后却只说出这冷冰冰的一席话。

"这就是你想与我说的？你可知我等了你多久！"帕蜜丝身为胡人，天性率真，语带倔强，但晶莹的泪珠却止不住地从眼角滴落。

"我……"见此情形，郭昕心中更是不舍。慌乱中，这位在战场上运筹帷幄的统帅早已将预备好的说辞抛诸脑后，只想一吐衷肠。

"若非万不得已，我又如何忍心让你离开！"他痛呼道。

"哼，安西于内大兴水利、采矿、冶铸，粮草充足，刀兵锋锐。于外得回纥相助，与北庭互为倚靠。纵使吐蕃常年围困，又有何惧？"听得郭昕袒露心声，帕蜜丝转悲为喜。

"北庭都护李元忠已于去年病死。接任的杨袭古虽勇烈有余，却不知谋定而后动。况且顿莫贺可汗年迈，国事皆托付于大相白婆帝，其朝中多有不服，西域局势恐将生变。安西裹挟其间，如履薄冰，虽有牢甲利兵，但连年征战下，兵力早就捉襟见肘。"郭昕久经沙场，向来以精明强干自持，这是他唯一一次在外人面前直陈忧虑。

"这么说来，你倒是为了我好？"帕蜜丝惨笑一声，泫然欲泣。

忽明忽暗的烛火中，两人默然相顾，似要将对方永远记在心里。天色渐明，帕蜜丝终于鼓足勇气，灿若晨曦的眼睛直视郭昕，定定道："咱们一同离开安西可好？从此海阔天高，我愿常伴君之左右。"

"安西需要我，将士们也需要我。"郭昕突然起身，径直往门外走去。正是九曲回肠处，他怕再多留一刻，自己死守安西的决心就会动摇。

"你和我的父亲都是一类人，执迷于早已逝去的繁华。泰西封被大食攻破时，数之不尽的珍宝风流云散。百年前长安城内万国来朝，如今朝不保夕。你们可曾想过，城市终将消亡，文明却能重生，抱残守缺又有何用！"帕蜜丝哭喊道。见郭昕不为所动，她终于死心，"砰"的一声关上了房门。

清晨，当郭昕再来送别时，波斯行馆已经空无一人。问过城守才知，就在自己走后不久，帕蜜丝便率商队出城远去了。

"大人，这是帕蜜丝托我给您的。"城守递来一部用丝绸精心包裹的书稿。细细翻来，字迹工整娟秀，全是帕蜜丝手书总结的炼金之术。书稿最后一页，是那张她和郭昕共同编制的元素序列图，其下写有一句王子安的五绝——海内存知己，天涯若比邻。句末墨迹晕染，当是泪水浸润之故。

"大都护，末将知你与帕蜜丝情谊深厚，因此昨夜未敢阻拦，实属失职，还望大人降罪。"见郭昕满面颓丧，城守自感闯下大祸，连忙跪地请罪。但好一会儿也不见发落，他抬起头来，却只看到郭昕孤寂落寞的背影。

几日后，又一个噩耗传来。据斥候传报，帕蜜丝所在的波斯商队遭到了一支吐蕃游骑的劫掠，危在旦夕。

将士们无法让他们一贯儒雅却又盛怒至极的大都护冷静下来，压抑已久的郭昕彻底爆发了。他跨上战马，披坚持锐，绝尘而去，将麾下的军队远远地抛在了身后。

他策马狂奔，穿过荒漠，跃过沼泽，战马嘶鸣，蹄声密集如雨。终于，在一座沙丘后，他找到了已被屠戮殆尽的商队。遍地狼藉中，那抹熟悉的雪白直入人心，郭昕冲上前去，是帕蜜丝掉落的面纱。

"帕蜜丝！帕蜜丝！"他几近疯狂地呼喊着。

"快去救她……"一个微弱的声音传来。

"帕蜜丝在哪？"郭昕跳下马，将死尸丛中的幸存者拉了出来。

"郭大人？"此人正是帕蜜丝的侍卫之一，他认出了郭昕，将帕蜜丝逃走的方向交代清楚后便断了气。

郭昕飞身上马，按照侍卫所指的方向继续追踪。不一会儿，便与一支折返的吐蕃骑兵狭路相逢。

很快，单骑独行的郭昕就陷入了吐蕃人的包围之中。几经冲杀后，持刀的右臂已经发麻，但敌人越聚越多，眼看就突围无望了。唯一让他安心的是，吐蕃军中始终不见帕蜜丝的身影，她是不是已经逃出生天了？

一记重击打断了郭昕的思绪，他坠下马来，仰面朝天，等待着死亡的降临。

"轰，轰，轰！"接连不断地炸响突然从四周传来。战马受惊，纷纷人立而起，将骑士抖落马下。一队头戴圆盔，身披锁甲的武士突入阵中，乘势掩杀，只几个回合就击散了吐蕃人。

"大都护！"他们将遭受重创的郭昕扶起，摘下圆盔，为首的赫然是龟兹城守。

"你们这是？"郭昕大惑道。

"大人，这些盔甲和将炭气封入酒坛内制成的震天雷，都是帕蜜丝送给您的礼物。临行前，她嘱咐我等他们走远之后再交给你。"

"帕蜜丝，你何至于此！"郭昕万万没想到，看似洒脱的她竟处处为自己考虑。顾不上伤势，他和部下又沿着吐蕃人的足迹搜寻了很久，可仍然难觅芳踪。

返回龟兹后，郭昕始终无法释怀，末了竟大病一场。为免触物伤情，在众人的劝说下，他便前往冷湖静养。

冷湖远离商路，除了与安西结盟的吐谷浑外，绝无生人靠近。郭昕在这个远离喧嚣的世外桃源里，钻研书稿，观测星象，心绪渐宽下，身体也慢慢复原。

夜深了，郭昕牵着一头骆驼，爬上了一座小丘。冷湖的夜空极为纯净，星汉灿烂、摄人心魄，长久观之，可解世间万千苦恼。繁星如盖，靠在匍匐着的骆驼身边，帕蜜丝、段文秀、父亲、伯父，这些人一个个从脑中闪过，他沉沉睡去。

那个湮灭已久的梦境，又回来了。

与以往不同的是，化身为蛟的他这次却不在湖中。

周遭云气流转，他感到一阵兴奋，成功了！他终于脱困了！可是，自出生之日起，他就从未离开过大湖。母亲飞升后，他的身边再无同类，他又怎会知晓大海该往何处而去？他茫然无措，为了省力，只好顺着风力向西滑翔。

不知过了多久，期待中的浩瀚沧海仍未出现，风向却陡然一变。他心中一慌，偌大的身躯失去平衡，顿感沉重。直到这时他才发觉，云中水雾已在自己身上形成了一层薄冰。发育不全的鳞片被冻住，无法张开，他丧失了最后一点儿动力，绝望地向下坠去。穿过云层，地面急速放大，他猛地瞥见远方似有一处反光。再仔细一看，没错，那是一个湖泊！它是那样的小，连自己拼命逃离的大湖都胜过它百倍千倍。但为了活下去，他已经别无选择。

"哼哧，哼哧……"身后的骆驼不安地低鸣着，他醒了。

与以往模糊不定的感觉想比，这次的梦境格外真实。醒转之后，也不像之前那般头痛欲裂。也许在亦真亦幻间，自己已与那梦境完全融为一体了吧。郭昕心中淡然，兴致已尽便准备返回镇内。

温顺的骆驼今日有些异常，它瑟缩着不愿站立，被勉强拉起后又口咬缰绳，不停地甩头。郭昕用尽全力牵着它往丘下走去，一路上磕磕绊绊，几欲脱手。行至湖边，大风吹过，蓦地带来一股浓烈的腥味。闻得这气味，骆驼更是抖如筛糠，跪伏在地，再也不肯向前一步。

湖里有什么东西？一念及此，郭昕突然想起，梦境中，地面上那个小湖的轮廓，竟是那样熟悉。

是冷湖！

冥冥中似有所感，郭昕抛下缰绳，发足狂奔，向湖边冲去。远远地，他看见冷湖靠近山脚的一侧有一道长长的拖痕，在拖痕尽头的湖岸边，已经围满了先行赶到的士卒。

"大人！"一黑瘦将军领着数名军士迎面走来，正是已被郭昕擢升为冷湖城守的张三儿。

"小人刚想向您禀报，没想到大人已经到了。"张三儿拱手道。

"发生什么事了？"郭昕不免忐忑，难道梦中幻象，真要应验？

"这个……今日所见，太过离奇，属下嘴拙，也不知如何阐明。大人还是随我来吧，一望便知。"张三儿摇摇头，神色惊惶。

分开人群，郭昕不禁倒吸一口凉气，一个庞然大物，真的就出现在了他眼前。

只见它通体洁白，色若鱼腹，趴在岸边，委顿不堪。甫一观之，其体态颇类鳄鱼，亦有长吻、四肢、圆尾。但细细看来，尾部无鳞，四肢羸弱，眼眉之上还有肉角凸起，又与龙相似。

此时冷湖正值夏季，日出之后，寒气散尽，很快便酷热难当。那怪物降落时似已失控，与冷湖差之毫厘，跌在山脚。一路蜿蜒挣扎后，遍地腥膻，招来成群蚊蝇。起初，怪物还能将鳞片翘起，待蚊蝇循腥而入时骤然一合，将其夹死。但时间一长，它身上的黏液已近干涸，鳞甲也不再翕张。

郭昕已经大半确信了梦中之事，正犹疑间，那怪物不堪蚊虫叮咬，勉强扭动了一下，露出了被压住的身体一侧。

"咱们在青海遇蛟的事，你还记得吗？"他向身边的张三儿问道。

"当然记得。那日若不是大人神勇，如今我们哪还能站在这儿说话……"张三儿还未说完，却听郭昕指点道："你看它颔下。"

定睛看去，只见怪物颔下鳞片破裂，明显是一处旧伤。

张三儿猛地睁大双眼，世间怎会有这么巧的事？他将信将疑地看向郭昕，只听郭昕低声道："是了，在青海，被我一箭射伤的就是它！"

郭昕心中最后一块石头也落地了。仿佛为了回应他，不知从哪里突然响起一个声音："救我！"

"谁！"郭昕惊道。一旁的张三儿却脸色大变，额上渗出豆大的汗珠，直呼头疼。

"水！"无迹可寻的声音再次传来，张三儿忽然浑身一震，晕厥了过去。

环视四周，郭昕发现，除张三儿之外，另有其他几名军士面色惨白。此等情形，与那次青海射蛟后发生的几无二致。

郭昕原不信鬼神之事，但当下却也不得不信。梦境中的一切全是真实的，而它和那个神秘的声音，都来自于这条蛟！并且，所有人中，自己对它的感应最为敏感，张三儿次之。经过不断的刺激，他对梦境和怪声已经习以为常，而张三儿还处在他刚离开青海时的那个阶段。

当务之急，是按照吩咐将它引入湖内，郭昕很快做出了决定。安顿好张三儿等伤者后，他召集了剩余对蛟毫无感应的士卒。众人先是在坠蛟身边支起了草棚，暂且挡住毒辣的日头，再不断从湖中舀水，泼在它身上。受凉水一激，聚集成片的蚊蝇"嗡"地四散开来，蛟动了一动，神气略有好转。接着，郭昕命士卒在蛟身前方掘一浅沟，沟内倒入牛羊油脂，准备将其拖入湖中。这时，郭昕却犯了难，如何才能将绳索系在蛟身上呢？虽是气息奄奄，但其身长足有数丈，口内利齿森森。安西兵力本就不足，郭昕爱兵如子，更不可能轻易让手下士卒以身犯险。

思虑再三，郭昕叫来谙熟牧马之术的士卒，结好绳圈后抛出，看能否挂在蛟爪等处。没想到，那蛟极为通灵，竟主动张开大口将绳圈衔住。郭昕大喜，如此反复几次，被蛟咬紧的绳索已有数股，应该能拉动它庞大的身躯了。

被人类蓄养的家畜天生就对野外的凶兽抱有恐惧。骡马不肯靠近湖边，郭昕只好将士卒分为几队，以人力拉拽。那蛟亦知性命攸关，竭力刨动与硕大身躯并不相称的四肢。在阵阵号子声中，它动了，紧接着在挖好的浅沟内一路滑行，终于没入了湖水中。在浅水区舒缓片刻后，它蠕动身子，潜入湖底，消失不见了。

自见到蛟之后就一直莫名焦躁的郭昕感到心头骤然一松。不用说，自己又与那蛟心念相通了，它得救了。

返回冷湖镇内时，张三儿已经苏醒，郭昕放下心来，未曾留意到部下阴沉的脸色。可只是他这一时失察，张三儿就险些酿成大祸。

几日后，郭昕正参照帕蜜丝留下的书稿对多年来从安西各地搜集到的陨铁进行炼化。

以陨铁冶兵铸剑，自古有之，从古今记载来看，一旦铸成，即为当世名器。这其中有何玄机？若能探明并运用于普通兵器铸造，定能造就一支所向披靡的军队。抱着这样的想法，郭昕先用木炭，再用石炭、石油、石气，将炉温不断升高。陨铁每融化一部分，就将溶液倒出，待其冷却凝固后再作比较。他注意到，在大部分铁和其他杂质之前，陨铁就有小部分融化，它冷却后形成了银白色的颗粒。看这颜色，郭昕不禁想起一物，那便是产于中原，却风靡西域的白铜。

郭昕研习炼金已久，不但在那元素序列图上又新添了几种元素，更形成了万物形、色、质皆因元素而生的观念。那么熔炼陨铁产生的银白色颗粒和白铜是否含有相同的元素？他的猜测很快就得到了验证。取来白铜器物和陨铁共炼，倒出最先熔化的铜水，剩余的白铜和陨铁熔化的部分合二为一，正是那种银白色的物质！整个过程极难把控，火候不足，无法炼除铜水，稍一过头，铁也随之熔化，无法分离。郭昕尝试多次，这才凑出了一小块。详细记录其特征后，郭昕认为它是一种新元素，因浸染于铜铁之中，故名为"涅"①。

忽然，一名侍卫急忙来报："大都护，请速往湖边一趟！张将军已领了几人驾船去了，说要斩蛟除魔。"

"胡闹！"郭昕大怒，只得放下手上的实验。

冷湖不大，水也不深，等郭昕赶到时，张三儿等人已用数张渔网将巨蛟团团围住。张三儿立在船头，正欲引弓射之。

---

① "涅"有染黑、文身的意思，主人公发现的这种元素就是现代意义上的镍。

"不好!"郭昕不及阻止,只见巨蛟加速一冲,已将渔网撞破,掉头潜入水下后又把船只打翻,船上之人纷纷落水。

离湖边越近,郭昕对那巨蛟的感应就越强,好在它虽愤怒,却无杀戮之意。

果然,众人都有惊无险地游回了岸上。它在报恩啊!

张三儿却不领情,他仍握紧弓箭,只要有水波划过便射出一箭。

"小心!"郭昕大喝一声,正在张三儿愕然间,巨蛟突然从水面探出头来,冲他吐出一道幽蓝色的火舌。

"啊!"张三儿吓得瘫倒在地,一摸身上,却毫发无伤,火焰未及他身便已熄灭。再看那湖面,连巨蛟也不见了踪影。

"巨蛟有灵,不愿伤人。你再执迷不悟,来日悔之晚矣!"郭昕斥责道。

"大人,当年在青海,数名弟兄被恶蛟所害,为何如今要以德报怨?"张三儿愤恨难平,一张黑脸涨得通红。

"张三儿,我问你,除了死于巨蛟袭击的那几人外,当年随我共赴青海誓盟的弟兄们,如今可还在否?"

"他们……他们……"张三儿猛地呆住。他发现,历经多年围困,那群人中就只剩下自己和郭昕尚在人世了。

"大人……弟兄们都死了。我们,怕也是回不去了!"张三儿痛哭失声。

"安西孤悬二十余年,便没那蛟兴风作浪,能苟活至今的人也是少数。巨蛟被困于青海,化龙不成,又坠入冷湖,境遇与我等何其相似?是我把大家带上了这条不归路,你要怪便怪我吧。如今,我只盼你们能好好活下去!"郭昕仰天长叹道。

之后,郭昕又把自己能与巨蛟感应之事告诉了张三儿。很快,张三儿也度过了与蛟心神相斥的阶段。他出身渔民,本就对水中灵兽敬若神明,放下仇恨后,一人一兽也达成了和解。冷湖无鱼,张三儿就每隔一段时间往湖中投入些许牛羊,甚至是将士们的残羹剩饭。那巨蛟倒不嫌弃，每每饱食后便慵懒地浮于水面，也算是冷湖一景。

就这样，人们和巨蛟相安无事地在冷湖共处了下来。

七、浮空之气

与张三儿不求甚解的态度相反，在最初的震惊过后，郭昕开始用严谨的态度来审视巨蛟身上的种种神异之处。好在巨蛟聪慧类人，与寻常灵智未开的野兽全然不同。借与其心念相通的便利，郭昕大致知晓了它被困于青海，又坠于冷湖的前因后果。

原来，蛟与龙实为同族。母龙产卵，孵化后的幼体即为蛟，若能顺利长成直至飞升，蛟便可化身为龙，如同虫豸化蝶一般。而蛟龙一族，并无抚育后代的习性，巨蛟之母因伤落入青海，产下它后便飞升离去。从时间上看，极有可能就是哥舒翰在湖心岛筑城时所见到的那条白龙。

青海虽大，偏偏无通道入海。巨蛟囿于湖中，活动范围及食量均得不到满足。可怜它岁岁蹉跎，体态却不见变化，飞升亦无可能。但它又怎会甘心？无数次失败的尝试后，它终于挟风暴之威冲入云端，顺风西行，却不幸在飞抵冷湖时力竭坠落。

这或许就是天意吧，郭昕不禁黯然。他和巨蛟，都是从一开始便选错了前进的方向。

巨蛟口不能言，但郭昕与它神交日久，自能将其心念所指一一对应。不仅如此，他还发现每到这时巨蛟额前凸起处就会有细碎火花闪现。人与人之间以声会意，巨蛟额前闪光，会不会与之同理，只是形式有别呢？这莫非就是人与蛟能够直接通灵的关键？于是，郭昕照其额前火花之形，在脑中逐一想象产生类似的火与光的现象。巨蛟肯定了额前火花便是它们一族言谈的方式，郭昕脑中随即出现了大雨震电的景象。他不解其意，巨蛟额前火花再闪，郭昕脑中又划过一幅雷击大树的画面。

是雷电！郭昕终于明白了。一念一动，皆为体内电之所化，人感知微弱，因此心意难测；蛟龙一族心电强劲，感知灵敏，当可意念相通。人与人之间亦有区别，自己和张三儿应是少数敏锐之人。夏商之际，尚有豢龙氏、御龙氏，后世却未有流传，个中原因恐怕也是如此。

至此，郭昕与巨蛟之间的感应已是全无障碍，但他仍有一事不明。于巨蛟而言，飞升化龙是其一生中最为紧要的关口，但它们身无羽翼，又是如何飞起来的呢？

面对他的疑问，巨蛟做出了演示。它浮于水面，张开鳞甲，其内"咻——咻"吸气，身围胀大数倍后再蹿出水面，将气喷出，以推力跃进。但是，它亦告知郭昕，仅有推力还无法飞行，更重要的是有足够的浮力。这种浮力，只能从它们日夜积存的另一种"气"中获得。它之所以在冷湖坠落，正是因为体内缺少这种"气"。眼见飞升无望，它已将仅有的一点在恫吓张三儿的那次冲突中喷出引燃了。

对于这种能使重物凌空浮升的气体，郭昕闻所未闻。它绝不是之前发现的阴阳二气。此外，石气、炭气虽也可燃烧，但就算充于轻薄的囊革之内也无法漂浮。万物元素以气、液、固三种形式存在，气最轻，而这种神秘的气体又是气中最轻，郭昕便以"轻气"称之。

在自己的推行下，冷湖冶炼已大规模的使用石气。而从石炭中分馏出的炭气，也被帕蜜丝利用其易燃易爆的特性灌入酒坛，制成了威力惊人的震天雷。珠玉在前，郭昕突发奇想，若能将轻气收集，运用于战场之上，又可收到何种奇效？他取来纸笔，逸兴遄飞，只寥寥数笔就绘成了一幅草图。

参考蛟龙飞升原理，郭昕设计了一个双层气囊。气囊上层充满轻气，提供浮力；下层装有改进自风箱的活塞连杆，一推一拉之间便可将阴阳二气吸入后再加压喷出，提供推力。最后，再以绳索悬挂可容纳数人的竹筐，"飞舟"便大功告成。这一构想若能实现，在陆乘车马，遇水行船之外，人们将于空中开辟一条畅通无阻的新通道。安西困局可解，只需领兵驾驭飞舟，进可从天而降，直扑吐蕃王城逻些；退亦可跳出重围，东归故土。

然而，这终归只是美好的幻想。在编制元素序列图，不断引入新元素的过程中，郭昕早有所察，气态元素虽无处不在，却无影无形，想要制备收集又谈何容易。即使如炭气、石气一般都是偶有所得，但如何将其分离提纯又是一道几乎无法逾越的障碍。

万物化生，玄奥难测。文明之光薪火相传，往往历经数代才能结出果实，郭昕也知无法强求。可树欲静而风不止，西域变局，本在他意料之内，却不想来得竟是如此之快。

就在段文秀离开安西之后的第二年末，咸安公主出塞和亲，回纥与大唐正式结盟。次年公主到达回纥牙帐，大唐亦应回纥之请，将回纥国名改为回鹘。可好景不长，当年十二月，天亲可汗顿莫贺卒。吐蕃趁回鹘汗位易主，无暇他顾之际，绕过安西，挥师北上，围攻北庭。辅佐顿莫贺登上汗位的前朝旧臣白婆帝率兵救援，被吐蕃击败。至贞元六年[1]，庭州终告失守，北庭都护杨袭古等两千余人东奔西州。而白婆帝收拢残兵败将狼狈返国，惊闻朝中已有废立。顿莫贺之子忠贞可汗被其弟伙同他人毒死，其弟自立为汗，旋即又被次相阿跌氏所杀，忠贞可汗年仅十六岁的幼子被扶上汗位。白婆帝新败，又被次相独占拥立之功，至此已然失势。

同年，吐蕃大军携大胜之威，南北夹击，猛攻安西南大门，也是四镇之一的于阗。郭昕亲自领兵驰援，可行至半路便收到于阗城破，镇守使郑据战死的消息，只好饮恨而还。

郭昕抗击吐蕃多年，虽胜多负少，但也明白敌众我寡之势已经无法改变。经此一役，他更深知安西之所以能坚持至今，与石炭、

---

[1] 公元 790 年。

石油、石气的开采和运用密不可分。正是因为它们的兴起，安西守军才能获得大量优质的盔甲和刀剑，甚至可以使用震天雷、火柜等神兵利器。

但是，在吐蕃严密的围堵下，安西商路渐断，马匹数量大为不足。且安西士卒久未轮换，年老体衰，又怎能做到兵贵神速？因此野战不利，唯有据城死守，节节抵抗方为上策。

为此，郭昕多次致信败走西州的杨袭古，痛陈利害，邀其率余部士卒，与安西合兵一处，以免为吐蕃各个击破。但杨袭古其人，远不及与郭昕合作甚笃的前任北庭都护李元忠隐忍老辣。他对郭昕的意见充耳不闻便罢，反将希望全盘寄于白婆帝一人。

贞元七年①，白婆帝悉发本部壮丁五六万人出兵北庭，试图以军功重振其朝中声威。杨袭古欲一战而竟全功，北上与之联兵。因轻兵冒进，未至庭州，联军便遭吐蕃大军伏击，复又大败。杨袭古与白婆帝仅以只身突围。为推卸战败之责，返回牙帐后，白婆帝竟将杨袭古杀害。

时值危局，郭昕不得不将安西仅剩的野战兵力投入到救援之中。多番混战后，吐蕃大军偃旗息鼓，安西除于阗失陷外，其余三镇得以保全。但从此之后，北庭为吐蕃所占，安西军民北上归国之路亦被彻底堵死。

绝境之中，郭昕开始将原本只存在于推演想象中的轻气制取实验付诸实施。虽然希望渺茫，但哪怕耗尽心力，他也要为大唐，为安西争得这逆天改命的唯一机会！

纵观郭昕多年来钻研万物化生的心得，气体制备，难在无迹可寻、不易区分这两点。但对于轻气，这第二点却很好办，其可燃且极轻的特性一试便知。再者，它又被那巨蛟视作命门，只需将所得气体充入囊革，巨蛟吞下后焉能不识？

---

① 公元 791 年。

那么，郭昕剩下要做的就是将轻气制备出来了。最初，他似乎找到了一条捷径，再次把目光放在了巨蛟身上。它体内的轻气是如何产生的呢？这一过程能否通过炼金术来重演？但当这一想法被巨蛟感知后，巨蛟给出的答复却令人大惑不解。因为巨蛟只需将水吸入体内，心念一至，轻气就会缓慢生成。若不是自幼被困于青海，生长缓慢，体虚力弱，它早就储好用于飞升化龙的轻气了。

尽管巨蛟与寻常所见的生物大相径庭，但连郭昕都没想到轻气竟能在它体内无中生有。这完全违背了他万物总量恒定，只不过相化相生的观点。会不会有什么细节被自己遗漏了？会不会是巨蛟体内有什么特殊物质？他反复思量着。可巨蛟的栖息、进食又不见任何特别之处。按说巨蛟化龙后即可飞升，以其巨大的体型，所需的轻气绝不会少，生成轻气的物质应该用量颇大，极易发现才是啊。

等等……郭昕突然意识到自己忽略了一个再明显不过的事实。在巨蛟生活的环境中，能随时大量获取的物质，就只有水啊！与此同时，他又想起，巨蛟每次与人心电相通时，额前凸起处都会闪出火花。很显然，电与火一样，也是天地间能量释放的一种形式，并且它们都可以促成物质的分解和转化！区别于火炙、蒸馏，电可直接作用于水，将其分解为轻气和其他物质。而之前郭昕一直将水视为由单一元素构成的纯净物。

屈子曾言："路漫漫其修远兮，吾将上下而求索。"郭昕不禁感慨，恐怕终己一生，万物化生的奥妙也无法穷尽了。但"电解"这种炼化之法，必将在日后大行于世，正如从前燧人氏钻木取火，人们自此不再茹毛饮血一般。

想明巨蛟获取轻气的方法后，郭昕在冷湖附近一处开阔的山坡上挖掘了一个蓄水池，池中还立起了一根长长的木杆。在野外，常有古木巨树遭到天雷轰击的见闻，池中木杆起到的就是模拟它们的作用。郭昕对雷电所知有限，这已经是他能想到的唯一办法了。

也是天公作美，几日之后，冷湖就迎来了一场雷暴。兵士们纷纷返回室内躲避，广阔荒凉的大漠上漆黑一片，唯有冷湖小镇亮起点点烛光，令人于孤寂中又有些许温暖。它是这群老兵的避风港，也是安西最后的希望所在了。

青白色的电光在窗外交织闪过，雷声阵阵中，冷湖中也不时响起水浪拍打的声音。巨蛟在雷暴中极为亢奋，听动静似乎在不停地跃出湖面。也难怪了，这是根植于它本能内，对轻气、对飞升的狂热执念。

雷暴持续的时间并不长，雷声刚开始稀落，郭昕就往那山坡赶去，到达时已是月明星稀。雷击过后，天地之气格外清新，但眼前景象却是一片狼藉。蓄水池一侧已塌，池水仅余尺许。立于池中的木杆化为焦炭，碎成几段，散落各处。池底更是被击出了个大坑。郭昕心中一凉，瞬时明白，在这狂暴的天地伟力下，莫谈控制利用，即便如愿产生了轻气，自己也不可能将它们收集起来。

这次失败后，张三儿向郭昕建言道："大都护，我在洞庭时见过不少大鱼，它们在湖中浮沉不定，全靠体内鱼胶①。胶内充气则上浮，瘪缩即下沉。看那巨蛟鱼性未泯，说不定就是由某种大鱼变化而来。大人何不在其他鱼类身上试试，没准也能寻得轻气呢？"

细细一想，张三儿说的倒不失为一个办法。巨蛟被困于青海，飞升不成，亦有可能是湖内鱼群数量不及大海，无法从食物中补充轻气的缘故。只是安西干旱，水域稀少，又去哪里捕获活鱼？郭昕只得将验证轻气的火烧、浮空二法教给负责联络冷湖的吐谷浑，托他们在青海捕鱼相试。该部落与冷湖军镇相交日久，对此地发生的种种奇闻逸事早已习惯，也不多问，便领命而去了。

过了月余，他们终于传回了消息。青海之中，大鱼不少，种类却有限，多是无鳞鲤鱼。然将鱼胶完整剥下，掷入火中焚烧，除散发焦臭味外，火焰并无其他变化。这只能说明，至少在青海的鱼类

---

① 即鱼鳔。

中，没有哪种能和蛟一样在体内产生轻气。

鱼类不成，郭昕又转而对鸟类展开了研究，毕竟它们是少数会飞的生物之一。他将捕获到的各种鸟儿悉数解剖，发现它们体内也有气囊存在，一部分甚至生长于中空的骨骼之中。但经过试验，这些气囊和鱼胶一样，里面也只是寻常气体而已。看来鸟类之所以能飞，靠的是扑腾双翅产生的升力，气囊提供不了浮力，仅仅只是起到减轻体重的作用罢了。

多番努力均告无果，郭昕没有别的办法，只能回到自己最熟悉的炼金术上来。但如同西方炼金术士苦苦追寻黄金一般，他也只能使用多种原料不断配比尝试，成功与否全看天命。好在他还有两条线索，一是他已从巨蛟身上获知，水能电解为轻气，说明水中含有构成轻气的元素。二是轻气可燃，它是否与石气、炭气存在关联呢？这让他选择试炼轻气的原料范围一下子就缩小了许多。

在这之后，郭昕就开始了长达数年的实验。这是一段让人从期待到焦躁，又从焦躁转为绝望，仿佛在无边黑夜中徒劳摸索的日子。他驯服不了天雷，也不知道电是怎么产生的，只能用另一种他可以控制的能量——火，来激发物质间的反应。为保证反应的发生和进行，炼化室内的炉火终年不灭，蒸腾的水汽弥漫其间，既不通风，也不透光，郭昕却时常在其中连待数日。他将能搜集到的几乎所有的矿物磨成粉末后与水混合加热，有时是单独的一种，有时又是同时好几种。期间也产生了许多奇妙的变化，却与他的目标日渐偏离。

一日，在长久地煅烧后，炼炉不堪重负，现出了几道裂纹。炉内因此不再密闭，热力也就无法聚集。郭昕迫不得已，决定熄灭炉火，稍作修缮。这本是一次自省实验手法的良机，但经年累月的挫折已让他变得有些执拗。炉匠刚用火泥将裂缝补好，他就重新引燃了炉火，想要将未了的实验继续下去。

"轰！"突如其来的爆炸中止了郭昕无望的努力。

郭昕眼前透来一道亮光。虽然身子被牢牢压住，但好在双手还能活动。他使劲推了推，缝隙略有扩大，抖落大片尘土。

"快看，那下面有人！"

一阵嘈杂的脚步声传来，众人呼喊间，为他挡住瓦砾砖石冲击的门板被掀开，他得救了。举目四顾，炼化室已在方才的爆炸中被夷为了平地。

事后，郭昕认为这场意外是炉火熄灭后，充当燃料的炭气未被及时掐断，淤积在炉内所导致的。

有了这次的教训，他潜心改进了冷湖独有的联合冶炼系统。冷湖石气已经燃烧多年，如同帕蜜丝提到过的在波斯代表光明和力量的圣火一般，为冷湖注入着仿佛永不枯竭的动力。郭昕不知地脉中的石气何时耗尽，但他始终觉得，仅仅将它用于冶炼未免暴殄天物。于是他将石炭置于炼炉中，借石气之火将其干炼为精炭和炭气。精炭专用于冶炼兵器，炭气则被引入下一个炼炉烧制金、银、铜、涅等其他金属。冶铸的各色器物又在与全镇水渠相连的冷却池中淬火，多余的热力经水网传递发散，使得冷湖即便在冬季也温暖如春。从前，他只看到了其中的便利，却忽视了可能存在的危险。在这之后，他开始对各个炼炉和连接它们的管道、活门进行定期的检查，主要是在接口处涂抹泥浆，观察是否有气泡泛出，一旦发现就立即进行密封和加固。而在每次重启炉火前，也必须使用风箱先行鼓风，以吹散其中可能留存的易燃气体。郭昕不会想到，他创设的这一整套安全流程，将在后世代代相传，直至千百年后仍被人们广泛运用。

当然，比起已经形成固定工艺的开采和冶炼，郭昕明白自己所进行的实验无法完全杜绝风险。为在突发意外时加快救援，减少损失，他在冷湖岸边远离军镇营地的一处浅滩上筑起了高台，新的炼化室就坐落于此。高台临近深水区的一侧又砌成陡坡，可以非常方便地将充气革囊直接从炼化室推入湖中。因为实验中产生的各类气体互相混杂，仅凭它们无法浮升，郭昕不能断定其中就一定不包含轻气。所以，他选择让巨蛟来做出判断。

在新的炼化室建成后，郭昕制备轻气的计划也终于迎来了转机。他将重心放回了原点，在几个相互独立的炼炉中反复试验石炭、石油、石气和水的反应，并不断提高它们的反应温度。反应后炉中热气被分别充入已编好号的中空革囊，投入湖中待巨蛟检验。这样枯燥的劳作郭昕每天都要重复多次，但这日，在毫无准备的情况下，他心中突然一阵悸动，好似阴凉的枯井瞬间沸腾。恍惚间，巨蛟猛地冲出水面，直扑高台，衔住革囊中的一个就囫囵吞下。

待巨蛟重新落入湖中后，被溅起的水花淋了个激灵的郭昕这才反应过来，自己已在不知不觉间被它的心念所左右了。此刻，他能清晰地感受到巨蛟无比的兴奋和畅快，它发现了它梦寐以求的东西——轻气。

对应编号，郭昕很快就确认了轻气是在以石气和水为原料的那个炼炉中产生的。数年之功，绕了一大圈，原来最后的配方就在他身边。

但离奇的是，当郭昕信心满满地将其他几个炼炉清空，也加入石气和水后，在相差无几的火力下，其中的炉气却丝毫无法引起巨蛟的兴趣。并且，根据巨蛟的感应，连最初那个炼炉产生的轻气也在逐渐减少。这又是何故？郭昕看着大小形制、所用原料完全一致的几个炼炉陷入了沉思。他联想到，石炭、石油、石气均潜藏于地脉之中，从现有的开采情况看，石油与石气常常相伴而生，却极少与石炭共存。那么在相似的环境中，产生该现象的原因就只有构成它们元素的差异了。这是不是也可以解释眼下轻气制取所遇到的问题呢？

假使郭昕的推测成立，那么他必然在炼制时遗漏了一种或多种元素。它们可能含量极低，但却在轻气生成中起到了至关重要的作用。如同将石炭密封加热获得精炭，杂质随炭气、炭液去除，使冶炼的兵器质量大获提升一般，不起眼的废渣才是关键所在。

果然，当郭昕将几个炼炉的炉渣收集起来，分别筛洗后，产生轻气的炼炉炉渣中泛出了点点异样的银白。经过过滤和检验，他发现，这并不是某种新元素，而是早被发现的涅。这时郭昕才想起，虽然最初制得涅的炼炉已在炭气爆炸中不复存在，但为了研究它的特性，熔炼陨铁和白铜的实验却从未中断过。现下这口炼炉正是最常使用的，其中必定残留有少量废料！距离真相已经越来越近了，郭昕强忍兴奋，将所有炼炉彻底清理干净，重复了刚刚的实验，仅有的变动是，与轻气和水一并充入炼炉中的，还有涅粉。

当郭昕将各个炼炉中的热气收集起来后，巨蛟毫不犹豫地将它们一一吞下，孜孜不倦的努力最终获得了回报，无一例外的，它们都饱含着轻气！

将炼金术锤炼得日渐精纯的郭昕没有止步于此。巨蛟既可用电解之法在体内直接生成轻气，那便说明水中已包含了构成轻气的全部元素，自然不可能有涅的存在。再次重制轻气时，他留意了涅粉的用量，待制备完成后再将炉渣中的涅回收，其分量仅有细微损耗。显然，这说明涅可以促成石气与水加热制得轻气，但涅本身却不参与这一反应，其效用与酿酒时添加的酒曲绝类①。

至此，郭昕距离大功告成只有一步之遥了。他已经掌握了炼制轻气的办法，但如何把它从炉气中分离出来呢？炉气仍无法使革囊浮空，可见其中除轻气之外还有杂气。郭昕别无他法，暂且将混合气体存入革囊中以待后用。但他在操作时稍有疏忽，其中一个未能完全密封。初时，他只感头晕乏力，还以为是过度劳累所致。直到头痛愈发剧烈，视物开始模糊时，郭昕才发现革囊泄露并将其与自己的不适联系起来。所幸他还有一丝气力，挣扎着爬出炼化室后，

---

　　① 主人公制取氢气的过程，实际为天然气（甲烷）与水在高温下反应生成一氧化碳和氢气，镍在这一反应中起到的是催化剂的作用。而酿酒时添加的酒曲（酵母），是一种生物催化剂。

症状很快就得到了缓解。

这次意外不比此前炭气爆炸来得猛烈，隐蔽程度却有过之而无不及。轻气之外的杂气虽无色无味，不料竟含有剧毒，险些令自己命丧当场！郭昕不寒而栗之余，却也想到若能将这毒性化解，是否就意味杂气被去除干净了？

有了使用涅的成功经验，此后的几年，郭昕不断在炼化时添加各种金属粉末，以期上天垂青，重获惊喜。如此一来，充满混合气体的革囊越积越多，他便将多余的投入湖中，交给巨蛟清理。巨蛟来者不拒，大口吞下却浑若无事，想来区区小毒不但奈何不了这等巨兽，它还自有办法将其排出。郭昕不是没动过从巨蛟体内取气的心思，但却被浮上湖面的巨蛟喷了满身涎水，这与虎谋皮之计便就此作罢。不过，他也注意到，随着吞下的轻气越来越多，巨蛟也有了显著的变化。它的鳞甲，无论是大小还是数量都得到了增长，孱弱的四肢开始变得遒劲，口鼻处的触须越来越长，越来越密……看来，轻气确实是巨蛟化龙的关键，不但为其提供了飞升的浮力，还能促进它的生长和成熟。

冷凝、加热、过水……郭昕尽施平生所学。日复一日，锲而不舍的努力终于获得了回报，他发现，只要将含有轻气和毒气的混合气体继续与水反应，并添入铁粉加热，便可去除毒性。再让其通过石灰水，形成沉淀后，剩余的就是含水轻气，最后用铁胆将水气冷凝。纯净的轻气，到底还是被他制取出来了[1]。

将轻气充满革囊，郭昕轻轻地松开了手，微风拂过，它慢慢漂浮起来，越飞越高，化作一个黑点，消失在天际东方。

---

[1] 铁粉氧化为氧化铁，在高温下作为催化剂，使一氧化碳与水生成二氧化碳和氢气，二氧化碳又与石灰水反应生成碳酸钙和水。

八、未了终局

日思夜想的成果摆在眼前，郭昕心中却无从前幻想时的兴奋。他将轻气制备之法和轻气飞舟的图稿细细地教与了张三儿，并严令其不得私自离开冷湖。时间已经不多了，他选择将归家的希望留给别人，而他自己，注定要重返龟兹。在那里，那座铭刻大唐无限荣光的城池，他将迎来属于自己的终局。

距离北庭失陷又过去了十余年。安西处于四郊多垒之中，疏勒、焉耆也相继沦落。将士们或死于沙场，或垂垂老矣。早在龟兹被完全围困之前，郭昕已暗中将年岁较轻、家中亲人尚在的士卒遴选了出来，分批调往冷湖。这绝不公平，但他计算过制备轻气的速度，明白无论如何都赶不及将所有人带回中原了。他必须做出抉择。

这一年，吐蕃的攻势尤为猛烈，大军直至入冬仍不见退却。他们的旌旗在寒风中猎猎作响，一眼看不到尽头；被包围在其中的龟兹显得如此渺小，如同对抗海浪的礁石一般，时隐时现。面对倾举国之力来攻的敌人，郭昕意识到，最后的决战马上就要到来了。

终于，伴随着排山倒海的号角声，在一个寒冷彻骨的冬夜里，他们迎来了最后，也是最荣耀的时刻。

龟兹巍峨而又残破的城墙像一堵长堤，抵挡着势如洪水的兵锋。可那密如蚁群的人潮不断地涌动叠高，一次次被打散，又重新聚起，虽然缓慢，却仿佛拥有可以吞噬天地的力量。

"杀！"郭昕押上了龟兹最后的生力军。亲兵营在他的带领下视死如归，又一次杀退了攀上城头的敌军。横刀拄地，背靠城垛，郭昕缓缓坐下，不住地喘着粗气。不多的亲兵聚在他身边，互相包扎伤口，擦拭已满是缺口的兵器。其余士兵三三两两地散在城墙各处，因持续操作火柜，他们沾上满身油污，油污又与伤口血迹混为一体，慢慢凝固，显得格外骇人。

这些人是被朝廷，也是被自己悄悄放弃的人。调动部分人马前往冷湖的事虽未张扬，但士兵间自会议论，郭昕相信他们早已猜透了个中玄机，只是未向自己挑明罢了。他出身将门，自然知道一旦激起兵变，将帅的下场会是什么。但如今，他们却陪着自己，无怨无悔地坚守到了最后。

"呜——呜——"夺命的号角再度响起。吐蕃大军畏惧自城头倾泻而下的烈焰，不再试图攀越，改用攻城槌撞击城门。接连几声巨响过后，城门轰然倒塌，而郭昕麾下仅余千人，即使以肉身为墙也无法堵上这偌大的缺口。此时，行伍被完全打乱，任何号令和谋略都已无从施展。劈砍、缠抱、撕咬，这群垂暮的战士肆意挥洒着磅礴的生命，至死方休。

拼着露出破绽，郭昕欺身向前，一刀贯穿了与之交手的敌军胸膛。余光中又见身侧闪出一条黑影，横刀不及抽回，他下意识地抬手一挡。

一阵奇异的酥麻传至肋下，并不感觉太疼，但喷涌的鲜血却明白无误地表明，他的左臂已被斩断了。

结束了么？他如释重负地想。

然而，生命并未如郭昕所期待的那样终结。面前高举弯刀的敌人突然晃了晃，接着缓缓跪倒。在他后背上，一支羽箭兀自颤抖不休。

"弟兄们，快快聚拢一处，我们杀出城去！"一个熟悉的声音高喊道。

"混账！"郭昕惊怒交加，挣扎着冲到那援军将领身旁，戳脸便骂。

"大都护！"来人看清是他，喜形于色，又见他断了一臂，懊悔道，"属下来迟了！"

"张三儿，你竟敢违抗军令！你要断送安西军最后的血脉么！"郭昕脸色煞白，牙关打战，眼中尽是绝望。

"大都护，您说得不错，咱们冷湖也是安西军的血脉，理应同生共死。弟兄们被你诓走，一经醒悟便没打算造那轻气飞舟。我们都老了，能酣畅痛快地再战一场，虽死无憾！"张三儿豪气干云，将已经脱力的郭昕拽上战马，一声呼哨后，点齐残余人马，向东南方向突围。

围攻龟兹的吐蕃大军对这突然出现的一彪人马毫无防备，慌乱中被杀出一条道来。但他们元气未伤，很快便稳住阵脚，派出大队骑兵紧追不舍。

此后便是郭昕这一生中最漫长的奔袭与逃亡了。他左臂已失，无法驾马，只得与张三儿共乘一骑。他们星夜兼程，兵行诡道，几次三番绕到吐蕃骑兵身后反击，杀将夺马。可每当他们以为甩脱了敌人，想稍作喘息之际，对方就会从四面涌出，逼得他们连进食饮水都只能在马背上解决。郭昕不愿累及他人，但几次跳下马去都被张三儿死命按住。

兜兜转转，在不知狂奔多少个日夜后，远方的戈壁上出现了一座城池，阳光普照下，城池中央泛出点点波光。该来的总会来的，这是冷湖作为大唐疆土早已注定的命运。

围攻安西多年的吐蕃人显然没料到在他们的控制区内竟还有这样一座军镇存在，不明底细前也不敢轻举妄动。眼看着郭昕等人就要冲入城内，一名追踪他们多日的吐蕃将领勃然大怒，猛地用匕首扎刺马臀，手持长矛，从斜刺里杀来。

"哼！"二马相交，他们的坐骑周身剧震，险些跪倒，只听张三儿暴喝一声，反手将那吐蕃将领斩落马下。两人再也无人可挡，偕同少量兵马，退入冷湖镇中。

"将军，您的背甲被那吐蕃人撞裂了！"有人说道。

"无妨，为我卸甲。"黑瘦的张三儿此时宛如铁塔一般挺立，声音渐渐低沉。

"啊！"郭昕和那士卒同时发出一声惊呼。

只见铁甲之后的内衬已被鲜血濡湿，一道可怖的伤口冒着热气，白森森的断骨横亘其间。

"大都护，保重。"他露出苦涩而又解脱的微笑，身体软倒在郭昕怀中，慢慢冷却。

冷湖城门紧闭，处处弥漫着肃杀之气。城外，除先行抵达的骑兵外，源源不断的步军也正在汇集。看这情形，不止安西与北庭，连河西、陇右的吐蕃势力皆已被这荒凉戈壁上的小小冷湖所扰动。

吐蕃人绝不会想到，如今的冷湖并无伏兵，而只是一座空城。这几日，郭昕发起了高烧，草草包扎的断臂伤口处已是乌黑一片，但他终于可以放下心来。他的目的达到了，在西域穷兵黩武的吐蕃再也无力对中原产生威胁。拖着病体，他操作机栝，暗渠水利中的闸门随之关闭。

流向冷湖的活水被切断了，用不了多久，它也将陷入沉睡。但一条生路同时也被打开了，郭昕召集剩余士卒，将一幅地图交给了他们。图上绘有全部暗渠的走向线路，其中一条被朱砂标红，那是他在建镇之初就预留好的通道。水流枯竭后，它将翻越大山，出口处会有吐谷浑的人接应。

在这逼仄的通道前，追随郭昕多年的士兵们抱头痛哭，向他们的大都护叩首道别。

他决意留下，现在，这是只属于他的小镇了。

哦，不，他差点忘了冷湖中的巨蛟。

郭昕蹒跚着来到了冷湖边的炼化室。不远处，传来阵阵喊杀声，敌人终于发现了异常，攻入镇内了。

一个巨大的铁锭出现在他眼前，其上铸有铁角，每只铁角上都绑着绳索，拉住无数个悬浮着的革囊。

张三儿到底不敢完全违抗自己的命令，他笑了。但这些对他已经没有意义了。巨蛟啊巨蛟，这些轻气就送给你吧，他心想，何必让它与自己一起困死在这呢？

　　由于轻气的拉拽，沉重的铁锭竟是如此的轻。在滑轮拉索的帮助下，只用一只手臂，郭昕也轻而易举地将它连同轻气革囊推了出去。脱离了炼化室的束缚，铁锭也无法压制轻气的浮升之力了。在它行将飘走之际，巨蛟从湖中一跃而出，缠在上面，硬生生将它拉了下来，然后急切地将轻气革囊一个个吞入腹中。

　　很快，它的身体就发生了巨变。额上的凸起终于顶开了皮肉，变成了和鹿一样的角。它的身躯愈发庞大，鳞片翕张变得强劲有力，同时冷湖的水位也以肉眼可见的速度降低，不多时就变得与当初建城时一般大小了。

　　攻入城中的吐蕃大军搜寻一番，却没发现一个人影，很快便注意到了冷湖边的炼化室。郭昕走出室外，仰天长笑，高呼道："大唐安西都护府大都护、武威郡王郭昕在此！尔等速来取我性命！"

　　狂傲的语气更刺激了一无所获的吐蕃大军。这个老人，就是与他们周旋了四十多年的对手！磨牙吮血，他们疯狂地向湖边的高台冲去。

　　就在这时，异变陡生。冷湖中突然翻起了水柱，接着越涌越高，变成一股股激流，将岸上的人群成片冲倒。一声雄浑悠扬的长鸣后，化身为龙的巨蛟将吸入体内用于压住身形的水全部喷出，冲天而起。在半空中盘旋一阵后，它折了回来，将颈部凑近了郭昕。

　　"上来！"他脑中响起一个威严的声音，是龙在对自己说话。

　　郭昕这一生，历经风雨，却也不曾有过此等奇遇。不由得感慨天地造化，竟孕育出龙这般神奇的生物来。他攀上龙颈，用右手紧紧拽住其须发，随它直入云霄。

　　远远望去，地面上的冷湖燃起了数点火光，想是吐蕃大军为泄愤而纵火焚城。但郭昕坚信，无论大唐是否行将覆灭，千百年后的人们必会重返这片荒漠，在这里再造辉煌。因为曾有一个聪慧玲珑的奇女子告诉他，城市终将消亡，文明却可重生。

　　头部的高烧和身体的寒冷交织着，让他一阵阵战栗。居高临下，广袤的土地徐徐展开。这里，燃尽了他的年华，埋葬了他的弟兄，也送别了他的挚爱。郭昕明白，自己已经与这片土地融为一体，也许连龙的伟力也无法将他带走了。

"我们往哪儿去?"巨龙虽已长成，但说到底还是一个未有母亲教导的懵懂少年。对未来的路，它还有些迷茫。

在外漂泊的游子啊，回家吧。郭昕用最后一丝意识告诉它："东归，东归!"

3

与时间为敌的男人

潘海天

/ 作者简介 /

　　潘海天，毕业于清华大学建筑学院，国家一级注册建筑师，著名科幻奇幻作家、编剧。曾五次获得中国科幻小说银河奖，小说《偃师传说》曾被中央芭蕾舞团改编为芭蕾舞剧，"九州"架空幻想世界创始人之一。

/ 颁 奖 词 /

　　时空循环的概念已经不算新奇，但并不妨碍作者为我们讲述一个精彩纷呈的故事。诚如作品所言："时间不过是一场儿童游戏。但困顿其中的人们终将明白：生命的幸福与遗憾弥足珍贵，可以超越星际和种族。"

序　幕

罗安佐开车进入沙漠。他抬头仰望，天空万里无云，孤独如同无色的火焰，在他胸口奔腾翻涌。

又开了一百二十多公里，才看到了家路边小店，在篱笆影里支着三四张破桌子，支着块"风炮补胎"①的招牌。

"我是到沙漠里追逐闪光的。我追了它四年，你看到过它吗？他们说这片沙漠里经常可以看见奇怪的闪光。"

罗安佐坐在小桌边，胡子拉碴，头发里灌满了沙子。他述说自己在沙漠追寻奇怪闪光的故事，有点神神道道。

然而，饭店老板兼修车铺老板，肥腻的秃顶胖子，见多识广、从容不迫，耐心地引导罗安佐在修理店加了玻璃水，修补了右前胎上一个看不见的钉子，做了轮胎定位。罗安佐并不需要这些服务，但他需要和人说话，就像溺水的人需要空气。

"……要密切关注，也许它们会在午夜将至的时候把人带走研究，也许是入侵地球的前哨……"他说话时无意识地滑动着手机，其实这个动作毫无意义，因为通信录里只有一个人，他还被拉黑了。

罗安佐正准备舌灿莲花，好好描述一下闪光的事情，修车铺老板再次巧妙地把话题引到救援服务上去。要知道沙漠很大，他能提供的拖车服务，是本地唯一的保障。

继续前进之前，罗安佐在拼起来的椅子上小睡片刻，做着含混

---

① 汽车补胎的一种方式。"风炮"指气动扳手，用来拆装大型车轮胎螺丝，或拆装其他螺帽。

不清的梦。此刻，他还不知道，故事将从这里开始。

时间1

月光黯淡，高大的沙丘宛如黑黝黝的巨兽。这是一个夏夜，空气干燥而炎热，但沙砾已经冷得像他妻子的表情，轮胎碾上去咯吱作响。

罗安佐左手扶着方向盘，右手拿起自动牙刷塞进嘴里，开始刷牙，又端起一个蓝色马克杯漱口，把含着泡沫的水向窗外吐去。他的各种家当都在伸手可及的地方。肥皂、梳子、睡觉用的眼罩、整摞的《飞碟探索》杂志。车顶上贴满了照片，很多只是天空里的小黑点，但一张折过的是他妻子和女儿抱着救生圈在水上乐园拍的。幸福时刻。

他在车上生活了四年，引擎盖是厨房，后座是卧室，车外的荒地加一把铁锹就是厕所。他白天开车，晚上观察，累极了才睡上一小会儿。为了人类整体的安全放弃了个人生活，让他有种将自己放上祭台的崇高使命感。

道路像掌纹上的人生那样分叉，他低头查找地图时，眼角掠过一道光线，勾魂夺魄、动人心弦。罗安佐闪电般扭过头去，他真的看见了闪光。

它像是一只五彩飞鸟，轻盈、虚浮，掠过天际，速度很快，投射到车里的炫目影子却龟速地爬过手腕。

罗安佐的眼睛被天空紧紧地吸住了，他加速追击，左手试图折起地图，右手去摸副驾驶座上的相机，就在这时，车子好像撞到了东西，猛地一歪。

罗安佐猛打方向，轮胎在沙砾上发出可怕的摩擦声。车子不听指挥地旋转起来，冲出公路，斜飙下沙丘，最后一下剧烈地颠簸，车内所有物品都飞了起来，洗脸膏、手机、刮胡刀、水杯、地图册、飞碟杂志。他的生活正在横穿驾驶室。

罗安佐也飞了起来。瞬间失重，如同身处宇宙空间般不断下坠。

当然他没有去过太空。这一部分只是想象。

罗安佐被甩到驾驶室一侧，脚挂在方向盘上，脸撞在门把手上，眼冒金星。他努力抬起头，正好瞥见一只轮胎好像出逃婚姻的男人，一路蹦跳着冲下沙丘。

好一阵子，他动弹不得，等着自己在车祸里慢慢死去，然而这并没有发生。罗安佐倒挂在那里，许久才从驾驶室里爬了出来，一侧身体火辣辣的疼，后视镜里看了看，额角破了一道口子，但是不严重。他不会死。

他冲出了公路大概五十米远。

车子歪倒在地，打定主意余生再也不动，一根轮轴承像残肢一样伸了出来，强调了这一点。

罗安佐脸色苍白，从口袋里摸到烟，抖抖索索点上一根。心神稍定，发现掉落的是右前轮，正是修车铺修补过的轮胎，闹不清是撞击的原因，还是螺丝没上紧。呆了很长一会儿，他才想起要打电话求助。

右前轮就这么掉下来，修车铺总该有点责任吧，何况他才买的救援服务。等找到手机，发现信号格是0，按了半天键，电话也打不出去。没办法了，只能自救。

打开后备厢，罗安佐顿时出了一身冷汗。他闭上眼睛，然后再睁开确认：备胎不见了！

他回忆起修车铺老板奸诈的眼神。

罗安佐买了全套服务，支付了不该支付的种种费用，等他睡着时，老板却偷走了备胎。

太阳升起来了，没有一丝缓冲，热气立刻扼住他的喉咙。烈日之下，他就如一粒尘埃。罗安佐有点紧张，他被困在这里了。脑子高速转了起来：等待救援？没人知道他困在此地；向过路的车求救？毕竟是沙漠，连续几天无车路过完全可能；徒步逃生？在无遮挡的沙漠里走上两小时怕会脱水而死。

不知道为什么，罗安佐却很乐观。他身强力壮，头脑活跃，为了全人类的安全而行动，不可能因为如此小的事故耽搁如此重要的任务。

他可要活着出去找修车师傅算账。想起那个胖子，他就怒火中烧，打算把一些书上读到的酷刑用到那人身上。

救援一定会来的。会有车经过，也许还有救援飞机，到时候他应该把衬衫当作一面旗帜挥舞。他还可以点燃一堆火，以烟火为信号。想到这里时，他正好看到远处有一堆干枯的荆棘丛，不错，可以提供木柴。

第一个小时是最难熬的。

蜿蜒的沙丘在烈日照射下，虫子一样扭动。沙漠在试图剥夺他体内的水，罗安佐尽力藏在汽车的阴影里，每隔几分钟就随着影子挪动位置。

后备厢里还有两瓶矿泉水，驾驶位上有半瓶。他试着节约水，但是紧张让他口中黏稠，嗓子眼干得难受，他小口小口地抿水，感觉喝得比日常还多。

他就这么躺着熬过了大半个白天。每三分钟看一眼手机上的时间。

太阳变得又大又红，随后落下了地平线，天空变成了深紫色。星星越来越多，多到让人心烦意乱，而沙漠却沉默而辽阔，就像平静的大海。他有点疲惫，但是很亢奋，一点也不想睡。因为救援马上会到。

饥饿倒不烦人，唯一烦人的是渴。他在黑暗中睁着眼。

总的说来，在沙漠中遇困与海难有相似之处，废车也可看作是波浪上的一艘船，沙丘如同波涛，小船在不知疲倦地前进。

但在海里，那些遇难者还有机会抓到鱼，沙漠里则一无所有。

罗安佐这么想的时候，猛地从沙面上抽回了手，因为他似乎看见鲨鱼的背鳍在沙面上出没，三角形又粗糙又锋锐。奇怪的是，等他闭上眼，再睁开来看时，那些背鳍还在，游曳得更加凶猛，它们在沙下翻腾，好像在追捕鱼群。

幻觉这么早出现让他有点惊异，他使劲地甩头。上一次睡觉是什么时候了？他在心里计算着，有将近三十小时了吧。

眼角掠过一个人影，他吓了一大跳，却是后视镜里自己的影像。那个影像看上去像一个陌生人，脸色惨白、形容枯槁，难怪他会吓一跳。他拍拍自己的脸，突然之间，失望极了，感觉自己被抛弃了。这个世界上没人需要他。老婆早已和他断绝往来。据说每颗星星之间都隔得特别远，距离以光年计算，但它们至少互相能看见能抚慰对方吧。而沙漠隔绝了外部的一切，这样他可坚持不下去。

说起来，他为什么老往沙漠跑呢？

他从自己的生活里不断抽出多余的部分，似乎不再需要别人，但是真的与世隔绝时，他又受不了了。

沙漠的夜风吹起，一个劲地抽打着身体。他穿上衬衫，还是冷得发抖。车子已经点不着火了，也无法打开暖气。

他又想起火堆的事。

之前他自怨自艾，耽搁了太多需要做的事。不能再等待，他要行动起来。

他可以抽出油箱里的汽油，再用那些荆棘烧一堆火。

正在他想行动时，突然听到背后山丘上传来沙沙的脚步声。非常清晰，是人奔跑的脚步声。他先是悚然战抖，然后热泪盈眶，救援队来了！人类世界终究没有将他遗忘。

他爬起身，正好看见一个人影从沙丘的斜坡上跑下来，月光把影子拉得长长的，只是方向有点偏了，并不是朝自己跑来。

"在这里！"罗安佐喊了起来，"救命！"

黑影却无动于衷，继续向前跑去！

那可是三十个小时以来的唯一希望，不能让他溜掉了。

罗安佐拼命地追了上去。

"救命！"他急切地喊着。

那个夜晚被月光照得透亮。那人不可能看不见他，可是听到叫声，甚至跑得更快了。

那人穿了一件灰色的兜帽衫，上面有一根横贯胸口的白色条纹，看身形很矫健，一路顺着沙丘往下出溜，眼看就要从他身边跑走。罗安佐扑了上去，一把扯住了他的后襟。

"帮帮我，我出车祸了！"他喊道。

兜帽衫转过身来，他的脸遮挡在阴影下。

罗安佐喘着粗气，刚想解释自己的状况，那人已经一拳打了过来，狠狠地砸在他下巴上。

罗安佐眼前金星直冒，拳脚劈头盖脸而下，罗安佐被打蒙了，连连求饶道："别打！我没有恶意！只想让你帮我……"

那人的回答是一记老拳，一拳捶在他的眼窝。

罗安佐一只手抬起来阻挡，却扯下了对方的帽子。月亮大到不正常，低低地悬挂在沙丘上方。罗安佐惊骇地摔倒在地。

兜帽衫甩脱罗安佐的拉扯，转头匆忙跑走。

罗安佐躺在地上，半天不能爬起来。他觉得自己身处梦中，但摸了下脸上的青肿，疼痛让他倒吸了一口气。刚才那个人的脸，他看得一清二楚：胡子拉碴，满眼愤恨——就是罗安佐自己！

他既困惑又痛苦，爬起身来。

那人不可能是我，我不是一个冷漠无情，对求助者会拳脚相交的混蛋，我也没穿过那样的兜帽衫。罗安佐告诉自己要冷静。他所追逐的东西会把人搞疯，要么就是沙漠搞的鬼。毕竟出现了不正常的事情，总要有什么来负责。

他在沙地上走来走去，生气地踢起沙子，突然看见地上有一个奇怪的东西，像是一颗透明的晶体，表面却布满金属色的细纹路。晶体隐约地发着红光，脉搏一样地跳动，绝非人间所有。这东西如此显目，如果刚才就在，他不可能看不到，只能是刚刚逃掉的自己遗落的。

罗安佐看不出这是什么，但他断定这和闪光相关。

就在这时，他在地上看见自己的彩色影子。回过头来，看见背后的天空中，闪光又出现了，它盘旋舞动、又低又近，好像在召唤他。

罗安佐不由自主地追了出去，他在沙漠里艰难跋涉，闪光似乎更近了，突然感到手机在手中轻微震动了一下，他低头一看，发现信号瞬间满格。神秘的信号屏蔽，一定和闪光相关，应该记录下来。他还想再追闪光，但残存的理智告诉他，此时求助才是最重要的。

他停下来，找到修车铺的名片，借着手机的光亮，拨打了上面的电话。

手机响了半天，对面才传来一个慵懒的声音："喂？哪里？"

罗安佐激动万分，突然间，他不再恨这个偷走备胎的修车师傅了。如果能再见面，他也许会扑上去紧紧地抱着哭泣吧。

罗安佐说道："喂，是我啊！前天在你店里补过胎。我出车祸了，可是备胎……"

回话像蛇一样猛地弹跳，"我没拿！"

"我没说这事，我需要救……"

"嘟嘟……"对方闪电般地挂机了。

罗安佐愣住，他连忙再拨电话。电话里传出的却始终是忙音。

罗安佐心里一凉，低头看了看，信号已经降到最小格，最后跳跃挣扎了一下，消失了。

罗安佐"啪"的一声捏得屏幕上蹿起了一道蛇纹。他瘫倒在地。夜空被淹没在密密麻麻无边无际的星斗之中。他有生以来从没见过那么多的星星。整个天空都布满了星星，没有留下一处空白。

时间 2

罗安佐满腹怨气，往车子那边回去，没几步他猛地伏低了身子，远远地看到车子那里，有个人影正在忙碌，没错，穿着兜帽衫，就是那个冒充自己的男人。他又回来了？

仔细一看，那个人正在疯狂地搞破坏，原本放在车子里的许多东西，如今胡乱地扔在地上。他简直是在大拆大卸，车子的前后盖大开着，他抽出密封胶条、电线，像在给一条大鱼开膛，拉出肠子和内脏。他拆下遮阳板、音响主机和整块车顶内饰板，卸下置物盒、后备厢，然后又拆下轮胎，扔在旁边。

罗安佐悄悄地逼近。兜帽男忙碌着，又在酝酿更大的破坏，他把油箱盖旋开，然后又点起打火机，凑近油箱。

罗安佐一声不吭地往前冲去，双手握拳猛击丫的后脑，这一下用力过猛，对方哼都没有哼一声，直挺挺地倒在地上。

如果有人想炸掉你的车，你可能会反应得更剧烈吧。

罗安佐把他翻过来一看，毫无疑问，就是自己，虽然身上看着更脏，体味更浓，胡子更茂盛，但额头上的擦伤都一模一样。

罗安佐好像在照镜子，但从未如此厌恶这张脸。他揪了揪那个人的脸皮，不是什么硅胶面具。

他朝着对方喊："你是谁？为什么要冒充我？"

倒在地上的那个自己半张着嘴，脸上呈现一股半痴呆半疑惑的神色，正是妻子最嫌弃自己的模样，看上去一时半会醒不了了。

满地丢满了文件杂物，风一吹照片如同雪片般乱飞。罗安佐像扑兔子一样扑了上去，但他捕获的不是自己想找的那张照片。他的女儿不在上面。照片上只有他在车库里枯坐，面对镜头，凶神恶煞，满怀不知对什么的仇恨。

"妈的。"罗安佐把照片揉成一团。

他满腔愤怒无法排泄，猛踹了一脚车身，"还嫌不够吗，为什么要搞破坏？混蛋！"

对这另一个自己，他满腹疑虑，但怎么也得等他醒来，才能审问明白。

天气还是很冷，他转念一想，剥下了兜帽男的衣服，套在自己身上。寒风一吹，兜帽男身上起了一层鸡皮疙瘩。

他心中泛起一阵复仇的快意，想：活该。

脱衣服时，他顺便检查了一下兜帽男身上，从上到下，后背到腹股沟，隐秘地方也没有放过。没错，每一处伤疤和胎记都没有遗漏，如果是谁要冒充他，可下大功夫了。

是沙漠让自己发疯了吗？

此刻他真希望来上两片诺立汀①，过去他吃这种药时可帮了不少忙。

或许，这个兜帽男是来找丢失的红水晶？

罗安佐摸了摸自己的口袋，意识到那个捡来的物件格外沉甸甸。如果有什么能证明外星人的存在，证明他今天晚上没有发疯，那就是这东西了。

他的车后小保险柜倒是还在，里面藏着他追逐闪光的资料，拍到的照片、报纸上只言片语的报道、UFO 网站上的分析文章。他找出一个塑料密封袋，把晶体装了进去，又找到一支圆珠笔，在袋子上的标签填上："2021 年 11 月 6 日 23：55 分　冷湖沙漠　闪光之后获得　看见自己"。他把袋子锁好，这样的袋子，保险柜里还有很多，有他怀疑闪光降落过的地面沙土，有他认为被闪光改变了外表特性的葵瓜子，但如此直接的证据，他还是第一次拿到。罗安佐的手不免有几分颤抖。他锁好保险柜。保险柜有一把银色钥匙，和车钥匙是绑在一起的，他把它郑重塞进口袋。

---

① 可用于治疗神经性疼痛疾病。

对，还有一个证据。

他拿起手机，寻找自拍角度，和躺在地上的男子合了几张影，为了让人们能够分清哪一个是真实的自己，他还比了个"V"字手势。虽然现在谈论胜利还为时太早。星光太暗了，他的手又在发抖，但照片就是照片，比没有好。

长夜漫漫，罗安佐终于点起了一个火堆。荆棘上全是一指多长的刺，他放弃了，把收藏的杂志一本本撕开扔进火里。

反正也是闲着，他开始尝试复原另一个自己造成的破坏。他听说炸碎的飞机都能重新拼起来，一切都有迹可循。他也曾给女儿修理过玩具车和变形金刚，不过就是这么一回事。想起女儿，他的心口痛了起来。

因为无聊，他又打开了手机，可以交谈的人是没有的，他就对着录音机聊天。也许没人更好，他可以说心里话。

他把手机当作妻子聊着："我们很久没聊天了。我知道，你拉黑了我。虽然这一切都是你的错。我们的这种状态是什么时候开始的，从女儿死的那一天？她从小就是个精怪，她擅长和动物交朋友，可以摸任何一只野猫的鼻头，她出门的时候，整个小区的猫都会出现。她是我们的润滑油，现在我们之间永远也加不上润滑油了。"

他搬起地上的轮子装回轮轴，"这是那个男生的错。有一辆摩托车，就以为自己是白马骑士？他觉得自己可以跑多快？我一开始就不同意她和他在一起。他就是个骄傲的毛头小子，妄自尊大、目无尊长。"

他使劲地踩着扳手，把轮毂上的螺丝一个个拧紧，"这是那个疯司机的错，他喝了多少酒？醉鬼为什么能无忧无虑地上路？"

他开始安装保险杠和翼子板，"这是医院的错，救护车到得太慢，他们为什么不多抢救一下？他们为什么不能坚持到我到现场？"

这是警察的错，他们不允许他靠近那个司机，还把他按倒在地。当他在医院开始砸抢救室时，又再次把他按倒。

这是法官的错，玷污了法律的尊严，让那个疯司机逃脱了惩罚，没能得到应有的惩罚。

他满手油污地停了下来。

他的女儿有错吗？她为什么要去当志愿者？为什么要坐男友的摩托车？全城疾病暴发，但她还没有从医学院毕业，与她有什么相关呢？

"这是你的错。你没有教育好她。你总是教育她要帮助别人，却没有让她学会保护自己。这全是你的错。"

这是科学的错。他们早该发现关于时间的奥秘，让他可以回去救她。

他狠狠地将扯开的电路塞回中控台，"这个世界恶意充盈，你知道最大的恶意是什么吗？他们说总有一天，我们会忘了她继续自己的生活。这不可能。我不能把她仅剩的东西夺走，我们的记忆就是她在世界上的全部了。我不能，而这……全都是你的错。"

他插钥匙，点火。发动机没有响应。

全是这世界的错。这感觉淹没了他，让他控制不住地倒在沙堆上失声痛哭。他蜷缩成一团，内心的绞痛一阵强似一阵。他哭了不知道多久，但是哭泣让他重新拥有了力量。

他再次打开引擎盖，静下心来，回忆所有的机械学知识。最终，天快亮时，他十指都磨出了血，但他把燃油泵重新装了回去。

车子发动了！发动机以轰鸣回应他。

虽然油门踩下去还有些软，残缺的轮轴以奇怪的方式旋转，发出可怕的噪音，但如果他能找回那个飞走的轮子，用极慢的速度前进，也许可以爬出这个沙窝，回到公路上去。

回到人世间去。

时间 3

太阳正在升起，就像一只小小的轮子。

罗安佐在沙地上找到了车轮滚走的痕迹，它逃走时落在了几百米外坡下的乱石里，金属件在阳光下发出刺眼的光。

他必须赶在暑气上扬前把轮子推回来，五百米的路在沙漠的太阳下可能是致命的。

在沙地上推轮子比他想象的要困难得多。车轮重得要命，而且歪歪扭扭，不肯好好走路；脚下一踩就是个大沙窝，直往下出溜；轮子几次三番地要摆脱他的掌控，冲回乱石滩去。

他跌跌撞撞，距离营地还有二十多米时，突然听到手机铃在响，不由得一激灵，想起来把手机落在汽车引擎盖上了。

此时颇为尴尬。不论是谁打来的电话，都能救他一命，然而快推到坡顶的轮子他也舍不得放弃。他双手扶着轮子，愣了好几秒钟，才把车轮放倒，朝着手机跑去。

可手机"嘟"的响了一声，已经转到了自动应答，自动默认扬声器里传来他妻子愤怒的声音，"罗安佐，你不要烦了好吗？我一打开 icould 就听到这些录音。你说过再也不找我了，但你说话就是放屁！你永远只会把事情办砸，为什么那个司机没事，因为你和法官吵架，骂他收钱了。你的脑子里装满了硝酸铵，你疯狂起来的时候朝我扔菜刀！女儿的葬礼你根本就没有出现！你还好意思说是我的错！你是个永远看不到自己的异形的怪物，我们根本就是两个星球的人。你是个疯子，永远都是！我恨你！"

罗安佐扑过去拿到手机，手忙脚乱地想要求救，然而通话已经断了，且信号再次变成了 0。

他一定忘了把语音备忘录的家庭共享关闭。是的，他们曾共同经历了那么多，怎么可能完全切断关系，但这一次，这种微弱的联系将他们推向更深的深渊。

罗安佐愤怒地把手机朝远处扔去。

他回头去找车轮，却看见车轮在陡坡地上滑行，越滑越快，在坑洼里翻了个身，最后居然立了起来，再次蹦跳着向沙丘底下滚去。

他一个上午的辛苦全白费了。

罗安佐脑子里的硝酸铵爆炸了，嗡嗡嗡轰鸣。他操起地上的撬棍，开始疯狂地砸快修好的车。玻璃碎片飞溅，大灯掉落，引擎盖翘起，喇叭发出哀鸣，他抓住车门拼命摇晃，把它从铰链上扯下来。车子喇叭的叫声让他发疯。他一把拔下车钥匙，往远处的荆棘丛里扔去。

就在钥匙脱手瞬间，罗安佐从眼角瞥见斜后方又冲出了一个自己，朝他扑来。

罗安佐脑后挨了重重一击，倒在了地上。

时间4

罗安佐醒来时，发现自己躺在大太阳下，头疼欲裂。他摸了摸沉重的头，发现四周并没有人。打他的罗安佐不见了，而头天夜里他打晕的另一个罗安佐也不见了。

是太阳晒得太厉害，让他精神出现问题了吗？毕竟这个世界上不可能有一模一样的另一个自己。

他想起自己藏身沙漠，就是逃避外面的可怕事情。可和这片沙漠里发生的怪事相比又算什么呢？

他觉得自己的精神状态有点疯狂了。

可是等一下，如果他没有疯呢，他有没有忽略了什么？有人在冒充他，用地球上的人还不了解的技术在冒充他。它们会不会想取代自己，混入人间？毕竟他追逐的是不明所以的东西。

所以也许不是他疯了，而是这片沙漠充满了敌意。

罗安佐疑神疑鬼地四处张望，他感到四面都有眼睛在窥视自己。

如果总有和他长得一模一样的人来捣乱，那他就需要武器自卫。

他摇摇晃晃地站起来，在工具箱里翻找像是武器的东西。他先找到了一把螺丝刀，但它不够锋利，除非能精确地捅入人的眼睛，那画面一定会很血腥，他不知道能否承受得下来。最后他从后备厢里翻出一把工兵锹，他看过二战苏联士兵投掷工兵锹的视频，就像他扔菜刀那么容易。

他想不起来自己为什么朝妻子扔菜刀了。当时他一定非常愤怒。

"是你自找的。"他发现自己大声地把这句话说了出来。

他想起了自己抓住她的胳膊，拼命地摇晃她的样子。记不清是哪一次了，可能有很多次。

不知道什么时候起，他的记忆变糟了。

"这都怪你，我的生活变成了这样，全都怪你。你根本就不在乎我，就算我们在一起时，你也总在和别的男人说话，你和他们欢笑、聊天。我居然会爱上你。"

"我最受不了的是……"罗安佐拿着工兵锹愣了一会儿，思考着自己最受不了的是什么，"你就这么从痛苦里走出去，就这么抛弃了我。叛徒！如果你在我面前，我还要向你扔刀子。"

他回忆起她嫌弃的眼神，自己落到这个田地都是因为她，她一点同情心也没有，丝毫不想到他面临的绝境。

罗安佐絮絮叨叨，充满了对妻子的厌恶和仇恨，但突然觉得背后传来阵阵杀气，让他的后脊梁起了一层鸡皮疙瘩。

他执着工兵锹一转身，看见对面果然还是自己。那个男人没穿兜帽衫，就一件衬衣，和他里面穿的一样，只是看上去更脏。那人也武装了自己，手上持的是个大扳手，面色不善，死死地盯着自己。

罗安佐质问："你是不是我？为什么要与我为敌？"

那个自己回答："因为你就是很蠢！"

看来这一架无法避免，罗安佐决心先下手为强。他大吼一声，向上虚晃了一下工兵锹，实则一脚踢向对方的下腹。这一脚带着风，难以防御。没想到对方识破了他的虚招，没有理会工兵锹，向下一挥扳手，正好砸中他的小腿骨，痛得罗安佐踉跄后退，几乎跪倒在地。

但此时绝不能服输，罗安佐奋力举起工兵锹，铲向对方的膝盖，对方好像又提前猜到他的招数，向上一跃避开。罗安佐疯狂地挥舞起工兵锹，可是每一次出手，都被对方轻松避开，对方抽冷子①递过来的一拳，却能结结实实地打得他晕头转向。

脸上又挨了沉重的一拳后，罗安佐终于扛不住了，一跤摔倒在地。他痛苦地呻吟着，蜷起身子，咳嗽着想要吐出口中的血沫，但眼睛却偷偷睁开一条缝，瞄着对方走近的鞋子。

一步，两步。罗安佐猛地跳了起来，左手一把沙子扬向对方的眼睛，右手操着工兵锹朝他的头部挥去。只听对方冷笑一声，他的行动再次被猜到，一个扳手砸到了他的头上。

世界在眼前爆炸了。

时间5

罗安佐第二次醒来时，看到大风正从荒漠上呼啸而过，尘沙漫天，近在咫尺的车子轮廓模模糊糊的。他半个身子都被埋在沙坑里。他满怀委屈，充满挫败感，口渴到不行，嗓子好像砂纸在摩擦。

罗安佐跌跌撞撞地走到汽车面前，车子已经破败不堪，一部分是被他砸坏的。他想起之前刚加过玻璃水，那东西据说有毒，但只要是液体，能润润嗓子，就算是毒药他也会一饮而尽。

他想尽办法，找到一根油管，吸了一小口液体。玻璃水淡淡的，没有想象中难喝，有点酒精味，还有点甜丝丝的味道，他忍不住又多喝了几口。那水有神奇的魔力，他溃烂的嗓子不再疼了，可是马上，空前的胃疼开始折磨着他。他蹲在地上，泡沫从嘴里喷出，眼睛里布满了耀眼的光斑。

不知在沙面上趴了多久，他疼痛的感觉消失了，思维迟钝了。

---

① 方言，有"趁人不防备"之意。

他觉得自己站在一座商店橱窗前，和妻子在一起。他们站在酒柜面前，挑来挑去，决定喜欢哪一种酒，因为他们太年轻，身上没有多少钱。他们买了一瓶金酒。夜晚来临时，他们隆重地倒酒，先闻一闻再碰杯。喝完酒他们的身体越来越轻，越来越兴奋。

他又出现在一座灰暗、摇晃、松散的房子面前，这就是他们买下的家。罗安佐买了一大桶白色的涂料，他们一起，把门、墙和椅子都刷成了明亮的白色。白色太亮了，太刺眼了，但他们觉得还不够，把窗口的树也刷成了白色……

闪光再次照亮了夜晚，把他唤醒。它在天空划出奇怪的曲折轨迹，急转、急停，然后再次画出层层向上递减的螺旋形。罗安佐百分百肯定，闪光的背后一定有智能操纵者。这次它太近了，近到他能看清闪光是一艘碟型对称的飞船。

罗安佐艰难地爬起身，追逐着闪光，向沙漠深处追去。

突然背后一束光射来，又来一道闪光？他回过头，光线刺痛了他的眼，不，这次不是飞船，是汽车的前车灯，一辆车子亮着大灯正朝他开过来。车子越来越近，罗安佐突然觉得一种奇怪的感觉袭来，那辆车子十分眼熟，一种发蓝的浅灰色，就好像雾霾笼罩的大海。

开车的人歪着头，左手拿着一张地图，着魔一般看着天空。罗安佐感到了一阵恐惧，他朝着车子大喊："停车！"

司机是另一个罗安佐，他眼睛望着天空，左手试图折起地图，伸手去摸照相机，车子一拐把罗安佐撞飞了。车子同时发出一声剧烈的爆响，斜着冲下山坡，消失在一片烟尘里。

时间 6

罗安佐无力地躺在地上，觉得自己体内开了个铁匠铺，叮叮当当响个不停。

我就要死了。他想，心里反而平静下来，带着奇特的希望。我要死在这里了。

闪光从天空上降落下来，轻纱一样笼罩在他的身上。他抬起头来，看见碟形飞船好像一只精巧的虫子，放下脚架落在他身边，光滑的舱门无声地滑开，像是夜空裂了一道口子。

一个有着奇怪比例的人形物从光芒中走了出来，躯干和四肢臃肿无比、布满褶皱，头部很大，像是漫画里的三头身人物。人类不可能有这样的身材。

外星人走近了，脸部拢聚起一束刺目的光芒。罗安佐眯起了眼，他看着这个追寻了四年多的谜底，既不激动也不害怕，反而有一种过度劳累之后的无动于衷。

罗安佐大声地质问："你们是谁？来这里干什么，是不是要伤害人类？"

光芒颠簸了起来，外星人扭动着身体，头部突然裂开，一个身影从鼓鼓囊囊的太空服里钻出来，又慢又费力，就像蝴蝶从蛹里脱身。

脱壳而出的外星人身形妖娆，罗安佐眨了眨眼，他看见了自己的妻子。罗安佐哈哈地笑起来，觉得自己仍然在幻觉当中。他到底喝了多少玻璃水？

妻子俯身擦去他额头上的血。脱了太空服，她就只穿一套紧身的半透明工作服，如同覆盖一层水。他嗅到一股熟悉的香水味，大着胆子摸了一把，果然也是记忆中的光滑和实体感，即便是外星人也不可能复制得出来吧。

妻子为了刚才的电话道歉，柔声地安慰他。

罗安佐问："我是不是死了，你是带来我上天堂的？"

我是不是要死了，我是不是把人生过砸了。

"先别说话。"妻子把一个吸管塞进他嘴里。吸管连着一个小小的罐子，吸到口中的液体如同甘露，让他的胸膛为之一凉。罗安佐努力吸了第二口，却呛到剧烈地咳嗽。

罗安佐放松了下来，"我真想你啊。我并不想一个人待着，躲着你，是怕再伤害到你。记不清有多少次了，我们在一起，就会互相伤害，是吧？现在你出现了，我们又要开始了。但是还好，这些都是幻觉，你不可能出现在这里。"

"不是幻觉，你看到的就是我。"妻子宽容地微笑着。

"真的？原来你来自地球之外？是我遇到了你，把你留下来了？是在那座湖边？他妈的我什么都忘了。过去的记忆都只剩下片段。"

妻子抚摸着他的头发。我不是来救你的，我救不了你，是你要救我们：飞船的波函数晶体丢了，那是控制波函数的重要部件，时间无法控制了。你要帮我们找到它。

"波什么晶体？为什么是我找？"

你见过它，你知道它是什么样的。你要做好自己的角色。波函数正在发散。在你这个世界里，我和飞船随时会消失。要快，罗安佐！

罗安佐惊讶地问："所以，我遇到的每个罗安佐，都是我自己？"

当然是你。你们处在不同的时间线里，从波函数的一支到另一支，波函数每次遇到障碍物都会分叉，时间线也在不断地分叉。我不知道会在你的时间线里待多久，但是还来得及，还来得及改变一切。

罗安佐突然发现妻子的形体在起变化，她越来越扁平，体积消失了，只剩下二维的线条和颜色。就连沙丘、荆棘丛和月亮也只是一层薄薄的纸上画。妻子的画像开始闪动，好像随时会消失。

她用的并非人声，而是某种直接跳到他脑子里的语句：如果找不到丢失部件，飞船会坠落到时间空洞，最终消失，而时间线也会乱下去，你会永远陷入死循环中……找到它，和我联系。我把你放出黑名单了。

要快，要快啊。他脑子里回响着最后两句低语。

周围的景色正像流水一样向后流淌。飞碟犹如缥缈的烟雾，模模糊糊看不清。

"我会找到它的。"罗安佐想。他现在知道自己为什么要穷追闪光不放了。过去某个时候的他，一定知道飞碟可以帮助他回到过去、改正错误，只不过他只死死地记住了目标，把目的都给忘了。

时间7

我见过那个东西。罗安佐想起他捡到的那个神秘红水晶。他手忙脚乱地摸自己身上，想起是锁到保险柜里了，而且还想到，保险柜钥匙系在车钥匙上，而车钥匙……

他匆匆爬起身子，往营地赶去，远远看见一个愤怒的罗安佐正在砸车，像疯子一样，玻璃碎片四散飞溅，大灯掉落，引擎盖翘起，喇叭发出了哀鸣。

他抓住车门拼命地摇晃，把它从铰链上扯下来，然后一把拔下车钥匙……

罗安佐想起了后面发生的事，不行，他要在事情发生之前阻止那个蠢蛋！他从后面猛扑过去，把那个发疯的男人扑倒了，但来不及了，一个晶晶亮的小东西划出一道弧线，朝着远处荆棘丛落去。他追着钥匙，路上"咔嚓"一声好像踩破了什么，他毫不在意地一头扑入到荆棘丛中，如同寻珠人跃入深海。尖刺造成的痛苦在他的强烈欲望下都退散了。他在荆棘丛根部一把捞住了那把钥匙，浑身流着细小的血流，往车子残骸赶回去。

是的，一个眼熟的蠢货倒在汽车旁，但他只顾心急火燎地打开保险柜，拿出了那枚闪着红光的晶体，将它捧在手心里。它很温暖。像鲜红的心脏，像大海中的灯塔，像教堂的钟声。

就是它。

波函数晶体。

他想打电话通知妻子，遍寻手机不着，发现手机躺在地上散了架。他想起自己刚才跳向荆棘丛时，"咔嚓"一声好像踩破了什么。

没有时间痛悔人生，他徒步朝着缥缈的闪光追去。要快，要快啊，他还能追上过去时光里的妻子。他跑下沙丘，踩得沙砾沙沙作响，月光把他的影子拉得长长的，闪光就在前面，微弱得剩下一点点荧光。

突然有个人在他身后喊："在这里！救命！"

罗安佐掉头又看到了自己，一天前那个罗安佐，刚出了车祸，全不知自己所处的困境微不足道。

罗安佐继续奔跑，然而那个罗安佐不想放弃，从后面跟过来，一把扯住罗安佐的后襟。

罗安佐含糊地喊："混蛋，放手！"

但那个罗安佐只顾絮絮叨叨地解释自己状况，他就是这么一个只顾自己的人。

罗安佐眼看着远处的闪光淡如一层稀薄的香气，马上就要消散。他愤怒地转身一拳砸在那人的下巴上，那人却还是抓住罗安佐衣服。

罗安佐的拳脚如同暴风雨而下，他知道要狠揍哪里对方最痛，但还是纠缠了好一会儿，才摆脱了对方。

罗安佐拼尽全力，翻过了前方的沙丘，然而闪光已彻底不见。他累得躺在沙丘上呼呼喘气，又想起有什么不对，跳起来摸摸口袋，如同被烫了一下，波晶体果然丢失了。没错，是被一天前的自己捡走了。他仿佛听到妻子的抱怨，你就会把事情办砸。

他想起来自己在课堂上也是这么搞砸了一切。那是妻子的教室，她的学生们目瞪口呆，一个接一个地回过头来看他。他满脸胡须，衣着邋遢地出现在那里。

他神秘兮兮地说自己找到了办法，可以救活女儿时，黑板前的妻子怒不可遏，"你这个混蛋，你甚至没有参加女儿的葬礼，你失踪了半年，就冒出来这样的鬼话。她已经死了！"

"半年？我只走了几个星期啊。"

罗安佐大喊大叫，拎着一网兜待洗的衣服，"啊，是吗？我们的女儿死了，你却还在这里上课，教育他们讲那些规矩和道德，那些能让他们更安全吗？那一场世界性的大流行病是怎么回事？你们称之为阴谋论，然而战争！战争就要出现了！外星人就要入侵了！"

教导主任和保安都出现了，把大叫大嚷的他请出了学校。他们还是很客气的。但眼神好像在看一只虫子。他在学校外的马路牙子上坐着发呆，思念女儿，看路人走来走去。人人都比他快乐。

他把事情搞砸了。

他有着把所有事情搞砸的神奇能力。

就像结婚纪念日时，他想在门上钉一个花环作为礼物，却把整扇门从门轴上弄了下来。后来，从门洞里灌入的大风吹倒了蜡烛，点燃了桌布。

罗安佐转头朝营地飞奔。沙漠可能不理解清晨的含义，气温直接跳到了正午。在那个他已无比熟悉的沙窝，他只看见了一辆大众车，锈迹如同老年斑爬满全身，玻璃碎成了小球，轮胎风化为尘土，看上去已经废弃了至少二十年。或者两百年。

"这不可能。"他哀号起来。但时间早已证明自己并非可信赖的参数，这片沙漠里无道理可讲。

罗安佐绕着车子走了一圈，看见一个沙坑里躺着一具白骨，还能隐约看出破碎的兜帽衫上留下的白色线条。这就是终局？

热风在逐渐变大，把红色的沙尘扬向高空，像在高唱一首丧歌。

罗安佐不死心，离开车子向外走去，十几米外被一个躺在沙里的轮子绊了一跤，他抬头又发现了一辆废车残骸，仍然有白骨相伴。他继续寻找，却发现更多的废车残骸和更多的白骨。

废车。白骨。

废车。白骨。

它们似乎均匀分布在数百米内，层层叠叠，宛如镜子组成的迷宫，每一个营地对应着一根时间线。在时间长河里，他在这里失败了无数次，死了无数回。

他搞砸了一切。

时间 8

风沙越来越大，将他发掘出的尸体重新掩埋在尘霾里。罗安佐以肘挡风，奋力前行，在风沙中隐约又看到一辆似乎没那么破的车。他冲过去抓住了车门，没错，车里的私人物品都还在。这么说，他又抢回了一点时间。

口袋里的钥匙还在，罗安佐哆嗦着手，急忙打开了保险柜，把里面的东西扯了出来，全都是些愚蠢的照片和资料。

……

波晶体不在保险柜里。

所以这一刻，另一个自己还没有把波晶体放进保险柜。

他来得太早了？

他发了一会儿呆，翻检起保险柜里的照片，从照片堆里捡起一张来，就是自己在车库里枯坐的那张照片，面对镜头，胡子拉碴，心怀不知对什么的仇恨。似乎有什么东西在驾驶室角落里隐隐发光，一种熟悉的红光。

之前他无数次见过这张照片，然而，当他带着欲望前进时，这个光斑所蕴含的意义就越来越显目了。

这个神秘的波晶体，他是否在家里曾经看到过呢？

那诡异的红色，透亮人心，他不是也有过类似的体验？

那是什么时候呢？

罗安佐努力回忆着。

他和妻子已经不再一起喝酒了，他们喝一种能量饮料，广告上说年轻人都喜欢这个，味道好像地狱烈焰和中药的混合体。他们也不再一起看八十年代的电影，因为节奏太慢，跟不上时代了。

妻子不像过去那么快乐了。她经常发呆，每到春天，就变得郁郁寡欢。

繁荣正在逝去。

她有了秘密。秘密就像是瓷器上的裂纹，越来越大。

而他开始自己喝酒，在乌烟瘴气的小酒馆里一待就是一整夜，有时候还会对着镜子一看就是一个钟头，想弄清自己是什么样的人。

他没有弄清。

他对着镜子看，近得鼻端冰凉，把眼皮翻过来检查，摸着自己的黑眼圈和嘴角的皱纹，好像他不相信自己的面孔，也不相信他现在的生活。

在某个情人节，他发现一个没见过的礼品盒，里面装着一枚红闪闪的水晶。样子和沙漠里这个波函数晶体略有不同，像是颗红色心脏，但他的记忆做不得准。也许仅仅因为心脏代表着爱，所以他赋予了这个形象给它。

"谁送给你的?"他摔碎了一叠餐盘，以此加强质问的语气。

妻子只是悲哀地看着自己。

他整夜睡不着，半夜从床上溜出来，翻妻子的秘密储藏室，找到了那枚红水晶。他把它带到车库，想用铁锤将它砸毁，但那玩意儿材质坚韧，不肯屈服，他又使用喷枪破坏仍告失败，最终怎么样他想不起来了，只记得自己在车库里睡着了。很有可能他随手一扔，这符合他没头没脑的特性。

他跟踪了妻子，最终却发现她走入的是心理诊所。她的约会对象是个很老的心理医生。妻子得了严重的抑郁症。

那天晚上，冷战结束，他们决定要一个孩子，也许可以拯救他们的婚姻。

女儿出生了。

她拯救了他们。直到她死了。

现在，罗安佐一遍遍地抚摩那张照片，试图拯救自己。波函数晶体，很可能就在他车子里的某个地方。

罗安佐在车子里翻找，然后开始拆卸。他先拆了置物盒，然后又拆车子座椅，他拆下遮阳板，音响主机和整块车顶内饰板。他拆开油箱盖子，仿佛在油箱底部看到了一点红心脏宝石的光芒。他点燃打火机，拼命向里探头张望，突然感觉这个场景似曾相识。

他意识到大事不妙，刚要转身，脑后就挨了沉重一击。

时间 9

罗安佐被冷风吹醒，他发现身上起了层层鸡皮疙瘩。失去知觉时，有人剥走了他身上的兜帽衫。头疼得仿佛要爆炸。对于从昏迷中醒来，他很有经验了。与其着急起身，不如再躺一会儿。

他躺在那里，缓缓地侧过头去，却发现旁边车底下的坑里还有一个自己，就这么头挨着头，并排躺着。他们对视了大约五秒钟。或者更久。

另一个罗安佐看起来比较冷静。昨天以来，他还是第一次看到如此平和的自己，或许可以展开一场文明的对话？

另一个罗安佐点了点头，"你好！"

"你好，你也被……"罗安佐试探着问。

"不，我自己躺在这儿的。"另一个坚决地否认了。

罗安佐不相信，但，管他呢，前天夜里到今天发生了多少他不相信的事。

"在我之前还是之后？"

普通人无法理解这一问句，但心有灵犀的他飞快地回答："之后。"

罗安佐松了口气。他也这么觉得。

和属于未来的自己交谈是件超奇妙的事，人人都有过去的故事，但谁能谈论未来呢?

他问:"你是否相信,历史真的可以改变?"

"当然可以。但首先要改变当下的你。"那人用洞察一切的淡淡口吻说。

罗安佐决定对他和盘托出,"我一直有个疑虑,我不能保证看到的是真的妻子。外星人如果能够探知我的内心呢? 它知道我的欲望是被妻子原谅,所以变成了我妻子,让我去帮助它们。它们要完成邪恶目的,一定会试探各种方法。"

"也许更简单,根本就没有外星人,是你精神错乱了。精神错乱可以解释一切。但身处错乱的你,一定不会相信这样的解释。"

"不会。"罗安佐坚决地摇头。

他们躺在坑里,看着一个罗安佐出现了,吃力地推着轮子往沙丘上爬,然后扔下轮子,冲过来接电话,气愤地砸车,扔钥匙。然后又一个罗安佐冲出来把他砸晕。

现在地上躺了三个罗安佐,真是蔚为奇观。

"你只能遵循现有的资讯去做决定,"车底的罗安佐说,"有没有外星人不重要,也许就不该扯什么狗屁外星人,这是软弱和逃避的表现。鼓起勇气来,兄弟,你内心的欲望只能靠自己的力量解决。"

罗安佐闭上眼睛,寻觅自己的内心深处。一片黑暗中,流星纷纷坠落。他又想起那座澄净如水晶般的湖边,他想起来,自己是在那里和妻子初会。

草尖上滑落的露珠,好似层层灰烬飘落,落在湖面上。

湖水冰凉,他从茂密的草丛中探头一看,看到一位漂亮的女人在水中洗澡,

她裸露着的身体,光滑、结实,黑色的头发在水波上若隐若现,当她滑入水中,肌肤被透明的水覆盖着,如同绸缎包裹,那美好的肉体被水加工过后,已不是自然的身体。他就是那一瞬间爱上她的。

那时候他还知道什么是爱。

一想到如此美好的形象随时会被星星带走。他就无法忍受。他偷走了她的衣服，将这个湖里的姑娘据为己有。他发誓要用一辈子好好爱她，给她幸福。

可伤害是从什么时候开始的呢？

他看见她在厨房里耸着肩膀捂住脸，废纸篓里有湿漉漉的纸巾。为了填写住房申请表，她要一次又一次地给领导送礼说好话；为了省钱，她要五点起床去菜市场抢菜；她到展会做兼职礼仪小姐，中午不舍得在展会的餐厅吃饭，自己带饭窝在更衣室吃凉饭。

她一点一点地变老，女神一样的面孔上泛起了皱纹，

天上的神也要面对人间的苦难。

一项多么伟大的爱情，跨越了种族星域，却演变成了小市民斤斤计较的柴米油盐。

他早就听说过牛郎织女的故事，可贪婪的农夫凭什么以为不用付出代价，就能幸福生活呢？

"你的敌人可不是什么外星人。"

坑里的伙伴幽幽地说。

他转过头却什么也没看见，另一个罗安佐已经消失了。对此他倒是见怪不怪。

罗安佐抖落坑里的沙土，站起来时满怀对妻子的爱。

然而，他可以听到了在废车的另一边，一个嘀嘀咕咕的声音，在轻声地诋毁他的女神。

他探头看见，那个罗安佐在被拆解成一片狼藉的车中寻找武器，套头衫肮脏不堪，面目可憎，口中嘀嘀咕咕："这都怪你，我的生活变成了这样，全都怪你。我看不穿你的邪恶，我居然会爱上你，我居然会为了你，放弃了……我的全部过去。"

他撅着屁股，从后备厢里翻出了一把工兵锹，嘀咕道："我最受不了的是……就这么抛弃了我。叛徒！"

有多愚蠢的男人，才会把这一切怪罪在妻子身上。罗安佐觉得汗颜不已，那个自己的荒谬和丑恶简直无法直视。罗安佐转头看到地上有一根大扳手，他伸手捡了起来，咀嚼肌鼓起，朝那个男人逼近。

那家伙手拿工兵锹转身了。看到罗安佐，他悚然一惊，随后嚷了起来："你是不是我？为什么要与我为敌？"

"因为你就是很蠢！"为了她，他可以毁灭地球，毒打一个笨蛋算不了什么。

对面的男人大吼一声，猛冲了过来，工兵锹来势凶猛，虎虎有风，但罗安佐知道他心里的小九九，向下一挥扳手，砸中对手偷袭的一腿，痛得那家伙踉跄后退。但他体格不错，又发起连续进攻，罗安佐对他的进攻路线了如指掌，轻松地躲过对自己膝盖骨的一击，抽冷子还以颜色，打得对手晕头转向。

对面的罗安佐终于扛不住了，一跤摔倒在地。他摔倒在地，痛苦地呻吟着，蜷起身子，咳嗽着想要吐出口中的血沫，模样装了个十足十。罗安佐叹了口气，过去的他就喜欢要这样的小聪明，如今显得多么可笑。

罗安佐冷笑着一手挡住投向眼睛的沙子，轻轻一跳闪开对方的攻击，随即一扳手砸到他头上。

看着倒在地上抱头呻吟满脸倒霉相的自己，他觉得舒畅无比。

在出手之前，他就已经决定遵照时间洪流的节奏前进，于是把那个自己拖到土坑里扔下。

时间 10

罗安佐被晒得很厉害，他的眼睛发了炎，一看发亮的东西就疼痛难忍。而在沙漠里，你找个不发亮的东西试试。

罗安佐发现打斗中自己的手指破了。指甲盖下面留下了一个小口子，翘起一小根皮。和所有强迫症一样，他去剥破了的皮肤。

皮肤此时已被太阳烤得太过，手指尖上的皮轻轻一扯，就撕下一长条，一直连到了手腕上，下面红通通的，像是有鲜红的火炭在烤。

罗安佐越剥越大，内组织从皮肤里支棱而出，但膨胀出来的不是血，也不是肌肉，似乎是橡胶类材质，坚韧又有弹性，而且是绿色的。他的皮正抑制不住地往身下出溜，罗安佐发现脸上的皮也破了，裂开一道大口子，摸起来有一团胶冻状的东西在往外挤。情况似乎有点不妙。

他找到汽车后视镜，对着里面看去，看到一张无比丑陋的脸。

膨大的额头上是三只复眼，闪烁着水面油花般的诡异光芒，他张开嘴——更像昆虫的咀嚼式口器，四颗刮切食物的上下颚与内颚叶显示出层次递进，如同花瓣一样的对称状，上下都有感觉灵敏的触须在颤动，在吞吐空气里的味道和信息。精致但又恶心。

罗安佐无法克制自己的手，最后把整张皮肤剥了开来，新躯体脱壳而出，和老皮之间还残留着藕断丝连的黏液。他的双腿仿佛多了一副关节，可以向更多方向扭转，更加灵活，但此刻却无法支撑自己，罗安佐瘫倒在地，无力地躺倒在一个坑里。

原来自己才是外星人？怀抱邪恶目的来地球的外星人？他之前的探求全都是一场梦，他的挣扎毫无意义。

罗安佐痛哭流涕，可是现在流经面部的液体是眼泪吗？现在我该怎么办？失去自我的罗安佐在坑里挣扎。它不介意孤独，但它希望孤独是有意义的。此刻它的这副尊容，连自己都无法忍受。

失败若此，不如永远睡下去，沉沦为白骨。

可是它睡不着，怎么睡都硌的慌，它在坑里翻来覆去。

它想起女儿出生的那一段记忆。

女儿从医院回来的那天，他哪里也没有去，只是坐在小床前，看着她，伸出一根指头让她攥在掌心。

女儿紧紧地依偎着他，好像一只小奶猫，偶尔扭动几下，睁开眼睛，含情脉脉地瞟着他。

罗安佐和她躺在一起，怕压着她，一整夜都姿势奇怪地睡着，早上起来时，腰都伸不直了。

他再也不喝酒了，因为他害怕口里残留的酒精味道会刺激到女儿娇嫩的皮肤。他绝对不和妻子吵架了，因为连声音稍微大一点儿他都怕会吓到女儿。他们在家里几乎是用耳语交谈。

他简直想不到，人类婴儿会是如此娇小、孱弱，因而要毫无保留地交给其他的生命体照顾。对她的信任他心存感激。

女儿拯救了他们的生活，拯救了他的爱，直到她死去。

是的。她死了。

罗安佐现在可以说出她死了这三个字了，然而"死"这个字还是如鱼骨硌了嘴唇。

在当时，他可真没办法面对这事。他逃跑了。让妻子留了下来处理一切。

当时他知道自己是外星人吗？他从什么时候开始失去了自己的记忆。在以人类的身份生活的时候，他是否胆战心惊，害怕被人类看穿活捉，然后被审讯，被活体解剖？就像千千万万个飞碟猎手想要做的那样。

他拼命地想，可是想不起来。失去过往的他还是他吗？

不，他无论如何都要从这里逃出去。

他不能接受死亡，也不能接受被地球人捕获的命运。

他不能接受时间线彻底混乱，妻子被困于他的飞船，消失在这个世界里。

他已经失去了女儿，如今还要失去妻子，这样的彻底失败，他绝不接受。

他可以像过去那样，伪装起来，继续当个地球人，继续隐藏，慢慢地寻找那个晶体，他还可以救回妻子。

这一次，妻子需要他的时候，他不能再次消失。

时间 11

罗安佐努力重新套上人类皮囊，这是一件非常耗费力气的事。

痛苦挣扎，宛如重生。

好在他的皮肤似乎与人类皮肤的致密结缔组织有很强的亲和性，一接触到真皮的网状层，就自动相连，伸展出弹力纤维，交织成网，血管和神经末梢也生长联结到了一起。裂口正在缓慢地修复，除了胸口上那个他从中钻出造成的大裂口外，看不出什么异样了。

他需要保持安静，躺在车底，等待恢复元气。恢复人间的身份。

他远远看到一个匆匆忙忙的罗安佐开着车子，撞倒一个罗安佐；看着一个罗安佐跑下沙丘，与拦截自己的罗安佐打了一架；他看着一个罗安佐疯狂拆车，又看着一个罗安佐上前袭击他。他看着周围无数个自己来来去去，陷入一场疯狂暴躁的打斗中去。

突然，"扑通"一声，一个罗安佐被打倒，扑倒在自己身边，过了很久，才缓缓醒来。

那个罗安佐侧头看见自己时，似乎有些发愣。

罗安佐用手捂住胸口的裂缝，掩盖着自己的秘密。为了转移对方的视线，他说道："你好！"此时此刻，你还能说什么？

"你好，你也被……"另一个自己试探着问道。

"不，是我自己躺在这儿的。"罗安佐坚决地否认了。

"在我之后还是之前？"

"之后。"

那个男人似乎松了口气，但看上去还是很焦虑。他忧心忡忡，怀疑妻子的身份，担心会成为入侵地球的帮凶，但那是完全没必要的。

看他痛苦的样子，罗安佐忍不住开始劝解。

那个罗安佐突然冒出一句："你说，她会不会是外星人？"

"也许更简单，是你精神错乱了。精神错乱可以解释一切。但身处错乱的你，不会相信这种解释。"

"不会。"

"就不该扯什么狗屁外星人，这不过是软弱和逃避的表现。鼓起勇气来，兄弟，你内心的欲望只能靠自己的力量解决。"

对方听进去了，飞快地点了点头。

"你的敌人可不是什么外星人，而是……"

但他的话没有说完，对面的罗安佐突然爬了起来。躺着的罗安佐穿过他的肩膀，看到远处另一个嘀嘀咕咕的罗安佐，正在废墟中寻找武器。是的，他会投入到一场新的战斗中去。他们会打上一架。两张一样的脸，一样的人，说起话来一个腔调，只是处在不同的时间段，他们就是敌人。

人们总是认为，自己就是自己，这是不变的。可是人们升起的每一个念头都会在下一秒变成过去，每一个现在的人也就变成过去的人。每一个自己，都是一个陌生人。所以这一刻的爱，下一刻就是遗忘，或者恨。它们是否都真的存在呢？

当他这么想的时候，什么东西从车子底盘上落入他胸膛的裂缝。冰凉、晶亮，好像一颗搏动的红心。

宝石里面装满的，尽是闪闪发光的回忆。

无数时间碎片灌入他的脑子，强大的信息流炸得他脑子里一片轰鸣，脑回沟如同被炮火反复犁过的战壕。

半睡半醒中，它回忆起过去所有往事。

母星犹如一个密集的蜂巢，里面挤满了密密麻麻的伙伴，残酷无情的伙伴。它们等待着命令，如同等待着花朵的召唤。

它曾经飞行经过无数的世界，它骑着银河系度过那些光年，在行星的运行轨道上，它见过璀璨的银河中心，那厚度有一万光年。银河不知疲倦地围绕着中心，在柔软空洞的宇宙河床上流动，就像骑在一匹四蹄冒着火星的马上。它亲手毁灭过多少星球呢？它从来都是孤独地飞在战线的最前方。而它的身后，永远是化为灰烬的冰冷星球。

伙伴们叮嘱它落叶之前凯旋，而它在地球上已经耽搁了无数个落叶季。它背叛了自己的伙伴，没能完成目标——因为它爱上了一个地球姑娘。

他以为自己可以从神变成人，而不用付出代价。

真是幼稚。

罗安佐从梦中醒来。他想起了一切：是他抛弃了任务，让妻子抹去自己的记忆，但潜意识让他的内心分裂又痛苦。他对妻子越来越残酷，失去女儿的火焰又开始推波助澜，逼迫他找回这一切。

现在并不晚，要救女儿就要唤醒机器，启动计划。他已经想起自己飞船上那些武器。他当然可以复活女儿，可那也等于唤醒可怕的伙伴。要唤醒它们吗？

闪光的脉动一阵强烈似一阵。

这一次，他做的选择，会让未来的自己大吃一惊吗？不过，那是以后的事了。

飞碟在一束绚烂的光柱里从天而降，闪光如同云团包裹着它。

罗安佐敲击着自己的胸膛，把失落的部件交给了闪光。时光大河仿佛在汹涌地倒流，雨点回到天空，轮子回到车轴上，被烧毁的杂志完整如新，凋谢的叶子回到树枝上，时间线归一。

飞碟在夜空中盘旋。驾驶舱是空的。

他的妻子还在远处那个日渐凋谢的城市里吗？

罗安佐从口袋里掏出了手机，玻璃屏幕如同新的一样毫无划痕。

他给妻子留了言：我回来了。

短信"叮"的一声，发送了出去。

最后的时间

罗安佐开车穿过沙漠，他抬头仰望，天空万里无云。

或许未来有一天，也会有这样的好天气，这样温暖的夏夜，但那将是笼罩在星际战争恐怖之下的好天气，蘑菇云树会是烟色的，核灰烬的蝴蝶在大陆上飞舞。无论如何，今天是最后一天。

繁荣和快乐终会逝去。

他还记得自己的伙伴们是多么缺乏耐心。它们一定等得不耐烦了。

时间不过是一场儿童游戏。

在这场游戏里，也许有一天，自己会回到伙伴中去，那时，他会变成它，会遗忘了地球上曾有过的爱。但至少现在，现在的我并不这么想。

今晚的月光黯淡，高大的沙丘宛如黑黝黝的巨兽，沙砾的摩擦声则是怪兽的呢喃细语，空气干燥而炎热。

就是这样的夜晚。

4

空　舞

零上柏

／作者简介／

　　零上柏，在读大学生。腾讯科幻研究及文化传播课题组成员，中国科普研究所区域科幻产业课题组成员。曾获第六届"朝菌杯"重庆大学高校科幻联合征文二等奖，第二届"星火杯"全国高校科幻联合征文大赛一等奖。

／颁 奖 词／

　　这是一部气质独特的作品，不但充满了极具创造力的想象，而且饱含了对现实的无尽思考。在硬科幻的世界观下，人物却是充满艺术美感的纤柔形象，这种极具反差、拥有奇妙元素的类型融合，碰撞出怅惘诗意的火花。在充满着不确定性的未来时空中，面对灾难与内心的抉择，主人公遵从内心，选择以自己独有的艺术方式，桀骜且柔美地与世界进行抗争，充满着对生命、人性、理想与现实的反思。

"李洛，你干什么呢？"

"跳舞。"

"你不应该这样跳。"

"我知道。"

一

我第一次见李洛，她给我的印象就是一个芭蕾舞演员该有的，高傲、优雅、沉着。她是所有首席里最年轻的，也是最漂亮的。我们到访的那天，中央芭蕾舞团为我们组织了专场表演《红色娘子军》。李洛饰演的琼花，英姿飒爽。

负责文宣的领导坐在最中间，虽然人远在火星，但全息投影也把他逼真地投在椅子上。审节目的时候姑娘们都挤在后台，偷偷掀帘观望。鲜少有人见过火星上的官员，都想一睹真容。那天一共演了七场，试了七位首席，最终敲定李洛。她在里面年纪最小，论舞蹈功力不如其他人，但她却最轻灵，有她独特的分寸感，她起舞时，光仿佛不由自主地追随她行走。其中不少动作被她改动过，有别样的韵味。

舞团团长听说李洛入选，有些紧张，说她不好管，是个刺头。

这次没有安排仪式宣布哪位入选，而是由我单独约见李洛。我开车到宿舍楼下，她早早就在路边等着。打扮得很素雅，仿佛要隐没到空气里去。我开车带她到我工作的机构，她好奇地四处张望，说从来没见过如此戒备森严的地方，从进门开始，一共过了六道岗哨。我问："知道为什么找你吗？"她摇摇头，轻轻拨动有些凌乱的头发。"也不害怕？""不怕，我又没犯事儿。你们这柳树怎么长得七扭八歪的？"

路旁的柳树的确看上去像是醉汉一样东倒西歪，而且身材矮小、叶片暗黄，像是营养不良。这已经很不错了，我小的时候，哪里看见过柳树，一抹绿色就足以令人振奋。

到办公室，我给她泡了杯茶，她推开了。"只喝咖啡，喝不惯茶，谢谢。"我也没多客气，拿出协议给她看，"很厚，抵得上一部中篇小说了，但肯定没小说有意思，你慢慢看，有什么事叫我。"我拿出女儿送的魔方，开始研究。李洛就坐在对面，认真地读着。

太阳落山，门口哨位换了两班，我把阳台上的绿箩和水仙浇了水，把能找到的报纸都翻了一遍。晚饭时间，我给李洛打了一份鸡腿饭，她吃完又看了小半个钟头，总算看完了。我搞外勤，从来没在办公室待这么久，这才觉得坐办公室也不是那么舒服。李洛把材料工工整整地放好，抬头看向我。她看协议的时候表情没有变化，只有眼睛如游动的鱼缓缓流转。

"你同意吗？"

"我同意。"

"这么爽快？"

"我看书慢，但我是边看边想，我都想好了，我同意。"

我点点头，替她办了手续。收了手机，耳环项链也都摘了，过了几遍安检。我们会解释她的突然消失，抹去一切会引起麻烦的痕迹。她之后就不能离开这里了，吃喝拉撒都在这儿，我们还给她准备了练功房。后勤专门腾了一个小三层给她，那里之前是临时的接待点，收拾之后住起来很舒服。

晚上，我送李洛到她住的地方，她欲言又止。我拍拍她，"你肯定还有顾虑，毕竟你年纪轻，这事儿又不能和父母商量，确实挺难的。但我能感觉到你很坚强。"

她勉强地笑笑，嘴唇抿成一条直线，"只要我认真履行协议，你们就可以送我去月环，这是真的吗?"

"我只能在允许的范围内回答，你看过协议，里面规定了很多。你好好干，将来没准真能去月环呢，月球多好呀。"

"我不想去月环。"李洛说。

李洛回答得很坚决，让我有点惊讶。在大逃亡中，大量的艺术品被送往月球保存，最优秀的艺术家都迁往月球，可以说，月环凝聚着人类文明最伟大的结晶。想到这个，我替李洛感到遗憾。如果她在月环上出生，一定能成为伟大的舞蹈家。

"月环很好，但我不会去。我不喜欢他们的傲慢，他们保有人类艺术的精华，却不愿意与人分享，不肯跟我们交流。这些年月环与地球隔阂渐深，他们固守着自私和自以为是，竟然把人类的共有财产当作少数人的私有物。相比之下，我更喜欢地球。芭蕾里面有一个动作叫空中画圈，即便跳得再高，总要回到地面。"

我们俩都沉默了。今晚的月亮很圆，月环也清晰可见。月环围绕着月面而建，好似缠绕着一颗明珠的丝带。如果用天文望远镜看，会发现许多垂直于丝带突出的细小纹路，那是月环的支干。镜头里的月球就像两个半球被缝补在一起，不知为何，我总觉得有些狰狞。一团云雾遮蔽住月亮，又缓缓飘走，仿佛月亮在哀怨地叹气。天色不早，这次任务估计又得有几个月不着家，我要回家给老婆孩子道个别。我冲她敬了个礼，转身离开。

"对了，冷湖在哪儿?"李洛在我走远之后对着我的背影大声喊道。路过的巡防机敏地回头，手指头贴在了扳机上。

"青海，海西州!"我喊道。

二

秘密总是潜行于水下，在阳光也照射不到的深谷。

车队在黑夜里前行，仿佛深海里的潜水艇，只有车灯的微弱光亮。地球还是如往日那样平静，这样的平静已经持续了三十年，但很快就会被打破。生活也许会更好，或者更坏。改变这一切的人来自火星。

李洛模糊地记得那张照片，一个陌生的老人端坐在中央，露出慈祥的微笑，其他人都簇拥着她，相互挽着或是抱着娃娃，脸上的表情不太自然。这个老人是李洛的太奶奶。这是家里能找到的最古老的一张照片，妈妈把它装进相框放在钢琴上，时不时拿起来擦一擦。

太奶奶的奶奶据说是第一批火星移民，他们在火星上开疆拓土，为人类在宇宙中留下新的足迹。不为迎接后来的人，也不为他们自己，而是为整个人类文明寻找新的可能性，反正他们自己是这么说的。其实，那时候的地球就快被榨干了。这颗星球经历了数次核战争，生灵涂炭，生态系统被完全破坏，已经变得完全无法让人类生存，人们对统治者的怒气也即将达到顶点。于是便有了地球政治联合体——也就是现在的火星联合政府。他们用所剩不多的资源开展火星移民计划，把地球变成一座巨大的工厂，不仅造飞船，还造火星乌托邦所需要的一切。

不是谁都有资格去火星。太奶奶的奶奶据说是一位世界闻名的律师，经过层层选拔才得到这个机会。获得火星船票的人有政治家、科学家、建筑师、作家……以及一切能够拯救人类于水火的人，肩负改变世界的使命。他们宣称，地球已不适合人类生存，只有离开才有生机。然后火星能承载的人类也是有限的，剩下的人只能留在地球苟延残喘，忍受日渐肆虐的风沙和逐年升高的海平面。火星上的人冷眼观望着地球，看着她一点点坠入深渊。迁居火星与其说是一种生存策略，不如说是一种奇诡的政治策略。地球政治联合体深知，如果继续在地球的统治，就有极大的可能会被愤怒的人民推翻。而移民火星，不仅能够远离生态灾难，更能躲避统治危机。事实证明他们下了一手好棋，刚离开地球时确实遭遇了暴乱，但混乱很快停止，由于缺乏宣泄愤怒的实体，人们渐渐地接受了现实。

太奶奶没有去火星。她本可以去的，但是她放弃了。她和太爷爷都是当时著名的环境学者，他们都选择留在地球。家里的亲戚在黄沙漫天的时候总会抱怨太奶奶，指着那张全家福骂骂咧咧，说太奶奶真傻，要不他们怎么会在地球受这样的罪。太奶奶领导的生态圈技术小组，在太空移民中发挥了重要作用，使得人类能够在火星建立完全实现自循环的小型生态圈。按说太奶奶的贡献绝对值得一张火星船票，但太奶奶选择留下，继续为修复地球的生态环境而奋斗。她希望自己的技术不仅仅服务于少数人，而是服务于全人类。

即便是那些所谓的"精英"去往了火星，但他们仍然留下了数量巨大的全自动化机械军队，通过遥控这支军队，他们仍然统治着地球。但地球与火星的最远距离有四亿公里，电磁波需要几十分钟才能到达。火星的手掌再大，也无法完全掌控地球。负责传达火星命令的人里很有些智者，依靠他们地球才没有陷入混乱，而是得以从一种秩序进入另一种秩序。平衡永远都是最重要的。地球在火星的统治下建立了新的秩序。彼时地球的人类空前团结，为了能够在地球上苟延残喘，他们不得不联合起来，共同面对灾难。在太奶奶和许多人的共同努力之下，地球生态竟一点点恢复过来。海平面上升的速度减缓许多，沙漠化的面积渐渐缩小，无休止的战火也依稀听到终止的号角。

三十年前，科学家宣布地球生态基本恢复至稳定状态，尽管情况仍不容乐观，至少生态系统能够勉强维持运转，地球又一次获得焕发生机的可能。

这时，一些人就开始蠢蠢欲动。就在几天前，火星宣布将要重新接管地球，火星基地的正统领导机构将要回迁母星，在人类殖民火星一百周年之际。但没人相信，眼下的良好状态在火星联合政府回归后能够延续。曾经的地球就是因为他们错误的统治策略而遭难，谁也不能保证这种惨剧不会重演。

这个消息目前还处于封锁状态，以免引起恐慌。人们毫无对策，地球的自动化军队全部由火星控制，再聪明的大脑也无法赤手空拳与暴力抗衡。一旦地球和火星爆发冲突，顷刻间一切都会化为焦土。

车队距离冷湖还有二十公里。

这些天，在世界选拔中脱颖而出的五位艺术家纷纷赶赴冷湖，李洛就是其中之一，全亚洲最优秀的舞美团队也开赴这里。他们要共同准备一场盛大的演出，为了迎接火星归来的客人，同时也是地球的主人。他们在外漂泊百年，如今要回家了。五大洲将共襄盛举，庆祝他们回归。

演出将设置五个会场，冷湖被首先选定为亚洲分会场。

焦土。如今的冷湖就是一片焦土。战乱伴随着离开的人进入历史，只有逐渐逼近眼前的残垣断壁才能点醒前来参拜的人们，炮弹和哭声都是真实存在过的。

课本告诉我们：火星的建设者们在冷湖辛勤耕耘，搭桥掘地，修路盖楼，建立起登上火星的前哨站。冷湖是最早的一批火星基地，也是规模最大的。这里是世界上最接近火星地貌的地方，所以也成为前往火星前的适应性训练基地，如今的火星联合政府就是从冷湖登上火星的。运载飞船集中发射的那段日子，每天都有民众不远万里前来送行，火星的开拓者们是在鲜花和掌声中离开的。他们依依不舍地望着地球，留下悲伤的泪水。

这里曾经是西北的石油重镇，曾经的石油小镇已经被保护起来。写着"冷湖油矿"四个大字的断壁仍在风沙中矗立，即便是几十年前这里发生了反抗火星移民者的暴乱，也没有将其摧毁。它默默注视着，如同一位风烛残年的老者，目睹一切的开始和结束。

车队驶进冷湖镇，改为贴地飞行状态。地面没法行车，街面上全部是游泳池那么大的弹坑。曾经恢宏无比的建筑物只剩下苍白的空壳，不少建筑物从中间拦腰折断，顶层扎入地下，仿佛在向谁叩首谢罪。我们都知道那时候到底发生了什么。和其他基地一样，冷湖基地被愤怒的人群踏过，每一寸土地都流淌着鲜血。但那些拥有火星船票的人还是走了，没有一滴鲜血是逃亡者留下的。人们不甘心被抛弃，却无力挣扎。

看着窗外的废墟，我想起一些从前的事，自顾自地说道："我父母以前经营一家植物农场，种植各种各样的拟态植物。经过基因改造的植物，可以种出小猫小狗的形状，甚至是动画里的卡通人物，大人孩子都很喜欢。晚上村里的流浪汉会跑进生态棚，偷走那些植物，经常搞得一片狼藉。我的老母亲从来不让报案，她一生都信奉善良。"

"善良的人总是被欺负。"

"有时候人就是这么无力的。"

她沉默不语，头靠着椅背，让阳光铺在自己的脸上。眼前的这片不毛之地，应该是地球上最不适合人类生存的地方了。无人机传回大地的画面，地表如同垂暮老人般面容枯槁。但李洛还是很害怕它一下子从自己眼前消失。

我轻咳两声，发觉刚才的话并不十分得体，又补充道："不过这些你都不要想，你要想的是把舞跳好，这对你来说比什么都重要。"

车队穿过冷湖镇，驶入临时搭建的营地，我们下车远眺，俄博梁雅丹地貌在远处神秘地矗立。冷湖地貌与火星相似，不知道火星的人们来到这里会不会有亲切感。李洛跳上吉普车的引擎盖，又站上车顶，比整个车队里的人都高了。

"这个地方真像火星啊！和纪录片里一模一样。"李洛感叹。

"火星早就不是这个样子了。"我说。

三

我现在明白，舞团团长告诉我李洛是个刺头，究竟是为什么了。

李洛和其他四位舞蹈艺术家的节目放在最后压轴，彩排的时候，节目效果很震撼。但她在观看效果图和视频的时候就面色铁青，一言不发，其他几个人也没有好脸。练了两天，李洛不练了，带着其他四个人都不练了，几个联络员好说歹说才把几位姑奶奶劝回去。排练时，李洛还不消停，不停地质问动作，看什么都不顺眼。排练的老师不敢对她发脾气，只好自己生闷气。

"为什么要让杂技演员来教我们，你们以为芭蕾舞就是杂耍吗?"俄罗斯的舞蹈家不愿意了。"他们是把咱们当成马戏团了。"日本的舞者也附和道。

演出主要分为两大部分，天为幕，地为台。地面上的表演动用了各种交通工具：低空飞行器，跑车，还有马。空中的表演则由飞行编队和空中飞人完成。灯光和道具都装配在无人机上，摄制组采用的全部是电影级别的设备。现场没有观众，因为转场一个来回就绵延十几公里，没法为观众安排固定的位置。这场表演面向全球直播，火星的客人将提前一天到达月球，在月环内观看直播。表演结束后，他们就将莅临地球。

压轴的节目名叫《空舞》。

舞者们身穿特制的飞行服，从飞机上跳下，并在空中完成指定的舞蹈动作。五位舞蹈家位于中心，还有一百位伴舞，届时他们将在空中组合不同的队形。飞行服配备了可穿戴的全柔性织物显示系统，负载由发光活性材料制成的高分子复合纤维，能够变换各种颜色。极其贴身，但抗寒防风。手臂下方和腿部之间配备翅膜，可做低空无动力飞行。后背和脚部都安装了小型推进器，飞行时还可以拉出彩烟。

其实舞蹈家们说的不无道理，这些动作完全可以找专业的杂技演员来完成。可能是地球人类发自内心的自卑，认为杂技演员不如芭蕾舞者高雅，所以才做此选择。其实表演动作中的芭蕾技巧寥寥无几。

设备在联排前一天运到，集装箱旁围满了士兵和技术人员。第二天，他们从货箱里运出几个冰箱大小的仪器，这些仪器被组装到无人机上。"反重力装置，地球上几乎没有，是从月环运过来的。"我身侧的技术总监说。

"月环上的人可从没到过地球呢。"我说。

"人没来，只有设备。"他耐人寻味地说道。

因为添置了新设备，李洛她们又多了几个技术教练。一开始先在地面上的风洞练习，李洛似乎十分适应。其他人在风洞上笨拙地翻滚时，她已经游刃有余。

第一次彩排，李洛在身边人一阵接一阵的尖叫声浪里沉稳地飞行，教练说完全看不出来这是她第一次飞。反重力无人机根据预定算法在空中排好阵列，反重力场从下面将舞者们托住，降低下降速度，减少风阻，使舞者的动作能够更加轻便，也能进行更多本无法在空中完成的高难度动作。

彩排进行到第四次时，李洛已经熟练掌握了各种飞行技巧。她天生就属于天空，轻盈如飞鸟，大地无法束缚住她。她有个习惯，一旦开始表演，通信频道里的任何指令都被她屏蔽，一切声音都不存在，风和重力也不存在，只有她自己。

因为没有按照指定动作飞行，她被停飞了。

"你这么做没有意义。"我说。

"我就是控制不住自己，那些动作一点也不好看，稍微训练一下，猴子都能做。"她说完，自己先笑了。

"那别人怎么就可以做呢，你不行？"我有些生气，李洛特立独行，和其他舞者的关系也不好，经常吵架，弄得演出现场鸡飞狗跳。这些艺术家的脾气我实在是摸不透。

"那是别人的事。在空中跳舞的时候，我就是忍不住，我觉得不应该这么跳。"

"导演组已经找好代替你的人了。"我说。

李洛有些落寞地低头，眼睛里泛着泪光。

"我跟领导说了，你可以做好，领导决定再给你一次机会。"

李洛有点惊讶，她感激地冲我敬了个极不标准的礼，"我会好好跳，我只是……太兴奋了，这应该是人类历史上最盛大的舞台了，我不想缺席。"说完，她又恢复落寞的神情，木然地投入到排练中。她跳得很好，比其他人都要好，但她也变得更加沉默寡言，不跟其他人交流。我理解她的矛盾，她觉得这样的舞蹈没有意思，可这不是在舞团，由不得她任性，既然选择了参加演出，她就必须负起责任来。

最后一次联排在正式表演前三天。这一次排练要全程模拟正式表演，营地的气氛也变得紧张起来，大家都害怕出错。亚洲分会场的演出安排在最后，工作人员们根本没心情去看其他大洲的表演，全部严阵以待，调整设备，调度机器。

我在营地外的山坡上找到李洛，她一个人躺着，望着天上的群星。

"你愿意这些人回来吗?"她指着天上，突然问道。

"就我个人而言，这不算是件好事。火星的行政机关返回地球，那么一大帮子人，就业是个问题，没准就要精简机构人员。"

她哈哈大笑，坐直身体，"又不是所有火星居民都回来。除了官员，火星还有十几万普通居民呢。"

"我希望你能配合，大家都不容易，要相互理解。我需要这份工作，不想丢掉。"

"你们领导批评你了? 因为我没按规定的动作跳?"

"不算批评，顶多是警告。"

"对不起，是我连累你的。"

我摆摆手，没说话。这时欧洲的演出应该快要结束，营地的钟声响了，马上就轮到亚洲分会场。直升机已经起飞，黑夜的沉静被飞沙刮破，地面舞台的灯光也缓缓亮起。

"你喜欢我们的表演吗？"她又问。

"我对艺术没什么感觉。不过盛大的东西总是容易打动人。"

"那我之前跳的那些，你喜欢吗？"

"我觉得也很好。"

李洛无奈地撇撇嘴，远处有人在叫她。

"你该去准备了。"

她抓起一块砾石，用力扔向天空，它飞得很高，但仍旧被地心引力牢牢抓住，重重地砸向地面，摔得七零八碎。

四

李洛发现她的时候，她昏迷在货箱里，身体卡在固定反重力装置的摇臂之间。李洛只想找个地方清静清静，觉得货箱里应该没人，结果就发现了这个小女孩儿。

"你是谁？"她拍拍女孩的脸，问道。

反重力装置充满了整个空间，女孩塞进一块缝隙里，动弹不得。她缓缓醒来，好像刚经过长途旅行，神色疲倦。李洛试图把她拽出来，但摇臂夹得太紧，她累得满头大汗，女孩仍纹丝不动。李洛从兜里掏出一块巧克力，让女孩先补充点能量。

面对李洛一连串的问题，女孩一边啃着巧克力一边说："哎呀，你怎么这么多问题，我都不知道回答哪一个了！"

女孩叫拙玉，是从月环来的。她看上去只有七八岁，个子挺高，一身黑色的紧身衣。

"那你怎么跑这儿来了？"李洛问。

"我能相信你吗？"

"我不知道，也许可以，我就是个跳芭蕾的。"

拙玉的眼睛闪过一丝光亮，旋即消失了。

"我偷偷跑出来的，躲在运送反重力装置的集装箱里，然后就到这里来了。"她轻描淡写地说。

"为什么要偷跑出来，离家出走？"李洛问。

"是我爸爸妈妈送我来的！月环一百年内就没有过开往外界的飞船，我只好这样。"

"不对吧，"李洛感觉不对劲，"月环和火星之间也没有往来吗？"

"当然有，'犯人'总是源源不断地从火星补充。"

"犯人？"

当地球面临着生态灾难时，人们争先恐后地离开，不仅是那些手握权力的人，还有大量的艺术家。他们洗劫所有的博物馆，把人类的艺术打包带走，期盼着在火星延续文明。月球是前往火星的中转站，但一部分人被永远地留下了。

"爸爸说，大量的飞船在争斗中受损，已经无法将全部逃亡者送往火星，而所有的艺术家都被毫不犹豫地囚禁在月球。"

这就是拙玉说月环上的人是"犯人"的原因。

"那你们还不是生活得好好的？没人会同情你们。"李洛没好气地说。

拙玉并没有反驳，也没有因为李洛的话感到生气。"你说的对，爸爸也是这样认为的，那些最初抛弃地球的人本身就带有原罪，我们永远都是罪人，也不值得原谅。"

"你知道就好。"

两人的目光汇聚在一起，那是两双澄澈的眼睛。李洛望着拙玉，女孩眼眶里有泪水打转。"不过这也怪不了你，你一个小屁孩。"李洛努力调整自己的语气。

"其实，我的爸爸妈妈是最后一代月环原住民。现在月环上的大部分人都来自火星，他们在火星上发动暴乱，忤逆联合政府，所以被发配到月环。这是一场遥远的放逐。"

"月环上原本的人呢？"

"原住民早就不生育了,他们信仰艺术,不想把自己的孩子带到一个没有意义和尊严的世界,一个艺术无法生根发芽的世界。而我爸爸坚信会有阳光拨开阴霾的那一天,因此,我们一家不断冬眠,等待开创新世界的机会,直到现在。"

"那你来这里干什么?"

拙玉摇摇头,"临走的时候,爸爸嘱咐过我,让我务必要把芯片插入晚会中控台,这样就能阻止火星降临地球。"

李洛脑子嗡地一下,不知怎的,耳边仿佛回荡起人的尖叫和飞船的爆炸声。

"那这演出?"

"都这时候了,还有谁关心演出?"

"你相信我吗?"

"相信,你是跳芭蕾的,我妈妈也是跳芭蕾的,虽然她早就不跳了。"

"那好,我去找我的联络员,他是个可靠的人。我一个人也没法把你弄出来。"

李洛走出货箱,憋闷的空气一下子被释放。她迅捷地转身,轻轻推动门闩,把货箱的门锁上。

她想起拙玉的话,心里有点不是滋味,像飞在空中却打不开降落伞那种无力的恐惧。

"都这时候了,还有谁关心演出?"

最近她经常梦见妈妈。

妈妈很久没出现在梦里了,那好像是一个无比悠远的影子,一直在脑海的边缘徘徊,始终没有走近自己。她害怕想起妈妈,害怕痛苦再次袭扰她,但她知道自己不得不面对。她缓缓在思绪中摸索关于妈妈的记忆。

"李洛!"

她惊醒过来,腿从把杆上下来,双手后背,等着妈妈训她。她头低着，等着那道熟悉的影子慢慢移动到窗台边。她抬起头，妈妈一副恨铁不成钢的样子，怒气冲冲地盯着她。窗户没有一丝灰尘，地板被舞步磨得锃亮，爸爸经常险些滑倒。窗外有私人飞行器起落，卷起的尘土裹住路旁的柳树，几片柳叶缓缓地落到红砖地上。

电视里放着视频，播放着英国皇家芭蕾舞团的舞蹈。这是每年世界芭蕾日英国皇家芭蕾舞团都会进行的芭蕾大课，没有华丽的表演，只是枯燥的基本功。妈妈最爱看这些视频，她坐在火炉边，一边烤火一边看，李洛就在旁边的把杆上压腿。

妈妈的训斥声还在继续，数落她不认真，"练功还走神，老师才批评过，后背要保持平伏，你看看你，都快弯成什么样了，给谁鞠躬呢？"

李洛看着妈妈的面庞，那是一张充满活力的脸。三十多岁的年纪，妈妈正在电视台上班。她很有舞蹈天赋，本可以成为一位优秀的舞蹈家，可外婆拿不出钱，妈妈只好上了幼师专业，最后成为一名少儿频道的编导。即便是在学习当幼师的时候，妈妈也是跳舞最棒的那个。

妈妈的相册里有她年轻时的照片，她穿着练功服，站在舞台中央，脸上洋溢着那个时代独有的灿烂笑容，其他人则众星捧月般围在她身边。她骄傲得像一只天鹅，仿佛已经看到自己光明的未来。

厨房的蒸汽锅开始呜呜乱叫，妈妈急急忙忙跑开，她的背影就是一个普普通通的中年女人。她对舞蹈那么热爱，这种热爱也遗传给了她的女儿。

妈妈走的时候，李洛不在身边。那时正是竞选舞蹈首席最紧张的时刻，妈妈临终前，嘱咐家里人先不要把消息告诉她。等李洛当上了舞蹈首席，妈妈却再也看不到了。老人走得很安详，电视机里还放着李洛的舞蹈。她希望看见自己的女儿站在最大的舞台上，就像她曾经想象自己站在舞台上一样。这是妈妈的愿望。

如果帮助拙玉，演出就会被取消。这可是将要载入史册的演出，历史上那么多伟大的舞蹈家，他们远比自己优秀，可偏偏让她碰上了这个机会。妈妈应该会很高兴吧。

她要实现妈妈的愿望。

五

营地临时搭建了一间牢房，用来安置拙玉。

警卫押送拙玉时，我和李洛站在远处望着。李洛紧紧攥着衣角，面无表情，我偷偷望她，被她发现了。"怎么，想在我脸上看出点愧疚的表情吗？觉得我出卖了她？我跟她素不相识，我凭什么帮她？"

她吼过我之后气呼呼地走开了。

我们从拙玉身上搜出了芯片，但营地没有检测设备，大家不知如何是好。不出所料，火星很快知道了这个消息，要求把芯片送离营地，安置在冷湖镇安全部队的营房里。演出照常进行，不会再有威胁。

李洛几次在关拙玉的牢房边徘徊。

"没办法，我的权限不够，你不能去看她。"我对李洛说。

"如果你能去，替我向她道歉。我有我的苦衷。"

演出临近，火星将要回归地球的消息被正式公布，营地的警卫力量增强了两倍。各地都爆发了抗议游行，北美的演出场地已经遭到抗议者的冲击。

最近几天，总有民间的无人机在营地附近徘徊，冷湖镇的废墟间突然出现许多飘忽不定的身影，他们白天躲藏在废墟里，夜间悄然围住演出营地，向营地内投掷燃烧瓶和自制炸弹。所有演出人员和器械都被临时转移。

一开始我还很困惑，为什么火星不要求直接摧毁芯片。那天，冷湖镇的安全部队悄无声息地撤出营房，随后巡航导弹就落到营房头上，营房连带芯片一起化为齑粉。火星不仅是要斩草除根，还是在向那些心怀不满者炫耀武力。

我们单位派了工作小组，上级要求一天内解决问题。他们效率很高，当天晚上冷湖镇和营地四周就不再有人活动，天空中无法识别的无人机全部变成破铜烂铁，坠落在营地外的旷野上。

整个营地的神经紧绷到极致，所有人都变得寡言少语。演出设备和技术装置的检查次数一天天增多，彩排也越发频繁。演员们不再嬉笑打闹，场工们的脾气也变得暴躁起来。大家可能都有些恐惧，好像演出结束天就会塌下来似的。

亚洲分会场的演出将于公元2623年7月13日晚9点于中国冷湖举行。

门外喧嚣声甚，门内寂静无言。

我坐在拙玉对面，桌子上放着两杯水，水面没有一丝波纹。她眼睛盯着桌面，看上去有些茫然，那双宁静的眸子竟与李洛有些相像。

"那天撞见你的那个女孩，让我代她向你道歉。她很珍惜这次表演的机会，希望你能理解。"

拙玉沉默着，双唇紧闭。

"你也不用太紧张，等演出结束后会把你遣送回月环，你只是个小孩子，会从轻处罚。"

"我觉得很对不起爸爸妈妈。"拙玉开口了，"他们一直对我没什么要求，就算我不想画画，不想跳舞，他们也从不逼我。但就是这一次，爸爸让我来地球，我不想来，他第一次吼了我。我还是让他失望了。爸爸说芯片是唯一的希望，现在这唯一的希望也消失了。"

泪挂在拙玉的眼眶边，摇摇晃晃，像正在挣脱黑洞吞噬的航船。

"我也有女儿，今年刚上初中，她很羡慕月环的生活。她说，要努力学习，将来带爸爸妈妈去月环生活，甚至去火星旅行。"我顿了顿，深吸口气，"孩子，你记住，希望永远是最重要的。希望无色无形，却又变化万端。无论遇到任何事情，人都能从绝望中化出希望来。就算是虚妄的希望，也能让生命恒久。"

我站起身，看着拙玉，想起了女儿。虽然我安慰她，这话却说服不了我自己。希望真的存在吗？

"谢谢你，叔叔。"

屋外夜空深沉，连冷湖的璀璨星空也黯淡下来，仿佛要即刻倾倒、破碎成万千燃烧的碎片，一切生灵都难逃这末日。

李洛站在屋外注视着我，我冲她点点头。

我俩互相望着，就像在单位大院的那个夜晚。李洛疲惫了不少，很难想象她曾经是个活泼的姑娘，是什么改变了她？可能是高强度的训练，可能是精神的压力，可能两者兼有。她还是被摧毁了。营地的中控室传来一阵惊呼，人们热烈地议论起来，对讲机里各个部门嘈杂地交流着，好像是非洲分会场的空中表演出现了问题。

"祝你晚上演出顺利。"我说。

"嗯，我会的。"她说。

"注意安全，保护好自己。"

"之后会怎么样？"李洛问。她问的时候看着四周，几根发丝在微风里旋转。"演出之后，这个世界会怎么样？"

"该怎么样怎么样，普通人的生活永远不变。"

"那你女儿呢，你把她带到这样一个贫瘠的世界里，你后悔吗？"李洛语速快了许多，好像在质问我。

"虽然这个世界充满痛苦，但我从没想过她不该来到这个世界，一代人有一代人的命运，她所感受到的痛苦，将来都会成为她的财富。我希望我的孩子能有乐观的心态，这就足够。至于这个世界究竟怎样，是丰饶还是贫瘠，不是我们能改变的。"

她抬头望向天空，细长的脖子弯出一道好看的弧线。"是啊，跳舞什么也改变不了。可安娜·帕夫洛娃、鲁道夫·努里耶夫、斯维特拉娜·扎哈洛娃……这些闪耀芭蕾舞历史的名字，他们是那么令人动容，在舞台上如钻石般闪光，吸引我这样的人去追逐。别人永远不会理解，这就是我的执着。"

风渐渐大了，风向袋猎猎作响，一个个飘舞起来。

"我想妈妈也会支持我的。"李洛在风中呢喃。

六

"各单位注意，《空舞》准备。"

"塔台，飞行器已到达预定位置。"

"灯光准备完毕，无人机就位，反重力装置运转良好，飞行服自检……"

沉重的呼吸声。李洛又出现了幻觉，仿佛面前的安全员就是妈妈，头盔后面就是妈妈的面孔。她记起小时候妈妈督促自己练功时的神情，和面前的人如出一辙。她还看见了拙玉，身后插着翅膀，就在远处的云层里浮游。

音乐声响起了，一百名伴舞从数架飞行器上跳下，颇有些壮观。他们组成花瓣的形状，身体散发出明亮的光彩，璀璨绚烂。

"伴舞已就位，演出即将开始。"

"三、二、一，跳！"

简兮简兮，方将万舞。

李洛跳出机舱，下坠。五个人稳住身体，渐渐靠拢，飞行服的发光单元缓缓亮起。李洛觉得自己下降的很慢，几乎悬浮在空中，在她们下方，反重力装置正全功率运作。

"二十秒准备，按规定动作进行。"

自己跳舞是为什么呢？李洛时常问自己。为了妈妈？不全是，她和妈妈一样热爱舞蹈，把舞蹈看作自己的生命。是舞台上的风光吗？不全是，她不怕枯燥的练习，总能从重复的舞步中发现美。也许，从来就没有为什么，她天生就是为舞蹈而生，她只能干这个。

这可能是一种神性，跳舞就是她的命运，从她第一次上芭蕾课就注定了。她用舞蹈与人交流，这才是她的语言。

"十秒准备。"

她不想后悔。这个世界以后说不定再也没有舞蹈了，她应该用舞蹈与世界再对话一次，也跟自己对话一次。妈妈，你在看吗？

"李洛，李洛！表演开始！"

李洛退出了通信频道。地面指挥的显示台上，代表李洛的红点偏离了队伍。身边的俄罗斯人想要抓住李洛，她轻而易举地躲开了。她狠狠蹬在俄罗斯人身上，借力飞离人群。她关闭了飞行服的灯光，黯淡地融入黑夜。

世界安静下来，李洛感觉到自己脱离了反重力装置的束缚，下降的速度加快了。她张开双臂，向上的风吹得她有些摇摆，她还是很快稳定住自己。

"左手扶把，面向把杆四十五度角站立，不要弓腰，李洛！手脚均为一位。"

"右脚在把杆上，看右手！从二位手变三位手。"

"胯根放正，后背平伏。集中注意力！说你呢，李洛。"

"向下压旁腿，上身要躺在腿上，对，眼睛盯着天花板。"

"旋转的时候注意留头，盯着一点看，别转晕了！"

妈妈的声音回荡耳畔，李洛开始翩翩起舞，是标准的芭蕾舞动作，全蹲、擦地、击打、大踢腿。她将这些基本动作灵巧地组合，在空中轻盈地闪展腾挪。

这动作不属于任何一部芭蕾作品，如同微风轻轻拭拂柳叶，纸船在涓涓细流里巡行，蜻蜓与平滑如镜的湖面亲密接触。她在黑暗中起舞，轻轻一抬手，就划出完美的弧线，双腿带动身体，以身体为轴垂直旋转，像一朵飘落的莲花。

萚兮萚兮，风其吹女。是为空舞。

"李洛，你干什么呢。"

"跳舞。"

"你不应该这样跳。"

"我知道。"

"你不知道，演出早就录好了备播带。你脱离队伍的一瞬间，备播带就开始播放了，现在月环上人们看到的都是已经录制好的内容，你跳的舞他们看不见。"我的声音有些颤抖，为李洛的冲动感到担忧。她拥抱了太多的希望，我害怕这个打击会彻底击垮她。

"他们总会看见的。"李洛停顿了片刻，冷静地说，频道里传来呼呼的风声。

下方的冷湖就是最宏阔的舞台，这一刻，李洛纵情起舞，她相信妈妈能看见，她相信人们能记住。她身下恢宏的雅丹地貌群就是最好的见证，她搅动天地间的风沙，改变风的微弱流动，这细小的变化都将改变雕刻雅丹的风貌。她在书写历史。

"就算这样，也改变不了什么。"

"是，但总要有人去做。"

我关闭特殊频段的通信，看着手里的芯片。早在运送芯片的时候，我就把芯片掉了包，真的芯片一直在我手上。我不知道自己为什么这样做，就像我也不理解李洛为什么会对一个舞蹈这么坚持，我手里攥着的，就是我自己所谓的虚无缥缈的希望，我感觉它沉甸甸的，我仿佛握着人类的未来。

"这个怎么用？"我问身边的拙玉。就在刚才，我击晕了守卫，把她放了出来。

"插入中控台，我爸爸就这样说的，没说别的。"

演出接近尾声，大家陆陆续续准备开始收拾场地，回收器材，但中控室里仍挤满了人。我和拙玉穿过熙熙攘攘的人群，根本没人注意我们，人们都在讨论李洛。我走进控制台，发现根本没有插口。"怎么回事？"我问她。"是不是这个？"她指着电脑接口说。

我把芯片插进接口，一个虚拟的人像出现在屏幕里：

　　"拙玉，你到地球了吗？希望你平安。

　　"你看到这个视频的时候，我和你妈妈应该已经离开了。我们知道，你也许永远不会理解我们为什么会这样做，但我们还是希望以自己的方式去爱你。其实，将你带到这个世界上，我们很矛盾，因为这并不是一个美好的世界，它在污垢里闷声，让每一个淹没其中的人窒息，这样的痛苦我们忍受了将近一百年。但我和你妈妈都觉得，希望一直会有，你能够拥有一个光明的未来，地球上的人们也是。'人生天地间，忽如远行客。'我们可能再也回不到地球。虽然我们从未踏上过地球的土地，可我始终觉得那才是我们的归宿。

　　"我们没有武器，没有科学，始终按照火星的指示生活。我们这里被包装成人类艺术的天堂，每天钻研所谓的艺术，一切艺术创造都得在火星允许的范围内进行。他们曾经承诺，一旦在火星站稳脚跟就会把月环上的人接过去，可自从他们离开，月环就成为一座无人问津的孤岛。我们的父辈以为很快就能重返地球，却没想到一代代地留在月球上。

　　"火星上的人自以为高高在上，不可一世，其实他们才是最可悲的人。尽管摆脱了地心引力，却仍被地球束缚住，整日端坐在屏幕前关注地球的动态，生怕有人违背他们的意志，挑战他们的权威。他们压制艺术的发展，反而让我明白了一个道理，其实我们苦苦坚守的艺术远没有那么重要，真正的文明不断向前，而非存在于故纸堆里，生活要比艺术更真诚，更伟大。

　　"希望不远了，孩子。我和你妈妈，还有月环上剩余的一些人，希望能够尽自己的力，为你还有未来的人们提供一种全新的生活。所以我们擅自做了决定，我们想拯救更多的人。火星上的人要到达地球，必须经过月环，等他们到达月环的时候，我们会破坏供氧系统，那时一切都会结束。拙玉，不要怪我和你妈妈骗了你，你是我们唯一的希望。

　　"这个芯片，就当作我送给你最后的礼物吧。我本想着，把月环上保存的数字化艺术博物馆也装在芯片里，但我想了想，我们该有些新东西了，不破不立。如果需要，未来你们还可以来取。再见了，拙玉。

"为他们准备一场盛大演出吧，这样亡者才能安眠。"

整个控制室的空气都凝固了。不知何时，人们停止了喧闹，默默地注视着这个虚拟投影的中年男人。虽然只是投影，仍能看出他目光坚毅。拙玉拉着我的手，泪水顺着我的手指滑落地面。狭小的空间里隐隐有哭泣声，似乎连人们的目光都变得不一样，原本涣散的光又聚拢在一起。

"月环通信中断，联系不上了。"

我长长地叹了口气。今夜，人类卸掉了一些包袱，但也背上了新的。未来还有很多挑战，但至少希望更多了。

拙玉跑出去，在月光的沐浴下离开营地，我跟在她后面，也慢慢跑起来。我们似乎在冷湖的心脏上奔跑，大地起伏不断，像沉重的心跳。不远处，李洛已经清晰可见，她拉开降落伞，如浮萍般在天地间浮游。

我看不清她的脸，但我能感觉到她在微笑，而眼角的泪珠翻飞。

5

青　鸢

相非相

/ 作者简介 /

　　相非相，工学博士，大型研究院首席工程师，中文核心科技期刊副主编。已出版现代都市情感长篇小说《好孕进行曲》，长篇悬疑小说《极度拖延》。在《科幻世界》等杂志发表有短篇小说《自动驾驶》《难得上心》等。其中，《自动驾驶》入选科幻小说集《明日杀机：中国惊险悬疑科幻小说佳作选》。

/ 颁 奖 词 /

　　作者用流畅的语言，讲述了一个年轻人的英雄之旅，也讲述了一个文明的故事。穴居人、工业化、殖民……仿佛人类数十万年的故事在地球二号上快进重演。青鸾，在这里，是冲出银河的勇气，是物产丰饶的喜讯，是至死不渝的守护，是回归故乡的希望。可是，经过漫长的求救准备，生死的交锋，最终回归冷湖的期待，却变成了一个天大的玩笑。感谢作者，为主人公，也为读者，保留了一个希望。这充满生机的世界里，一切皆有可能。

1

几千亿颗璀璨恒星组成的银河系，好似一只壮丽的陶瓷盘，飞速旋转，昼夜不息。位于银河系第三旋臂——猎户旋臂上，太阳系与银河中心之间的空旷区域中，一只渺小的救生船在飘荡。

救生船里，通信官在狭窄的睡袋中醒来，发现早已过了值班时间。然而，没人发现他的失职。饿得皮包骨的同事们躺在睡袋中，缺乏热量的身体极度虚弱。他们在昏昏睡眠中，等待死神的降临。

通信官打开睡袋拉链，跟跄着飘向控制台，臭烘烘的空气让他几欲呕吐。他逐个对设备进行了巡检，通信监听设备工作正常，定期发送全向呼救信号的设备正常。发出的求救信号如泥牛入海，除了电磁噪声外，接收器始终沉默着。

舱内安静得令人窒息，只有偶尔发自腹部的肠鸣，提醒他已经很久没有吃东西了。

他呆滞的目光转向舷窗外。左边的银心方向，几千亿颗恒星和行星分布在近七万光年的银盘上，若一条磅礴的灿烂白剑，劈开天空。右边银河系悬臂外侧方向，几千万颗恒星稀疏地分布在两万光年的区域，光芒暗涩。黑暗中，看着星光映照下宇航员们沉睡的脸，他身体内饥肠辘辘的野兽涌起一股冲动，想要扑过去，撕碎那些已经干瘪却又鲜美的肉体，狼咽下肚。

为转移注意力，他强迫自己闭上双眼。

自古以来，无论是刚学会直立行走的原始人，还是科技高度发达的现代人，都从未跳出过银河这只巨大的圆盘。人类眼里的银河系，永远是一条繁星光带。那年，他怀抱远大志向，光荣地成了

"青鸾号"上的一员。"青鸾号"从地球冷湖航天中心起飞，经过漫长的航行，终于到达通向银河之外的捷径——引力场及电离能量场微弱的"银河砂眼"，将成为第一艘冲出银河系的飞船时，船上的所有人都欢呼雀跃。

剧烈震动突如其来。

长期探测到的弱场环境忽然翻转。在无形巨大力量的碾压下，船舱发出令人牙酸的恐怖吱嘎声，最先损失的是生长舱。这个有着完整生态体系的球形穹顶，被轻易压平，船舱像踩破的气球，金属外壳碎片飞溅。为船员提供食物和氧气的小型果树、可食用根茎植物、泥土、快速生长的小型禽类，随碎片飞射向四周。伴随着滚滚浓烟，生活舱也四分五裂，来不及逃生的船员们夹在支离破碎的生活用品中，飞溅而出，迅速被冻得僵硬。在控制舱令人恐怖的吱嘎变形中，船长带领船员们登上救生船，迅速撤离。看着"青鸾号"在身后土崩瓦解，仓皇逃生的船员们纷纷掩面，失声痛哭。

为减少消耗，救生船将氧含量降到人体所需的最小浓度，并实行食物配给制。似汪洋中的一叶扁舟，救生船在虚无的太空中漂泊了几个月之后，食物和饮用水已尽。

蜂鸣声划破了寂静。通信官难以置信地盯着屏幕，兴奋得变了调的尖叫惊醒了所有人，"找到可以降落的星球了！没有环形山！有空气、有水！我们得救了！！"

大家拖着消瘦无力的躯体，跌跌撞撞地飘向眩窗。黑暗无垠的太空中，一颗蓝绿色的行星映入眼帘。被恒星照亮一侧的表面，漂浮着丝状白色云彩，两块绿色大陆遥相呼应，中间是蔚蓝的海洋。大陆中间的高地呈金黄色，点缀着白雪覆盖的山顶。处于阴影中半球的某处，闪烁着黄色的亮光。在突如其来巨大幸福的冲击下，一只只贴在眩窗上深深凹陷的眼睛流下了热泪。

星际航行地图上找不到该行星的资料，船长当即命令放出探测器。结果很快反馈回来：重力比地球小，温度是美妙的二十三摄氏度，湿度为宜人的百分之五十，氧气含量为百分之二十，自转周期和公转周期不明，植物体系丰富，暂未探测到有动物活动。所有人都喜不自禁，这简直就是为落难救生船量身定做的栖身之处。更令人惊喜的是：低重力有效降低了逃逸速度，有利于日后离开这个临时落脚地，回到地球母亲的家。

"她跟地球太像了，简直是地球的孪生姊妹，就叫地球二号吧！"船长说。

地球二号大气层稳定，能见度高，湛蓝的天空一览无余，对救生船降落十分有利。

救生船进入大气层，在剧烈抖动中下落，顺利降在一片阳光充沛的空地上。通信官第一个踏上了肥沃湿润的红土地。高大的树木直刺蓝天，金黄的果实沉甸甸地挂在树梢。饱含负氧离子的空气充盈干瘪的肺部，微风穿过沙沙作响的树林，轻抚松弛的皮肤。通信官跪倒在地上，热泪盈眶地亲吻这生命大地。

"这地方有些古怪！"船长谨慎地审视四周说，"没有昆虫，也看不见别的动物。"

"管它的呢，有水果能填饱肚子就行！"饿得双眼直冒金星的通信官，伸手摘下一只椭圆形的金黄色果实，将之掰成两半，露出肥厚的果肉，迫不及待地大啃起来。

"你疯了！怎么随便吃东西，万一有毒呢？"

"不吃是死，毒死也是死。"通信官疯狂地啃噬着果实，黄色汁液从嘴边流下，"反正都是死，不如做个饱死鬼！"

地上很快积起了一堆果皮果核，通信官的腹部在消瘦身体中部鼓胀成了一个球。他打着饱嗝，抱着肚子，呻吟着，躺到一棵树下。几小时后，他愉快地从美梦中醒来，发现几个胆大的船员在小口啃着金黄色的果实。见他面色正常，更多的人加入了采摘果实的队伍。

夜晚降临，大地陷入一片静寂。终于填饱肚子的船员们仰望璀璨的银河，感谢上苍，赐予温暖的适宜居住的行星。只要补充满食物和压缩空气，他们又可以向新的旅程进发了。

当陌生的蓝色恒星从大地边缘缓缓升起时，船员们走出救生船。行星的清晨很美，高大树木抖动着树叶，水蒸气从巨大树叶的气孔蒸腾而出，在树林中、树冠上形成厚厚的一层浓雾。天空，聚集了太多的水汽，云层愈发厚重，黑压压地聚集在头顶。

大家分头采摘金黄果实当早饭。通信官吃了两个果子，瞥见树枝高处挂着一串小葡萄样的棕色果实，奇道："一棵树居然结两种不同的果子。我倒要尝尝这是啥味道！"

他踮起脚，伸手要摘。高处突然响起一声鸣叫，那叫声凄厉，穿云裂石，吓得他一哆嗦。抬头望去，却是一只蓝色大鸟，拖着风筝样的尾翼。

通信官狂喜，水果虽能填饱肚子，但哪有鸟肉美味？！

蓝鸟却异常警觉，不待他掏出武器，便振翅高飞而去。通信官暗自咒骂，只得回过头来，再去摘棕色果子。手刚触到棕色的硬皮，果子像生了眼睛似的，"啪"的一声，突然爆裂开来。里面的白色粉末如撒面粉般，飞得到处都是。

"邪了！"

通信官伸手摘另一颗果子。那颗果子也爆裂开来，喷了他一脸白粉。紧接着，只听见"啪啪啪啪"，那一串棕色果实一颗接一颗裂开，喷出的白粉包裹了他。粉末模糊了他的双眼，钻进鼻孔和耳朵。他跌跌撞撞走到岸边，用湖水洗脸。

像冥冥之中听到无声的号令般，树上挂着的果实相继爆裂，噼噼啪啪之声不绝于耳。这声音越来越密集，最后合为连绵的轰轰声。整个大地陷入了无数小型"手榴弹"爆炸的战场，轰鸣声不绝于耳，"硝烟"弥漫。白粉起初在靠近地面的地方聚集。随着浓度越来越高，不透明的奶白色空气像一堵缓缓生长的土地，向天空蔓延。

船员们被这突如其来而又漫长的绽放惊呆了，为安全起见，纷纷撤回救生船。

爆破一直持续到黄昏时分，大地终于安静下来。空气中充斥着未知的果粉，万物都浸泡在白色浓雾中。

除了留在救生船上的值守人员，船长率领其余的船员戴上口罩和护目镜，打开舱门，走进无尽的"硝烟"中。厚重的空气中，粉末纷飞，两米外的东西都看不清楚。这时，只听天上炸雷爆响，豆大的雨点落下。

通信官开心地叫道："让暴风雨来得更猛烈些吧！冲洗掉该死的粉末吧！"

上天像回应祈求似的，大雨倾盆而下，将空气中飘浮的粉末冲刷到地上。通信官双臂朝天，闭上双眼，张开嘴，惬意地迎接雨的洗礼。

泥地上，粉末被雨水浸泡膨大，迅速长为蚕豆大小，又涨成玻璃珠大的小球。球壳破裂，一条条细线游走而出。通信官忽觉得腿上剧痛，掀开裤腿，只见几十条线虫正在啃噬皮肤，个别的已经在腿上钻出一只洞来，整条腿鲜血淋漓。他大叫一声，伸手拍打抓拽，线虫顺势爬上手臂。他惨叫着倒地，在泥泞中流血挣扎。线虫一拥而上，伺机游进鼻孔，钻进耳朵。没用多久，他便被啃噬得只剩一架白骨。

救生船内的人们听到通信器传来的惨叫和随后令人窒息的寂静，不禁面面相觑。舷窗上爬满的线虫让他们知道，地球二号母亲般的温暖完全是错觉。

雨雾中，探照灯白光照射下，几十厘米厚的线虫在泥地里不停地纠缠、翻滚，互相吞噬，迅速变长变粗。在翻滚的肉条中，救生船剧烈摇晃起来，天花板受压，发出不祥的"咯咯"声。为求自保，值守员决定舍弃对其余人的呼叫与救援，立即起飞。救生船喷着火焰，缓缓离开地面，船尾的高温烤焦了肉虫。狂风暴雨中，救生飞船上升到一千多米的高度，准备穿越黑暗翻滚的云层时，被一道雪白的闪电弧光劈中。

救生船像只断了翅膀的鹞子，飘摇坠落，消失在茫茫林海之中。

2

毒牙坐在山岗上，脚下广袤的土地一片荒芜。

远处的恒星射出最后惨淡的蓝光，照耀着天边白玉般的湖水。

毒牙从衣兜里掏出灰白的线虫皮小包，取出一张发黄的旧照片。照片上有着跟眼前几乎一模一样的景色，苍凉的山丘，散落的乱石，以及天边的湖水。照片左下角的远方，两个穿宇航服的男人，勾肩搭背地看着镜头。再远些的地方，立着一只火箭发射架。毒牙粗糙的手指拂过照片背面，那里有几个磨损的潦草的字——冷湖航天中心。

恒星落到地平线之下，天空中最后的惨白光线挣扎了几下，终于熄灭。漫天的星斗从黑暗中跳跃而出。毒牙瞪大双眼，目光追随黑暗的天幕上一颗快速移动着的暗淡的星星。旷野雾霭蔓延，遮蔽了黄色的土地，也遮蔽了山冈侧后方的乱坟。和所有死去的穴居人一样，毒牙父亲瘦骨嶙峋的躯体就被丢弃在乱坟中。毒牙永远忘不了父亲咽气的那一幕：瘟疫腐烂了他的内脏，灰白的眸子无神地望着地下洞穴中某个黑暗的地方，握住五岁毒牙的手力气却大得惊人。他艰难喘息着，说出最后的愿望："回地球！回，冷湖！"

气温越来越低，寒气刺骨。毒牙收好照片，走下山岗，搬开岩边的大石，爬入通向地下洞穴的隧道。

在这座平顶山中，穴居着"青鸾号"船员的后代。巨大的溶洞从地平面往下延伸的几千米空间内，被划分为八层不同的功能屋，由一条陡峭的简易木质楼梯连接。黑暗潮湿阴冷的空间被上百盏油灯照亮，线虫油脂燃烧的骚味儿充斥了整个空间。溶洞的底部，有无数条通往地底深处的裂缝。那里蕴藏着大量富含硫酸盐的蒸发岩，在微生物和地下水的共同作用下，形成自由的氧分子。富含氧分子的气体从裂缝中源源冒出，为穴居人勉强度过地球二号漫长的寒季提供了生存所需。

毒牙踩着吱嘎作响的木梯，从靠近地面的第八层向下冲。经过厨房时，他看见几个男人穿着线虫皮做的长筒靴，手持打磨过的石刀，正在给一只肥大的线虫剥皮。他们划开坚韧的皮肤，将长刀塞到皮肤和脂肪间，将连接筋膜划断。两个人拖拽着厚厚的皮肤，往尾部方向用力拉，露出白花花的皮下脂肪。大厨师挥舞长石刀，在脂肪上切出纵横交错的"井"字，再从侧面入刀，一块块人头大小的油腻脂肪便滚落到地上。

线虫全身都是宝，肥厚的脂肪可食用，也可作燃料；光滑坚韧的皮肤可做衣服，或者搓成绳索；肌肉部分则是穴居人的主要食物来源；气囊洗净晾干，待春暖花开时，装上富含氧分子的空气存储起来，在缺氧的寒季，可以支撑穴居人短时间的室外活动；而内脏，可以用来喂宠物。

大厨朝毒牙挥手，说："这是最后一条线虫了，回头你过来取内脏。"

毒牙没有停留，继续往下疾冲。在第六层的楼梯拐弯处，差点撞到一个女人。她双手紧抱住怀里的婴儿，低吼道："金谢苏范周王苗俞晓天。瞎跑啥呢?！看差点撞到娃！"

油灯昏暗的光线中，女人的脸疲惫蜡黄，乳房像掏空的干瘪布口袋，耷拉在婴儿身上。婴儿裹在鞣制过的软线虫皮里，没牙的嘴巴里塞着一整只小手，哇哇哭起来。

毒牙一步两个台阶地往下跳，问："今天没死娃吧?！"

"怎么没有！"女人的脸皱缩起来，纹路纵横，像张蜘蛛网，"昨天半夜死了个刚生不到七天的婴儿，今天早上又死了三个月大的！闹了一整宿，娃都没睡好。抱着好不容易给晃睡着了，你又来吵！"

女人说话的口吻像是长辈教育小孩儿。实际上，她比毒牙大不了几岁。毒牙还记得几年前她生机勃勃、皮肤光洁、双眼放光的模样。结婚后，连续生娃、喂奶、照顾婴儿的艰难生活，以及承受孩子夭折的精神折磨拖垮了她。她由一个美得发光的少女迅速崩塌成枯槁的妇人。

毒牙停住脚步，问道："怎么啦？"

"谁知道？！前两天娃儿还好好的，突然就不行了。不过早点死也好，不然育婴室的糊糊不够吃，到了了，还得饿死更多的娃儿。"幸灾乐祸的恶毒话语从她嘴里轻轻吐出，像说"吃过了吗"一样平常。

毒牙脑子里浮现出小时候，她骑在自己瘦弱的身体上，轻蔑地瞧着自己胳膊腿上的红绳，嘴里狠狠吐出"你个红绳怪胎"的恶毒表情。此时他的心里没有愤怒，反而涌起一阵悲凉。

他反身走上楼梯，掏出两颗黑岩蝎蛋塞进婴儿褓褓，说："这个，你先拿着。明天我还会多找些来。"

穴居人的食物非常单调，成年人主要以线虫为食，肥肉炸油，瘦肉做主食，佐以少量植物根茎和种子。线虫的肉质粗劣，不易消化，会损坏婴儿们还未发育成熟的消化系统。而大型黑岩蝎的卵营养丰富，干燥磨碎之后，可以冲成奶状，也可以熬成糊糊，易于消化，是婴儿们之必备食物。

女人的身体突然颤抖，干瘪的胸部起伏，像要哭出来似的。

"谢谢！谢谢！这黑岩蝎蛋这么新鲜！"她突然狐疑，"你从哪儿搞到的？"

毒牙不答，顺着楼梯继续往下，路过保育室时，放轻了脚步。保育室在整个洞穴里条件最好，每个婴儿有单独的房间，母亲们轮流担任保育员，另一半则被分配到厨房或者保洁队，每半年更换一次。饶是如此，恶劣的环境、糟糕的食物、污浊的空气，还是使婴儿死亡率居高不下。为保持种族繁衍，女人们只有拼命生孩子。

恶劣的自然环境淘汰掉弱者，能活下来的都是最强悍的角色。

比如，那些为即将到来的"见天节"庆祝仪式彩排的姑娘们。

她们头发浓密，强壮而坚韧的体格支撑她们度过食物匮乏期，抵抗种种不明原因的传染病而存活下来。见毒牙从楼梯上冲下来，姑娘们停止了舞蹈彩排。这六位姑娘中，有三个都是毒牙的未婚妻。准确地说，两位是前未婚妻，一个是现未婚妻。

而毒牙，从来没跟她们中的任何一个人谈过恋爱。

为保证仅存的人类能在地球二号上健康繁衍，从第一代穴居人开始，就制定了严格的婚配制度，自由恋爱是不被允许的。为防止三代之内近亲结婚，生出有基因缺陷的孩子，每个人都只能跟指定的没有亲属关系的人结婚。由于种群数量太小，非亲戚关系的人数有限，结婚对象几乎没有太多的挑选余地。一旦有尚未结婚生子的人死去，婚姻委员会就会根据亲属关系的远近，重新指定结婚对象。这套严格的婚育制度就像华容道游戏一样，在只有一个空格的棋盘上，想将某个棋子挪到指定位置，往往需要把整个棋盘上的所有棋子都挪动一遍，才能成功。

未婚妻们和毒牙自己，就是婚育规则"大手"下的棋子。

"毒牙，你去哪儿了?! 找你半天了!"站在中间的女孩儿喊道。她小名叫"肥脚丫"，正是毒牙的现任未婚妻。

"我去厨房了。"毒牙没有停留，撒丫子继续往下狂奔。肥脚丫话多得烦人，只要被她逮住，没烧两坨线虫油的时间，别想脱身。

"骗人！我去厨房看了，你根本就不在！"她脱离彩排队伍，追赶下来，肥脚丫踩得木楼梯咚咚响。

毒牙飞奔下楼梯，一口气冲进了饲养室。肥脚丫只得在门口停住脚步，虚掩耳朵，跺着脚说："毒牙，'见天节'节后采摘，我要和你分一组！"

毒牙气不喘、心不跳地关上房门，将肥脚丫的聒噪隔在外面。

"你来晚了！"洞穴深处，一个苍老的声音说。

毒牙从左衣兜里掏出两颗乒乓球大的黑岩蝎蛋，献宝般，捧着说："这两个蛋给你。"

黑暗中，走出一个老态龙钟的男人。他对毒牙手里珍贵的黑岩蝎蛋视而不见，伸出两根冰凉的手指，搭在毒牙的颈动脉处。

毒牙配合地歪着脖子，又从右衣兜里掏出只手掌大小的青涩果实，搓起嘴唇，发出一声尖啸。黑暗深处的洞穴突然刮起一阵狂风，一只青蓝色大鸟扇动翅膀，连飞带跑冲过来，伸出坚硬的长喙，叼走青果，迫不及待地仰头吞下果子。毒牙抚摸着它软绵绵的蓝底带翠羽毛，问道："王伯，地球人在煤矿井里养的金丝雀，长得跟蓝鸟一样吗？"

"金丝雀体型很小，吸入矿井里的一氧化碳会死掉。蓝鸟不一样，一旦发现空气里氧含量过少，会立即扩充身体里的七个气囊，以保证有足够的氧气，无须付出生命的代价。"

"那，金丝雀和青鸾有关系吗？"

"青鸾是古代传说中的神鸟，一飞冲天。我们祖先乘坐的飞船取名'青鸾号'，寓意深远。"

"迷信！"毒牙嗤之以鼻，"叫青鸾就能飞出银河系?！还不是一样的被压碎，坐救生船跑路。害我们一辈子待在不见天日的地方，回不了地球。"

蓝鸟脑袋扭了几乎三百六十度，用鸟喙轻轻在毒牙手上擦了擦，像是赞同毒牙的话。

小时候常被欺负，让毒牙练就了过硬的"毒舌功"。打不过，能用语言一针见血地戳中对方痛点，用话噎死对方，也是一种有效的防卫方式。他说出口的话，像有毒的牙齿一般，因此得到个"毒牙"的绰号。

此刻，他"毒性"发作，继续说："先祖就是喜欢乱起名字！比如线虫，只有刚从蛋里孵化出来的时候，才像一条线。随着毫无节制地疯狂吞噬，吃光地面所有的动物和植物之后，它们全成了一根根直径一米、肥肉包裹着瘦肉的粗管子，应该叫肥管兽还差不多!"

听毒牙对祖先不敬,王伯气得吹胡子,"先祖迷信?!他们的科技至少比现在领先五百年!不要说宇宙飞船,我们连一辆汽车都造不出来!看看我们住的地方,又黑,又潮,照明用油灯,打线虫用冷兵器,婴儿死亡率超过百分之五十,人均寿命才四十多!"

"文明倒退啊!"王伯痛心疾首,"那年极寒天气,溶洞里结了冰,他们居然把积累了好几代,仅有的几百本书当柴火烧了!那可是文明的火种,是给孩子们上课,教育他们免于愚昧的必备品啊!你父亲和我拼死抢出几本,就被全族罚不许烤火。你父亲就是那次之后抵抗力大降,感染了肺炎,最后去世的。人类历史上,烧书导致文明消失的例子还少吗?!罗马帝国在埃及烧掉亚历山大图书馆和神庙收藏的上百万卷图书,直接导致古埃及文明走向灭亡!蒙古大军烧掉阿拉伯帝国巴格达最大的智慧宫图书馆,影响了伊斯兰文明加速发展的态势!更别说秦始皇焚书坑儒带来的历史缺失了!现在的穴居人里面,有几个人懂得最简单的化学?有几人懂最基础的机械原理?有几人懂得生物学?连会写字的人都越来越少了!最基本的科学概念如听天书,词汇量急剧缩小。他们都在忙什么?给自己造神!有足够的食物,感谢神!东西不够吃,祈求神降恩!思想的贫瘠,必然会带来物质匮乏!用不了多久,我们的后代就会退化成茹毛饮血的原始人!脱掉衣裤!"

毒牙听话地脱掉衣服裤子。王伯解下他两只上臂靠近腋下的绳子,又解开大腿根部的绳子。掏出一张粉红小色卡,分别在毒牙指尖和脚尖的皮肤上反复对比。皮肤的颜色,比色卡上的颜色更鲜艳,更粉嫩。

王伯脸上,喜悲交集。

毒牙问:"正常了?!"

王伯面色凝重,点点头。

从出生,四根红绳就紧跟着毒牙,如影随形。小时候一起床,父亲会亲手将红绳绑到他的手臂和大腿上，过了烧完一坨线虫油的时间再取下来；过相同的时间间隔，再绑上；再取下，再绑上。随着他慢慢长大，绑上的时间越来越长，取下来的时间越来越短。为着胳膊腿上的红绳，毒牙没少被嘲笑。

"红绳怪胎！"孩子们冲他叫道，朝他身上吐唾沫。

没人相信这几根破绳子能解决缺氧的问题。然而，有一天，父亲取下毒牙身上所有的绳子，带着毒牙通过"狗洞"，爬到溶洞外。暴露在低含氧量的野外，毒牙全然没有喘不上气的无力感。他第一次领略了地球二号的寒冷和荒芜：远离恒星的大地被黑暗统治，陷入永恒的寂静，世界和时间仿佛被冰冻凝固。在那个时刻，毒牙下定了离开洞穴、去看看远方的土地、去看远方湖水的决心。父亲去世后，王伯继承了父亲未完的任务，在户外的寒季，也给毒牙的四肢定时绑上和松开红绳，并每天监测皮肤颜色，他说那反映了血氧浓度的高低。

"缺氧预适应训练顺利结束！证明你祖爷爷提出的缺氧预适应理论是正确的，行得通的！"王伯骄傲地宣布，"毒牙，你是第一个适应地球二号低含氧量大气环境的人类！"

"真的吗？那今天我在蝎窝边发现的这个，怎么解释？"

毒牙伸出手，掌心躺着一团蓝色的毛发。

王伯诧异地瞧着那蓝色头发，发根部分是黑色的，带着毛囊。他伸手触碰头发，却像被蓝色火苗舔过似的，嚯地缩回了手。毒牙抓起发尖，随手一抖，那长发丝便像条极细的幼线虫般，散开来。

3

围绕恒星运行的轨道为椭圆形，造成地球二号上只有两个季节：寒季和暖季。在极冷的寒季中，地球二号远离恒星，天地黑暗，冰雪覆盖，万物蛰伏。由于大气逃逸，空气含氧量极低。

随着地球二号奔向近恒星，暖季到来，气温上升，冰雪融化，大地回春，万物复苏。恒星热辣地挂在空中。树木疯狂抽枝发芽，开花结果。在这个时间段，地球二号的含氧量达到最高，穴居人的"见天节"来临了。他们爬出洞穴，载歌载舞，庆祝一番之后，抓紧一年中最珍贵的时间采集食物，压缩储存空气，为漫长的寒季做准备。受树叶蒸腾作用的影响，天空云量渐渐增多。在果实最肥美的时候，蛰伏了整个冬天的线虫卵爆破喷发，引发剧烈降雨，泡在水中的线虫卵孵出线虫。它们迅速长大，在低重力环境下变成一条条直径一米、长十几米的巨型肉条。为了维持体重，它们吞噬一切活物。

地下洞穴的空气越来越污浊，走到哪里都躲不掉线虫脂肪燃烧的臭味儿。第二天，毒牙决定出洞再捡些黑岩蝎蛋。他背上线虫皮背包，顺着暗道，爬向地面。由于经常出入，暗道的洞壁被磨得十分光滑。

远处，蝎蛋大小的恒星照得大地微亮。除了风声，万物静寂。洞穴附近的蝎窝已被毒牙搜罗一空，他决定沿着干燥的河床边缘，往下游方向走。成年黑岩蝎体型跟地球上的大型犬类似，有坚硬的外骨骼，头顶的钳颚跟虎钳一般，想要偷它的蛋十分不易。每当暖季来临，大量的昆虫将卵产到水流缓慢的近岸处。由于食物丰富，加之土质松软，掘挖洞穴很容易，黑岩蝎喜欢在岸边筑巢。

毒牙很快找到了泥丸堆。大小不一的泥土，被搓得溜圆，堆成小山。离小山不远处的土地上，有几个小洞，那是通往黑岩蝎窝的气道。有几次，毒牙没有堵死所有气道便开始挖掘，被人类明目张胆的抢劫行为激怒的黑岩蝎，挥舞着钳子和口器，向他发起了猛烈进攻，打得毒牙落荒而逃。毒牙趴在地上反复搜索气孔，甚至将周围的石头也翻开来查看。最后，他用泥丸塞住气道。如果不出意外，黑岩蝎会在甜美的睡梦中因缺氧而晕过去，他便可以趁机偷走还没孵化的虫卵。在等待黑岩蝎昏迷的空档，毒牙又找到了另外几个黑岩蝎洞。第一个蝎洞挖起来很顺利。毒牙将瘫软的成年黑岩蝎推到一边，快活地将雪白的蛋装进背包，小心翼翼抽紧封口绳。

寒冷空气中，毒牙突然听到脚步声，瞬间全身僵硬，后背发凉，脑子里转过无数念头。他缓缓转过头。阴影里，有东西在移动。昏暗的天光中，他渐渐看清，那是一个人。她有人的外形：瓷白的脸和半截胸都裸露在寒气中，臀部宽大丰满，腿和手臂长得不成比例，披肩长发散着蓝色幽光。

她震惊地盯着毒牙，就如毒牙震惊地盯着她。她迈开长腿，缓步向毒牙走来，粗壮的大腿和纤细的小腿闪烁着金属光泽。她在毒牙面前站定，伸出细长的机械手指，触摸毒牙的脸。那手指冰冷，坚硬。

来而不往非礼也！

毒牙也抬起手，将手指伸向她瓷白的脸颊。黝黑的、沾着泥土的手指还没到达目的地，她的手指突然迸出刺眼的白光。

毒牙脸颊灼痛，全身抽搐，双眼一黑，便失去了知觉。

"血氧量，比正常值高百分之五十。毛细血管数，正常人的两倍。肺泡变异，呈细海绵状；肺泡数量，正常值的百分之二百五……"

从昏迷中醒来，毒牙发现自己躺在一张床上，上身的线虫皮衣服不知去向，下边只剩裤衩。房顶一块方形板子发出的白光，照得整个房间像见天节后的大地一样明亮。一个年轻男人手持灰色圆乎乎的东西，在他肚子上划来划去。和蓝发女孩一样，他也只有脑袋和身体部分是肉体，修长的四肢则由坚硬的黑色金属制成。

"这是哪儿？你是谁？你在我肚子上干吗？发亮的是电灯吗？"毒牙连声问。

"我是花飞，你在我家，是电灯。"男人指指倚在门边的少女，"花语带你回来的。"

那少女正是电晕毒牙的蓝头发。她好奇地在毒牙身上来回扫视，毫无顾忌。

毒牙的脸颊火辣辣的痛，心里有气，讽刺道："你家是不是还有叫花园啊、花海啊、花草啊、花生米啊的?"

花语瞪了毒牙一眼，"扑哧"一声笑出来。

花飞有些尴尬，"我大哥叫花源，源头的源。二哥叫花海。"

一个念头如闪电般击中毒牙，他失声问："'青鸾号'有位船员姓花。你们，莫不是他的后代?"

花飞道："正是。知道'青鸾号'，你也是'青鸾号'的后代?"

"是啊!"

花飞两只机械胳膊在空中胡乱挥舞，嗖嗖地划破空气。他开心地说："老乡见老乡，两眼泪汪汪啊!怎么称呼你?"

挥舞的手臂在灯下形成一片寒光残影。毒牙激动之余，不禁暗自心惊，说："叫我毒牙好了。"

花语撇嘴道："我就说嘛!原始人只有绰号，什么毒牙啊、毒刺啊，连个姓都没有!"

"谁说只有绰号?!我们的姓氏文化比你们可讲究多了!"

"那，请问尊姓大名?"

"金谢苏范周王苗俞晓天!"

花飞愣了，"所以，你姓金，叫谢苏……什么……什么晓天?"

"金谢苏范周王苗俞是姓，晓天是名字。我父亲姓的后四个字是金苏周苗，我母亲姓的后四个字是谢范王俞。爷爷姓的最后两个字是金周，奶奶姓的最后两个字是苏苗，姥爷是谢王，姥姥是范俞。从姓氏就可以直接追溯三代血缘关系。"

花语眼珠一转，道："我算算看：第一代的姓是一个字，二代两个字，三代四个字，第四代八个字，第五代二八一十六个字，第六代三十二个字……"

"不是，只记录上两代的姓就可以了。所以在第五代的时候，会分别去掉父母姓中代表前一代的几个字，组合而成的姓还是八个字。"

"为什么要搞得这么复杂呢？"

"避免近亲结婚啊！"

"这种冠姓的方式一目了然，倒是个好办法。你们一共有多少人，住哪里呢？"花飞热心地问。

毒牙简单介绍了穴居人的生活情况。心想，要是把两个族群合二为一，人口数量增加，没准还能自由恋个爱，反问道："你们怎么成了一半人一半机械的模样？是生下来就没有胳膊和腿吗？除了你们四兄妹，还有其他人么？"

花飞的回答很实在，"当年救生船被雷电击中，坠入森林，当场损失了好几位前辈。地球二号含氧量过低，人需要急促呼吸，尽可能把最多的空气泵入肺里；心脏要拼命跳动，挤出含有氧气的动脉血，造成心脏超负荷工作，变得肥大。纵使如此，婴儿们仍是脸色发青，嘴唇发紫，无精打采，发育缓慢。先祖们尝试过很多办法，例如修建高氧室、随身携带压缩氧气袋等，但都十分不便，因为供氧不可持续。由于近亲结婚，有个婴儿出生时没有手脚。工程师尝试着给他装上神经系统操控的机械手脚。没想到，由于氧气需求量比正常人少了一半，他的血氧量居然常年保持正常。机械手脚还带来了太多的好处：力量巨大，奔跑迅速，零部件损坏，只需更换新的就行。而且还可以不断开发新技能，比如：电击。"

毒牙摸摸脸上被烤焦的一小块皮肤，心里说不羡慕是假的。

花飞有些沉重地说："以前我们有过人口兴旺的繁荣时期，地下城的高科技设施设备，基本都是那时候留下的。到我们这辈，只剩同父异母兄妹四个了。"

"你们用什么发电呢？"

"地球二号长时间处于黑暗中，靠恒星的光能无法获取稳定的电能，也没找到类似煤、石油、天然气等可燃物。但是，我们在东边发现一个方圆几百公里的湖，湖里没有水，只有矿物油。

"所以，用矿物油发电？"

花飞摇头，"矿物油需要提纯、催化、裂解，才能用于发电，过程非常复杂，需要一整套的工业链，人口过少根本无法完成。先祖发现，矿物油下面有储量巨大的金属钠。"

"钠加水就能放出热能，倒是好用。"毒牙又想起另外一个问题，"如果生出来是正常、健康的婴儿，该怎么办呢？把手脚都截断吗？"

花飞不以为意地点头，"在地球二号恶劣的环境中，人类基因来不及变异去适应环境。要么死亡，要么人工改造成适合生存的样子。我们选择了第二条路。"

毒牙感觉后背发凉。

花飞好奇地问："你的身体与常人大不相同，完全能适应低氧环境，是怎么做到的？"

"缺氧预适应训练！据说，从我爷爷那辈就开始了。在可控的环境和时间内，通过阻断血液流通，让身体短暂缺氧，加快身体结构的变异，以适应低氧环境。"

"那又有什么了不起？！照样被我电晕！"花语笑呵呵地说，"来，原始人，我带你参观参观高科技的现代化生活。"

4

跟穴居人简陋的地下溶洞相比，半人的家简直是巨大而功能齐备的现代化地下城。位置经过精心选择，充分利用地热和地下水。常年温暖如春，空气湿润。巨大的钠燃料发电机轰鸣不息，为整个地下城源源不断地提供充足的电力。人工种植着只有暖季才会发芽生长、开花结果的植物。天花板上，巨大的照明灯永不熄灭，照耀着郁郁葱葱的矮树森林。半人掌握了黑岩蝎饲养技术，二百平方米的空间内，构建了多达五层的养殖地，几千只蝎子在里面翻滚、斗殴、求偶和产卵。地下城有小型炼钢炉，有机械设备制造车间，仓库里堆放着大大小小看不懂用处的设备和备用电池。科学实验室被分割成不同功能的小房间，门口分别挂着化学、生物、医学、通信等牌子。最后，花语带毒牙来到中央监控室。屏幕前坐着的男人像只奇怪的六足昆虫，一双钢铁手臂在肘处分叉，下面连着两只可以分别独立活动的小臂。

花语介绍道："这是我二哥，花海。怎么样，开眼界了吧，原始人?! 我们身体的机械部分可以模块化组装，四只胳膊也算不得什么。"

花海不像花飞那么热情洋溢，只冲毒牙略点了点头，四只手臂飞舞，一面敲打键盘，一面操作旁边的按钮。大屏幕中，绿色的蜘蛛网上，有只黄色的蜘蛛在缓缓爬行。

毒牙第一次见到传说中的屏幕，新奇地说："这里有个蜘蛛网。"

花语翻个白眼，"那是雷达图! 无知! 黄点是'青鸾三号'!"

"青鸾? 你说是青鸾?!"毒牙失声问，"和我们祖先坐的'青鸾号'有关系吗?"

花飞在身后解释道："有关系，也没关系。地球人对这片'砂眼'区域有执念。一百年前，来了只'青鸾二号'。没头没脑地往垂直于银盘的方向飞，被撞得粉碎。这帮傻蛋，对银河边缘复杂坚硬的'壳场'的力量一无所知。地球人还不死心，这又派来了'青鸾三号'。"

毒牙猛地抓住花语的机械小臂，激动地说："那我们，岂不是可以坐飞船回地球，回冷湖了?!"

花语不耐烦地挣脱，不以为然地说："谁愿意回地球去啊?! 人多，挤得要死，资源匮乏得很。在地球，想住地下城这么大的地方，门儿都没有! 再说了，我们的身体已经被改造得适应地球二号的环境，巴巴地回去，想氧中毒吗?! 想让他们把我们当怪物，买票参观吗?"

"可，我们是来自地球的啊!"

"你还是猿猴变的呢，怎么就不想变回去呢?!"

毒牙倒一口抽气，毒舌的本性发作，说:"你们再先进，占的资源再多，也只有四个人，曲高和寡，连个继承的后人都没有。你们这些先进的种族，会比穴居人和地球人消失得更快!"

此话戳到了花语的痛处，她双眼微红，闭上了嘴巴。任毒牙说什么，问什么，始终不肯再开口，只是在前面走得飞快。毒牙无趣地跟在后面，穿行在迷宫样的地下城，最后，只得拉住她硬邦邦的胳膊说:"好了，别生气啦! 我不该那么说。"

花语这才脸色稍缓，说:"带你看看地下城的能量之源。"

燃料仓库大得像礼堂一样，燃料箱像一座小山，自地板堆到了天花板。就在毒牙连声惊叹时，礼堂一端的铁门"咔嚓嚓"打开，伴随着干冷空气的涌入，一辆巨大的卡车冲进来，在他们跟前来了个急刹车。轮胎与地面摩擦，发出尖厉的声音。在毒牙听来，这声音如同天籁。

一位强壮短发的半人从三层楼高的驾驶室一跃而下。

"大哥!"花语叫道，"这是毒牙。"

花源跟毒牙握了握手，然后操控按钮，打开车厢的栏板。装着钠块和矿物油的箱子顺着斜搭在地上的金属栏板滑下，自动码放成一排。毒牙羡慕嫉妒之余，不禁想到，见天节时，把猎杀到的巨大线虫和采摘的果子运回溶洞，是最费时费力的，要是有卡车就好了。

"这卡车，能不能借给我使几天?"

花源一愣，说:"不是我吝啬，借给你，你也开不了!"

"我学东西很快的!"

花家兄妹俩对视一眼，花源说:"花语，你带他看看驾驶室。"

毒牙的双脚突然离地，被人提着后领飞了起来。惊叫声还没结束，已经和花语一起落入了狭窄的驾驶室。这里没有传说中的方向盘，没有钥匙插孔，没有油门和刹车，只有一把椅子。花语从大腿上抠出带线插头，插入前方金属面板上的洞。卡车突然跟活了似的，灵活地原地转圈。

"看到了吗？高科技！插头汇聚了肌肉的神经电流，信息直接输入车辆操控系统。开车连根手指头都不用动！你的肉手，连洞洞都插不进去，怎么开?!"

汽车，这最普通的运输工具，毒牙却连操控的地方都碰不到。花语这个娇弱的小女孩，除了可以随手电得他不省人事，还能抓小鸡似的拎着他飞上三层楼高的驾驶室。他们有同样的祖宗，但无论在力量、速度还是知识储备方面，却有着云泥之别。被半人强悍的文明碾压的感觉，让毒牙陷入了沮丧中。

穴居人躲在终日不见天日的地下，为生存繁衍苦苦挣扎，究竟有什么意义？

面对丰盛的晚餐，毒牙食不知味。花语说些瞧不起穴居人的话，他都懒得针锋相对，只是追问："你们人数才这么点，是怎么建起地下城的呢？"

花飞说："我们的人口数量曾经有过一个爆发期。在那个纪元，以冶金与铸造为核心的工业化水平得到了前所未有的发展。根据救生船上留存的技术资料，祖先们制造了适应低氧环境的汽车与发电机，发展了以医疗器械为主的精密仪器，并给自然人装上机械四肢。然而，改造人的手术成功率到不了百分之百，感染的风险始终存在。机械手足给我们祖先的心理造成了不可知的影响，患上精神疾病和自杀的比例异常增高。随着人口的凋零，科技失去了发展的动力，连维持原有工业水平也很困难。各种设备不停地坏掉、维修、再坏掉、再维修……"

花源打断花飞的话，说："穴居人和半人都是地球人类的后代，理应互相帮助，互相支持。我们愿意邀请穴居人搬到地下城来一起住。我们可以改造部分区域，增加氧含量；饲养的黑岩蝎和植物数量有富裕，今后还可以再增加产量；有先进的医疗设施和药品，正常婴儿不会因为小感冒恶化成肺炎而死去，可以大大提高人的存活率。作为交换，我们希望能和穴居人通婚。这样不但可以扩大族群的人口数量，对你们解决近亲结婚的问题也有好处。不知你意下如何?"

这还用问吗?! 能过上数代穴居人梦寐以求的高科技现代化生活，谁会拒绝呢?!

"我得回去问问所有人的意见。"毒牙仍然矜持地说。

送走毒牙，花家兄妹针对大哥的邀请，展开了激烈的辩论。

花海首先提出反对意见，"大哥，为什么要大费周章，把穴居人全接到地下城来?! 咱们抓几个女的做老婆，给花语抓几个身体健壮的男人做老公，不就行了吗? 穴居人落后得很，谅他们也不敢反抗!"

花语附和说:"就是!"

花飞有些犹豫地说:"这样不太好吧?"

花源作为大哥，是长期负责地下城运转的总体管理者，老成持重，深谋远虑。听弟弟妹妹反对，道:"短视! 我们这一辈人抢穴居人做配偶，下辈人怎么办? 我们的孩子不能相互结婚，还得接着抢。按过去地球人类的说法，要五辈之内都没有血缘关系，才能保证后代健康。那是否意味着连续五代人，都要抢穴居人做配偶?! 穴居人创建了极复杂的姓氏继承制度，说明他们对子嗣非常重视。如果抢走他们宝贵的生育期的男人女人，他们会坐视不管么?"

花语说:"难不成还怕了他们?! 我随手一电，就能撂倒一大片。"

花源皱起眉头，说:"本来，我们对未来已经失去了期盼，等待我们的是孤独的死亡。穴居人的出现，给生命的延续带来了新希望。这是我们唯一的机会，一定要好好处理，不可盲目冲动行事。若年轻的、有生殖能力的穴居人受伤或死亡，最终受害的还是我们自己!"

花语撅起嘴，说:"那帮原始人搬进来，吃喝拉撒睡都得我们管，多了好多工作，他们自己又什么都不会。难道你要我们兄妹几个，一辈子当牛做马，伺候他们么？"

花源笑道："当然不会一辈子，我自有计策！"

5

毒牙经狗洞，回到了充满线虫油脂臭味的地下之家。

"你去哪儿啦？"王伯着急地问，"两天没见你了！"

毒牙简单说了与花家兄妹相遇的情况。王伯十分惊诧，思索了一会儿，说："面对地球二号，半人与我们走了完全不同的道路。不得不承认，他们大胆改造的人体，更能适应环境。只是，因为人口数量不足，他们的科技、工业体系也跟我们一样，无以为继。地球上具备最完善工业体系的国家——中国，有八百多个工业门类，全球有上千个工业门类。每个工业门类按平均十人计算，打造一个完备的工业体系需要上万的有效人口。当然，要撑起一个工业门类，十个人显然是不够的。这还没有考虑相关的农业人口、第三产业人口，以及没有劳动能力的小孩和老人。人口数量，是文明维持和发展的基石。如果说文明是一棵大树，它的根系就是人口。只有根系足够发达，文明之树才可能长青。现在，是穴居人生活最困难的时候，存储的物资消耗殆尽，食物实行配给制。在这种状况下，人们很难做出正确的决策。不如等见天节后再说。"

接下来的日子，毒牙天天就着昏暗线虫灯，狂啃仅存的几本书。这日，他拿着最后一小撮线虫内脏，来到喂养室门口，只听见里边传出杂乱的呼呼声和王伯的劝慰声。推开门，刚踏入房间，他就被一阵狂风将拍到墙上，动弹不得。强大的空气压力让他不由自主地屏住了呼吸。蓝鸟"呼啦啦"扇动巨大的羽翼，嘴巴鼓成一只圆球，爪子蹬得地上碎石飞溅。王伯双手搂住蓝鸟脖子，双脚离地，身体飘得像风中的纸风筝，嘴里念念有词："安静，听话，别闹啊！乖嘛！安静！"

见到毒牙，蓝鸟的翅膀停止了扇动，但仍然焦躁不安，火烤屁股似的转来转去，巨大的利爪不时抓挠黑色岩石，发出令人牙酸的吱嘎声。毒牙见它的眼球快速转动，腮帮子高高鼓起，长颈上的细羽毛竖立，尖利鸟喙颤抖，似在竭力控制自己。

"它要鸣叫了！"王伯大喊道，转身奔向洞穴深处，寻找藏身的角落。

毒牙转身便逃。身后强大的气流冲得他摔了个嘴啃泥。他趴在地上，双手死命捂住耳朵。

"嗷——嗷——嗷——"

悠长而嘹亮的鸣叫声从蓝鸟喉咙冲出，穿过敞开的房门，穿过毒牙匍匐的后背，掀起他的衣服，直飞向洞穴的最上层。整个山洞都在簌簌作响。

穴居人们纷纷奔出幽暗的房间，欢呼道："见天啦！见天节到啦！"

他们欢欣跳跃，争先恐后挤上吱嘎作响的木梯，朝大门跑去。

这是一年中最好的时节。天空中没有一丝云彩，恒星高挂，放出炙热的蓝光。氧气充足，沉甸甸的果实挂在树梢，线虫卵还是未成熟的灰白色。所有穴居人都陷入了忙碌中：女人们背着线虫皮做的口袋，采集各式浆果，从土里挖出饱含淀粉的大块根茎，用小木棒翻找肥嫩多汁的昆虫幼虫，收集和压缩空气；男人们则有组织地猎杀中小型动物，为捕获线虫挖掘陷阱；孩子们掏鸟蛋，采摘可食用的植物嫩芽塞进嘴里，被招惹得火起的黑岩蝎追得鸡飞狗跳。

大家直忙到恒星落下，才三三两两回到洞穴。洞穴前的平地上，熊熊的篝火在燃烧，女人们将盛满烤兽肉的木盘，装着新鲜浆果的藤条篓，以及散发着诱人香味的根茎骨头汤端上桌。有两对新人举行了结婚仪式。在异常丰盛的晚宴上，少女们踩着强烈的鼓点，跳起了狂野的舞蹈。

一切都结束之后，族长说："大家静一静，金谢苏范周王苗俞晓天有事情要跟全族报告。"

毒牙将满嘴的烤肉咽下去，站起来，说："前几天，我出洞找蝎子蛋……"

"等等！前几天?！前几天不是寒季吗？你怎么能出得去?！"

"实际上，几乎寒季的每天，我都会出洞。生下来就开始系红绳的缺氧预适应训练，让我可以在寒季的野外任意活动！"

穴居人停止了咀嚼，一齐定定看着他。直到一个声音打破寂静。

"我不信!"

"你可以测试一下!"

一个男人走上前来，将线虫气囊罩在毒牙头上，系紧脖子处的抽绳。一分钟过去了，毒牙坐得笔直；两分钟过去了，他仍是那僵直的姿势……三分钟、五分钟、八分钟，他渐渐地软倒在桌上。

"放开他!"肥脚丫尖叫。

"叫他吹牛!"有年轻男人幸灾乐祸地说，"至少得闷他烧一坨线虫油的时间。"

肥脚丫冲过去，解开系绳，揪下线虫气囊，抱住毒牙瘫软的身体，大哭起来。

"好好的，你哭啥?！"毒牙突然站起来，大笑说，"现在，你们信我的话了吧。"

看着目瞪口呆的众人，毒牙从小因红绳而受的嘲讽和欺凌，在这一刻都烟消云散了。他绘声绘色地讲述了如何被花语电晕、抓走，以及地下城的所见所闻。花家的邀请像在平静的潭水里扔下一块大石头，激起了波澜。

众人纷纷议论起来。

"真是老天爷的恩赐啊！终于可以享受到现代文明的各种便利了!"

"我们什么时候能过去？我都等不及了!"

"事情没这么简单！半人不仅在科技水平、工具制造方面强过我们太多，他们装了机械手脚，体力上也比我们强太多。最关键的是，他们寒季可以在野外活动！一旦有了冲突，要消灭我们，简直易如反掌！要不要搬过去，三思而后行啊！"

"你想多了吧！能有什么冲突呢？大家都是人类，祖先在几百年前是同事！有事情好沟通、好商量。我们现在就收拾东西吧。"

不少年轻人们纷纷点头附和。

"等等！"王伯说，"年轻人，你想过没有，我们和半人的先进程度相差了好几百年。在他们眼里，我们就是没有开化的原始人！在人类发展史中，是如何对待不如自己的同类呢？智人毫无同情心地屠杀尼安德特人来填饱自己的肚子；盎格鲁－撒克逊人砍下了给予他们帮助的印第安人的头颅，夺走他们世代生活的美洲土地，高额悬赏印第安人的头皮。且不说那些年代久远的例子，二十世纪，希特勒建立集中营，将犹太人驱赶进毒气室，批量残杀！就算半人没有坏心，我们该如何处理两个族群之间的观念鸿沟呢？比如，婴儿要不要截断手脚，装上机械手臂呢？还有，穴居人的人口数量并不是那么充足，适婚和处于生育期的男人女人现在正好达成脆弱的平衡。半人有三男一女，如果他们都能结婚，会不会造成我们的男人结不成婚，从而失去生育的机会呢？"

怀抱婴儿的母亲脸上露出恐惧的神情，"不，谁都别想动我孩子一根毫毛！"

年轻男孩子们也都犹豫起来。女孩子们倒是一直兴致勃勃的。肥脚丫脸上露出痴笑，让毒牙恨不得当头一盆凉水浇醒她。

毒牙说："花家提出的方案很粗略。大家刚才提出的问题，应该是可以协商的。比如，半人只能一男一女和穴居人结婚，不得强制将婴儿变成半人等。"

"你以为半人会答应我们的要求么？"

"当然！"一个男人在远处大声回答道。

他身材壮硕，黑色的机械手足在篝火照耀下微微闪光。他轻盈地走近篝火堆，舒缓有力的动作像一只充满力量的黑岩蝎。在众穴居人惊诧戒备的眼神中，他向族长欠欠身，说："族长您好，我是花源。刚才毒牙说的那些要求，我都同意！作为花家的族长，我诚挚地邀请各位搬到地下城。让在地球二号上失散了几百年的人类再次聚到一起。我们已经成功改造了部分生活区，增加了氧含量，你们的大部分人都可以随时入住。"

族长说："感谢您的邀请！很遗憾，我们还没达成一致意见。"

"事情没那么复杂，愿意搬到地下城的人可以先过去。我们已经准备好了足够六十人住的高氧卧室，开辟了可以母婴同住的育婴室，准备了六十人一年的食物和其他生活用品。母亲们可以一直陪伴照顾孩子，不需要离开娃娃去劳动。年轻人也不需要在暖季采摘存储食物，我们饲养了足够的黑岩蝎、线虫，栽种了大量的果树，整个漫长的寒季都可以吃到最新鲜的蛋白质和水果。在难得的暖季，也无需承担繁重的劳动任务，可以尽情享受野外活动时间。高科技的生活，大大解放了我们的时间和劳动力。剩下不愿意搬迁的人，仍然可以留在溶洞里生活。待第一波移民稳定下来，我们会继续扩容，修建新的高氧区，以容纳更多的人。如果对地下城的生活不满意，随时都可以搬回来。"

面对花家开出的优厚条件，年轻人和母亲们忙不迭表示同意。大部分年衰岁暮的老人不愿离开熟悉的环境，留了下来，王伯也是其中之一。毒牙试图说服他一起走，他摇头道："一旦没人居住，溶洞很快会变成线虫和黑岩蝎的巢穴。我们留下来维护旧家，如果你们在地下城过得不好，还能再回来。"

穴居人为留下来的老人们采集、储存了足够的物质。搬家那天，毒牙告别王伯和羽毛愈发鲜艳的蓝鸟，走过曾经哭声不绝于耳的育婴室、永远散发肉香的厨房和吱嘎作响的老旧木梯，突然对这祖祖辈辈居住的幽暗溶洞，他厌倦而想逃离的地方有些不舍。

6

光是坐上搬迁的卡车，就够让穴居人热泪盈眶了。亲眼见到古文明传说中的汽车这神奇之物，感受它巨大的动能，听着它奔跑时的轰鸣，看着周围一切风一般往后飞掠，穴居人们无不赞叹敬畏。对入住的新居，他们再次发出由衷的惊叹。无须定时添加线虫油脂，天花板上的电灯永远将地下照得跟见天节后的大地一样雪亮；植物纤维做的衣服柔软贴身；厕所里的排泄物不会堆积成山，散发异味。最满意的是母亲们，婴儿室里，小床软和，光线轻柔，还有专门的通风系统，空气清新。黑岩蝎蛋粉供应充足，甚至还有水果粉可以冲调成糊糊，解决了婴儿因食物单一出现的发育不良问题。

祖祖辈辈在生存线上痛苦挣扎的穴居人，突然过上了不愁吃、不愁穿，岁月静好的日子。欢天喜地之后，他们对花家兄妹感激备至，奉若神灵。花家兄妹说的话就是圣旨。年轻男女更是天天围着他们转，大献殷勤。

然而，时间一长，这种质朴的感激之情却变了味。成天无所事事，被养得白白胖胖的穴居人开始抱怨高氧活动区太小，还不如溶洞的生活区大，要求花家兄妹开辟更多高氧区。

"凭什么半人能到处走，却把我们禁锢在这里?!"

"天天吃线虫和水果，太单调了。能不能给我们找点别的食物来？反正在寒季，半人也可以随便出到野外去。"

"这些玩具又小又破，孩子都玩腻了。能不能给孩子多做几个大点的木头玩具？对半人的钢铁手臂，这易如反掌！"

······

新要求一个接一个。

如果被拒绝，穴居人则露出鄙夷的神情，"还说先进呢，这点小事都办不到！早晚我们会搬回去的！"

自从穴居人搬进地下城，花家兄妹的工作量增加了一倍都不止。由于不可能将宽阔的养殖区的氧含量提高到正常值，所有照料植物、饲养家畜、做饭、垃圾清运等杂务都摊到花家兄妹头上。对此，花语和花海满腹牢骚。

毒牙曾劝慰大家，不要提太多、太高的要求，却为此遭受了攻击，"你真是站着说话不嫌腰疼！你可以自由出入，当然没要求了！"

劝慰无效，毒牙只得转向帮助花家兄妹。他缠着花飞给做个手工操控卡车的转接器。花飞问："你要这个干吗?!"

"当然是干活了！地下城一下子添了这么多人，给你们增加了不少工作量。其他人没法在少氧的地方活动，我没问题啊！"

经请示大哥之后，花飞特制了一双手套。它可以将手套的形变转化为电信号，通过接头输入卡车。

"你先练习开卡车和采燃料吧。"花源说，"我正好可以省出时间，把医疗条件改善一下。花语，你教他开车，然后带他去钠矿，教他怎么采矿。"

花语撅着嘴嘀咕："我才不要教他！穴居人笨得很！当他的老师，能把我给气死。"

毒牙反唇相讥："你是怕教不好，显得无能吧？"

"你！"花语被噎得半晌说不出话，跺脚说，"走！"

站在三层楼高的巨大卡车前，毒牙及时格挡住了花语伸向后脖的机械胳膊，说："我自己爬！"

花语愣了一秒钟，双腿一蹬，蓝发飞舞，跃上了驾驶室。毒牙四肢并用，攀着轮胎、挡泥板上去，然后辗转踩着货箱上的机械臂和巨大的螺栓，最后从货箱跌跌撞撞地翻入驾驶室。在花语的冷眼注视下，毒牙抠搜着，把手套上的铁片插进控制台，戴好手套。

"右手控制车，左手控制机械臂。压手腕启动车，扬手腕停车。"

毒牙压下手腕，脚下三层高的钢铁庞然大物轰隆启动，猛地冲向大门。花语抓住毒牙右手，猛力往上掰。毒牙疼得叫出声来。卡车轮胎尖叫着停了下来，毒牙的头狠狠撞在玻璃罩上。花语翻着白眼，用遥控打开车库门。毒牙缓缓压下手腕，卡车巨轮转动，平稳驶出了车库。

地球正二号运行在远离恒星的椭圆轨道上。大地冰封，满目白雪。毒牙笨拙地驾驶卡车，奔驰在驶向钠湖的简易道路上。这条路十分绵长，覆盖薄霜。排山倒海般的速度感中，近处的旷野和远处的群山像是漂浮在半空，往后狂奔而去的枯木和小丘刺激着毒牙的肾上腺。

"花语，咱们两族合并的时候有协议，可以互相通婚。你有没有喜欢的人？"

花语瞥毒牙一眼，咬着嘴唇说："没有。"

"你哥呢？"

"二哥喜欢肥脚丫，肥脚丫也非他不嫁！"花语挑衅地说。

尽管毒牙厌烦肥脚丫牛皮糖样，见自己就贴过来的样子，但听到这话，他还是没来由地心口发闷。他挤出假笑，回应道："花海夺了我的未婚妻，那我只好抢他妹妹了！"

花语罕见地没有讽刺回来，只说："我们到了。"

毒牙诧异地看着眼前巨大的白色'果冻'，哪儿有钠矿的影子？！山洼中，这片'果冻'之湖平平展展地铺在群山环抱中，宛若一块巨大的羊脂白玉。他笨拙地爬下驾驶舱，走到湖边，用力踩下去。整只小腿都没入了软塌塌的、稀松质地的物质中。毒牙大惊失色，猛拔腿出来。白色'果冻'厚厚糊了小腿一层，隐隐散发着熟悉的骚味。

"线虫油？"

"对！"花语带毒牙沿着湖边，向不远处的挖掘机走去，"金属钠性质活泼，很容易被空气氧化，碰到水更是会剧烈燃烧，所以需要用油脂保护。这附近有矿物油，可惜储量不大，很快就消耗完了。现在，只好提炼线虫油做保护层。"

当初，毒牙在山冈上遥望湖水，怎么也不会想到，看到的居然是线虫油做的保护层。看那遮蔽了整个宽阔湖面的巨量线虫油，他心想，不知有多少线虫为此贡献了生命。毒牙爬上挖掘机，在花语的指挥下，拙笨地操纵巨大金属挖斗，撇开线虫油保护层，整齐地切下钠块。对于柔软的金属钠，坚硬而沉重的挖斗就像是用锋利的菜刀划在豆腐上一样。

　　刚进入寒季的地球二号，黑夜像线虫的筋，越扯越长。待所有工作完成，恒星已落到白雪覆盖的山后。毒牙自以为熟练地启动发动机，调转车头，向山下开去。模糊的山影迅速往后掠去，毒牙不由感慨道："这些钠块，要是靠人来挖，就算穴居人全部上阵，干整整一个暖季也干不完。我们祖辈苦哈哈地剥了几百年线虫的油脂当燃料，没想到还有这么方便又高效的能源。你们是怎么发现钠矿的？"

　　见毒牙终于低下了斗鸡样高昂的头，服了软，花语笑道："据说，当初在太空，'青鸾号'就看见地球二号上有块地方在黑暗中发光，终夜不息。如此大范围的光与热不断辐射而出，一定有海量的能源做支撑。定居下来之后，祖先去往亮斑方向探测，发现了钠矿。"

　　"你是说，这矿已经用了几百年了？"

　　"不然呢？！"

　　毒牙沉默了。半人的科技水平，至少领先穴居人上百年。这次两族合并，果然是个英明的决定。一路上，风萧瑟，天上璀璨群星中，有一颗明亮的星辰，以肉眼可辨的速度在天幕上移动，正是"青鸾三号"。

　　毒牙问："你们一点都没想过回地球么？"

　　"你这人可真奇怪，还不死心呐！为啥要回地球？！是嫌这儿的生活不够自由，还是嫌住得不够宽敞啊？！在地球二号上，我们就是生物圈食物链的顶端，是君王，是统治者！普天之下，莫非我土，率土之滨，莫非我臣。回地球？"花语嗤笑，"就算我们有着钢铁力量之躯，到地球，只怕会被关进笼子里面做研究吧！穴居人就更弱了，且不问你懂不懂量子力学、玄理论。数学模型你会建吗？电脑会用吗？回地球，就是文盲！手不能提，肩不能担，除了当人类的宠物，被人类圈养，还能干什么？！"

毒牙被花语不无道理的话说得哑口无言，他仿佛听到世世代代祖先，包括父亲的理想碎裂的声音。这些宇航员精英的后代，由于成天在不见天日的巢穴里，躲避严酷的环境，已经退化成毫无价值的原始人。穴居人企盼了几百年，朝思暮想的那个繁华的故乡，心念念想要回去的祖地，不可能是最后的家了。当躁动和愤怒衰弱下去之后，毒牙心里涌起一阵悲哀。

花语说："一百年前，探索银河边缘的'青鸾二号'路过时，先祖们决定隐藏到地下，不让地球人发现。人类的血液中始终流淌着掠夺的本性，难以根除。人类探索太空，是为了寻找适合的栖息地，寻找能大肆开发的能源，绝不是为了救助落后的原始人。就像高加索人踏上美洲大陆，原生土著居民能躲过杀戮么？要是发现地球二号上有取之不尽的钠矿和其他资源，你猜他们会怎么做？"

毒牙颤声反驳："半人的科技水平也不弱，为什么要怕？"

"你对规模的力量一无所知。别看跟穴居人相比，我们好像很先进。其实，科技发展的基础是不牢靠的，人力成本限制着高技术设备的开发。比如，你现在开的这辆卡车，由发动机、传动系统、制动系统、转向系统、行驶系统、点火系统、燃料系统、冷却系统、润滑系统、电器及控制系统组成，要有金属、玻璃、制动液、防冻液等不同材料，有两万多个零部件。如果不是批量生产，至少需要八个人一年才能做出来，就是说我们兄妹几个别的都不干，也得两年才能做出来！只有建立在庞大人口基础上的科技和工业，才能通过源源不断的量的堆积，实现质变。想想看，我们现在和几百年前的地球科技没有本质区别。而以上百亿人口为基础的地球，实现了科技水平按指数发展的社会，几百年的时间，科技带来的变化，是我们连幻想都想不出来的！"

7

毒牙正式接过了挖钠的任务。

每日天还未亮，便开着卡车，奔跑在地球二号唯一的简易公路上。在群山环抱中，操纵着巨大的挖土机随意切割钠块时，他找到了久违的儿时玩泥巴的快乐。挖掘斗在柔软钠面划出灰色深槽，就像儿时用树枝在泥巴上划过。他时常操纵挖土机的长臂，在钠矿表面写字、画画，乐此不疲。

如果说过去，因红绳被穴居人嘲笑讥讽的毒牙是孤独的，当前融入所谓高科技生活的毒牙，仍然无法摆脱如影随形的疏离感。当他向族人诉说挖掘燃料的乐趣时，遭遇了冷淡的回应；而身处族人充满烟火气息的喧闹欢乐中时，他却无法对那些世俗的嬉笑报以同样的兴致。他仿佛置身于两股洪流之间，左边是穴居人的喜怒，右边是花家兄妹的哀乐。他是这条河流中的一滴油，哪边都无法融入。

也许，只有遥远的"青鸾三号"，才是他的归处。

时间在忙碌中飞逝。毒牙猛然想起，已经很久没有见过王伯了。这天，他早早收工，卸完货之后，回到了穴居人居住区。走廊里很安静，年轻人们不见踪影，只有几个女人和小孩。

一个怀里抱着婴儿的女人说："他们都去医疗室了。"

"医疗室？"

"花家人说，为保障身体健康，过一阵儿就要体检一次。说是年轻人活动量大，需要检查得更频繁。"

"啥时候开始的？"

女人诧异地看着毒牙，"好多个月了，你不知道吗？从溶洞搬过来，不缺吃、不缺穿，到处都干净，一开水龙头就有热水，还有电灯。这几个月，一个婴儿都没死。我看，咱们个个身体都特棒，哪儿用得着三天两头检查！"

毒牙回到穴居人的溶洞口。跟过去一样，地下溶洞的大门一到寒季便封闭起来，门缝也用泥巴仔细堵上，以免洞内空气外溢。他熟门熟路地从狗洞爬了进去。餐厅空荡荡的，几位老人在线虫油灯昏暗的光线中，吃着清汤寡水的晚餐。见到毒牙，王伯很是惊喜，问起穴居人近期在地下城的生活情况。毒牙一一告知。

王伯皱起眉头，说："你没觉得这其中很奇怪，很可能隐藏着阴谋吗？通过开放有限的富氧房间，限制穴居人的活动区域，再加上古怪的医疗体检……花语跟你分析过，若半人和穴居人回到地球，会受到人类的随意摆弄。她能说出这样的话，说明花家人就是这么想的。半人对穴居人的态度，极有可能跟她猜测的地球人对待回归的半人是一样的。他们高高在上，圈养我们，在科技上、实力上碾压我们，真的是为了和穴居人通婚吗？有没有可能利用穴居人的愚昧和无知，做某种生物试验？不管如何，毒牙，整个穴居人家族，只有你能自由活动。你要保持头脑清醒，在适当的时候，注意提醒族长。"

毒牙应了，说："我给你带了好吃的。果子、蝎蛋和线虫干儿，都可以长期存放。"毒牙看着瘦骨嶙峋的王伯，眼睛发酸，"蓝鸟呢？还在老地方吗？"

"我放它走了。它长得太快，每天都要吃很多。我们几个老家伙上了年纪，精力大不如前，照顾它实在是有心无力。它大了，应该有更广阔的天地，有同类朋友，而不是成天关在不见天日的地洞里。"

毒牙很有些失落。

王伯说："蓝鸟走那天，都飞出房间了，又飞回来，忍痛拔了几根翠羽放到我手上，想来是让我留作纪念。羽毛还放在它的房间里，你都拿去吧。"

毒牙依言下楼，刚走到五层，就听见"轰隆"一声巨响。巨大冲击波猛地将他推倒在地上，整个地下洞穴硝烟弥漫，悬吊在洞顶的钟乳石被震落，砸断了破旧的木梯。紧接着，空气呼啸着，急速向上流去，吹熄了线虫油灯，穿过敞开的大洞，消散在无边的黑暗原野中。毒牙跌跌撞撞地爬起来，双耳嗡嗡作响。

四分钟！！

四分钟内吸不到氧气，老人们全都会窒息而死！

毒牙手脚并用，爬上落石，向下滑去。锋利的石头尖角划破了裤子。顾不得大腿和屁股上火辣辣的疼痛，他连滚带爬，来到三层存储气囊的房间门口。巨石堵住了储藏室的门，任他使尽吃奶的力气推搡，拗、撬，它都纹丝不动。

时间在一分一秒流逝。毒牙心急如焚，摸到门边木墙，一脚踹去。那木板异常坚硬，只踹得趾骨生疼。他忍住疼痛，一脚一脚踹向木板，终于把木墙踹出个窟窿来。他爬进储藏室，将几只压缩空气袋缠在腰上，顺着巨石爬回餐厅。

"王伯！王伯！"

黑暗的餐厅静寂无声。

毒牙的心直往下沉，他在墙根王伯原来坐的位置摸到一张脸，已经没了呼吸。毒牙颤抖着，俯下身，嘴对嘴做人工呼吸，直到王伯的喉头发出微弱的"嘶嘶声"。毒牙赶紧把压缩空气袋罩在他口鼻上。

王伯抓住毒牙的领口，嘶哑低声道："回冷湖，回地球，回家……"

他的手失了力，坠落下去。毒牙紧贴王伯的脸颊，泪水颓然滑下。

就在此时，洞外一个熟悉的女声说："十五分钟，应该都死透了吧？"

另一个男声应道："保险起见，还是检查一下的好。"

"里面又脏又臭，我才不要进去！"

脚步声响起。一道雪白的灯光划破黑暗，照进餐厅。手持电筒的人身上闪着幽光，正是花源。他身后远处，一个蓝色长发少女厌恶地捂着口鼻，却是花语。毒牙轻轻放下王伯尚温热的身体，钻进宽大的餐桌底下。

雪白的光柱在地上来回游移。花源挨个查看老者的尸体。

花语不耐烦地在洞口叫道："哥，好了没?!"

"一个不少！"花源数完尸体，转身向洞口走去。

"我就说没必要先放气嘛！你也太过小心了，直接炸溶洞不好吗？现在好了，穴居人没地方可去，再不会有要求没得到满足，就嚷嚷要回来了。哼，居然跟我们要平等，真是不自量力！也不想想，要不是为了后代，我们凭啥要养着他们？"

花语的口气轻描淡写，好似吃饱喝足之后的闲聊，让毒牙的听得心惊。待两人背转身形，他即刻顺着熟悉的狗洞爬到洞外。轰隆隆的闷响中，溶洞上的平顶山不祥地抖动起来，倾斜的山壁扭曲得像柔软的水波纹。随即，整座山体垮塌下来，石头碎裂飞溅，烟尘四起。

尘埃落定，穴居人几百年来的家已不复存在。

8

噩梦般的遭遇，让毒牙悲愤不已。

回到地下城，他做的第一件事是潜入医疗室，寻找答案。房中清清冷冷地摆放着一张病床，靠墙有个装着跌打损伤药的柜子，并无异常之处。而在治疗室隔壁的低氧房间，毒牙找到了一只只浸泡在冷冻液中的玻璃罐，罐上标注着人名和日期。另一个冷冻箱里的罐子上，标着两个人名字的、大小不一的肉样小组织浸泡在透明溶液里。

毒牙猜测，这就是半人打着体检的旗号，人工培养的后代。

在族长召集的秘密全体会议上，毒牙讲述的溶洞被毁的过程，让人们陷入悲哀、不安与愤怒中。

年轻人们血气方刚地低喊："跟他们拼了！"

"拼？拿什么拼？谁能打得过半人？"有人反问，"除了毒牙，你们谁能在缺氧房间待上十分钟?！没压缩空气袋，连半人住的地方都去不了！就算消灭了花家人，要在地下城继续生活，需要操作能源、供暖、供氧、饲养、发电、给水系统，你们谁会?！"

毒牙说："以花家人的实力，完全可以在任何时候对溶洞发动攻击，为什么偏偏选在这个时候？很有可能是他们即将对我们下狠手。为防止我们反抗或逃走，抢先断了退路。"

众人脸上露出惊恐的表情。

"如果我们能做到自给自足，不给半人添麻烦，而且对他们唯命是从的话，也许能被当作宠物活下去。但是我很怀疑，四个半人是否需要几十只穴居人做宠物！"

族长道："我们投鼠忌器，不能轻举妄动。毒牙，你有什么建议？"

"地球二号恶劣的环境不适合人类生存。只有回地球，我们的子子孙孙才能无忧无虑地生活下去。"

族长双眼发亮："回地球，是穴居人祖祖辈辈的殷切期望。只是，'青鸾三号'在天上，怎么才能告诉他们，在这颗千里冰封的星球上，有人类同胞需要救援呢？"

"我有办法！不过，需要些时间做准备。"

毒牙每天照旧早起晚归，勤勤恳恳地挖钠块。除了抓紧完成每天的挖掘任务外，空余的时间全投入了秘密工程。花语没有打招呼，突然来钠矿工地察看过一次。见毒牙一个人没有磨洋工，而是兢兢业业，高效率工作；每次挖掘完之后，都认真地给裸露的钠矿抹上防护用的线虫油；挖掘机也做到了定期清洁和保养；花语表示很满意。

望着花语往山下跳跃而去的轻盈背影，毒牙却出了一身冷汗。他每天花费大量的时间在钠矿表面雕刻的字，大概是因为离得近，加之字体庞大，花语只看见一个小角，并未窥见整体，没有引起她的注意。然而，毒牙知道，不可能每次都这么走运。走漏任何风声，都有可能使所有的行动前功尽弃。毒牙立即小心翼翼地在雕刻的凹槽上抹满线虫油，使它看上去与周边别无二致。

终于，钠矿全部雕刻完毕，引流工程也完成。夜幕降临，毒牙抬头仰望天空，"青鸾三号"还在视野里。他感到莫名的心安与激动，那是穴居人的最终的归宿，是与地球母亲唯一的脆弱联系。

花家兄妹的屠杀行动比预想的来得更快。中年男女和对花家兄妹有敌意的青壮年男人成了精准毁灭的目标。当人们进入香甜睡梦中时，部分卧室的送风系统停止了增氧。有人躺在柔软的床上，再也没有醒来。有人及时惊醒，像被扔上岸的鱼，挣扎着爬出卧室。然而，走廊的增氧系统也被关闭，有人死在了爬向储藏间的途中。几个身材消瘦的幸运儿在因脑缺氧死亡之前，拿到了储藏室的压缩氧气袋。长期在缺氧和富氧环境中无缝切换的毒牙，对空气中的氧含量很不敏感，当几位幸存者抱着气袋闯进房间时，他才猛然惊醒。

他立即出门查看。走廊里到处是匍匐扭曲的尸体，皮肤发黑，手指向前曲张。这一幕，曾经出现在地下洞穴里，而今梦魇般重演。如果当初他没有轻信花家兄妹的承诺，说服大家举族迁徙到地下城，王伯不会死，他们也不会死。

悲痛，从深不见底的黑水潭蔓延上来，包裹了毒牙。

一声尖叫划破了沉重的寂静，肥脚丫身着睡衣，光着肥嫩的棕色脚丫，惊恐地看着走廊。饱含氧分子的空气从她身后缓缓涌出。毒牙引领幸存者进入肥脚丫房间之后，挨个打开卧室房门，确认每个人的状况。族长面呈铅色，安静地躺在床上，已经没了呼吸。幸存的族人聚集在肥脚丫房间，男人们悲痛地沉默着，女人们在轻声抽泣。

毒牙竭力保持冷静，说："从关掉供氧房间的情况看，花家兄妹的策略是：保留年轻女人、几个年轻男人和尚在少年期的小孩，杀掉其他人。我猜想，保留下来的人，对他们延续后代有价值。这些人一旦老去，失去利用价值之后，也难逃被屠戮的厄运。为了活下去，我们只有一条路：逃！"

"地下溶洞已经被摧毁了，能逃到哪里去？"

"现在寒季才刚开始，以后空气的氧含量会越来越少，气温会越来越低。找不到合适的居住地，怎么活得下去？"

毒牙说："我们要尽快离开地球二号！女人们暂时还算安全，趁着花家兄妹没进来验尸杀人，幸存下来的男人要尽快逃离地下城。生活区以外的地方都关闭着，上了锁，唯一能出去的通道是通风管。"

男人们背着压缩空气袋，与毒牙先后爬上通风管，肥脚丫也坚持要跟来。一行人花了烧一坨线虫油的时间，才来到车库。众人爬进卡车车厢，毒牙打开车库门，驾车冲了出去。

后视镜中，毒牙看到了花语的身影。她呆呆地站了一会儿，奔跑着，向卡车追来。毒牙迅速压低手腕，将油门开到最大。发动机嘶吼起来。后视镜中花语的身影越来越小，消失在茫茫雪野中。

9

这条路，毒牙走了几百次。

白雪覆盖的平坦表面下，哪里有石块，哪里有坑洞，他闭着眼睛都知道。天上，"青鸾三号"不见了踪影。毒牙的心突然往下沉，时至今日，"青鸾三号"是他们唯一的希望了。他慌乱地在黑色天幕中寻找，终于在遥远雪山的轮廓线附近找到了它。随着地球二号自转，它上升到天空的正中，需要半天时间。现在并非发信号的最佳时间，但他们别无选择。

钠矿似一块沉睡的巨大的果冻，晶莹而柔软。

毒牙来不及关注肥脚丫和男人们的惊叹，操纵挖掘机的长臂，去除雕刻图案上的油脂，灰色的金属钠裸露在了天空下。毒牙推出早已准备好的"引子"——大桶盐水，将之倾倒在裸露的钠矿上。按计划，这桶水会使小部分钠燃烧，融化周边的冰雪。更多的雪水将沿着雕好的沟渠蔓延，引燃更多钠矿，最终写出巨大的求救信号。

然而，他将盐水桶翻个底朝天，也没落下一滴水来。气温过低，盐水被冻住了。

毒牙扔掉水桶，指着肥脚丫说："你！转过身去！"

肥脚丫莫名其妙："为啥?!"

毒牙不理她，自顾自撩起了上衣。肥脚丫脸一红，扭脸转过了身子。微黄的液体在空中划过一条冒烟的曲线，落在金属灰钠块上，引发了一场小小的火灾。黄色火焰燃起，白烟四溢。然而，散发出来的微小热量并没有成功融化旁边的冰雪，火苗摇晃着，越来越虚弱，最后居然熄灭了。男人们见状，纷纷宽衣解带。一阵水响之后，浓烟四溢，火焰融化了冰块，随着冰水的加入，金属钠燃烧得更欢了。火苗伴着不时发生的小爆炸，沿着挖好的沟渠，向远处蜿蜒而去。钠矿上方，白烟袅袅上升，又被风吹散。

山下，被几万年雨水冲刷而成的河床中，一只蓝绿相间的斑斓大鸟贴着地面疾飞而来。它在微弱的星光下，飞掠冰雪覆盖的三角洲地带，在地面投下黑色的魅影。飞行的速度是如此迅捷，没等毒牙反应过来，它已经带着巨大的寒气到了跟前，双翅扇动，卷起地面没冻结实的雪花，形成两只小气旋。毒牙欣喜地叫了一声。好久不见，蓝鸟长高了，也长结实了，腹部虬结的肌肉替代了脂肪。

肥脚丫抚摸蓝鸟蓝绿相间的羽毛，问："这段时间，你都在哪儿啊?"

毒牙说："还能去哪儿？在不见天日的地下室关了那么多年，好不容易出去，肯定是吃最新鲜的虫肉，喝旷野里的新鲜雪水，在广阔大地上，自由翱翔呗！"

低头顺眉让人揉摸的青鸾，突然昂头，望着远处起伏的白色丘陵，脖子上的羽毛警觉地立了起来。毒牙也伸长脖子往下看，野地里，除了风声，什么也没有。

"你看到啥了？"

话音刚落，白色雪地上出现了几个小黑点，随着起伏的山丘，径直向钠矿方向射来。黑点不时反射出金属的幽光。

是花家人！

愤怒像潮水般袭击了毒牙。他想冲上去讨还血债；又想跳上卡车，带着大伙逃走。但面前唯一的路是下山的路。无处躲藏，他们只能硬着头皮迎战。毒牙塞给每人一只粗铁管和一瓶水。

肥脚丫满脸狐疑地研究手上的东西，说："这是什么？为啥我的比他们的小？"

"他们的是小加农炮，你的是长枪。把包好的钠块和石头依次塞到铁筒底，再把水倒进去，对准目标，三秒钟后就会发射石头。大家先分散埋伏，我一咳嗽，就进攻。"毒牙抚摸蓝鸟翠蓝的羽毛，"老伙计，见到你真开心。这里危险得很，你赶紧离开吧。"

蓝鸟伸出脑袋，在毒牙头顶上轻蹭，展开巨大的双翅，将他包围其中。毒牙鼻子发酸，小时候受了委屈，它就是这么安慰他的。此刻，它也是在告诉毒牙，它会像儿时一样保护他。

毒牙爬上卡车驾驶舱，远望宽阔的钠矿。浓烟下，字母的笔画快要变得连续了。毒牙有些焦躁，"青鸾三号"仍旧在地平线附近，倾斜的视角很难辨认出遥远白色星球上的图案。他们现在能做的，就是尽量拖延时间。

花家兄妹来得十分迅捷，眨眼间，便到了卡车跟前。

"毒牙，你给我下来！"花语仰头喊道。

"外面太冷了，我，我就不下去了！花源大哥、花海、花语，早啊！你们今天怎么有空上这儿来玩儿啊？是不是家里太无聊了？如果无聊，你们四个人，正好可以凑一桌麻将……"

不等毒牙絮叨完，花语便在卡车雪白的光柱中，跺腿蹦到驾驶室外的踏板上。她一下子没能打开驾驶室的透明盖，生气道："打开盖子！"

"一开盖子，冷气都进来了！"毒牙慢吞吞地说，"我又不像你们，身上可以自动加热，到时候该冻感冒了。我要是生病了，就没法挖钠了。地下城没有钠烧，很有可能会停电啰。为了避免停电，你们中就得有人接替我，那就凑不齐一桌麻将了，三缺一不太好啊。打不成麻将，会更无聊的……"

花语懒得听他胡扯开盖子和麻将以及无聊之间的逻辑关系，微微回缩手臂，一发力。只听"咔嚓"一声，透明盖被穿了个洞。她并未缩回手，而是继续前伸，向毒牙胸口点来。毒牙知道她的厉害，边躲边说："别，别电我！我下去还不行吗？就这么把盖子打个洞，都不知道爱护公物。女孩子家家的，动不动就出手伤人，当心找不到婆家……"

毒牙叨叨着，打开驾驶室透明盖，在花语伸手拎后脖子之前，麻利地翻出驾驶舱。然后慢吞吞地、笨拙地爬回地面，再慢吞吞地挨个跟花源、花海问好。

花海皱着眉，问："其他人呢？肥脚丫呢？"

毒牙装傻充愣，"咦，他们不是在家里睡觉吗？我就是睡不着，想早点过来干活。肥脚丫虽然是我的未婚妻，但是我们还没有正式结婚，没入洞房，我怎么会知道她在什么地方呢？而且，谁晓得，以后会不会再重新排婚姻配对，把她配给别人呢？上回花语跟我说，肥脚丫跟你特别好，我也没啥意见。谁没个心里喜欢的人的呢，对吧？但是，这可能也没啥用，因为我们族人从来都绝对按配对结婚，不讲什么自由恋爱的，否则穴居人早灭绝了。当然，如果她非哭着喊着要嫁给你，我也不能说偏不让，只要给我换个新的妻子就行。

不然的话，她跟你跑了，我就啥也没有了。你们两个总不会忍心让我绝后吧？对了，你们结婚生的娃会是啥样呢？要不要一生下来，就砍断他的胳膊腿儿呢？……”

花源被毒牙这番又臭又长的啰唆话说得不耐烦，打断他，指着远处钠矿上的烟火，问道："这些火是怎么回事？"

毒牙轻描淡写地说："没事儿！我烤黑岩蝎蛋，不小心融化了雪，一会儿就会熄掉的。可惜你们来晚了，我把蝎蛋都吃光了。我跟你们说，野外大火烤的蝎蛋好吃极了，家里电磁炉怎么也做不那种烟熏味儿的。啧，那色泽，那富含香气的风味，啧啧……"

花语恨不得捂住耳朵，"毒牙，你今天怎么这么啰唆啊？"

"他在拖时间。"

"拖时间，为什么？"

"事出反常必有妖！"花源说，"花海，你去查看一下钠矿。"

花海沿着钠矿边缘，以惊人的速度飞奔而去，精黑的机械长腿在黎明的微光中，交织成一片幻影。

见花源阴沉沉地看着钠矿上空的浓烟，毒牙知道，不给他们看点真东西，怕是拖不下去了，便撮起嘴唇，吹出尖利的哨音。天空中响起一声啸叫回应，一片翠蓝的彩云"刺啦啦"降落在毒牙身后。花家兄妹感受到蓝鸟无形的压力，不由自主地一齐后退了两步。

花语瞪大了眼睛，说："蓝鸟！你居然把蓝鸟当宠物？！那可是除我们半人以外，地球二号食物链顶端的物种。"

"它才不是宠物，是朋友！"

花语好奇地问："你是怎么驯养的？它的脾气很暴躁的啊。"

"这个并不难。首先，在几百年前，你的祖先得找到一只刚出壳的小蓝鸟，把它带回家，喂养它，跟它玩耍，给它洗澡，照顾它。在成年之后，放它回归大自然。然后在每个见天节之后的暖季，带着食物去看它，结识它的配偶，陪伴它的幼崽。在冬天没有食物的时候，得冒着危险，掏很多黑岩蝎蛋，给它饿得嗷嗷叫的幼崽吃。

这样过一百年之后，蓝鸟全家就会把你当成家人，你们可以随时靠近它了。"毒牙都不知道自己在说什么，"然后……"

一只金属黑影沿着钠矿边缘飞奔而来，裹起的寒风打得毒牙的脸颊生疼。花海呼吸均匀，毫不气喘地说："他在钠矿上，用火写了三个字母：SOS。"

花源瞬间明白了毒牙的意图。他抬头看天，万里无云的深蓝天空中，"青鸾三号"淡白的影子十分扎眼。

"花语，这小子交给你了！"花源沉声说，"花海，你跟我一起灭火！"

花语目送两个哥哥的身影远去，脸上带着猫戏老鼠的表情，朝毒牙走来。毒牙能想象出，她这会儿大概正在斟酌，在弄残自己之前，该怎么好好地折磨戏耍一下。毒牙当下捧着胸口，痛心疾首地说："等等！花语，我做这一切，完全是为了你！"

花语愣住了，脸上表情复杂，既嫌弃，又好奇。

"你听我说！"毒牙退后两步，"我，咳咳、咳咳咳、咳咳咳咳……"

10

毒牙咳得声嘶力竭，肺都快咳出来了。

花语听到背后"呲呲"乱响，刚转过身来，便看见十几块散石向她激射而来。她来不及闪躲，仗着手臂是精钢铸就，伸手护住肉体。疾速射来的石头打在她手臂上，弹得四处飞溅。然而，"炮"响声接连不断，风化的石子在钠块爆炸的强力推动下，散得细小如沙，扇面样射向花语，穿透两条手臂的缝隙，打在花语的肉身上。花语后仰，倒在了地上，大声尖叫。

毒牙知道，这下偷袭成功，完全仗着距离近且花语没有防备，当下急急道："赶紧装炮弹，她哥哥会很快回来的。"

果然，花源和花海的身影很快出现。一进入射程范围，毒牙便大叫发射。一阵爆炸声和白烟之后，散石射向花家兄弟。奔在前面的花源挥舞手臂，将石头挡开，花海却倒在了地上。花源没有停住脚步，掠过肥脚丫身边时，亮眼的电弧刺穿了空气。肥脚丫随即像棉花般软倒在地。花源像水银泻地般，流畅地在几个穴居人间穿梭，闪耀的寒光此起彼伏。毒牙也被高压电击中，他闻到了皮肤烧焦的味道，控制不住全身颤抖，扑倒在地。

花源抬起冰凉、坚硬，带着白色残雪的铁脚，狠狠地朝毒牙的面孔碾压下来。

毒牙闭上了眼睛。

这大概就是命吧！死在寒冷荒凉的钠矿边，脑袋如鲜花般绽开！

铁蹄并未如期落下。毒牙睁开双眼，发现蓝鸟已和花源缠斗成一团。蓝鸟有两个花源高，在打斗中却丝毫占不了便宜。它一面小心不让花源的手指碰触到身体；一面喙爪并用，进攻花源的肉身部分。二者你来我往的速度越来越快，幻化成蓝绿和黑灰金属纠结的光团。随着争斗愈更惨烈，血点和翠绿的羽毛飞溅而出。毒牙忍着疼痛，挣扎着爬起来，重新拾起铁管。刚往里面灌入一把碎石，背上突然感觉一阵剧痛，再次抽搐着倒在地上。肩部沾着血迹的花语从毒牙身后转出来，身形一闪，加入团战。

以一对二，蓝鸟立即陷入险象环生的境地。伴随两道异常明亮的电弧，蓝鸟向后摔出，跌落到毒牙身边。翠绿的翅膀上，大片羽毛脱落，露出模糊的血肉。花家兄妹狞笑着，逼上前来。毒牙使出全身力量，挣扎着爬起来，踉踉跄跄站在蓝鸟前方，却被他的大喙叼着，轻扔到身后。蓝鸟引颈向天，气流顺着极力张大的嘴流入咽部，呼呼冲进巨大的肺里，随着特有的肺气管，充盈了体内的七个气囊。气囊膨胀，让蓝鸟迅速鼓胀成一只椭圆大球。

毒牙知道接下来会发生什么，叫道："不要！不要！"

蓝鸟缓缓展开蓝翠色的翅膀，它又吸了一口气，脸颊高高鼓起，脖子上、身上的羽毛如针竖立，宛如一只带翅膀的巨大刺猬。

"不——"毒牙尖叫道，面孔朝下，捂住了耳朵。

蓝鸟的肌肉突然剧烈收缩。强大的气流疾速喷出，高亢的啸叫声直刺蓝天。

"嗷——嗷——嗷——"

那声音如此高昂，如此宏大，纵使毒牙及时捂住耳朵，还是心脏狂跳，血流奔涌，似要冲破皮肤而出。花源和花语来不及掩住耳朵，殷红的鲜血从耳鼻喷涌而出。蓝鸟鼓起的腹部似一只巨大的回音音箱，共振中，地面亦簌簌颤抖。声浪中，紧闭双眼，表情痛苦的花源突然睁开了双眼。他表情狰狞，身体前倾，一步一步朝蓝鸟走来。

他在等，等蓝鸟再次换气的时候，一举绝杀。

蓝鸟似已看透他的诡计，将双翅收回，放至胸前。全身肌肉紧缩，压迫气囊和肺部有节律地震动，叫声也由高亢转为低沉，直至静默不可闻。然而，它的双翅乃至全身，仍在有节律地颤动。

毒牙感觉到地面的振动传递到身体上，恶心欲吐。泪水奔涌出他的眼眶，次声波有极强的攻击性，同时也会震碎蓝鸟自己的内脏。在次声波的攻击下，花源喝醉了似的，跌跌撞撞往前跨了两步，轰然倒地。

11

身体下支撑物有节律的轻微颤动震醒了毒牙。他睁开眼睛，发现自己躺在一张带轮子的床上。由身穿布质连衣裤的陌生男人推着，走向巨大的金属飞行器。飞行器像是中部插入盘子的黑岩蝎蛋，在阳光下熠熠发光。毒牙挣扎着，想问男人是谁，想问飞行器是不是"青鸾三号"。内脏的疼痛却让他蜷起身体，缩成一团，失去了意识。

再次醒来时，毒牙发现自己躺在柔软的床上。床单用极细的软线编织而成，致密而光滑。窗外，地球二号，那颗祖祖辈辈生活了几百年的白色冰封星球，以及远处的蓝色恒星都不见了踪影。他摸索着走出舱室，在四周全白的大厅中，见到了他的族人：母亲们环抱着婴儿，男人们裹着绷带，少女们身着轻飘飘的连衣裙，肥脚丫居然穿上了露趾拖鞋。他们占据了所有舷窗边的位置，正专注地向外张望。

布衣男人说："还有二十分钟，'青鸾三号'将降落在冷湖航天中心。"

毒牙偷偷上下打量起背对自己的布衣男人，心里涌起一丝说不出的古怪感觉。

飞船进入大气层时有些颠簸，随着速度降低，变成轻柔地摇晃。毒牙激动地等待着穿过云层后，舷窗外出现照片上那一望无际的黄色戈壁。云层的雾气散去，一块温润通透的碧玉出现在脚下：深绿色的茂密针叶林随着山势起伏；洁白的羊群散落在厚厚的嫩绿草原上，好似丝绒毯上一团团柔软的小棉球；只有碧绿的水潭边，才能偶尔寻到红色土壤的踪迹。

脚下这幅春意盎然的绿色画卷，与照片上的冷湖毫不相干。

毒牙不禁失声地问："这里是冷湖？"

布衣男人一愣，随即笑道："是了。'青鸾号'发射时，冷湖还是黄沙漫天、寸草不生的戈壁滩。经过上百年的治理，这里的生态环境早已改善。"

古怪的感觉再次浮出水面。这次，毒牙抓住了让他不安的念头，问道："在地球二号上，你没戴氧气面罩，却在低氧大气中行走如常，是怎么做到的？"

"我是移脑人啊！"布衣人说。

"移脑人？"

"就是把真人的思维移植到机器人上！不然，太空探险的恶劣环境，人类的血肉之躯怎么可能应付得来？！"

穴居人们刚踏上铺着红毯的地球土地，便被一群记者团团围住。他们扛着摄像机，举着话筒，蜂拥着冲上来。其中一个抓住毒牙，热情洋溢地说了一大段话。他吐字清晰，音调熟悉，毒牙能从他机关枪一样连续射出的句子中，抓出诸如："青鸢号"、救援、飞等能理解的词汇。然而，记者的整段语言却在他大脑中激不起任何可理解的波浪。

记者等了一会儿，见毒牙并未回答自己的问题，便重新再问了一遍："@#¥%……%＊¥#@…@%¥¥#@！#¥%＊……＊&……%¥#¥，@～¥%…&＊#¥！#呢？"

毒牙茫然地盯着他，"什么？"

记者呆住了，突然笑起来，说："抱歉！我忘了，几百年前人们说的不是现代汉语，我应该用古汉语提问才对。请问：你对被'青鸢三号'救援后飞回地球，有什么感想呢？"

"父亲的遗愿终于实现了！我们终于实现了祖祖辈辈们回归故里的愿望！在太空流浪的几百年，我们受尽了磨难。回到地球母亲温暖的怀抱，太幸福了！"

"还有，"肥脚丫挤上前来，抢占话筒，大声说："冷湖比照片美太多了！我做梦也没想到，草会这么绿，空气中的氧分子会这么充沛！"

毒牙说："有个问题，想请教您。刚才宇航员告诉我，为适应恶劣的太空环境，他把自己变成了移脑人。请问，地球上一共有多少移脑人？"

"全都是。我看不出有什么理由，不选择这具可以维修、可以随意更换部件的钢铁之躯。"

"那，怎么生孩子呢？"

记者奇怪地看着毒牙，说："人类繁衍，是为了种族能够延续。现代人通过移脑，都能永生了，为什么还要生下一代？！我觉得，把每个人的遗传物质保存下来，都是多此一举。"

毒牙目瞪口呆，全身颤抖，似被一桶冷水浇了个透心凉。

命运跟他，跟所有的穴居人，开了个天大的玩笑。

为庆祝'青鸾一号'宇航员的后代安全回家，冷湖航天中心特地举行了盛大的欢迎仪式。穴居人乘坐无人驾驶的大型客车，离开冷湖航天中心，沿着火星一号公路，一路奔驰，向着火星营地进发。

毒牙失神地看着沿途高大的建筑飞逝而去，心里空落落的。他的手被一双柔软而温暖的手握住。见毒牙茫然地看着自己，肥脚丫微微一笑，凑近他耳边，轻声说："别丧气。你没听见记者刚才说的吗？他们保留了所有人的遗传物质。只要愿意，就可以随意挑选生孩子的对象。如果你都看不上的话，我仍然是你的未婚妻。"

这次，毒牙没有挣脱，而是紧紧反握住她的手。两人相视一笑。

车窗外，道路两旁的树叶在微风的吹拂下，摇晃着，反射点点阳光；一群麻雀被疾驰的汽车惊起，叽叽喳喳地飞上高空，在茂密的绿色枝杈上盘旋；湖边草地上，休闲的人们在打闹嬉戏。

在这充满生机的世界里，一切皆有可能。

6

对　接

赵　鹏

/ 作者简介 /

　　赵鹏，长春人，工程师。新人科幻作家，喜爱科幻和旅行，作品《阴影边缘》曾获豆瓣阅读小雅奖最佳作品。

/ 颁 奖 词 /

　　苍茫宇宙间，寂静中沉浮的宇航员，需要微小的悲喜来确认自己的存在，需要在春分时刻放起红色灯笼，需要用柔嫩肺叶吞吐浪漫爱意，需要用脆弱双手撑起英雄主义，才不至坠入漆黑深渊。作为读者，我们在厚重的星际旅行题材中，惊喜地寻到了《对接》，感谢《对接》用凝练精致的语言，讲述了这样一个轻盈的故事。

一

　　陈嘉将额头抵在冰凉的舷窗上，望着外面橙黄色的天空。今天是柯默星一年中重要的节气——春分，对于接下来将要发生的事，今天同样重要。

　　暖和的天气来临时，柯默星唯一的卫星赛特会降低轨道，搅动浓密大气形成壮丽的天象。这原本让他十分开心，但没多久好心情就被呼吸困难折磨殆尽，如今他渴望的是凉爽的夜晚和冷凝管上收集到的水滴。早上，维生舱开始第二次爬升，下方的缝隙迎来了五只柯默飞兽。本地重力接近地球的两倍，空气分子被紧密的挤压在一起，伴随高度升高，空气中含氧量下降。到了下午他吸掉了半罐增氧气雾剂，这使得他心跳加快，喉咙干痛。每日汇报的语音提醒响起时，他几乎难以发出声音。刚把一根用合成纤维做成的对接管编入储藏架，憋闷便自收缩的肺部立刻涌现，命令他必须再来一口气雾剂。

　　大约一年前，陈嘉乘飞船抵达柯默星。利用椭圆轨道完成减速后，他便注意到飞行于更高轨道的另一艘飞船。体型更小，形态十分优美的飞船立刻让他产生了兴趣。他调整球面天线的角度，全频段向对方发出信号，终于在几天后联络上先于自己到达的同行汤雯。

　　第一次通话，陈嘉激动得语无伦次。计划外的偶遇让他把原本可以在五分钟内交代清楚的考察任务足足延长了三倍时间。好在对方没有介意，临了一声清脆的笑声让他悬着的心落了地。由于地表异常的重力环境，考察任务无须着陆。陈嘉乘坐底部装有天线塔的维生舱下降进入星球大气，将在这个形状酷似巨大棒棒糖的载具内完成所有工作。这期间飞船会在低轨道做环绕飞行，等到两年的驻留期满，程序发来上升许可，维生舱就会自动点火同飞船汇合，飞船进入返航准备。在确认过彼此维生舱的飞行路线后陈嘉还盘算着，当维生舱相互靠近时也许可以和同行见上一面。那会儿他并不知道计划中自己和汤雯的维生舱其实没有出现在同一高度的可能，而飞行程序中更加没有关于对接的内容。

每日工作包括记录星球数据，大气成分，搜集漂浮植物的样本。在维生舱遵照预设航道飞行的日子里，陈嘉不知道是这里温润的空气，还是这个女孩，让他在离开家乡后可以长时间愉快的生活。某天早上，在匆匆朝峡谷对面将要远去的汤雯维生舱投出短暂一瞥后，他就做出了决定。建议在能收到双方语音信号的时间里让彼此的通信器一直开着。这样他们就能一同交流柯默高山的巍峨，荒漠的辽阔；分析壮观云层背后的成分，猜测矿床深处暗河的构型。又过了几天，汤雯忽然无意间说他的声音令人温暖，那一瞬间，陈嘉感觉有东西击中了内心柔软的部分，于是大胆提议：在接下来收不到语音的日子里通过短波保持邮件联络。通信器里传来女孩爽朗的笑声，几分钟后第一封邮件飞入信箱，内容几乎包括了她的全部。只可惜相遇的时光太短，短到只够告别，不够寻找，只够远眺一眼。

他听见身后焊接机发出助焊剂耗尽的尖叫声，望着手中的气雾剂。再吸三口吧。他对着嘴巴按下第一下开关。一点效果都没有，胸口还在隐隐作痛。是什么时候又开始感觉气闷的？他已经记不得了。也许是两个多月前，一次长达六星期的通信静默后。也许是汤雯命令他将维生舱高度上升二十公里，并且几乎每天加班之后？他是不是不高兴？他是不是应该不高兴？但他们从不争吵，他们只是不再谈论壮观的气候景象，也不在就本地植物奇特的习性展开交流。汤雯说这是由于她工作辛苦，一句话就结束了所有话题。于是陈嘉明白，自己的心也不必放在这些事情上。

陈嘉看了看表：下午四点十三分。距离预定通话的时间不足五分钟了。他将身子缩进驾驶椅，不知道自己究竟是期待还是害怕一年中两艘维生舱相距最近的时刻。考察记录里春分的柯默星通常都和强对流天气画上等号。电脑预报说，一股下沉冷空气将在一百多公里外的头顶裹着闪电压下来。陈嘉盯着监控画面中有限的视野。淡黄色的云雾缓慢翻滚，他的思绪也跟着开始漂移。他不反对对接，如果能帮上汤雯的忙，又可以见上一面那再好不过。汤雯的考察期即将结束，而且她有阵子没和轨道上的飞船联络了。她怀疑是自己的权限卡失灵了，结果就是让想要确认返航计划的心情变得愈加迫切。她提议借用陈嘉的权限卡，用自己维生舱下的天线发出信号，操作陈嘉飞船上大功率球面天线建立同自己飞船的链接。这是她发明的办法，让两艘飞船建立双向通信，转发指令，曾经帮助初来乍到的陈嘉将飞船泊入了安全轨道。之后，她就可以遥控飞船前来汇合，在进入舒适的舰桥后重新计算切入附近星区黑洞的轨道，利用"黑洞弹弓"达到返航所需的加速度。只是陈嘉觉得在没有任何现代锁具的环境中，仅用几根临时拼凑的纤维管完成考察计划之外的对接，实在是个挑战。

陈嘉搔搔耳朵，一边按下通话键，"嗯，午饭你吃了什么？"

面对蠢笨的发问对方迫切作答："陈嘉，今天可是一年中我们距离最近的时刻。机会只有一次。拜托你认真对待接下来的工作。"

她刻意加重了"认真"两个字，陈嘉感到胸口一阵紧缩，紧张感驱使他说出更多句子。

"你真的确定用植物纤维做成的管子能在连接后导入足够的空气？通过加压使气体产生热量，继而转化出足够推力，推动两个维生舱彼此靠拢？"

"为什么不能？同向飞行的两艘维生舱可以忽略初速度，所以我们之间的距离就等于加速度与二分之一时间的平方的乘积。而想要缩短相遇时间，就要增加加速度，后者可以用到牛顿运动定律。维生舱的质量是方程中的常数，你就可以计算出产生必要加速所需要的推力。从而控制导入的气体和压力。"

"你怎么确定对接后一定可以呼叫到飞船？时机很短的。"

"窗口期是 84 分钟，陈嘉。"

"然后你就会返航，一百天加速后进入比邻黑洞的引力场。可要是引力常数受黑洞影响发生改变怎么办？你可能只用十八个月就回到地球，比来时提前四个多月。"

"所以我们在柯默星停留的时间为两年左右，加上返航时间，总耗时五年多一点。这样有什么不好？"

"你走后，我还要独自在这儿一年多。"言罢陈嘉心头涌起一阵黯然。观察窗外絮状的云层间显露出一个棒棒糖般的剪影，拖拽出两条白色航迹，像定格画面，连同不舍与风景一起刻进瑰丽的春色。

"放出对接管！"

都回不去了，回去毫无意义，她想要的从来都不是停在原地。

陈嘉机械地扳下释放手柄。一阵静默，汤雯的声音似乎距离十分遥远，但不是通信距离造成的。他曾经觉得汤雯的声音很有磁性，音调悦耳，饱含情感。他也曾经觉得汤雯十分友善，会是个不错的伴儿，而且他的维生舱未来容得下两个人。只是现在这份感觉正被惆怅取代。

"传感器没有发现对接管。"汤雯说。通信器提供的杂音让她今天的声音似乎也没有那么悦耳。

"可我听到'砰'的声音，以为已经接上了……"一阵憋闷让他猛然住口，用力按了两下气雾剂后才回过神来。

汤雯的声音追过来："怎么了？"

"冷空气没有排净。而且我有点头晕。"陈嘉读出面板上的数字，禁不住皱起眉头。若是对接成功气压室里的气体会快速压入才对，可现在它们还在。

"集中精神，再试一下。"汤雯说，"我去下层接收口，看着你释放另一根管子。"

陈嘉盯了一会儿面板，又快速切换到维生舱下方的监控画面。

"我的老天。"他低声说，感觉心跳再次快了起来。

"又怎么了？"汤雯问。

"你去检查附近漂浮的植物种粒规模，我去拉回天线塔。"

二

柯默星上的植物会趁着春分时节强劲的热气流向高空喷洒种粒，这是他们都知道的事实。

这些植物生长在高地山巅，柔韧的藤蔓和岩石般坚硬的低矮躯干可以抵御星球重力。位于藤蔓末梢五彩斑斓的树突感受器，一刻不停地将搜集到的水分阳光转化为植物生长所需的能量。待到温度适宜，发育成熟的藤蔓结节会自动炸裂，让种粒随风起航，播撒至世界各地。只不过高空种粒群多到可以堵塞对接管的情况，大大超出了意料。

监控画面里，每次只要有管子飞出，其表面就会附着大量浅红色的种粒。对接管虽然还在摆荡，内部实际上已经塞满了植物种子，并且由于重量增加而下垂。陈嘉试着将天线塔收回，让维生舱下方可以附着的空间变小，结果还是没法赶走它们。庞大的种粒群虽不至于影响维生舱姿态，却还是令渴望对接的两人一筹莫展。

"你见过这种事吗？"陈嘉问。

"我观察它们的时间只比你多一年。"

陈嘉叹了口气，原本的状况是多么顺利。汤雯先一步来到柯默星开启考察，并在任务进行过半时联络到下届继任者。他们相谈甚欢，汤雯性格活泼，有着动听的歌喉；她的驾驶技术更是出类拔萃，能敏捷进出危机四伏的气团，取得考察中必要的采样。

许许多多个夜晚，他们一同畅想未来。汤雯觉得星球上未来的定居点可能就飘浮在空中。而陈嘉更想尝试一下对方飞船的速度，因为相遇那天汤雯的飞船以点的形式在雷达上出现，然后消失，接着又在新坐标出现，速度快的就像是魔术。相比之下自己的座驾简直就是一堆破烂，乘坐维生舱进入下降轨道后，他接连收到来自飞船的报警。先是指令模式开关损坏，让维生舱发出的指令遭到飞船拒绝。接着又是引擎故障，会周期性点火尝试离开同步轨道。当时的情况十分棘手，巡航模式下要是速度不断增加，会导致飞船迷失于太空。幸好汤雯及时出手，提议用两艘飞船已经建立的通信连接，用自己的飞船转发陈嘉要求降低轨道高度的指令。结果相当成功。就在陈嘉满怀希望，感觉二人的关系也该朝着顺利而自然的方向发展时，却突然得到一个惊人的信息：汤雯的飞船有一个月没有主动联系她了。检查结果同样是拒绝回应。难道她船上的指令模式开关也出了问题？思前想后，为了确保她的维生舱顺利返回，唯一的办法就是故伎重施。由另一艘飞船代发呼叫指令，事情才能解决。而这一切的前提就是陈嘉的授权卡。说明计划的时候，陈嘉听出对方的恳切，也明白问题的严重，当然不会坐视汤雯无法返航的情况发生。几百个日夜的通信陪伴让他披上了勇气的铠甲，就算忍受呼吸困难，在窗口期到来前爬升二十公里待命，他也愿意。

"还有其他方法对接吗？"他问。

"我飞上去，用起落架连到你的天线塔，'头对脚'实现对接。"汤雯回答。

"可起落架在侧面。"

"所以需要我们以水平姿态飞行。"

"姿态变化后伸出天线塔就只能手动完成！"

"你说过'会帮我'的话还算数，对吗？"

维生舱外天空阴沉，雷达描绘出冷暖气流在高空相遇后蓬勃翻滚的碎影，这是大自然准备展现威力的征兆。

"当然。"陈嘉脱口而出，说不上这句过后是兴奋还是紧张。来到维生舱底层时，他猛然发现手动开关竟然在防爆门的另一侧，只能回去套上防护服，准备出舱行走。门锁发出完全闭合的"咔嗒"声，他站在门外，尽管防护服的空调火力全开，他的颈上还是冷汗直冒。腰上安全绳绷紧的瞬间，他感受到脚下支撑梁剧烈地晃动。透过镂空的梁架，他看到漂浮种粒群形成的错乱图景好像一幅飞线素描，眩晕感令眼前一阵模糊。接连调整了几下防护服的氧气供应阀后，他总算辨认出五米外操作天线塔的手柄位置，那便是此行终点。他试着迈出一步，防护服比想象的还要笨拙，支撑梁两侧没有护栏。劲风刮过，空气沸腾般剧烈抖动，他脚下能够立足的宽度只有半米。

"风太大了！"手臂一阵酸软，告诉他今天不在状态。

"坚持下去！"

陈嘉谨慎地稳住身体，强烈的呕吐感还是止不住涌上胸口。他微微摇头，心想结束这一切后必须用救生球做一次全面体检，接着迈出第二步，感觉勇气的铠甲正带着自己沉入海底。

日子一天天，一周周的过去。"坚持下去。"成了他最常听到的问候。那年冬天他好不容易取得了前往空间站受训的资格。陌生的环境，可能是此生唯一一次改变命运的机会。他和众多学员一道在赛什腾观测站目睹大小不一、型号各异的飞船从这里起航，驾驶者们全都器宇轩昂、充满自信。而他从未指望成为一名宇航员，想要的无非是一份输送物资给养的稳定工作——不用驾船远航，也无须失重工作，只要能通过为期十二周的训练，以及之后的考试就可获得。面对五项体能极限训练，和十几门技术考核，每当有人不堪压力，同伴之中便会响起"坚持下去"的鼓励。他表现不错，但许多事接踵而来。

按照规定训练快结束时他有一次返回地面的机会，和其他人一样，他迫不及待地想要见到家人。他不知道地上发生的一切，因为训练过程是封闭的。就在那一年，可以让人丧失自我的变异病毒开始加剧蔓延。全球百分之三的人遭到感染，千万人死于这场瘟疫。

他被紧急召回空间站，那时疫苗的研发还刚刚起步。空间站很快就发现了感染病例，考试停止，训练场地变成隔离点。他听说有准备和自己同时参加考试的人被带走抢救，接着所在区域变为独立隔离。人们无事可做，给养越来越少。他每天会用冷水洗脸，看着镜中的自己布满血丝的双眼。他试着微笑。镜中消瘦的皮囊对他回以微笑。大家隔着走廊相互鼓励坚持下去，推测期限就快到了。可是期限还远远未到。

"根本够不到手柄！"他叫喊着挣脱回忆。

"跳过去。我能看见你。"汤雯的声音变得越发不真实。

"不行！"陈嘉又喊了一声。支撑梁变成了跷跷板，载着他一上一下，两侧是深渊巨壑，耳机里塞满狂风啸叫。

"如果窗口期结束前还没有完成对接，维生舱轨迹就会错开，我们会同时失去机会和宝贵的能源。如果实现对接，而信号来不及发，我们只是损失了时间，还可以乘着上升气旋另找机会。就这么简单。"

找不到反驳的理由，陈嘉强忍恐惧又跨出一步。汤雯的维生舱看上去近在咫尺，白色球形的外壳反射出刺目的白光。脚下，翻滚的黄色云层间隐约钻出一条白线，是之前标记过的裂谷，深度足有上百公里。白光，深谷，烈风。频繁的晕眩让陈嘉感觉天旋地转，向前扑出的姿态令胸口在接触铝合金框架后发出撕裂般的剧痛。他这才发现自己不是"走过"而是"飞过"了最后几米。手动装置就在眼前。

汤雯的呼叫还在继续。

他下意识拉下手柄，一半长度的天线塔快速离开收纳槽从头顶掠过。两倍于地球的重力接管了后面的工作，改变着维生舱的姿态。陈嘉身体前倾，整个人向着地心滑动。他敏捷地抓住一根经过的栏杆，身子立刻旋转半周。防爆门出现在前方。成功了吗？他不敢放开手，感觉掌心越来越松，椭圆形的头盔让他无法看到身后情况。

一个噪声在回答，在他狼狈地钻入防爆门后，尖叫着窜到眼前。陈嘉的双眼因震惊无法控制的睁大，他看见天线塔偏离了起落架。刚才的噪声便是对接动作造出的撞击，不但导致一侧起落架脱落，还让维生舱沿错误的方向修正了姿态。结果天线塔勾在一起，两艘维生舱现在"脚对脚"组成一只倾斜的"哑铃"，沿轴线不停旋转。

"我们搞砸了。"

"解开天线塔，"汤雯用几乎快哭出来的尖锐声音哀求道，"再试一次。"

"一半起落架不见了。"陈嘉感觉全身的血液在变凉，双手一点力气也没有。

"这是最后的机会，陈嘉。不然我会戳破你的大门。"

"我做不到。"

话音刚落陈嘉就看见防爆门外瀑布般的火花。汤雯的天线塔先是前进接着后退，金属框架在强烈地摩擦中留下一道焦黑，再度卡住。这突如其来的刺激仿佛激发了开关，让身体在哆嗦着跳开的同时，大脑中闪出一个从未有过的念头。是过往众多电脑诊断画面拼凑出的结论，让他突然对着通信器大叫："柯默星的重力要求飞船具有更高的环绕速度，这个过程让我的船出现了4.7°的倾角。"

"我今天必须拿到授权卡。"女孩的声音变得越发严厉。

"还记得我刚来就遇到指令模式开关损坏，引擎不停点火的事故吗？我们用球面天线建立了双向链接，利用你的船转发指令解决了难题。"

"陈嘉，我需要你集中精神。"

"后来我还抱怨过定期转发指令造成的系统垃圾，需要手动清理。"

"因为故障导致球面天线只能停留在双向收发的工作模式。我的船发出一条指令，你的船又鹦鹉学舌般重复转发。由于没有必要授权，我的船不会理会，你的船也收不到任何执行回应，每次就只能写一条冗余记录，成为系统垃圾。"

"没错，可那是在权限策略还起作用的情况下。"

"得了，我很清楚，飞船就在上面！"

"我检查了还没有来得及清理的系统垃圾，最后一条的创建时间是上个月。之后就再没有，电脑诊断说是，由于缺少了接受端……"他不敢再说下去。

电脑面板发出的光线扫过陈嘉因为惊恐和汗水而狼狈不堪的脸。因为转发指令而产生系统垃圾的情况自上月某个时刻后就再没有出现，之后原本建立通信链接的链路上，两个端子突然少了一个。他无比懊恼地意识到，所有迹象都和汤雯发现权限卡失灵的时间相吻合。

陈嘉不明白为什么现在才发现，或许是因为他根本就不打算考虑和汤雯离开有关的任何事。可是现在，他逃不掉了。汤雯的飞船可能由于失去权限策略的保护，错误执行了降低轨道的动作。虽然无从估计这种情况何以发生，但就目前的迹象推测，飞船很可能已经因此跌入大气烧毁。突如其来的结论让陈嘉的身体成了泄气的皮球，无力感瞬间席卷了全身。他失神地看着舷窗外逐渐暗淡的天空，仿佛准备受死。

三

失去飞船的证据摆在眼前，陈嘉蜷缩在维生舱上层的驾驶椅里，无法想象这一发现对汤雯的打击。他担心害怕，遥控关上所有门，希望远离眼前的烦恼，锁住世界。恶心感伴着头晕袭来，他怀疑这是危机面前用脑过度的明显后果。陈嘉原本相信人类的大脑具有趋利避害的自然能力，而事实上这种模式并不存在，要不怎么还想不出办法？假如他能早点意识到，坏掉的模式开关将会带来隐患；假如他在汤雯说起权限卡可能失灵后立刻反应，而不是对她长时间没和自己联系而耿耿于怀故意不去理会；又或者，他在清理系统垃圾数据时再仔细些，当发现数据产生日期异常后及时做出总结。每一个假如都是一个微不足道的偶然，而每一个偶然都足以改变汤雯未来的处境。陈嘉的思考无可奈何的停止在这里。"汤雯可能无法返航"的结论像一团乌云，裹挟愧疚，将他填满。看来是真的。他还没找到那个属于自己的，实现价值的真正机会。

陈嘉听见通信器在响，手指僵硬，也许该呼叫救生球，铃声清晰。他在犹豫中按下按钮。

"嗨。"汤雯的声音重新变得温暖，"我想说抱歉。没搞清楚状况就让你去冒险。"

都是我的错，是我害你无法回家。陈嘉咬住嘴唇，发现心里话一个字都讲不出来。对方却抢先打破沉默。

"其实，任务手册上从来没有关于对接的说明。我那样强硬全是为了说服你，一同面对这次意外情况。"她说，语气中没有责备，也不存在恐慌。

陈嘉马上点头。

"好了，打起精神啊。今天是春分。我决定把这天定义为这颗星球上的重大节日。我们一起庆祝，我这就从天线塔爬过去。你想见我吗？"

"这会儿出舱不安全。"陈嘉感觉更加憋闷，一个声音在心底奋力呐喊：你保护不了她！

通信器里"哦"了一声，紧跟叹息，可马上声音又明亮起来，"我准备了礼物，原本想在对接后给你。是个我从家乡带来的灯笼，在那里逢年过节人们都会挂。有了它，即便一个人也不必害怕黑夜。"

"你其实不必……我想说，其实我也有礼物给你。"

"真的！快告诉我是什么？"

陈嘉的手指触到座椅下方的金属盒。里面放着用搜集来的植物种粒晒干蓄成的靠枕，摸上去十分柔软。她会满意他的礼物吗？一时之间，那些彻夜相谈的夜晚，连同她方才明亮的声音混合在一起全，几乎令他落泪。

"是靠枕？太好了。对了，上次你说被隔离在空间站，后来怎么样了？"汤雯注意到他音调中强忍的颤抖，话锋一转。

后来？

"都是规定操作。"

"我想听。想知道你如何超常发挥通过考试，一定很了不起。"

大家都认得出洋相的猴子，陈嘉心想，可出洋相的猴子却不认识大家。他伸手抹了抹脸，不确定是否隐去了苦笑。

隔离在空间站的学员，原本只需要 14 天后提供检测为阴性的证明就可以返回地面等待考试。但空间站出现变异病源的消息大大延长了医学观察期限。生活被限制在狭小的空间内，每持续一天他的信心就跟着减少一点。他不记得听到有人剧烈咳嗽，也没听说谁突然失去行动判断能力。只有几乎千篇一律的新闻，反复讲述变异病毒的威胁更大，潜伏期更长，能无症状传染。他本就不喜欢负责筛选的官员。他怀疑迟迟不放他出去是另有原因，怀疑自己和他们的标准之间存在难以克服的潜在差别。他们一定也有同样的感觉，然后宇航主任的邮件证明了他的判断。他去过风险等级高的城市，为了安全起见选拔中心拒绝放行，即便是日后在地面工作，答案也是不行。

接下来的十秒钟，陈嘉觉得自己仿佛坐在真空中，四周没有空气，没有声音。他知道自己的地勤生涯在此时此地算是结束了。

"天，你就这样被拒绝了。可你现在不是……"

也不是没有例外，前提是要能够忍受孤独。陈嘉带着疲惫和惊恐走进宇航主任的办公室。前一日声泪俱下的哀求，让他每走一步都战战兢兢。房间十分宽敞，汇集了新古典主义的诸多元素。他在由希腊科林斯柱构成的角落站定，闻到室内阴郁的气息。

　　然后，他得知有个为期五年的任务需要志愿者。志愿者将搭乘由电脑驾驶的全自动飞船，通过"黑洞弹弓"前往近代发现的宜居星球，观察当地生态。此举旨在测试理论中"黑洞弹弓"的效率，飞行数据有助于大大缩短今后前往其他星系的航程。

　　"任务需要敢于献身的精神，没人会勉强你。除非你还想有个机会实现自己的价值。"

　　他低下头。冬眠，且仅有一人的环境，减少了许多可能的风险。理论中第一条切入黑洞视界的轨道还有个同办公室一样古典的名字：火星一号公路。宇航主任的话音犹在耳，可是现在，汤雯的笑声证明了他的想法是对的，那是一种叫人舒服的笑声。

　　"天，我怎么记得，测试的应该是理论中视界时间与现实时间变差关系呢？不管怎么说，我对面是位宇航英雄。可以见个面吗？"

　　当然。

　　陈嘉按捺不住激动，一下从椅子里跳到地上，徘徊在心房的顾虑离他而去。只要几步简单操作就能打开防爆门。她会是什么样子，长发还是短发？感觉被兴奋卡住了喉咙。同样的情况只出现在他起航那天，远离怀疑与厌弃，心怀荣耀。兴奋冲口而出，他用力咳了一声，感觉有东西溅到内舱门面板上，脚下老旧的舱板发出警告的吱呀声，强迫他放慢脚步。思绪开始在过去与现实间闪回。出发那天只有很少几个人到场送行。接着视野又转回当下，伸出的手指没有触到门上开关，却碰到新鲜的墨色污渍，画出一条脏兮兮的弧线。他立刻用上双手，来捕捉突然开始乱窜的舱门开关，结果失去平衡，在门开启的同时扑倒在地。天花板的缝隙发出微弱的光芒，于四壁照出影影绰绰的剪影。他记得自己明明在几天前检查过所有设备，还精心布置了兼具起居功能的驾驶舱专等汤雯，是哪里不对？肺部像是就要爆裂，他感觉呼吸困难，用力侧过身才听到汤雯的呼叫：她已经穿戴整齐准备出舱。手中的气雾剂根本不起作用。大汗淋漓预示着失去知觉的开始，警报响起，维生舱检测到他异常的体征，释放出舱壁内的救生球朝他飞来。

他气息微弱。救生球伸出的强效针剂刺中心脏后，陈嘉终于知道了溅在舱门上污渍的成分，是血。之所以将血迹看成黑色是呼吸困难影响视力的结果。他看着救生球给出的诊断结果，不敢相信自己的眼睛，瘟疫病毒感染检测呈阳性！可出发前他明明通过了体检。一阵溺水般的窒息过后，他想起曾经新闻说过的结论：突变后的病毒有着伪装特性和很长的潜伏期。难道之前感到呼吸困难不是维生舱升入高空的结果？思绪纷乱，理性在病痛折磨下开始让位于直面死亡的恐惧。可是等等，还有件事迫在眉睫。

一个坚持活跃的念头拉住他：不能让汤雯过来。不能让一年来带给他无数欢乐的女孩暴露在感染风险之下。

"其实我需要个人空间。"他对着通信器挤出生涩的一句。

"可你刚刚还说希望见我。"声音让陈嘉仿佛看到通信器对面噘起的小嘴。

"我们可以伴飞。"他慌忙解释，"我真的需要时间。"

"那至少让礼物过去，我想看看你的礼物。"

"……好。"

起身时通道在眼前扭曲拉长。他看过症状说明，要不了多久就会出现更为频繁的幻视，接着四肢僵硬。如果现在注射最先进的疫苗，没准还能以牺牲行走能力为代价保住性命，可这里没有针对病毒的专业装备和医生。他叹了口气，几分钟后站在防爆门外天线塔的操控手柄旁。

劲风怒号，晚霞映红天际，变幻不定的气流让天线塔不住作响。

陈嘉朝对面维生舱望去，只见一个小巧身影闪出舱口，动作轻盈，仿佛乐谱上灵动的音符。他上前几步，发现女孩穿着更为轻便贴身的白色防护服正朝自己挥手。他也想挥手，可剧烈的不适感限制了身体的移动，只能僵在原地，眼巴巴地望见一只泛着银光的手提箱，顺着牵引绳一路飞来。他一把抱住箱子，好像在攥紧时光。

他抚摸光滑的表面，辨不出制造它的材料。里面是汤雯的礼物——一盏红色的灯笼。发光二极管外套着弹性十足的塑料薄膜制成的灯罩，篮球般大小，表面经过防腐处理，浮雕出复古的图案。末端连着一条发髻形状的精致穗子，一样是红彤彤的，十分柔软。

"好精致。"陈嘉脱口而出，忍不住一阵哽咽，感觉世上最悦耳的笑声正在亲吻自己的鼓膜。

这会是他们相距最近的一次，他想。汤雯的维生舱还有足够的动力做升空飞行，只需要一张授权卡就能唤醒轨道上自己飞船内的电脑。尽管少了一侧起落架，但以她的经验应该不难想出克服的办法。陈嘉握紧手中的卡片，想象汤雯返航时的喜悦，然后合上箱盖，用力拉下牵引绳。

这就是自我实现的机会，他想。消除感染风险，选择让她平安回家，让微不足道的自己留下。

浮生若梦千万里，送君远去无数星。

陈嘉握住手柄，望见风吹开云层，四下里满是恒星下沉播撒的万丈霞光。她会平安返航。天际，宇宙，伴随这股希望豁然开朗。无数云底山巅，都会有一枚太阳升起。光阴喷薄，日落恍如句号。他在感动中扳下手柄，然后解开天线塔，不再说一句话，快速滑入身后的防爆门。

舷窗内，陈嘉脱下橘色的防护头盔，望见夕阳斜披在对面白色的防护服上，久久不肯离去。他的身体不自觉滑向舱板，沐浴在巨大少女微笑的幻象里，慢慢合上眼睛。

四

时间回到几分钟前。

汤雯在舷窗旁等了好一会儿，才看到天线塔对面的防爆门开启。"脚对脚"相连的两艘维生舱现在稳定为略微倾斜的姿态。彼此卡住的天线塔形成一条不甚平坦的通道，某种程度也算实现了对接。短暂的惊慌过后，汤雯发现失去飞船造成的内心冲击并不比想象中大太多。日子总会好起来，至少前面还有个想要见自己的人。这样一想，内心便涌起无限希冀。陈嘉会是个好人，她想。他会如一年来表现出的那样在意自己，他的内心也会比此刻望见的臃肿橘色防护服来得更为亲切。只是，她的手突然在出舱按钮上停住，刚才陈嘉说过要保留个人空间的话像乌云一样再度飘回耳畔。这是不是在暗示他想要退缩？视线移向走出防爆门的身影，他会是什么模样？他的动作为何如此僵硬？那防护服的款式明显过时。汤雯真为眼前的情景捏了一把汗，希望对面的人仅仅只是怀旧，而非真正的老古董，因为这身装备绝对没有看上去那样耐用。她紧紧握住银色手提箱，快步上前，朝在解锁手柄前站定的陈嘉用力挥手。要让惊喜发挥最大作用，行动就必须又快又具有侵略性。她想要冲淡失去飞船的影响，更希望能立刻问出想要的信息。

汤雯的心脏跳得厉害，感觉耳朵和喉咙的血管都在剧烈跳动。一年来相识的过往和紧张的对接过程交叠在一起，在眼前快速闪回，让她禁不住想象着待会儿将要发生的事：箱子对着陈嘉的脸飞过去，快到他只能注意箱子的模样。"陈嘉，喜欢我的礼物吗？只能说喜欢。"对方回答喜欢，然后她继续说："礼物有两个，你接受了一个，就必须接受另一个，明白吗？"对方说明白，或者麻木地点点头，可能还会向后退。想到这里，汤雯不禁微微一笑，加快脚步，激动地掷出手提箱。

"好精致。"陈嘉的声音在通信器里颤抖。

汤雯的动作僵在原地，隔着头盔脸上露出气馁的神情，他几乎还没打开箱子就预见性的做了回答。更糟糕的是他还以极快的速度解开天线塔，然后像受惊老鼠一样窜回防爆门里。行动说明他在敷衍，刚才努力构筑的美好幻影一瞬间烟消云散。是的，老话说的没错，男人总是在退缩时麻利，在该负责时犹豫不决。她咬住嘴唇，避开回弹的手提箱，由此做出了决定，她要乘陈嘉的飞船立刻离开。他必须交出授权卡，然后他要么留下等待下批考察者，要么被丢进冬眠舱冻起来。她会掌控局势，而且会以一种全身散发优越感的方式。

汤雯发起了进攻。她的维生舱先是借助气流加速攀升，接着猛然下沉，以陈嘉维生舱为圆心画出一道弧线。在将要掠过对方时，她操纵维生舱猛然'抬头'。天线塔恰到好处的洞穿防爆门，却没有深入。她射出牵引绳，在内层应急闸门合上前敏捷地滑了进去。闸门闭合，气压正常，坏男人躲在什么地方？可恶！她低下头看清踩住的东西。

……

"我只是想跟你说声哈喽。"

"哈喽？"脚下的男人微微睁开眼，口气和表情都露出疑惑。内舱通道因为刚才的冲击迅速降温。

"哈喽。"汤雯说，取下头盔的脸颊浮上一抹红晕，跟着吐出白气，"你骗人，这东西根本没法当枕头。所以我戳破了你的大门。"

陈嘉放回手提箱的并不是原定中的礼物，这一点现在他们都知道了。

"你不能在这儿，我发病了，感染了瘟疫病毒，会传染。"陈嘉艰难地说，看着她把玩自己的权限卡，若无其事，口气越发焦急。正待起身颈部却一阵冰凉，是汤雯从急救包里取出的针剂刺入了静脉。接着她又在准备第二支注射剂。

"没用的。时间早过了。就算是五代药剂也救不了我。"陈嘉想推开她，却发现身子被牢牢按住，又挨了第二针。

"不知道你是病糊涂了，还是根本就没按规定流程检查装备。你只想做地勤，还真是对自己和他人生命安全做到了负责。"汤雯扶起他转向内舱，"我记得十年前空间站就对防疫环节做过修改。刚刚注射的是五十代药剂。"

一瞬间他们同时停下脚步，"你出发是在哪一年？"

"'黑洞弹弓'。"陈嘉的声音颤抖得更加剧烈，但晕眩感却减弱了许多。

这一看似最不合理的解释却恰好说明了所有看似平常实则古怪的巧合。由于是测试飞行，陈嘉进入黑洞轨道的内切角度需要尽可能考虑安全因素，因为距离质心较远，进入黑洞视界的时间很短，获得的速度较低。而汤雯利用更先进的技术进入更加靠近质量中心的逃逸区域，停留在黑洞视界的时间也相应增加，从而获得更高速度。结果，尽管出发晚了十几年，却早于陈嘉到达柯默星。这也解释了为什么他们的防护服相差好几代，因为双方根本就来自两个不同时代。想到这里，他们的目光游向彼此。

"难怪人们说，速度能隔着光年制造魔术。"她笑了笑。

"我看到你出现时就像在空间中跳跃。"陈嘉的脸上仍有些茫然。

"黑洞视界吃掉了现实时间，这才是'变差'的本质。怪我笨拙，还以为接替我的考察者到达了。"

她抓住靠枕捏了捏，水灵灵的双眼满是柔情。

"我失去了飞船，这里又是你的维生舱，下一步该怎么办，船长？"

"下一步怎么办，船长。"陈嘉又说了一次，将授权卡交到女孩手中。

汤雯急救包里的药剂稳定住了陈嘉的病情。他觉得自己正在恢复，真是奇迹，那些药剂或许也能拯救地球上正在遭受病毒折磨的人们。他问起汤雯的打算，她可以选择进入黑洞视界的角度，从而决定要回到哪个时代。陈嘉说，她同样可以回到自己的时代，去过和原来相差不大的生活。所有这些都要看她的选择。但无论是哪一种，陈嘉都愿意跟随，因为现在的他期待着去看看没有见过的人生。

进入飞船舰桥后汤雯突然问："你印象中，发起空间防疫对策优化的前辈是男的还是女的？"

"我忘记了，也许未来会知道。'黑洞弹弓'角速度确认完毕，船长，后面要靠牛顿先生了。"

群星铺展，卫星赛特位于星空背景之中，巨大而又明亮。

"回去那天会不会是春分？我觉得，这个节气对我有特殊意义，让我再好好算算。"

陈嘉点点头，"计算完毕。结果是同你在一起的每一天都是春分。"

他们的手握在一处，飞船加速中。

7

无 敌

叶 剑

/ **作者简介** /

　　叶剑，中国工商银行小"码农"一枚，新人科幻作家。自小接触《科幻世界》，是何夕的忠实粉丝，也爱看大刘、王晋康的作品。已创作多部科幻小说、推理小说，梦想有朝一日能创作出比肩《献给阿尔吉侬的花束》这样的作品。

/ **颁 奖 词** /

　　他用敏锐的心理洞察力与细腻的人物塑造，为我们展现了一个科幻版"命运的馈赠早已在暗中标好价格"的故事。竞技体育最残酷的地方在于，比对手的技巧与力量更让拳击手难以招架的是人性的终极问题，这个极富想象力与反讽意味的故事再次提醒我们：在与人性惊心动魄的对抗中，科技并不无敌。

1

"无敌！你这个白痴，你疯了吗！"

申教练发出恶龙般的咆哮，搁在咖啡杯上的不锈钢汤匙微微颤动，反射着他涨红的脸。一直躲在吧台后娘里娘气的店员投来一丝不安的目光，想来他一定被 3 号桌两位客人孔武有力的身材吓着了。他能做的，除了挖个洞躲起来，别无他法……

哦不，他还能捂着脸哭泣。

就像那些曾经倒在脚下的对手。

阳光从干净的落地窗直射进来，咖啡馆有些热，无敌不得不撸起袖子，露出夸张的肱二头肌。一个女人撑着阳伞走过，伞的边缘垂下红色蕾丝，他脑中忽然冒出一个下流的想法。

他解开了胸口的扣子。

"喂，无敌，你到底有没有在听我说话。"

他把脸转过去，不再看那个女人。他没有看见女人最后惊慌失措的眼神，如果他看见了，他会对她笑笑，告诉她这是职业病，顺便再请她喝一杯，她一定不会拒绝的。

"不就弄点那玩意儿吗，我记得你说过你有个好哥们儿专门干这个，应该不难办到吧。"他的声音懒洋洋，完全不在乎自己说了什么。如果这话被记者录下来，用他们那行的话来说，绝对是"逮着条大鱼"。

"你……"申教练气得浑身发抖。

"怎么了，别以为我不知道。"他猛地挺直腰杆，犹如眼镜蛇般直视对方眼睛，"你教出来的那些垃圾玩意儿，拳头软得像浸了水的棉花糖，还没进笼子裤子就湿透了，赛前要是不给他们来上几针，他们除了扭着屁股挨揍，什么也干不了。还有，你那个成天开着法拉利满世界转悠的宝贝儿子，天赋和谦逊这两样东西对他来说就像夜空的繁星那般遥远。如果你还想着培养他做接班人，趁早死了这条心吧。"

"住嘴，就算你对我的做法有意见，就算你已经不再是战队的一员，你也不应该诋毁这份同门情谊。"

"狗屁！"他呸道。声音很大，店员探出头，马上又缩回去了。头顶吊扇不紧不慢地转动着，电视机里有条金毛狗呼哧呼哧地吐着红红的舌头，画外音穿过五颜六色的照片墙，穿过空空如也的卡座，穿过闷热中带着一丝甜蜜的空气，钻进每个人的耳朵——

中国世界杯，倒计时二十七天。

无敌把胳膊架在桌上，劳力士金表像块大钻石闪闪发光，表盘在天花板上投下一个小太阳，这令他想起自己初次踏进铁笼的那一幕——无数聚光灯，无数镜头，噼里啪啦……"我，无敌，我到这儿来是击败对手，没人能阻挡我的胜利"……"女士们先生们，令人印象深刻的表现，这位勇士前途无量，为他欢呼吧——"李巍彰主席激动地嚎叫，腕子上金灿灿的劳力士晃得他几乎睁不开眼。

我应得的，无敌在心里暗暗对自己说。

"好吧，既然你不念旧情，那这次我也帮不了你。"申教练异常决绝。

"你要抛弃我吗？"听无敌的语气，他一点也不意外。

"不是我抛弃你，是你自己抛弃了自己。"申教练摇摇头。五次年度最佳教练奖得主，综合排名第一的魔王战队的创立者，培养了无数冠军的前重量级拳王，申教练很少遇到他搞不定的事，所以，他摇头的姿势格外僵硬。

"听我说，无敌，"申教练仍心有不甘，"我知道你是清白的，你没必要那么干，你连顶裆、撞眉骨、插眼这些小动作都不屑做，又怎么会去服用禁药呢。你是个优秀的孩子，拥有这个世界前所未见的天赋，你是天生的赢家……还记得你第一次见我时说了什么吗？"

"我要赢。"

记忆在他心底开口。

"我不知道那天晚上究竟发生了什么，我也不想知道。除了训练和比赛，我从不干涉你的生活，你有你的自由，即使你换女伴的速度比皇帝还要勤，那也是你的事。我对你的要求只有一条，别碰那些该死的玩意儿。"

"这么说，你相信我是被陷害的？"

"没错，疯狗乔伊是个极端危险的家伙，但他还不足以威胁你的统治。李巍彰安排你们比赛，仅仅是因为他不能再忽视他了，毕竟疯狗刚刚打出一波十连胜。可是，以他那种粗糙的技术，蛮横的头脑，他其实一点机会也没有。这一点，无论是我，李巍彰，还是格斗界的其他人，都看得非常清楚……"

"我也清楚。"无敌阴沉着脸说。

"是啊是啊，甚至连疯狗自己都很清楚，他毫无胜算。所以在这种情况下，谁会相信你为了赢下比赛去服用禁药呢。"

"体育委员会相信。"无敌一饮而尽早已凉掉的咖啡，苦涩在心中蔓延，几乎难以下咽，"所以最终裁决我禁赛三年，王八蛋！"

申教练的眼神也随之黯淡下去。

"至少……我知道这对你不公平，但至少，他们只是剥夺了你的金腰带，宣判比赛无结果，你的不败纪录还是保住了。"申教练拉起他的左臂，用力将袖子撸到底——

密密麻麻的刺青组成一条张牙舞爪的蜈蚣。

"SL，肖恩朗，五次卫冕的中量级冠军……MT，马里纳图瓦，降重的前轻重量级冠军……CWH，崔旻浩，前任战斧联盟次中量级冠军，双腰带拥有者。OVO，这个是……"

"刺客欧文。"他不经意说出的名字曾令整个格斗界颤抖，"干掉他两次，二番战还被评为年度最佳比赛，你在边角狂欢却不慎滑倒，撞倒了李巍彰，他因此在病床上躺了六个月。怎么，不记得了？老家伙。"

两人开怀大笑，隔着桌子紧紧相拥。

"这样不是很好吗。"申教练看着他，他看见教练眼中轻轻的泪光，"曾经我们一起赢下了整个世界。"

远处几个路人有些惊讶地看着他们。

无敌松开手臂，拍了拍申教练。小时候，教练经常对他这么做，只是力道要大了许多……

"你老了。"

他也不明白自己怎么会冒出这句话。但话已出口，美好的回忆也消失得无影无踪。

"三年了。整整三年，吃饭、睡觉、走路，无论我做什么，禁赛这件事总在我脑中游荡。就像在脑子里按了个闹钟，每当我试图快乐起来时，它就会突然响起，打断我的美梦。无数次，我被梦里落下的锤子惊醒，醒来后，我睁着眼睛，仍在想着这件事，就好像我没有从梦中醒来一样。我也试过平静地思考，尝试淡忘这一切，我甚至花了大价钱去咨询任何有名气的心理医生，只要他能令我短暂地从这种痛苦中摆脱出来。可是没有用，它始终阴魂不散，就像掉进了永无止境的黑洞，永远也见不到底。我有个叔叔，我告诉过你的，他在我十八岁时得了癌症。我仍记得确诊那段时间，他脸上死灰般的表情，整整半年，无论我跟他说什么，他都听不见，很多次，他会毫无征兆地哭泣、颤抖，连路都走不稳。但之后几年，他逐渐接受了命运的安排，笑容又回到他的脸上，直到去世前一天，他还与家人一起守在电视机前，为我的胜利欢呼雀跃。他不是软弱的人，我也不是软弱的人，我们狄家没有软弱的人。但你知道吗，绝症只能打击你一次，无论你挺不挺得过去。但这件事却在时时刻刻打击我，就好像反复确诊的癌症一样，一个劲将我往绝路上逼，希望是什么，我完全看不见。终于有一天，我想好吧，既然摆脱不了恶魔，那就成为恶魔。既然你们都认为我是个药罐子，那我就做给你们看。反正我的职业生涯也几乎完蛋了。"

他的汗顺着脸颊往下淌，吊扇愈发无力。

"不，你仍然有希望，不然李巍彰为什么要安排这场比赛。"申教练摇晃他的肩膀，试图让他振作起来。还有十几天就比赛了，千万不能动摇军心。

"那是因为……"他终于露出凄惨的笑容，类似表情不止一次出现在他曾经的叔叔脸上，"他要榨干我最后一滴血，要我最后为他做一次贡献。三年了，这三年我待的地方，不是血脉贲张的格斗笼，而是弥漫着痛苦和绝望的牢笼，我回不到巅峰了，我甚至连副赛选手都敌不过。"

"怎么会呢，他给你的合同仍然是头条主赛，你的对手可是天山决的现任冠军呀。"

"……李巍彰昨晚亲自挂电话给我。"无敌突然说道。

什么?!申教练的心沉了下去。

"我……我本来不想说的。"无敌紧紧抓着申教练的手，"教练，你不该那么做，即使为了我，你也不该那么做。"

"这是我的事，与你无关，你的任务是好好训练，打好比赛。"申教练死死压抑着情绪。从五岁开始，他就学习如何控制情绪，保持冷静。这么多年，他很少像今天这样努力。也许自己真的老了。

"鲁迪·古斯塔夫，二十胜零负，俄罗斯摔跤界的希望之星，李巍彰一门心思要把他从天山决挖过来，所以他警告我，我只有一回合的机会。要么速胜，要么去死，这是他的原话。他绝不容许我们打到判定，他要给这场年度大戏加上最刺激的砝码。"

叮咚——有人进门。"欢迎光临。"过了一会儿，昏昏欲睡的店员才站起身。他脸上洋溢着春风般的笑容，仿佛在说，终于可以离那两个家伙远一点了。

"难道……"片刻沉思之后，申教练拿起咖啡杯，"难道你不怕又被检测出来？要知道，解禁还不满半年，如果再犯，等待你的很可能是终身禁赛。"

"你觉得代价太高？"

"这取决于你自己。"

"换作是你呢，教练？"他静静看着店员将那位客人引到走廊尽头，离3号桌远远的。

申教练放下杯子，很久都没有说话。

其实教练在想什么，他心里很清楚。合同已经签了，不可能给他换个差劲点的对手，李巍彰绝不会同意。要是老老实实地打，输了之后也只能退役，给人当垫脚石可不是无敌的作风。所以唯一的结论就是——获胜。

他攥紧拳头，指关节发出噼里啪啦的响声。

——可是，可是李巍彰这个混蛋，竟然要求他首回合终结鲁迪。任何有理智的人都不可能开出这种条件，不，傻子也不可能。所以李巍彰这么做，摆明了要放弃他，要让他成为鲁迪登基的坐垫！

不，我要赢，我要一直赢下去。

所以我必须变成恶魔！

必须！

2

店员过来，小心地给无敌添上咖啡。

浓郁的香味驱散热气，他感觉好点了，夹起两块方糖，用汤匙慢慢地搅拌。过了一会儿，又扔进去两块。要在过去，申教练看见他这么做，一定会把整杯咖啡泼到他脸上。

"可以坐下来喝一杯吗？"

　　某个人带着他的咖啡杯一起坐下，就在他对面——十分钟之前，申教练还坐在那。

　　"喂！"

　　无敌非常不满，不锈钢汤匙害怕地微微颤抖。说起来，自己究竟中了什么邪，跑到这娘娘腔的地方，喝这娘娘腔的玩意儿，还要忍受那个狗娘养的娘娘腔的目光。

　　他拧起眉头示意对方赶紧滚蛋，对方却不为所动。

　　"想要取胜，服药可不行。"

　　无敌立刻瞪大了眼睛。

　　"不过你教练的战术，点刺拳拉距离，也没法一回合干掉古斯塔夫。如果你真打算这么干，趁早告诉我，我可不想让自己的票钱打水漂。"

　　他的眼睛四下乱飘。

　　"放心，这里没有窃听器。"老头咧嘴笑道，像是对他说，来吧，猜猜看我的秘密。民国式的咖啡馆犹如一块藏在街角的奶油蛋糕，被车水马龙所环绕，低矮的天花板下充斥着吊扇枯燥的嗡嗡声，电视机里时而尖锐时而低沉的喊声，以及某种有节律的心跳似的动静。一只苍蝇嗡嗡嗡地飞过来，在桌上爬来爬去。除了人，这里什么都有。如果要搞窃听，我敢打赌你绝对不会选这种地方。

　　无敌耸耸肩，放弃了，老头趁机递上一张名片。

　　竺伍藻，阿米健康集团大中华区资深研究员，荣誉教授。

　　从枯爪般的手中抓过名片，他心中的疑虑更浓了，对方究竟想做什么。健康集团，难道是个卖药的……

　　"开诚布公地谈一谈吧。"竺教授跷起二郎腿，整个身子陷在天鹅绒靠背中，"我不是卖药的，我的工作是研究人类大脑，具体方向在意识与人类潜能这一块。

　　"我正在征集志愿者，试验一种新试剂，"竺教授忽然压低了声音，"一种魔法药水。"

"做什么？"

"提高人某方面的能力，猜猜是什么？"

"不会是听觉吧。"无敌仍然想知道他的秘密。

竺教授哈哈大笑，"我还以为你会说性，看起来，你很关心你的耳朵。"

"对一个拳手来说，耳朵无关紧要。"无敌说，"我只在乎拳头。"

竺教授瞧了瞧他那又大又亮宛如一颗菜花的饺子耳，点点头。

"我同意。"他笑着说，"但你最好还是保护好耳朵，要知道，死神从你身上夺走的最后一样东西不是别的，正是听觉。"

"你怎么知道。"

"我就是知道。当然啦，也许你有别的法子搞定这场比赛，不过相信我，最终你宁愿选择躺着离开铁笼。有时候，走错路的代价会高昂到让你承受不起。"

"谁他妈在乎！"无敌大叫起来，再次引起店员的警觉。他决定终止这场无聊的谈话，把冷掉的咖啡喝完，再给老头脸上来一拳。他有咖啡因不耐受的毛病，所以几乎肯定会拉肚子，不过——

谁他妈在乎！

"反应速度。"

竺教授只说了四个字，就令剧烈涌动的火山口恢复了平静。这个古怪的老头更应该去做一名驯兽师，而不是医药研究员。

"你、你说什么？"无敌整个人僵住了。

"苍蝇的反应速度是人类的十倍。"竺伍藻盯着桌上的苍蝇，慢慢地说道，"你那快如闪电的刺拳，在它看来只不过是伸个懒腰。它能清晰地看见你脸部肌肉扭到一起，膝盖慢慢下弯，腰部开始向某个方向转动。接着，你的脸也朝同一个方向转动，握紧的拳头从下往上伸展，在手腕的带动下，拳头也转过九十度像攻城锤一样开始加速，手肘像弹簧似的跳动、伸直。最后，你踮起脚尖，膝盖和腰挺得笔直，手臂也是直的，全身的动能都集中在两点，你的眼睛和拳头上。完美的一击，没有防备的对手绝对躲不过去，运气好的话，甚至能干掉刺客欧文这样的顶尖高手。但是，你无法用这招打倒一只小小的苍蝇，当你的脸开始转动时，它就已经清楚你接下来想做什么，并在最坏的结果出现之前，用无数种方法避开它。"

"你是说，你能让我像苍蝇那样看清对手的动作？"他的语气透着一丝急不可待。

"为什么不呢，时间流逝速度不同，如果改变意识与肉体的相对速度，则意识感受到的时间与肉体经历的时间，也是不同的。"

竺教授从西装口袋里掏出一个透明塑料袋，里面有一粒红蓝色胶囊，就像警灯一样耀眼。

吞下去？无敌看对方缓缓点头的样子，感觉猪笼草的盖子正在慢慢合上。"不行，鬼知道这里头装的什么，弄不好是洗衣粉。还有，你怎么保证这玩意儿不会被检测出来。"

"我只是邀请你参加实验，别的不做保证。"有那么一瞬间，他看见教授脸上闪过一丝荫翳。"我又不是卖药的。"

"但我怀疑你的动机，你甚至可能是古斯塔夫派来的奸细，药丸是个陷阱，你不否认这种可能性吧。"

竺教授非常利索地点点头，"我明白，我理解你的处境，那么说，除非我能拿出某种证明。"

没错，无敌紧张地盯着对方眼睛。眼前也许是陷阱，也许不是。如果不是的话……任何机会他都不想放过。曾几何时，他很享受举起双手向观众致意的感觉。无数人围着你，见证你的战斗，见证你用力呼喊我是世界之王。在失败者垂头丧气的衬托下，你的胜利姿态光芒万丈。但随着年岁增长，畏惧失败的阴影开始占据上风，如同苹果上的霉斑，不知不觉中已经腐蚀了你的心灵。疯子乔伊、刺客欧文、马里纳图瓦，每一张瘀青与沮丧交织的脸，过去是酒桌上的笑料，如今却成了难以愈合的伤口。

是的，不知何时起，无敌不再觉得自己是战无不胜的王者，也不再时常回味击倒对手的那一刻。有时在深夜人静时醒来，他会猛然觉察脑子里一直想的却是对手对他的迎头痛击，摇摇晃晃的地板，以及堪堪擦过下巴的铁拳。他的身体再也不像年轻时充满活力了，赛后恢复期也越来越长，有时仅仅一个低扫就能令他在病床上多躺几天——在过去，这只能算让人咬咬牙的小毛病。人，最大的敌人是自己。这句他曾经不屑一顾的话，如今却变成秃鹰，时刻在头顶盘旋。

他不禁摸了摸自己的胳膊，那些黑黢黢的字母开口大笑，笑他脆弱，笑他孤立无助。他强大时，刺青代表征服；他弱小时，刺青代表报复。他不可能一直赢下去，不可能一直将对手踩在脚下。当那一天来临时，所有被他击败、被他踩在脚下的屈辱，都将会变本加厉地还给他。

不，我要赢……

窗外经过的行人惊讶地注视他的眼睛，大热天里，一股寒意涌上他们的心头。

"好吧。"

漫长的令人窒息的沉默之后，教授终于对他报以微笑，他的心立刻亮起来。

"卡士丸……"竺教授掂起胶囊，慢慢呷了口咖啡，"……它的作用机制比较复杂，我不指望一个拳手能听明白，这也不是我的义务……别那样看着我，实验是自愿性质，对双方来说都是，听不下去你随时可以离开，我只能尽量让你明白，明白吗……这玩意儿的作用，类似于将人的意识置于一个接近静止的速度，使其本身的时间流逝变快，那么相对而言，周围物质的时间流逝速度就变慢了。你可能知道，地球并非静止不动，它有自转、绕太阳公转，而太阳系绕银河运转、银河系又与其他星系如仙女座有相对运动。因此从宇宙这个大的参考系看，地球在高速移动，其上所有物质的时间流逝相比静止要慢得多。瞧，它飞起来了……"

无敌顺着对方目光看过去，苍蝇已经飞到咖啡杯边沿，一边搓手一边吮吸杯壁上的残渍。一阵恶心涌上来。

"其实你感受的时间流逝与飞行中的苍蝇就不同，只不过差异太小了，如果你们各戴一只精确定时的手表，保持目前状态上亿年，指针才会有一两秒的偏差。"

"真是个糟糕的比喻。"无敌忍不住说道。

"这不是重点，"竺教授挥手驱赶开苍蝇，"重点在于，意识虽然存在于时间长河里，本身却不受空间限制。你知道这意味着什么吗，无敌。根据相对论，时空是不能割裂的，从外界参照系来看，高速运动的物体时间流逝变慢了，但同时它占据的空间也会缩短。而在物体本身参照系看，它的时间和空间并没有发生变化，只是外界物体变快变长了。但意识就不同了，它只能触摸到时间流逝，却感受不到空间的变化……"

"你究竟想说什么？"

竺教授微微一笑，突然吞下那粒胶囊。

这老头疯了！无敌吓了一跳，他居然不用水送服，直接就咽了下去。

有那么一刻，无敌觉得竺教授应该是卡喉了，因为对方闭着眼一动不动。但就在他纳闷时，只见竺教授猛地拿起桌上明晃晃的餐刀，在空中用力一挥……

3

嗡嗡嗡……

白色桌布上，只剩一只翅膀的苍蝇拼命挣扎，企图翻过身，但屡次都因为失去平衡而失败。

无敌目瞪口呆，仿佛被切掉翅膀的是他自己。

"你、你怎么做到的？"他简直不敢相信眼前的一切。

"就像我说的，时间流逝变慢了。"竺教授放下餐刀，目光中有一种令人胆寒的凌厉，"当我看清每一个动作时，它的命运就掌握在我手中了。"

"但我觉得你的动作并不快。"

"没错。我的身体依然受肌肉神经限制，发生改变的只有我的意识。可以这么说，我没有变得更高、更快、更强，我只是变得敏锐且精准了。"

无敌想了一会儿，仍然想象不出那是种什么体验。

"我、我还以为，你会像快银那样……"他结结巴巴。

"科幻电影与现实毕竟还是不同的。"竺教授说，"快银的能力叫时间静止，但从物理学的角度看，时间静止时，物质会变得无限大，所以快银应该连一根头发丝都搬不动。但意识没有空间概念，就我……"

突然，竺教授停下话语，无敌注意到他脸上浮现出一种古怪的表情，说不清是困惑是痛苦还是别的什么，他从未想过一个人脸上会出现这种表情，这不由得令他警觉起来。

"糟糕的复原反应，"竺教授喘着粗气，"比婚姻还糟糕……总而言之，服下它，你的动作不会变快，只会更精确。"

他掏出另一颗红蓝胶囊，递到无敌面前。

"起初可能会有些不适，但相信我，它对你的身体完全无害。"

无敌看着桌上那粒亮晶晶，只有巧克力豆大小的药丸，陷入了沉思。

"你管它叫什么？"他问。

"卡士丸。"

"为什么叫这个名字。"

"对不起，商业机密，无可奉告。"

"商业机密？"无敌眼前一亮，"如果研究成功，你们满世界兜售这玩意，那、那我的秘密岂不全曝光了。"

竺教授大笑，摇着手指对他说："知道我为什么找你吗，因为你是这一行的顶尖人物，我可不希望卡士丸变成蛋白粉，普通人花点小钱就能买到。何况……"

"如果你有改变世界的力量，你愿意所有人都得到这种力量吗？"对方直视他的眼睛，眼里有一种令人毛骨悚然的冷漠。

但无敌心中仍有顾虑。

"教授，我在药检上栽过大跟头，所以……你能不能……"

"不能。"竺教授的口气十分决绝，"缺乏数据，我不做没有意义的预测。我能告诉你的是，卡士丸没有采用任何特殊化合物，就分子结构而言，它毫不起眼。"

"可是我不明白……"

"你不需要明白。"

无敌只好乖乖闭嘴，因为他不想把自己搞得像个杠精，毕竟他连大学都没有上过，对方却是在国际大公司任职的教授。科研，我不行；打拳，你不行。他在心中暗暗地想。同时他也清楚，不论科技如何发展，兴奋剂检测永远是滞后的。道理很简单，你得先有问题，才会去寻找答案。只要这该死的卡士丸里没有苯丙胺、麻黄碱、类固醇之类的成分，他就暂时是安全的。

何况，这玩意儿又不是兴奋剂，只是一种……一种魔法药水。

血往上涌，白刺刺的阳光刺得他头晕目眩，世界像旋转木马一样围着他转。

"把它给我。"

既然摆脱不了恶魔，不如成为恶魔

"这么说，你愿意参加实验啰。"

从竺教授阴沉的话语里，他似乎嗅到一丝鱼上钩的气息。他用力地点头。"不过，实验是否有危险？"他紧接着追问。

"危险？"对方眉头一挑，"这可不像每天看着拳头在面前晃来晃去的人问的问题。任何事都有风险，无敌。"

"药效会持续多久？"

"目前只有一分钟。"竺教授说，"不是很长，但已足够你做任何事。"

无敌的手慢慢滑向卡士丸。

竺教授看在眼里，"再次提醒你，实验是自愿性质，我没有权利要求你一定参加，同样的，我也没有义务保证结果。对双方来说，这不过是一次你情我愿的合作，就像……唔，就像婚姻。我是说，大多数婚姻。"

你越在乎什么，就越会不断提到什么，所以他敢肯定竺教授日子过得不怎么样。其实每个人的日子过得都不怎么样，如果有选择，恐怕这世上绝大多数人都会毫不犹豫地吞下那粒胶囊吧。

他眼中的神色渐渐冰冷起来，一仰头，吞下胶囊。

起先它卡在咽喉上方，舌头根部的位置。一种异物的不适感油然而生，就像初次佩戴隐形眼镜的感觉。他想用水灌下去，手边却只有残底的咖啡。药物不能用酒精冲服，那么咖啡呢，他觉得也好不到哪去，说不定会改变药效呢。

想到这里，他紧张起来，用力咽了一口口水，异物感消失了，他感到有东西穿过喉咙，顺着食道往下滑，掉进胃里，慢慢地融化。同时，一种古怪的感觉从脚底蹿上来，像火焰，又像电流，脚下仿佛踩着一座火山。怎么回事，他努力想发出声音，身体却完全不听使唤。一种介于压抑和烦躁之间的强烈感受占据内心，无论他如何挣扎，都无法摆脱这副压在身上的沉重枷锁。后来，他感觉有只手用力抓着自己的脑子，试图把他像根刺一样从身体里拔出来。不痛，也不痒，只是被挤压拉伸得有些难受，仿佛自己变成了一条线，正努力穿过细小的针孔……

"日……"

突然，有个奇怪的拖着长尾的声音在耳边响起。黑暗退去，竺教授关切地看着他。

"嗯……"竺教授嘴巴张着，似乎在说话，但眩晕初醒的不适令他无法思考，他完全没有意识到眼前的事有多怪异。他只是感觉有些难受，沉睡中被惊扰的那种难受。这感觉有些类似酒后断片，只是过程相反而已。难道是副作用？他用力地握了握手臂，除了右臂刚文的"D""G"两个字母略微有些胀痛外，身体倒也没有什么异状。他笑起来，目光却越过竺教授的头顶，长久地停留在天花板上。

一开始，他以为店员在捣鬼，将吊扇调到了最低挡。但即使是最低挡的扇叶也不可能慢到雨刮器那种速度。不仅如此，窗外行人的步伐，红绿灯的倒计时，电子屏幕的画面，整个世界就像被冰冻住一般，以极低的速率运行着。

难、难道说……

一股复杂的情绪涌上心头。卡士丸起效了！视线所及，任何细小的变化都逃不过他的眼睛，往常难以抓住的瞬间，在他看来犹如夜空中最亮的星。他能看清风扇转动的缝隙，能看见苍蝇扇动翅膀带来的气流扰动。电视画面则干脆变成了幻灯片，一条条黑线在屏幕上慢慢挪动。

难以置信！

直到这时，竺教授的嘴巴依然没有闭上，他看着教授颈部的皮肤上下起伏，听见一长串连绵的声音从口腔深处发出。竺教授不是这个嗓子，他的嗓音比较尖锐，急促，不像老牛耕地似的慢吞吞……

不，他猛然间醒悟过来，这就是教授的嗓子，是放慢了十倍的教授的嗓子。

"唔……"

他开口对竺教授说，却立刻发现嘴部动作非常缓慢，无论他多么努力，都无法把发出的声音压缩成正常节奏。看来，除了意识变快，其他一切都没有改变。这对他是极大的困扰，因为他从未经历过意识与身体割裂的体验。曾经的他思维与肉体融为一体，脑子里闪过出拳的念头，拳头已在空中飞行。现在却不是这样，他要忍受肉体的延迟，忍受慢吞吞毫无美感的肌肉反应。

就这样，吞下卡士丸的他，闯入了从未体验过的全新世界……

4

比赛当日。

金色皇冠大酒店所在的团结路早已人山人海，从世界各地赶来的格斗迷将整条街道——不，应该是整座冷湖小镇——变成了欢乐的海洋，到处是三五成群、披红挂绿、大呼小叫的人们。有人高举五彩缤纷的应援标语，有人喝得醉醺醺像头狗熊似的摇来晃去，招徕生意的小贩在人群中飞快地穿梭，希望抓住时机大赚一笔。电视台、报社、杂志社，各路人马齐聚一堂，再加上遍地蚂蚁一般的自媒体，看得出谁都不想错过这场盛会。

一辆黑色劳斯莱斯目中无人地疾驰而来，刷地停在酒店门口。李巍彰叼着雪茄，肥硕的身子勉强从车里钻出，周围密密麻麻的摄像镜头，在他眼里仿佛空气。

"卖了几份？"他踏上铺着红毯的阶梯，边走边问。

"截至今天上午，一共是两千六百万。"市场部王经理紧随其后。他五短身材，蹦蹦跳跳像只兔子。

"门票呢？"

"一亿三，比预期翻了一倍还不止。老大，限时竞价真是个好主意。"

听到这，李巍彰忍不住大笑起来，他在高大的旋转门前转过身，得意地注视对面幕墙上的巨幅海报，胜利女神那对金色翅膀在他背后闪闪发光。这个瞬间，被众多记者立刻抓拍下来，他们已暗暗拟好了第二天头版的标题——君临天下！

"多么美妙的画面。"李巍彰掩饰不住内心的喜悦，"男人女人、穷人富人，瞧，那一大群举着国旗的俄罗斯人，他们都是为了这场盛会而来。他们喜欢我们，人人都喜欢我们。"

"我们也喜欢他们。"王经理兴奋地搓着手，"也许这场比赛应该安排在鸟巢举行，那样的话……"

"那样的话，我们就成小丑了。"李巍彰突然拉下脸，用一种秃鹫的眼神盯着王经理，"还有十天，世界杯就要开幕了，蠢猪。你他妈想让你的拳手去对抗一个国家五十年的夙愿吗，哪怕他叫无敌。"

"不……不不……"

面对快戳到眼球的雪茄，王经理战栗不止。

许多衣着光鲜的人走过来，与李巍彰简单寒暄了几句。经理认得这些人是商业大亨、当地名流，包括几位体育委员会成员。

"眼下……"李巍彰用力地冲远去的人群挥手，笑容依旧僵在他脸上，"眼下冷湖联盟的影响力还很有限，不过有了他们的帮助，小小的种子也会长成参天大树。老王，总有一天，世界杯会为我的比赛让路。"

这显然是不可能的，王经理很辛苦地抑制住把这话说出口的冲动。他偶尔会在老大身上看到理想主义的影子，按理说，他不应该是那样的人。他又想起一些从未被证实的传闻，孤儿院、黑帮混混、洗心革面的杀手……

"说起来，我们的摇钱树今晚如何？"李巍彰忽然问道。

"你指哪一棵？"

李巍彰做了个抹脖子的手势。

"下狗，正二百四，"王经理耸耸肩，"不出所料。"

"他会伤心的，可怜的孩子。"李巍彰轻弹烟灰。

"也可能是个好兆头。报纸上说，这与他职业生涯的起点相同。他们不仅翻出当年的比赛照片，还配上了那天的胜利感言。我猜你一定不记得了，老大，那是个十足煽情的故事。"

"我当然记得，因为那是我亲手写的，无敌背了足足两天，你知道他后来怎么跟我说的吗——"

李巍彰笑了。

"——比他娘的减重还痛苦！"

"美好的回忆，不是吗。"王经理不失时机说道。不知不觉，他们已经穿过人头攒动的大厅，来到专门为大赛组织者设置的贵宾室。中央两排长长的真皮沙发上，坐着体育委员会的赛事监督、转播机构高层、经纪人，还有安保负责人等老面孔。赞助商代表则聚集在落地窗前，俯瞰赛场。金色皇冠酒店犹如一座宏伟的金字塔，矗立在茫茫荒漠之中，谁也不曾想到，就在十多年前，这里还是一片因石油资源枯竭而被废弃的狼藉之地。自冷湖联盟兴起后，昔日荒凉小镇摇身一变，成为集文创、科研、娱乐、竞技为一身的功能性城市。与之对应的便是成百上千栋拔地而起的摩天大楼。当然，金色皇冠酒店是其中的佼佼者，尤其是它的中央大厅，占地接近标准足球场，可同时容纳四万人，是世界上最大的单体室内会馆。此刻，许多工作人员正紧张地忙碌着，为即将到来的盛会做准备。上百盏聚光灯在人们头顶来回扫射，环绕音响肆无忌惮地宣泄，而这场赛事的主角——位于赛场中央的八角擂台，浑身上下都沐浴在闪耀的光芒之中。

谁能想到，很快它就会被鲜血和汗水所浸染呢？

渐渐地，场馆内的气氛开始热烈起来。主持人高亢的嗓音拉开了今晚大幕，趁着观众陆续进场的空当，垫场赛开始了。两个年轻得有些稚嫩的孩子在铁笼里碰了碰拳，随即便朝对手猛扑过去……

离开酒店之前，无敌饱餐了一顿。

他啃了一块牛排。

还有不到两小时，他就要上场了，但脱水减重带来的疲惫和恶心仍不时发作，他觉得身体很不舒服。这多少是由于他有整整三年没打比赛了，他失去的不仅是冠军头衔，还有很多很多……

"别紧张，"申教练的手抖得比他还厉害，"就像你往常那样做，今天只不过是一场头衔争夺战，它本该属于你。你只是走过去，上台，把它拿回来，仅此而已。"

无敌点点头，试图让自己再冷静一点。经验告诉他，疲惫一多半来自紧张。

"我再说一遍，第一回合只用刺拳直拳试探，后手拳留着，防止他摔你。注意重点攻击头部，特别是两个眼眶，要是开了口子，那后边就容易打了。如果他把你顶到笼边，想办法从他左手方向撤出来，他左手力量是软肋。被摔倒就封闭式防守，全力压他脖子。"

"明白。"

"二三回合，可以适当出重击，那时你身上有不少汗水，他抓你会困难一些，挣脱也容易。你是老江湖了，这点应该明白。我们争取前三回合拿下一局，四五回合用重拳和低扫全面压制。运气好的话，能拿到 48 或者 49 点，足够赢下比赛了。记住，头部是攻击重点。"申教练喘着粗气，光是纸上谈兵已经消耗了他不少能量。

无敌继续点头，实际上一点也没听进去。这套战术中规中矩，恐怕百分之九十的人都知道这么做，包括古斯塔夫和他的教练团队。所以，肯定是死路一条。申教练当然也知道，所以特地安排了另一套用于突袭的备用战术。不过就效果而言，无敌觉得还达不到首回合终结的标准。

所以，一切希望都在它身上了。

无敌又在脑中过了一遍计划，觉得万无一失。唯一的问题是，复原反应实在太痛苦了。

"你在想什么，怎么不说话？"申教练发觉他脸色很难看，注意力好像根本没有集中在谈话上。如果他知道无敌即将在首回合做的事，一定会惊掉下巴的。

"我在想，赛后采访时，该怎么表达我又回来了。"

无敌抬起头，脸上挂着笑容。

伴随密集的鼓点和躁动的音乐，无敌出场了。人群开始欢呼，无数人呼喊他的名字——王者的名字。时隔三年再次踏上战场，一切都那么熟悉，仿佛他从未离开过。李巍彰也很够意思，将他安排在红角出场，那意味着他将是主人，是占有优势的一方。虽然申教练认为李巍彰这么做，只不过想把他当成古斯塔夫的垫脚石，想让他在新王登基这出戏里扮演一个不光彩的角色，但无论如何，他还是感激李巍彰给了他这次机会。趁着工作人员检查拳套，往他脸上涂抹凡士林的时候，他偷偷观察了一会儿铁笼内的古斯塔夫，发现一头金发的对手与发怒的雄狮没什么两样。昨天称重仪式上，他俩打了一会儿嘴炮，那是事先安排好的，连台词都是，观众就爱看这种场面。实际上，他个人对古斯塔夫并无恶感。从某些方面看，古斯塔夫是个非常优秀的对手，毕竟二十胜零负这种战绩背后所付出的努力，他感同身受。

所以，当他踏入铁笼的一瞬间，心头竟然涌起了一点懊悔。如果一切顺利，那就意味着接下来古斯塔夫将会遭受他人生最惨痛的失利，这种程度的打击，哪怕对职业运动员来说，也是很难接受的……

"老天保佑。"他在心中暗暗祈祷。

灯全灭了，全场寂静，聚光灯聚焦到主持人身上，他的西装闪闪发光，犹如夜空中的繁星。

"女士们先生们，欢迎来到金色皇冠竞技场，这是第242届冷湖大赛的现场，今晚我们将迎来中量级王座统一战，本场场边裁判分别是……"

金色皇冠！

直到这一刻他才注意到比赛地点，李巍彰做事总是这么细致周到。金色皇冠，对一场冠军争夺战来说，再也没有比这更吉利的名字了。

聚光灯切换到他的对面，古斯塔夫如同一座巨塔站在光柱里，脸上带着目空一切的表情。出场介绍时，有些选手喜欢摆一些莫名其妙的造型；有的则安静如鸡；还有一些会竖起肩膀，像大猩猩似的来回游走，虚张声势。但真正的高手……

他不禁哆嗦了一下——

真正的高手，只会一直盯着你的眼睛。

就像凝望一片虚空。

主裁把两位选手叫到场地中央，简单讲了讲规则。碰拳套时，古斯塔夫嘴里念念有词，似乎是想激怒他，但他完全没有听见，他的注意力都集中在卡士丸上。出场之前，他悄悄把一粒卡士丸压在舌头底下，躲过赛事监督的检查。接下来，只待铃声响起，他便会立即吞下药丸……

这时，他发现竺教授坐在 VIP 区静静看着他，那眼神仿佛看向笼子里的小白鼠，不带任何感情色彩。

可是很快，他看见竺教授笑了。

一种古怪的笑容……

叮！

"各位观众，比赛开始了！古斯塔夫走向中圈，他的对手还靠在笼网上，他想……

"等等……他这是……

"哦老天，我看见了什么！

"结束了！

"比赛结束了！

"无敌干掉了古斯塔夫！干净利落的 KO！

"天哪！

"古斯塔夫失去了意识，无敌开始庆祝，让我们看看时间……4 分

58秒，不可思议，太不可思议了，一场超级——超级——巨大——巨大的胜利！

"哇噢——太不可思议了！

"这是载入史册的一击！"

聚光灯下，八角笼的中央，亿万观众为身披五星红旗的无敌送上掌声，他高高举起的手臂让胜利的旗帜，迎风飘扬。

李巍彰飞快地走过去拉住无敌，他那硕亮的脑门因激动变得汗水涔涔。

"无敌，感觉怎么样，你脸色似乎不怎么好看呀。没关系，向观众们问个好吧，我们每个人的下巴都因为你遭受了折磨。"他将话筒凑到无敌面前。

"呃，我很好，多谢！"

"这是我见过最激动人心的比赛，你觉得呢？"

"我觉得我干得还不赖，能够这么快赢下比赛，我真的很高兴。不过我想说的是，胜利永无止境。"

"可以透露一下，这是事先安排好的战术吗？包括前段时间传出更换教练的传闻，一周前才飞抵冷湖镇备战，告诉我，无敌，我们想知道，观众们都想知道，赛前究竟发生了什么。"

"呃，申武奇是位非常棒的教练，他为我制订了非常有针对性的训练计划和临场战术……三年并不短，老兄，我需要付出大量努力，可以说，这三年里我一直在为复出做准备，我的体力、我的精神、我的呼吸，都在一天天恢复，我觉得自己又回到了七年前夺冠时的状态。"

"甚至比七年前还要棒。告诉你一个好消息，无敌，你成了冷湖联盟有史以来最快KO纪录持有者，两秒。"

"恐怕这个纪录很难被打破了。"

"没错，让我们再来看一遍回放。瞧，铃响后，你并不急于冲上去……"

"我承认当时有点犹豫。"

"还没有为伟大的胜利做好准备？好，然后你开始加速，像头野牛一样冲了过去，而古斯塔夫偏偏在这一刻向命运低下了头……"

"我觉得这是个很糟糕的决定。"

"是吧，我也觉得，非常糟糕。你跳到空中使出飞膝，他却低下了头，结果你的膝盖正好撞上他的脑门……"

"喔——"观众们惊呼。

"可怕的一击，他当场就昏过去了，没人承受得了这么重的力量。无敌，你觉得古斯塔夫为什么会低头呢。"

"应该去问他。不过我觉得，作为摔跤手，当对手朝你扑过来时，会本能地想要去抱住对方。"

"所以他才弯腰低头，对吗，看来你仔细研究过他。了不起的战术，了不起的冒险。女士们先生们，新任冷湖联盟中量级冠军，最快 KO 纪录保持者，十八战全胜的——无敌！让我们为他欢呼吧！"

5

漫长的梅雨季终于结束了，城市笼罩在闷热之中，整条街空空荡荡，明晃晃的阳光像刀子划开每一个人。日落咖啡馆里，吊扇无精打采地转动着，店员缩在柜台后看电视，时不时向这边张望。

"重回巅峰感觉如何？"坐在对面的老头开口问道。

"教授，您还得再帮我一次。"

"怎么，又有比赛？"

无敌点点头。赢下比赛的当晚，李巍彰就给了他一份无法拒绝的新合约，很快他就要面对新的挑战者了。金色皇冠之战过于戏剧性，已经在全球社交媒体上产生了巨大的马太效应，话题流量甚至一度超过三天后即将开幕的世界杯，李巍彰可不愿轻易放弃这段热度。此外，新赛事的举办地——

北京！鸟巢！

"再帮我一次。"无敌的语气近乎恳求，"这回我非赢不可！"

"人生没有绝对，除了生死。"

"如果输了，我宁可去死。"

听他这么说，竺教授不免叹了口气。

"过于执着不是什么好事，它会毁了你。"

"禁药也会毁了我，伤病也会毁了我，到头来，我们终有一死，不是吗。"

一股热气在咖啡馆内窜腾，店员嘟囔着将吊扇开大。呼呼作响的扇叶，叮当乱舞的风铃，再加上窗外刺亮的街道，共同构筑成昏昏欲睡的夏日午后。在这种氛围里，你只会想到安逸，想到宁静，却绝不会想起死亡。

但这两个人却在谈论它。

"我好奇的是，你怎么想到飞膝这个点子的。"竺教授忽然话锋一转。

"一分钟内想要击败对手，没有多少种方法，"无敌说道，"而且我还不太习惯卡士丸的效果，拖下去对我没有好处，只能速战速决。原本我是冲着他下巴去的，他竟然低下了头，于是中途我改变了策略。想想看，这真是种奇妙的体验，眼前的对手像个沙袋一样慢悠悠地晃动，一举一动都逃不开你的眼睛，你可以找到无数破绽，就像赛后回放那样清晰。"

"比赛从一开始就结束了。"

"没错，他毫无机会。"无敌心满意足地伸了个懒腰，"可问题在于，同样的招式，使过一次就不灵了。"

"下一场对谁？"

"冰人穆特鲁。"

"是那个以冷静著称的前战斧联盟中量级冠军？"

"对。他可不是毛躁的古斯塔夫能比的，我也不指望他会给我飞膝的机会。"无敌神色凝重起来，"他从不冒险，宁愿蜷缩起身子，靠一身肌肉硬抗，棘手的家伙！"

"如果他全力防守，一分钟内你不一定能解决战斗。"

"对，但这不是问题所在。"

竺教授听出他话里有话，"还有什么顾虑，药检？"

"结果已经出来了，没有任何禁药成分，这次……至少这一次，我是安全的。"

"那你担心什么？难道是……"

竺教授望着他渐渐失控的神色，隐约觉察到问题所在。

"复原反应，"无敌的嘴唇微微颤抖，"实在太可怕了。"

说这话时，他脸上的表情犹如死了一般苍白，即便反复确诊的癌症对一个人的打击也不过如此。看着现在的他，你甚至会觉得面对的并不是一个活生生的人，而是一具失去灵魂的躯壳。格斗运动员对疼痛的忍耐，早已远超常人，那是全身肌肉骨骼和神经经历千锤百炼后的结果。但在复原反应面前，他仍然脆弱得仿佛婴儿。

那种感受，竺教授当然能够理解。

"凡事总要付出代价。"他叹了口气，"就像之前说的，卡士丸改变了意识与肉体的相对速度。问题在于，当药效过去之后，二者的速度仍会回到一致。一粒卡士丸，时间加快十倍，药效持续一分钟，虽然物理世界只过了一分钟，但意识却经历了十分钟之久。这九分钟的差值，必须在意识与肉体重新融合的一瞬间弥补上，因此才会产生巨大的撕裂般的痛楚。打个比方，就像高速飞驰中的 F1 赛车突然踩了刹车，所有积蓄已久的力量都会迸发出来。"

"难、难道无法改进吗？"无敌倒吸一口凉气。

竺教授摇摇头，"不行。卡士丸的作用机制过于复杂，这不是吃两片止疼药就能解决的事。也正是因为这个原因，卡士丸的研究仍处于初期阶段。眼下，我只能把工作重心放在药效上，先解决时长过短的问题。"

店员过来续上咖啡，二人很有默契地缄默不语，直到他离开。

"这下难办了。"无敌靠在沙发上，眼神透着无奈，"李巍彰已经为我量身打造了一套宣传计划，只要我能顺利赢下下场比赛，他就捧我做冷湖联盟头号明星。对了……"

他猛地直起身子，"教授，如果你能改进卡士丸，让它不那么……不那么难受，我愿意把一半身家让给你，如何？好好想想，那可是上千万美金，足够支撑你一辈子的研究……还有还有，今后我获得的任何收益都将与你平分，如果你信不过，我们可以签合同，签字画押，写血书，什么都行，只要你能解决那该死的复原反应。"

哼！

竺教授冷笑道："你以为我不愿意吗，无敌。自卡士丸发明以来，我已经改进了无数次配方，但没有用，复原反应是天生的，是理论带来的缺陷。它就像海森堡的不确定性原理一样，根本无法克服。"

失望写在无敌脸上，他瘫软下去，整个人陷进天鹅绒靠背里。

"不过……"

竺教授忽然说道："也不是完全没有办法。"

无敌噌地一下跳起来，"什么办法？"

一激动，咖啡杯翻倒在地，褐色液体顺着桌布流淌下来，打湿了他的阿玛尼皮鞋，他对此却浑然不觉。

"复原反应无法避免，却可以延迟。"

"延迟？"

"对。卡士丸的效果虽然无法增强，药效时长却能叠加。也就是说，同时服下两粒药丸，时间仍然只能加快十倍，但持续时间可达两分钟。当然啦，两分钟过去，复原反应来临，产生的痛苦应该也是先前的两倍。"

无敌猛地哆嗦了一下。

"最多能延迟多久，我没有把握，照目前实验结果看，是无限的。也就是说……"

竺教授盯着他的眼睛，一字一句说道——

"可以直到你死！"

"死……"

无敌喃喃，眼中彻底失去了光彩。但很快，他仿佛意识到了什么，逐渐欣喜若狂起来。"死……死……"他嘴里不停地念叨，手舞足蹈，开心得像个孩子。

店员远远投来一瞥，很快便缩了回去。

"教授，这是个好办法。"无敌激动地说道，"只要卡士丸一直起效，我就不用每次都偷偷在比赛前吞下它。只要它一直起效，我就不受一分钟的限制，随时能击倒对手。只要它一直起效，我就不用忍受那可怕的复原反应，直到……"

"直到死亡来临。"竺教授笑了，"到那时，死神将清算你的一生。"

"到头来，我们终有一死。"无敌也笑了，"你手上还有多少药丸……"

6

一周过去，无敌已记不清自己吞下了多少粒卡士丸。好在，他逐渐适应了新世界的节奏。

意识变快其实有很多好处，譬如说美味的食物，柔软舒适的水床。陪练再也打不中他了，他翻书的速度堪比印刷机。但硬币总有两面，他不能发烧呕吐，不能吃辣椒，不能把自己置身于任何潜在风险中。有一次，他不慎（很难想象这个词会与他联系在一起）撞伤了大脚趾，火辣辣的痛楚在体内慢慢爬行的滋味，令他永生难忘。事实上，那次他本可以避开危险，但……就像之前说的，意识与肉体分离，而他还没有完全适应。这没什么可抱怨的，如果你习惯了坐在F1驾驶舱里的感觉，那么很自然地，一时半会儿你是驾驭不了一艘万吨巨轮的。

起初给他带来不小干扰的声音问题，也随着时间流逝渐渐消失。现在，他对漫长无聊的拖尾音已习以为常，因为他学会了压缩语言这门技巧，秘诀就是——替换。只要记住某个或某几个音节，将它们替换为正确的语音，就能明白意思。从这一点来说，他简直成了翻译家。尤其有优势的一点是，他的母语是汉语。汉语的每个字一次只发一个音节，而且汉语的发音规则就是拼接，不然怎么叫拼音呢。呵乌昂——黄，他不费吹灰之力就听懂了。换作英文或其他多音节语言，是很难做到这一点的。

至于卡士丸，教授也做了很大改进，现在同等体积的药丸，可以持续整整三小时之久，是之前的180倍，他再也不需要把它当饭吃了。

真是个美妙的世界。唯一的问题是，这一周对他来说，犹如一整年那么漫长。

一个月后，他迎来了自己的首场卫冕战。

其实胜负的悬念在铃声响起时已经结束。对手的每个动作，哪怕眨一下眼，都逃不过他的眼睛。半分钟不到，他的重拳已将对方击倒两次，而对手却一下都没有摸到他。差距实在太大了，以至于赛后媒体纷纷打出这样的标题——

天神下凡！

神迹再临！

震惊！精疲力竭也挡不住暴虐的他！

赛后，就在休息室里，李巍彰与经纪人将下一份合同恭恭敬敬地递到他手上，金额之大足以令人疯狂。现在，他成了冷湖联盟的金字招牌，成了公司的摇钱树，无论花多少代价，李巍彰都要保住他。他已不再是那个人见人弃的嗑药鬼，谁都看得出来，连续两场胜利的取得方式，不可能靠药物做到。体育委员会和反兴奋剂组织的严格检测，也证实了他的清白。所以李巍彰决定趁热打铁，向国际体育法庭申诉，请求重新调查三年前的药检结果。最终，法庭推翻了禁赛处罚，宣布一切都是误会。

无敌，无罪！

这件事非常重要，因为不久后广告和专访邀约也纷至沓来，他的身影开始时常出现在国际各大媒体上，一举一动牵动亿万粉丝的心。精于算计的李巍彰还请人捉刀为他写了本自传，一个无辜的（他坚持要求加上）天才在困境中重新崛起的故事登上了当年全球图书畅销榜的榜首。

一切都在朝着美好的方向发展。接下来的一年，他马不停蹄地打了七场比赛，捍卫王座的同时也将自己的战绩提高到二十六战全胜，出场费也从禁赛前的六十万美金涨到了千万级别。联盟开始租下伯纳乌，老特拉福德甚至马拉卡纳球场来承办比赛，滚滚资金如潮水般涌来，王经理简直乐开了花。

可惜，美好总是短暂的。

第一朵乌云出现在秋天。李巍彰忽然发现，自己再也找不到挑战者了。高排位选手要么只接其他人的合同，要么宁愿降薪转去其他联盟，就是不打冠军赛。低排位甚至初出茅庐的副赛选手倒是跃跃欲试，但这种自砸招牌的事，李巍彰还没蠢到那份上。这倒不能怪选手们没有职业道德，谁不想赚钱，但他把他们打得太狠了，几乎彻底摧毁了他们的自信。七场比赛，对方加起来的命中次数，一只手就数得过来，这还怎么打。李巍彰也特意安排了几位摔跤手和柔术选手，期望给他带来点压力，因为地面并不是他的长项。可是没用，对手根本接近不了他，他的拳头又狠又准，只要照着要害部位来一下，一切就结束了。李巍彰不知他是怎么做到的，仿佛一夜之间，重型火炮升级成了导弹——

而且是核弹！

上周，格斗家杂志刊登了一篇分析文章，认为无敌已经无解了，没有任何战术能够克制他。MMA 爱好者都知道，想要快速击倒对方，有几个选择——下巴、太阳穴、耳根和肝区，下巴会导致脑震荡，太阳穴是脑部最柔软处，耳根控制运动能力，肝区被击中则会产生无法忍受的剧痛（可能比生孩子好一点）。面对无敌时，你必须时刻保护好头部的三个位置，这意味着你的双手必须紧紧贴着脸颊，只用脚攻击。问题是人站立时只能出一只脚，而且腿部毕竟没有手臂灵活，发力时间又很长，因此很难命中他。无敌除了侧身躲闪，还常用脚跟和膝盖硬磕对手扫过来的腿，结果往往是他几乎受不到伤害，对手却站也站不住了。这篇文章的内容吸引不了李巍彰，但署名作者却令他心惊肉跳——龙海流。

冷湖联盟作为格斗届最有影响力的组织，同样存在不少竞争对手，其中威胁最大的是战斧联盟，龙海流就是战斧联盟的主席。这是个危险的信号，说明对方正在利用无敌瓦解冷湖联盟。事到如今，李巍彰不可能抛弃无敌，但他的存在确实阻碍了所有选手。他就像水渠中的巨石，挡住了流向下游的涓涓细流，而下游的大片庄稼地早已饥渴难耐。同级别的选手看不到出头之日，其他级别甚至是女子量级的选手们，私下也早就抱怨得不到关注度，无论打得多精彩，观众和赞助商的眼球始终不离无敌。李巍彰知道，他该找无敌谈谈了。

但无敌的麻烦更大。

某天起床照镜子，他忽然发现两件可怕的事。第一，他脸上竟然长出了皱纹，不是一条，而是一小片。脸部肌肉也开始松弛，有点往下掉的趋势。第二，他的视力变差了，眼珠变得混浊，完全不像过去那个他。他隐隐有些不安。作为职业选手，他一直保持充足的睡眠，良好的饮食习惯以及适度训练，虽然身体状态确实过了巅峰，但也不可能下降得这么快。医生看不出毛病，建议他心情放松一点，他真想一拳砸在医生脸上。现在的他富可敌国、名扬四海、美女环绕、地位尊崇，比赛的紧张感早就像断线的风筝般离他远去了，还要怎么放松，去死吗？

又过了几天，情况非但没有好转，反而更糟了。洗澡时，他发现自己掉发掉得厉害，皱纹变多了，耳中鸣音也吵得他彻夜难眠。虽然反应能力仍在，身体却肉眼可见地走向衰老。他深陷恐惧之中，自己的身体到底怎么了？他马上通知竺教授。经过仔细检查，竺教授发现他的衰老速度竟然达到普通人的十倍，而且有愈演愈烈的趋势。怎么回事，卡士丸不是只作用于意识，不会影响肉体吗？面对无敌的质疑，竺教授哑口无言。"看起来，意识的长期变化最终会导致身体产生变化，就像扩散开的污染。"竺教授最后这么解释，同时建议他停止服药。

停止服药！这怎么可能！

无敌一口回绝。不提即将到来的比赛，光是那痛不欲生的复原反应就令他顷刻间打消了念头。到了这个地步，无论生理还是心理，他都已无法摆脱卡士丸。更何况，他是个打拳的，他的人生目标就是成为有史以来最伟大的格斗选手。现在他几乎就要做到这一点了，为什么不继续呢？刹那的绚烂美过永恒的平淡……他想要的不就是眼前的生活吗。

李巍彰来找他商量时，他已不再考虑这件事，也不再记得自己的身体在飞快地腐烂。他满脑子想的都是比赛，他要干掉对手，要把更多的名字刺在身体上，直到覆盖每一寸肌肤。

他要成为最伟大的拳手！

第二天，全世界都知道了一个惊人的消息，无敌放弃了中量级金腰带。

更惊人的消息是——

冷湖联盟设立了超·无差别级，这个级别只有一位冠军，没有官方排名，没有体重限制，也不限身份。任何人，不管属于哪个格斗组织，都可以向冠军发起挑战。

最疯狂的一点，一周一赛。

这意味着，冠军要永远战斗下去，不能躲不能逃，连对手都无法挑选，因为挑战者是全球粉丝投票产生。如果冠军无法比赛，将被剥夺头衔，由票数最高的两位选手争夺冠军。

他很满意。很快他就在超·无差别级拿到了连续十五场胜利，其中十三场都是对重量级选手，还有两场是超重量级——不管多强壮的人，太阳穴的皮肤都是薄薄一层。曾经认为不可战胜的拳手，如今俱成手下败将，他把他们的名字一一刺在身上，就像将军把战斗勋章戴在胸前。李巍彰也很满意，他甚至把比赛场地安排在了古罗马斗兽场，全球两百个国家现场直播。为了刺激观众，获得更大的利益，他们还商量好了，首回合不能出现终结。

"至少要给他们点盼头。"

这个史无前例的量级成了他的个人表演秀，粉丝们为之疯狂，转播机构，赞助商和赌场则喜笑颜开。冷湖联盟、战斧联盟等一大批拳赛组织的选手也终于舒了口气，他们成功切除了无敌这颗毒瘤，竞技体育终于回归了！

镜子里，那张脸已经布满皱纹，差不多有五六十岁了，他很难看清自己的饺子耳。昨天的比赛，他非常勉强地拖到第二回合，还多挨了几记拳头。他的力量大概降了一半，因为"金刚狼"的下巴硬抗住两次攻击，直到第三次才被击溃，往常这种情况不可能发生。外界传言纷纷，说他一定服用了某些药物，现在后果显现了。但医学检查结果又一切正常，医学界也无法解释他急速衰老的原因。一定是上帝的旨意，一些宗教人士开始公开宣扬对他的敌意。甚至连上帝本人都来凑热闹，亲手引爆了他体内遗传基因这颗定时炸弹。他终于决定退休了，带着职业生涯五十场全胜的傲人战绩，密密麻麻如兽毛般的刺青，以及以不可思议的速度扩散的癌细胞。

除夕之夜，无敌一个人静静躺在床上。

眼睛已完全瞎了，听觉也只剩一点点，他呼噜呼噜地喘着气，在癌症晚期引发的剧痛中等待死亡降临。距离服下卡士丸才过了一年多，对他来说却像一辈子那么久。该经历的都经历了，该赢得的都赢得了，他已经成为历史上最伟大的拳手，前无古人，很可能也后无来者。他心中充满了喜悦，哪怕死神也无法令他害怕，至于那件事，也只能靠那个人了。当新年的钟声敲响，窗外噼里啪啦的烟火绽放在夜空的那一刻，他终于吐出了最后一口气。

就在整个世界即将远去之时，他忽然听见黑暗中有人说了一句话。

声音非常古怪，如烟火似的噼里啪啦，完全没有拖尾音。他已经很久很久没有听到这样的声音了。然而，当他明白那句话的含义时，深入骨髓的恐惧和绝望彻底浇灭了他的生命之火！

那句话普普通通，是这么说的——

"罪名成立，禁赛三年！"

7

房门被轻轻推开，两个人走进来。

"瞧这表情……"

其中一个人说道："我敢跟你打赌，竺伍藻，他死前一定非常痛苦。"

竺教授没有搭话。他走上前，将手轻轻放在无敌的脖颈上，指尖触到一片冰凉。隔着巨大的落地窗，漫天焰火在无敌脸上留下五彩斑斓的印记，转瞬即逝，仿佛象征着他绚烂而短暂的一生。

"还是不行。"竺教授摇了摇头，"无论怎么改进，意识的扭曲终究会影响到身体，而且愈发严重。"

"一点进步空间都没有？"

"对，你看他的样子，谁能想到几天前他体内的肝部肿瘤只有黄豆大小。意识的高速运转不仅驱动身体飞快老化，连疾病也一并加速。要是发展到最后，我怀疑他整个人都会被时间吞噬。还有，复原反应的烈度似乎也没有衰减，你看他眼球都裂开了。"

竺教授坐下来，静静地看了一会儿无敌的脸，然后伸手将他的双眼合上。

"不管怎么说，"他说，"无敌也算是为科学献身。我想，他日卡士丸若研究成功，给他立个纪念碑。"

"随便你，"站在阴影中的人开口了，"但这件事绝不能宣扬出去，我可不想引起不必要的联想。"

"这么说，你已经决定了？"

"没错。"那人继续说道，"不能再等了，眼下是最好的时机，新王当立。"

"你打算怎么做。复原反应和快速老化，你选哪一个？"

"一个轻量级选手，一辈子最多打四十场职业比赛。四十次复原反应，我想他应该应付得了。"

竺教授轻轻笑了，"我可不这么认为。要论意志力，你儿子完全不是无敌的对手。连他都挺不下来……"

"闭嘴！"

关上门，阴影中的申教练恶狠狠地说道。

"总之，你每次给他准备两粒十秒药效的卡士丸就可以了。无敌这个蠢货，满脑子只有无敌，才会把自己搞进坟墓。"

"我明白了，你打算分摊风险。"竺教授点点头。

"没错。比赛是漫长的，不需要每分每秒都处于击倒对手的状态。只要抓住那么一两次机会，重创对方，赢下比赛便轻而易举。真要像他那样回回都三两下干掉对手，比赛反而没意思了。你没发现吗，自从他进入超·无差别级，在观众眼里，那已经变成马戏表演了。"

"最近社交媒体上有不少爆料，说超·无差别级其实是场表演秀，选手们都被李巍彰收买了，双方照着剧本演，根本不是真打。这该不是你的杰作吧。"

申教练闻言大笑。

"'史上最伟大的拳手'，这个称号不属于无敌，应该属于我儿子。史上最成功的拳赛组织，也不属于冷湖，而是战斧联盟。李巍彰无敌这俩人真是一对傻帽，连月满则亏的道理都不懂。我告诉你，我已经和龙海流商量好了，等到无敌和冷湖变成人人唾弃的骗子小偷之后，他一定会力挺我儿子坐上王位宝座。"

咔嗒。

忽然，背后响起拉枪栓的声音。

惊讶的两人转过身，发现一个庞大的身影从沙发背后的阴暗里钻出，手中握着枪。

"申武奇，原来一切都是你搞的鬼。"

李巍彰怒目而视，说话的口吻却异常沉稳。

"其实，我早该料到是你。当无敌发现身体不对劲来找我商量时，就已将一切和盘托出。我私下调查过，五年前无敌误服禁药，最大嫌疑人便是你。恐怕这场阴谋，从他告诉你要离开魔王战队时，便已开始了吧。"

"这个臭小子！"申教练的神色毫无畏惧，"要不是十年前我从路边垃圾堆里把他拉出来，他早就跟条野狗一样暴尸街头了。成了名，立了万，就想背叛师门，哪有这么便宜。"

"那是因为他看不惯你们这群药罐子。"

"哼，我们是药罐子？你和他又是什么呢？"申教练指着对方，"明知他靠药物作弊，你照样让他上场比赛，替你赚钱，替冷湖扩大影响。你们的所作所为，与我有何不同。"

李巍彰冷笑道："等我知道真相时，事态已无法挽回。也许你说得对，无敌是个蠢货，满脑子都是无敌，根本不明白竞技体育的真谛。但你们却卑鄙地利用了他的执着，利用了他对胜利的渴望，对失败的恐惧。"

"利用？"申教练嗤笑道，"如果他一直拒绝药物，我们又如何利用他呢。曾经我们也给过他机会，是他自己在错路上越走越远。说到底，还是意志不够坚定。"

"没有人是天生完美的，也没有人经得住所有考验。"李巍彰眼神中杀意渐浓，"有件事你说得不错，超·无差别级是场表演，但观众却只有两个人……你和他！"

枪口对准了竺教授。

"等等！"

竺教授大叫道："我只是个科学家，无敌主动要参加实验，那我也没有办法呀。"

"你到底是谁。"李巍彰说，"无敌说你来自阿米健康集团，但我调查过，根本就没有一个叫竺伍藻的人。"

"这不重要，重要的是，我能拯救世界。"看起来竺教授已经吓得失去理智了。

李巍彰皱起眉头，"你开什么玩笑。"

"不是玩笑，时间流逝速度既能加快也能减缓，无敌因意识的高速运动导致身体急速衰老。反过来说，也能利用意识的缓慢运动使得青春永驻，就像人体冷冻一样，只不过，这是物理层面的反应，对人体完全无害。"

见李巍彰持枪的手稍稍松了一些，竺教授终于喘了口气，"其实，卡士丸原本就是为绝症患者设计的，希望令他们身体的时间流逝变得缓慢，直到科技发达到能解决病痛的那一天。但在研发过程中，我发现许多无法克服的困难，包括剧烈的复原反应，包括至今仍不清楚原因的意识与肉体的关联，而且时间流逝过缓也给结果验证带来困难，我不清楚长时间服药的后果是什么。有鉴于此，我才反其道而行之，先测试时间流逝变快的情况。正好申武奇提供了这样一个千载难逢的机会，我才会介入此事。"

"你的意思是……治疗癌症的药物令病人最终死于迅速恶化的癌症？"

"很讽刺是吧，确实如此。"竺教授长吁一口气，"请放过我，我的研究对全人类都有意义。"

"对我没有……"

话音未落，李巍彰开枪了，竺教授倒在血泊中，抽搐一阵后，一动也不动了。鲜血从他胸腔汩汩流出，将地毯染成了咖啡色。

"你疯了吗！"

申教练扑到教授身上大叫："就为了蠢货无敌，你干掉了全人类的希望！"

他使劲用手去堵教授胸前的枪眼，鲜血顺着指缝流下，顷刻间就染红了整个手背。

"如果人类的希望寄托在这样一个卑鄙的灵魂上，那才是傻逼。"李巍彰不动声色地转向申教练，"走错路，就要付出代价，不管多么高昂。无敌如此，竺伍藻如此，你也将要如此。"

"等等等等，请听我说……"

申教练立刻跪下双膝，垂头而泣，"我承认我卑鄙，不过这也不能全怪我。我悉心栽培他，捧他当冠军，他却要离开我，换作是你，你会怎么办。呜呜呜……自己的儿子不成器，最好的弟子又要抛弃我，我……我只是想给他一个小小的教训。"

"教训？还小小的？"

李巍彰慢慢踱到床头，无敌闭着眼，脸上表情无比痛苦扭曲。

"无敌向我描述过复原反应的感受，其实，那根本就是成百上千倍的毒瘾发作。"李巍彰似乎想到了什么，眼中竟泛起点点泪光，"没有人能抵抗那种魔鬼般的力量，可以说，从服下药丸那一刻开始，他就已经死了……不，从你偷偷给他下药那一刻，他就已经死了。对一位竞技场上的冠军来说，比生死更重要的是胜败，比胜败更重要的是清白。你剥夺了他的清白，就是剥夺了他的尊严，令他变成一头眼里只有胜利的野兽。其实他心里明白，再多的冠军，再多的胜利，也抵消不了他失去的清白。但没有用，他不这么做，痛苦就会时时刻刻将他吞噬。只有胜利这短暂的麻醉剂，才能令他忘却悲痛。'有史以来最伟大的拳手'，这个他毕生追逐的称号，不过是尊严被践踏后支撑他活下去的强心针罢了。所有的悲剧，所有痛苦的根源，都因你一私之念，你还敢说你不是罪魁祸首。"

桀桀桀……

申教练忽然发出奇怪的笑声，他抬起头，眼神无比恶毒。

"对，你说得对，我自私我残忍。再告诉你一件事好让你更恨我一点，其实无敌不是因为看不惯服药而离开战队。事实上，他根本不知道谁在服药，因为魔王战队没人服药。他离开战队是因为我要求弟子们打假拳，故意输给我的儿子。无敌虽然心高气傲，看在养育多年的份上，我以为他会答应。没想到他竟然不肯松口，还劝我放弃让儿子成为冠军的梦想，因为他不是那块料。我当然知道他不是那块料，不然我还煞费苦心成立魔王战队做什么。李巍彰，你还没有孩子吧，等你有了孩子，你会明白我的良苦用心。"

"就因为他不肯打假拳，你才陷害他？"

"你错了，无敌毕竟是我最优秀的弟子，虽然他不愿帮我，但他也保证不会将打假拳的事泄露出去，所以当时我并没有为难他。真遗憾，他拥有的格斗天赋世所罕见，如果……如果他才是我的儿子，那该多好。"

"那到底是……"

"是他……"

申教练指向躺在地上的尸体，"有一天他主动找上门，我才得知有卡士丸这回事。他要找个选手参加实验，但战队里的人都太稚嫩，战绩不够出色，如果突然有一天成绩突飞猛进，很容易遭人怀疑。

而且，我不希望自己再培养出另一个无敌，下一个无敌只能是我儿子。"

"所以你要拉无敌下水。"

"对。竺伍藻现场演示了卡士丸的效果，我立刻明白这就是我儿子的救星。以他的天分，最多只能挤进官方排名，离冠军尚有一段距离。但有了卡士丸，我相信他一定能继承我的衣钵，超越同时代所有人。但卡士丸的缺陷也非常致命，所以我只能等，等竺伍藻通过实验来改进它。参加实验的条件十分苛刻，这个人必须要有冠军实力，且处于职业生涯低谷，愿意做一些牺牲。于是我第一时间想到了无敌，他有足够实力，有强烈的求胜心，只是缺少一点波折。"

"所以你决定下药害他。"

"他背叛了我，从我最喜爱的孩子，变成了伤我最深的人。"申教练情绪激动起来，"我抚养他长大，教他打拳，教他做人，除了儿子，没有人比他更亲。可是，他竟然都不肯帮我一把。区区一场比赛的胜利真的那么重要，真的比十几年养育之恩还重要？"

"既然已经决定不为难他了，为什么又反悔呢？"

"哼，我原以为自己会释怀。但后来，每一次看到他在擂台上大获全胜，我的心就会更刺痛一点，仿佛有根钉子慢慢往里头打进去。有人说过，时间久了，爱会变淡，恨却更浓，像我这种因爱生恨的人，更是浓上加浓。再说他毕竟掌握着我的秘密，就算卡士丸不出现，迟早有一天，我想我也会下手的。"

闻言，李巍彰沉默了很久，最后终于说道："当时他已经和你分道扬镳了，你怎么下药的？我查过，事发时整支魔王战队都在国外比赛，根本没有机会接近他。"

申教练讪讪笑了，"人人都活在圈子里，出了圈子彼此无干，但只要你在圈子里，就必须遵守规则。我建立魔王战队，也是为了在圈子里扩展人脉，给我儿子的未来铺铺路。有些事，我只需私下一个暗示，根本不用亲自出面。"

"难怪我查来查去，都查不到幕后主使。"李巍彰说，"等到无敌复出，圈子里的人都视他为洪水猛兽，他无处可去，只能回来投靠你。就这样，你和竺伍藻一步步将他推向死亡深渊！"

"你明白了，但也太迟了！"

申教练低下头，随即爆起，猛虎般扑向李巍彰。李巍彰急忙开枪，却惊讶地发现对方似乎预料到了似的提前闪避，竟然躲开了子弹！糟了！李巍彰脑中猛然闪过一个念头，整个人马上被掀翻在地，雨点般的拳头砸在他脸上。

"母麦瞎……"

申教练发起疯狂的攻击，他引以为傲的重拳无数次避开李巍彰双臂的格挡，击中他的头颅，直到将他打得奄奄一息，不过最后李巍彰还是奋力一脚将他蹬开。

"你……你从竺伍藻身上拿到了卡士丸……"

背靠大门坐起来后，李巍彰强忍伤痛说道。

申教练此时的表现却很奇怪，他晃晃悠悠地站着，嘴唇不停颤动，含混不明的声音从嗓子里发出——"得……爱……"

虽然不明白他在说什么，李巍彰却看见了可怕的杀意。他狞笑着，慢慢走过来……

但此时，满脸鲜血的李巍彰竟然也笑了。

申教练停下脚步。

"职业病，你输就输在职业病上。"李巍彰笑着解开外套——

里面赫然是一件黑色防弹衣！

"哪怕有一拳打在胸口，你也能感觉出我穿了什么。"喘着粗气的李巍彰又从口袋里掏出一个圆滚滚的物体，阵阵轻烟飘散开，屋子里弥漫着硝烟的气味。

申教练的目光立刻凝固了！

"下辈子，不要练拳击了，这样你就不会只盯着别人的脑袋。"

松开手，那物体骨碌骨碌朝申教练滚去。与此同时，李巍彰也倒了下去，带着最后一声嘶吼——

"下地狱吧！"

尾 声

冷湖陵园。

像头熊似的坐在轮椅上的男子怀抱着菊花，被推到一座墓碑前。墓碑上的年轻人开心地笑着，下方是"狄武 50－0－0"。

男子弯下腰，将菊花摆在墓碑前，露出的手臂布满密密麻麻蜈蚣般的伤痕。他默默看着照片上的人，想起这几个月以来发生的事……

无敌因病逝世的第二天，冷湖联盟正式宣布，将超·无差别级改为独立的慈善赛事，所有收入归于全球青少年成长基金。该基金按照无敌生前遗愿建立，目的是帮助因贫困、战乱、疾病等原因失去人生方向误入歧途的青少年回归正常生活，健康成长。同时，因创始人申武奇意外辞世，魔王战队宣布解散，旗下选手均被战斧联盟吸纳。一周后，冷湖联盟主席李巍彰因涉嫌过失杀人、非法持有枪支和危险品被控入狱……

"老大，还是没有他的消息。"一个矮个男人走过来，在男子耳边说道。

男子眼中一片茫然。无敌病死，申武奇因爆炸冲击波被抛出窗外，死于高空坠落，所以检方控告的罪名相对较轻，对他而言，这是个好消息。

可是竺伍藻呢？那个明明被他一枪击毙，血流满地的人呢？即使他死里逃生，为什么现场连血迹都找不到。案发时段的监控探头，为什么莫名其妙全都坏了。

他到底是谁。

晴空忽然乌云弥漫，大风从树林上空呼啸而过，枯叶飞舞，大地萧瑟，一股阴冷之气窜上每个人心头。

"老大，快看!"

矮个男人忽然指向墓碑后方。

一座青灰色半人高的方尖碑矗立着，正对着墓碑。方尖碑四面光滑，什么也没有，只在底座上刻了两个鲜红的小字——

无敌。

8

出冷湖记

分形橙子

/ 作者简介 /

　　分形橙子，毕业于华中科技大学，资深通信工程师，曾于爱立信、华为任职，现居深圳。曾获银河奖、星云奖、光年奖、第二届冷湖奖、晨星奖、首届敦煌国际科幻邀请赛中篇提名奖，作品多见于《科幻世界》和各类获奖文集，已出版个人短篇集《忘却的航程》。

/ 颁 奖 词 /

　　"美杜莎综合征"的疫情在全球范围内同时爆发，火星营地成为人类最后的庇护所，一对童年的小伙伴再次踏入广阔的戈壁，藏族神话，吐谷浑古卷，雅丹水晶世界……童年的奇遇是幻境还是现实，未来的关键是否留存于过去的残垣？作品在有限的叙述空间内，创造性地将冷湖的神话传说、考古发现与科幻故事结合，铺陈线索，营造氛围。用执着的历史神话探寻与瑰丽奇谲的场景想象，为冷湖这片孤寂的土地注入了意料之外的灵性和丰盈充沛的生命力。

引 子

公元 433 年，大凉，沙洲。

月亮已经升起来了，在辽阔苍茫的荒原上撒上了一层清辉。远处的沙地也如银色的水面一般，仿佛整个荒原都变成了一片大海。

一群沉默的男人正在黑暗中行进，领头的是一个身披牦牛皮衣的强壮男人，他的身上背着一个铜制香炉；紧随其后的是一个身披蓝色法衣，手持蓝色法幢，裸露在外的胳膊和大腿也漆成蓝色的矮个男人，他是一个祭司。他们身后是九名身强力壮的士兵，每个人的手中都持着一只蓝色的陶罐，背上背着沉重的包袱。

首领抬头望去，云彩的阴影在银色的海面上划过，掀起阵阵黑色的波涛。他突然有一种强烈的感觉，仿佛那深居于地底深渊的鲁龙随时都可能破土而出。

这时，一阵寒风吹过荒原，远处传来了一阵凄厉的声音。那声音如狼嚎虎啸，鬼哭神号；又如妇孺悲哭，如泣如诉，令人毛骨悚然。男人们没有停下脚步，绕过一道碎石遍布的山梁，一座宏伟的城池赫然出现在他们眼前。

但如果细看，便知这座城池绝非人力所建。无数奇诡的雅丹土丘在月光下形如巨兽。这是传说中的魔鬼城。荒野寒风在雅丹丛中回旋、尖啸，一轮青月高悬，洒下一抹清冷。

传说，这座城池也曾繁华无匹，却因触犯了龙神而被摧毁。巍峨的城楼化作土丘，城墙破碎成山梁，护城河干涸成谷地。每当深夜，亡魂会在街道上游荡，发出凄苦的嚎叫。

这是一座被诅咒的城池，是无人敢来的禁地。旅人们宁愿在戈壁滩上过夜也不愿踏入它半步。但这群男人别无选择，因为今晚是祭祀之日。

他们走近两个土堡，土堡如被损毁的巨柱，又仿佛沉默的巨兵。它们相隔五十步，传说这里是魔鬼城的城门。

首领举起一只手，队伍停止了行进。

矮小的祭司抬头望了望星辰，然后跪倒在地，用手在沙地上画了一个圈。

"大人，是时辰了。"

"好。"身披黑色牦牛皮的首领点点头，他解下背上沉重的煨桑炉，将其摆放在圆圈正中，然后将蓝色宝幢安放于煨桑炉之前。

九个精壮的男子走上前，在祭司的指点下将他们手中的陶瓶整齐地摆放在圆圈的边缘。然后又解开身上背着的包袱，抖落开来，里面竟是神山柏叶、红白檀香、安息香、甘松、诃子、藏红花、藏蔻、丁香等名香杂宝制成的熏香。

祭司从怀中掏出两块燧石，将一支洁净的柏树枝点燃，恭敬地放进煨桑炉。然后，他取来另外一支柏树枝，在每个陶瓶中都沾一下清水，然后向煨桑炉抛洒三次。在此过程中，他一直低声念诵着六字真言。

做完这一切，祭司退出圆圈。男子们依次献上熏香，烟雾更浓，一股奇异的清香弥散开来。当最后一捧熏香煨进桑炉后，男子们脱去皮衣，露出健壮的身躯，每个人身上都有触目惊心的疤痕。

首领将酒斟满陶碗，亲自端给男人们，他们双手接过，仰头一饮而尽，然后将陶碗投掷在地。然后他们转身向魔鬼城继续前进，很快就消失在阴影和寒风中。

首领和祭司站在原地安静地等待。煨桑炉里的熏香已经燃尽，只剩细腻的白灰。

天色微明，东方的晨曦泛起青白色。一道彩光芒在魔鬼城上空忽现。绚丽的色彩在空中涌动，隐隐可见龙形的轮廓在魔鬼城的上空翱翔盘旋，引颈长吟。

他们深深地跪倒下去，伟大的龙神已经接受了部落的祭品，来年必定风调雨顺，畜群肥壮，新生的孩子能够健康成长、远离疫病。

一个黑色的人影出现在魔鬼城的入口，这位武士已经接受了龙神的赐福，洞悉了天地间的秘密，他将成为部落的下一任祭司。

灾　难

公元2040年，秋。

车子在险峻的群山中绕着盘山公路来回穿梭，时而穿越落在山头的云彩，时而潜入深深的峡谷。峰回路转，一个熟悉的玛尼堆猛然出现在刘渊眼前。玛尼堆上有一只巨大的牦牛头骨，两只空洞的眼窝无神地注视着刘渊经过，两只牛角直刺苍穹，一道悬挂在空中的五彩经幡横亘在公路上方，在风中飒飒作响。

正午，刘渊终于到达了冷湖镇。他驱车穿过镇子，空旷的街道上不见人影。他在一间超市门口停下了车，超市的卷闸门没拉下，破碎的玻璃撒了一地，幸运的话，他或许能找到些许补给。

他打开手电筒，朝超市深处走去。货架横七竖八地跌倒倾斜，货品早已被搬空，但他依然在角落找到几个完整的罐头，大丰收！

就在他伸手去捡罐头时，余光忽然瞥见一个人影，他吓了一跳，急忙用手电照去。

只见货架后站着一个女人，无神地盯着他。那不是活人，是尊"石像"。她右手伸出，扶住倾倒的货架，嘴唇微张，仿佛就要喊出声音。刘渊将电筒朝向她的脚下照去，几条石须扎进地板，瓷砖都碎裂了。

他沉默着矗立了一会儿，不知道是在哀悼，还是在感叹女人的美丽，过了好一会儿，刘渊才慢慢转身离开。

他没再停留，沿着火星一号公路一直前行。路过废弃的五号基地时，他放慢了车速，工商银行、百货公司、宝瓶门、电影院依次从车窗外掠过。黄沙漫漫，满目疮痍，正如他一路走来的那些被植被和动物们重新占领的城市。大自然有着惊人的愈合力，当人类退却之后，它就立即开始收复领地，沙尘如流水般侵袭，终将把人类文明存在的痕迹彻底抹去。

刘渊凝望着窗外的荒凉景象，心中不禁感慨万千，难道这就是人类文明最后的归宿吗？

两年前，"美杜莎综合征"在全球范围内同时爆发，它的早期症状类似于皮肤僵硬综合征，病人的皮肤会慢慢硬化，就像变成了石头。当医生进行了全面 X 光检查之后，才发现这并不是传统意义上的皮肤僵硬综合征，病人的身体内部显露出一些 FOP① 症状，他们的骨质会不断增生，肋骨间生长出了骨片，内脏也逐渐骨质化，直到病人在痛苦中停止呼吸。但即使如此，骨化的进程也并未结束。当所有的内脏都转化成石头之后，更神奇的现象出现了，尸体的表面开始生成类似钟乳石的石须，这些石须向下生长，似乎要扎进地面。

一开始，医生们怀疑这种病症很可能是由一种被称为"美杜莎"的病毒引起的，这种病毒是日本科学家在温泉中分离出来的一种具备复杂双链 DNA 基因组的真核病毒。科学家将这种病毒与卡氏棘变形虫放在一起，两者发生了遗传基因互换，变形虫的外壳逐渐变硬，最终形成了一个坚硬的石质外壳，宛若身中传说中的美杜莎诅咒。

但医生们在病人体内没有发现任何病原体。病人的身体组织被敲下来拿到实验室化验，发现那些石头其实是一种以硅元素为主体的晶体格。换句话说，病人真的变成了石头，这更不可能了。硅元素在人体内属于微量元素，根本不可能形成这么多石头。即使是以前发现的石头病，那所谓的"石头"也只是增生的钙质。而面对这

---

① 进行性肌肉骨化症。

种新型病症，人类根本无法解释这么多硅元素从何而来，更没有发现任何病毒，发病机理也根本搞不清楚。

随着病例激增，城市开始宵禁，人们待在家中，军队封锁了交通要道。往日喧嚣的城市变得安静起来，只有尖叫的救护车呼啸着时不时打破死一般的寂静。

医院人满为患，病人从发病到停止呼吸只有三天。身穿密封防护服的医生护士们根据专家的建议为病人注射任何能用的药物，试图对抗那种尚未被发现的病原体。

可一切都徒劳无功，瘟疫风卷残云般席卷了世界，没有一寸土地幸免。但奇怪的是，没有任何动物遭受感染，即使是在人类的近亲黑猩猩中也不曾发现过一个病例。有学者认为这是一场来针对人类的袭击，也许是外星人的阴谋，也有认为这是神灵的惩罚。

但那又有何意义？脆弱的秩序已经崩溃，数十亿人变成了冰冷的石像。有些幸存者逃离城市，前往人迹罕至的荒野；有些幸存者待在家里，足不出户。

灾难爆发后，刘渊和父母就一直听从呼吁待在家中。他们囤积了很多物资，尽量足不出户。

但后来，刘渊发现这已经没必要了，越来越多的人变成了石像，活人变得稀少，军队撤走了，网络沉寂下来。只要出门随便找一家超市或者人家，到处都是物资，根本不愁吃喝。

但灾难之神没有放过他们，那个清晨，刘渊像往常一样走进父母的卧室，他看到床上的父母紧紧相拥，皮肤已经化为坚硬的青白色外壳。

刘渊默默地退出了卧室，小心地带上房门，似乎怕惊醒他们。他木然地坐在客厅，进入了一种恍恍惚惚的状态，仿佛也化为了一座石像。直到深夜，刘渊才回过神来。他站起身，拉开窗户，一股清冷的气息扑面而来。他清醒了些，这是一个无月之夜，璀璨的银河横亘天穹，往昔灯火通明的高楼大厦在星光下如墓碑般沉默矗立着，在昏暗的天际线上形成一个个奇形怪状的黑色剪影。

这一幕似曾相识。

刘渊的心弦仿佛被什么拨动了。他闭上眼睛，思绪飘回了二十多年前的那个夜晚。

龙　神

那是父亲单位组织的一次勘测活动。勘测队在俄博梁深处寻好了位置，准备将一些设备运过去开井钻探。

听说要去魔鬼城，八岁的刘渊也闹着要去，父亲就答应了。而邻居家的小伙伴孟瑶见状，也闹着要去，孟叔叔想着俩孩子在一起可以做伴，也就带上了她。

一行人乘坐几辆卡车前往俄博梁。当时火星一号公路还没建成，前往俄博梁只有一条由石油管理局铺设的简易公路。公路坑坑洼洼，缺乏修缮，一路走来能把人抖的散架。但坐在篷布后车厢的刘渊和孟瑶却异常兴奋，他们平时可是很少有机会离开冷湖镇。

车队接近俄博梁时，趴在后车斗上的两人望着那些造型奇异的雅丹丛，发出一阵阵欢喜的惊呼，整个后车厢都充满了他们的欢声笑语。父亲告诉他们，其实这不是什么魔鬼的城市，在几百万前的远古时期，柴达木盆地还是一个巨湖，湖心有一个大岛。后来随着气候变化，湖水逐渐干涸，位置比较高的岛屿，在百万年的强风吹拂下变成了如今的模样。

"原来是真的啊！我记得格桑爷爷讲过这个故事呢！"刘渊喊道。

"什么？"

"很久很久以前，这里是一片大海。在比大海还要深的地底，出现了一颗蛋，这颗蛋孵化以后，从里面出来一条黑龙，这条黑龙每天都能长大一倍！很快它就变得非常巨大，感觉被大地压得喘不过气，所以就拼命向上拱啊拱啊，把大地都拱了起来。于是大海变成

· 272 ·

了陆地，龙神也破土而出，把这里当成了家。但是龙神需要守卫啊，所以它就命令周围的人类部落每年都要送一些男女到这里，龙神会把他们变成守卫，然后龙神就会保佑这些部落风调雨顺，远离瘟疫——就是这些雅丹，他们其实都是龙神的守卫！"

爸爸笑了，"那是个藏族的神话传说，不过在两亿多年前，青藏高原真的是一片大海，后来因为地质运动，青藏高原才变成陆地，孩子，这就叫沧海桑田啊。"

"哇！"孟瑶惊奇地瞪大了眼睛，"古时候人们真的看到过大海变成陆地吗？"

"当然没有，"孟叔叔在他们身后插话，"地质变化是一个很漫长的过程，青藏高原还是大海的时候，人类都还没出现呢。远的不说，就说这里吧，这个湖干涸的时候，地球上都还没有人类呢。"

"不对，那格桑爷爷的祖先们怎么知道青藏高原以前是大海的？"刘渊不服气地问。

这个问题竟然把孟叔叔给问住了。

"老孟，你行啊，怎么被俩孩子给问住了。"爸爸笑了。

"好啊，那来你解释下？"孟叔叔不服气地说。

"巧合嘛！"

"巧合？"孟叔叔更不服气了，"古代西藏人可是连大海都没见过的，怎么会有这种传说？"

"青海西藏是没有海，但他们叫湖就是海啊，要不你以为青海这个名字咋来的，不就是青海湖吗？"爸爸说。

"好像还真有可能。"孟叔叔似乎被说服了，"但神话根本无所谓对错，本来就是古人编出来的故事，不管怎么样，你们两个都很棒！"

中午，车队抵达目的地，那是位于俄博梁深处的一方洼地。根据地质勘测，这里很可能有石油。设备已经先一步搭建完毕，磕头机孤零零地矗立着。大人们忙活起来，搭起帐篷，埋锅做饭。

饭后，刘渊和孟瑶两人开始在雅丹丛中玩耍。等他们玩累了，准备回营地的时候，却发现自己已经迷路了。

目力所及之处，所有的景象都似曾相识，但任何一个土丘换个方向看就变得截然不同。他们想起了大人们的告诫，魔鬼城之所以得名，不仅仅是狂风呼啸引发的凄厉声，更是因为错综复杂的地形。这里寸草不生，没有水源，即使是炎夏的夜晚也冰冷刺骨，一旦迷路，生还的概率十分渺茫。

两个孩子越想越害怕，他们试图凭借模糊的记忆寻回营地，但是风早已将他们的脚印抹去了。

太阳落山了，气温骤降，两个孩子都只穿着单衣，在寒风中瑟瑟发抖。夜晚，雅丹群也变得阴森恐怖，仿佛张牙舞爪的怪兽。

"刘渊，我们怎么办？"孟瑶带着哭腔问刘渊。

刘渊其实也害怕。但他是个男子汉，绝不能哭出来。他佯装镇定地张望四周，发现不远处破碎的山梁脚下有一块凹地，旁边还有块巨石，似乎可以避风。

"咱们去那里躲躲风。"

两个孩子手拉手躲藏起来，风被挡住了，但气温依然在下降。天色越来越黑，璀璨的银河逐渐从天穹浮现出来，两个孩子不知不觉地抱在了一起，他们的身体都在不停地发抖。

"刘渊，你说，我们会死吗？"孟瑶哭着问。

"不会的。"刘渊的牙齿互相撞击发出咯咯声，他尽力克制着颤抖，"我爸爸和孟叔叔还有别的叔叔阿姨们都在找我们呢，他们很快就会找到咱们了。"

"真的吗？"

"当然是真的，先别说话，仔细听，他们一定在喊我们。"

他们不再说话，侧耳倾听，但他们只听到狂风在雅丹丛中穿梭回旋，如狼嚎虎啸，鬼哭神号；又如妇孺悲哭，如泣如诉。

两个孩子又累又饿，他们渐渐睡着了。

不知道睡了多久，刘渊被孟瑶的声音喊醒，"刘渊，快醒醒！快醒醒！"

刘渊睁开眼睛，映入眼帘的是孟瑶的脸庞。他猛地坐起来。

"大人们来了？"

"不，你快看！"孟瑶指着雅丹丛。

刘渊这时才发现，周围所有的雅丹竟然都变得如水晶般剔透，它们散发着幽幽蓝光，让人恍如置身童话。

"什么时候变成这样的？"。

"不知道，我也刚醒……"孟瑶紧紧地抓着刘渊的胳膊，"这是梦吗？"

刘渊捏了捏胳膊，很疼。

"好像不是。"

风停了，万籁俱寂，只能听到自己和身边孟瑶的心跳。他转头看去，背后的那道山梁并没有变成水晶，依然保持着原状，并不是所有的雅丹土丘都变成了水晶，只是他们面前的几十座雅丹是这样。这些雅丹之间的地面也变得透明，散发着莹莹微光。

一种冲动驱使他们向前，一步步踏上透明的地面。低头望去，脚下仿佛是一块巨大的冰，刘渊曾经走过冰封的湖面，拂开松软的雪花，就能看到深邃的寒冰，光芒无法穿透冰面，在光无法企及之处就是漆黑的深渊。

但这绝不是冰，而是坚实的地面。他看到无数的丝线缠绕相连，从每一丛雅丹根部一直延伸到地面之下，仿佛一张大网。

那些丝线似乎是活的，而且察觉到了他们，位于脚底的丝线开始变得更亮，一点点朝他们伸展。孩子们吓呆住了，丝线扭曲着伸出地面，缠向他们的脚踝。

……

天地都在旋转，到处都是不断变化的色彩，刘渊感觉不到时间和空间。他分不清上下左右，也分不清瞬间与千年。某些无法描述的存在环绕着他，喃喃低语。迷雾散去，大海退却，海底像巨兽的脊背，成长为一道道崇山峻岭。山脉坍塌，化为幽谷……一个蓝色的大湖出现了，绿草环绕，一条蜿蜒的光龙在湖上翱翔。一些蹦蹦跳跳的黑点在湖边出现，转瞬间，他们的村庄变成宏伟的城堡，然后又变成瓦砾。无数帝国兴起，又在血与火中消亡……

更多的光龙从地底钻出，腾空而起。他感觉自己也化身光龙，随着同伴们向漫天星斗飞去。

……

当刘渊和孟瑶醒来时，他们已经在回冷湖镇的卡车上了。刘渊睁开眼睛，看见父亲焦虑的脸，他本以为会受到训斥，但父亲什么都没说，只将他紧紧地抱在怀里。

刘渊转头看向车厢对面，他的心揪紧了，孟叔叔紧紧地抱着孟瑶，孟瑶还在昏睡。

所幸，经过检查，两个孩子都没有大碍。刘渊告诉了父亲自己所见的一切，水晶、光网，还有龙与沧海。但父亲说，大人们整整寻找了一夜，直到次日中午才在山梁下发现了昏迷不醒的他们。不管他们看到了什么，要么是梦，要么是因为恐惧产生的幻觉。

他们俩当时已经严重脱水，体温过低，要是再晚一点就回天乏术了。

后来，父亲和孟叔叔受到了通报批评，局里出了一个规定，严厉禁止带孩子前往俄博梁。

出院后，他才知道，孟瑶一家搬去了敦煌。从此之后，两人彻底失去了联系。

那之后，刘渊变得缄默少言，那夜的经历被深埋在心底，再没被提起。随着父母工作调动，他也跟着一起回到了上海。他花了很长一段时间才真正融入到城市生活，更是慢慢地将那天晚上发生的事情埋在了记忆之海的深处。

不管是真实发生过还是梦境，那夜的经历都改变了刘渊的人生轨迹。高考的时候，他本想填报天文学专业，却被父母阻拦，填报了当时热门的通信专业；大学毕业后，他进入了一家传统的通信公司，成了一名普通的工程师。

他以为自己将和绝大多数人一样度过平凡的一生，但灾难改变了一切。

刘渊知道自己应该去哪里了，如果自己是世上最后一个人，那么有一个地方是他的归宿。

石　像

离开五号基地后，刘渊继续沿着八十八号公路向西南方行驶。

一个小时后，他来到一个岔路口，他毫不犹豫左拐，道路开始颠簸。车窗外的景象也逐渐被形态各异的雅丹丛替代，他开始进入俄博梁的区域。

又过了半个小时左右，越野车拐过一个雅丹，刘渊不禁睁大了眼睛，荒野中赫然出现了一个岗哨，几个身穿沙漠迷彩的军人正挥手示意自己停车。

刘渊停下了车，从车窗探出头，当他看到他们臂章上的五星红旗时，心里石头顿时落了地。

一个战士走上前，查看了刘渊的证件，另外一个战士走进岗亭开始打电话。等待的间隙，刘渊和士兵们闲聊起来。

"那你可来错地方了，"听说他是来找归宿的，战士笑着说，"这里大概是地球上活人最多的地方。"

"没有疫情？"

"没有。"战士自豪地说。

这时，打电话的战士从岗亭里出来，"你以前是冷湖的？"

刘渊点点头，"是的，我父母以前都是冷湖石油管理局的……"

"欢迎回家。"战士把证件还给刘渊，"沿着这条路往前走，就是火星小镇，那里有专人接待。"

战士们搬开路障，刘渊发动车子，朝人类最后的庇护所开去。

刘渊想起来了，前些年，一个颇有眼光的旅游文创公司看中了俄博梁地区酷似火星表面的环境，斥资在这里修建了冷湖火星营地。

疫情开始后，所有文旅活动都永久停止了，但他做梦也没想到那个火星营地竟成了人类最后的庇护所。

天色渐暗，一路颠簸，越野车咆哮着爬上一个土坡，黑暗中赫然出现一片光晕，看起来非常超现实。随着距离拉近，光晕析出了更多细节。围绕着火星营地，人们拉来许多集装箱，竖起了太阳能板，建起了一座真正的火星小镇。

太阳能路灯下，不同肤色的人们穿着干净整洁，秩序井然，孩子们在街道上穿梭嬉戏，仿佛灾难不曾发生。

刘渊在一个士兵的引导下将车停在原冷湖火星营地前面，然后下了车。

两个人影出现在营地门口。是两个女人。一个年轻一些，留着齐耳短发，圆脸，两腮上有典型的高原红，明亮的大眼睛闪烁着好奇。另一个就成熟多了，她穿着一身高领风衣，长发随意地披散在脑后。

刘渊的心微颤了一下，这个女人他似乎在哪儿见过。

"你是刘渊？"女人试探着问道。

"是我，你是……？"

"我是孟瑶啊！"女人面露惊喜，"天哪，真的是你！"

孟瑶……刘渊一时恍惚了，"孟瑶？真的是你吗？"

"是我，"孟瑶看着他，笑靥如花，"真的是我，没想到在这儿还能见到你。"

真的是她，虽时隔多年，但眉宇间依稀能看到那个邻家小女孩的模样。

"哇，熟人吗？瑶姐，你们真的不是约在这里见面的？"一旁的女孩似乎比自己还激动。

"当然不是……"孟瑶摇摇头,"卓玛,外面风大,快带刘渊进去暖和一下。"她转向刘渊,"先进来吧,稍后我找人给你补办手续,车先停在这儿,放心,委员会会有专人管理。"

前台登记处空无一人,桌上摆着几本书,是几本蒙尘的科幻小说。他想起来,灾难发生前,冷湖火星小镇一直是科幻文学的圣地。

但如今不会有任何一位科幻作家来朝圣了。

热情的卓玛引着刘渊穿过极具太空感的通道来到住宿区,刘渊走近房间,房间两旁各摆放着三排睡眠舱。女孩帮他把行李放置在一进门左手边的行李架上,然后指指太空舱,"您随便挑一个吧,反正也没其他人。新来的人都会暂时住在这里,安排了新的住处之后,你就可以住进自己的家了。"

"就这个吧。"刘渊随意指了一个离门口最近的太空舱,他现在只想尽快和孟瑶聊聊。

几分钟后,刘渊在大厅里看到了正在等他的孟瑶。看见他,孟瑶朝他挥挥手,"这儿,跟我来。"

两人踩着金属楼梯走上二楼,二楼是一个稍小一些的演讲厅,穿过演讲厅,推开一扇门。外面是一个观景平台,站在平台上,能够远眺到俄博梁的景色。

"真的是你,简直太巧了,你收到我们的广播了吧?"

"没有。"刘渊苦笑道,"我都不知道广播这回事,我还以为世界上已经没活人了。"

"是快没了……"孟瑶叹口气,"对了,你从哪儿来的?"

"上海。"

"原来你去了上海啊!"孟瑶感慨道,"什么时候去的?"

"你走后的第三年吧,你呢?你这些年在干什么?"

"我大学学的考古,疫情暴发时,我正好在都兰……"

从孟瑶断断续续的叙述中,刘渊得知了火星小镇的来龙去脉。

疫情暴发时，冷湖火星营地正在举办第二十三届冷湖科幻文学奖颁奖典礼，有数百人聚集在营地。被困在这里几天后，冷湖营地自始至终都没有出现过一个病例。一个传言开始在营地流传，说火星营地是世界上唯一安全的地方，许多还活着的人开始向冷湖营地聚集。

人们在火星小镇成立了一个自救委员会，定期派出探索队出去搜集物资和寻找幸存者。探索队带回来汽油、食品和生存物资，储存了足够数千人生存数年的食物。工程师们建立起太阳能阵列，解决了基地的用电问题，下一步，他们还准备试着建立温室大棚，实现真正的自给自足。

每支出去寻找物资的车队里都会有辆通信车随行，时刻发布着信息。一开始还真的不断有人找到小镇来，但是最近来冷湖的人越来越少了，刘渊是最近三个月以来唯一的一个。

"不知道以后还会不会有人来。"孟瑶苦笑道，"可能世界上已经没有活人了吧，我以前也爱看科幻小说，但也没想到世界末日居然是以这种方式来临。"

"这不是世界末日，这只是人类的末日。"刘渊轻轻地说。

两人沉默下来，在他们脚下，火星小镇的灯光连成一片，竟有一种恍若隔世之感。

"对了，你没收到广播，为什么会想到来这里？"孟瑶问，"从上海到这儿可不近。"

"我不知道……"刘渊摇摇头，"也许是宿命吧……"

"宿命？"孟瑶意味深长地笑了，"也许是这片雅丹一直在呼唤你呢。"

"也许吧。"刘渊不置可否地说。

"好了，说说正事儿吧。"孟瑶转了话题，"你还记得那个关于俄博梁魔鬼城的神话吗？"

"什么？"刘渊一时没反应过来。

"小时候，我们迷路的那次，格桑爷爷讲的神话……"

"当然。"刘渊点点头。

"神话里说，俄博梁周围的部落会在每年为龙神献祭强壮的武士，他们化作雅丹土丘，永远护卫龙神……五年前，我们在都兰热水沟发掘出一个陶罐，里有长羊皮古卷记载了这种祭祀。"

刘渊微微皱眉，"吐蕃和吐谷浑共有一个神话也不稀奇吧？"

"没错，根据记载，这种祭祀方式可能已经有上千年历史。"孟瑶接着说，"一开始，这种祭祀活动主要是吐蕃人在进行，后来吐谷浑崛起，占据了俄博梁周围的地区，他们中断了这个祭祀，但是一种叫作'龙疫'的疫病发生了。惊恐的吐谷浑人立刻恢复了祭祀，疫病立即就消失了。"

"龙疫？症状呢？"刘渊心中微微一动。

"在古卷中记载，病人浑身皮肤会逐渐发硬，化为石壳，然后生出龙须，扎根于地，最后化为石像。"

"什么……"刘渊大惊失色。

"我不觉得这是巧合。"

"古卷里还说了什么？"

"没有更多了，大部分都是关于如何祭祀龙神的本教法事仪轨。疫情刚开始，我就在国家博物馆的数据库中进行了检索，我发现这种疫病的记载其实古已有之，在敦煌的吐蕃写本里有过这么一个记载。有一个居住在青海湖附近的部落曾经亲眼看见龙神降临人间，巨龙浑身发光，穿梭于云层，最后一头扎进青海湖。第二天，龙疫就开始流行，于是这个部落举族迁徙，而故事却以神话形式流传了下来。后来，唐朝将领哥舒翰在青海湖心岛上修筑应龙城，也与那次目击事件有关。"

"天哪……"刘渊惊呆了。

"你还记得那晚发生的事情吗？"

"那晚……"刘渊看向孟瑶，正对上她的目光。他们终于谈到那个难忘的晚上了，多年来的困惑在这一瞬间得到了答案，刘渊一口气将自己的所有见闻倾吐而出，"那是梦吗？"

"不，那不是梦，真的是我摇醒了你，我们看到的水晶世界是真的。"孟瑶点了点头。

刘渊深深地吐出一口气，多年的抑郁仿佛烟消云散，又好像凝聚成巨石压在心底反而更沉重了。一时间，他不知道该说什么好。他抬起头望向远处的俄博梁，太阳已经沉入地平线，只留一抹紫色的余晖，月亮还未升起，苍茫的雅丹丛已经被阴影的潮水淹没，仿佛是一群起伏的巨兽盘亘在大地的边缘。

"不过，我看到的和你看到的有些不同。"孟瑶接着说，"你还记得当时那些发光的雅丹丛吧？"

"嗯。"

"我看到里面有人。"

"人？"

"你没听错，我看到每一个发光雅丹中都有一个人。"

"所以，你觉得那是献祭给龙神的武士们？"刘渊终于知道为什么孟瑶要说起那个神话了，"这也太离奇了。"

"很荒唐。不是吗？我也以为那是梦，直到两年前，瘟疫刚刚开始时，一辆失控的越野车撞上一座雅丹，外面的土层剥落了……"说到这里，孟瑶顿了顿，"……里面有个石像。"

龙　侍

孟瑶看到那条新闻时，她还在几百公里外的青海省海西州都兰县。

都兰县是吐谷浑王国在青海建立的都城之一，周围有数千座吐谷浑贵族的墓地，但几乎全部被盗。据说，盗墓最猖獗的时候，盗墓分子甚至在光天化日之下动用了挖土机和炸药。

尽管在省委、省政府的多次专项打击之下，盗墓活动有所收敛，但考古界从未真正发掘到一个完整的吐谷浑墓葬，这也成了考古界的一大遗憾。五年前，在距离都兰县不远的热水沟，第一座从未被盗挖的吐谷浑墓葬被发掘出来，那卷记载龙神祭祀的古卷就是在那个墓葬中发现的。作为考古队的成员，几个月来，孟瑶一直待在都兰，直到疫情暴发初期，孟瑶都还没有将那个古卷中的记载和疫情联系到一起。

疫病发展很迅速，考古队很快接到了原地隔离的通知。疫情初期，网络还没有崩溃，每天在网上看看新闻成了队员们为数不多的消遣。

有一天，孟瑶看到一条非常不起眼的新闻。一辆参加冷湖火星越野拉力赛的越野车失控撞击了俄博梁附近的一座雅丹。那张模糊的图片让孟瑶感到震惊，往昔的记忆闪电般闪回，孟瑶突然想起来那个与刘渊牵手走进的水晶世界。

她看到每个雅丹中都有一个巨人，但是在巨人的核心处，却都是一个正常的人形。无数触须从人形中伸出，探入地底，和其他的雅丹伸出的触须互相缠绕连接，深扎到地底深处，形成一张模糊的光网。

这时，一群人走进视野，她刚想惊叫，却发现那不是爸爸和冷湖的叔叔们。他们有九个，披头散发，上身赤裸。他们脚下，一团光正在涌动，光来自地底深处。当它逐渐析出形状的时候，孟瑶发现那是一条龙。

光龙破土而出，在雅丹丛上空盘旋飞舞，而那九个男人已经来到了一片空地，他们似乎选中了位置，朝天空伸出双手。

地底的触须开始伸展着向他们的脚踝缠绕，逐渐覆盖了他们的身躯，直到他们化为光柱；巨龙继续盘旋着，与九条光柱交相辉映，形成一幅超现实的画面。

……

醒来时，孟瑶已经身处冷湖镇人民医院，她和刘渊被分隔在不同的病房。父母一直轮流陪着她，孟瑶一直试图告诉他们自己的所见所闻，但是父亲却告诉她，根本没有水晶，也没有什么光龙。孟瑶试过与他争辩，换来的却是爸爸越来越担忧的目光。

出院后，父母就带她离开了冷湖镇，她甚至没有机会和刘渊告别。

她再也没有回来过。

这些年来，孟瑶一直克制着自己不去想起那天晚上发生的事情。久而久之，她也以为那只是孩子时的自己胡思乱想出来的记忆。

然而那些原本遗忘的记忆瞬间出现在她的脑海时，她下意识地把这些碎片信息组合在了一起。水晶世界，藏族神话，吐谷浑古卷，没有病原体的疫病……她开始坐立不安，打了几个电话后，她与考古队里的资深专家老王一起乘车赶往俄博梁。

赶到现场后，肇事车早已被拖走，破损的雅丹外拉起了一道简易防护线，现场空无一人——这不奇怪，这片区域本身就是无人区。

孟瑶穿过封锁线，走到破损的雅丹下面。这座雅丹约四米多高，撞击处已经裂开，不少土层剥落了，露出里面青色的石头。有人将剩下的土层也剥开了些，露出了里面的石像。

石像遍体青白，造型古朴，能依稀看出是个站立的男子，但轮廓却不那么分明，像个被废弃的半成品。

老王绕着石像转了几圈，啧啧称奇，"好家伙，真是鬼斧神工。我看，等疫情结束了，这里完全可以开发成一个新的景点，建一圈墙，收门票！"

"老王，你觉得这是自然形成的？"孟瑶问。

"应该是。"老王是考古队里的资深专家，也算得上是孟瑶在考古界的领路人，"我从没见过这样的石像，而且你看这土层的厚度……这可得有几十万年的沉积。"

孟瑶上前，用手扒拉起石像的双脚，只见石像的双脚延伸出十几条石须，一直深深地扎进了地底。老王也凑了过来，惊讶道："这玩意儿还有根？"

"王老师，这绝不是自然形成的。"她指了指石像，那个古卷中的记载闯入她的脑海，"我们得找人帮忙了。"

从那天起，孟瑶就留在了冷湖火星营地，她一直四处联络，试图引起科学界的注意。她甚至自作主张，从石像上敲下一块碎片，托人带到敦煌进行化验。疫情的暴发导致通信全面中断，她最终也没能收到化验报告。

形势急转直下，阴差阳错间，孟瑶见证了冷湖火星小镇的建立。她也加入了小镇委员会。在这最后的避难所，所有人都为生存疲于劳碌，根本无暇他顾。

但是这几年来，孟瑶一直没有放弃追寻真相。

"可是……这也太玄乎了。"刘渊还是觉得有些难以置信。

"看看这场瘟疫，人们真的变成了石头，刘渊，神话是真的。"孟瑶紧紧地咬着嘴唇，"别人不相信我，难道你还不相信吗？"

"对不起，我不是那个意思，我是说……"刘渊有些手足无措，他突然意识到，这两年，孟瑶一定被许多人误解过。

"没什么，"孟瑶摆摆手，"你的反应已经比其他人好多了。"

"那么，既然瘟疫古已有之，古人为什么不离开这里？"

"他们已经远离了，这里是无人区。但不管他们迁徙到哪里，只要中断祭祀，瘟疫就尾随而至，所以他们只能回来。"

刘渊远远地望着俄博梁的雅丹群，突然感到一阵战栗，"也就是说，这些雅丹可能都是人变的？"

"很有可能。"孟瑶面色凝重，"我认为，过往的祭祀满足了龙神的胃口，但祭祀停止很久了，所以龙神开始报复。我怀疑那些触须已经在地底连接成了一个网络，所谓的龙神就位于中心，我们必须找到它。"

"找到了本体之后呢？"

"我不知道。"孟瑶摇摇头，"但是找到它总好过坐以待毙，我怀疑它就藏身在当年我们避风的地方附近。我试过好几次……刘渊，你相信宿命吗？我以前不信，但现在信了，你能回到这里一定有原因，帮我，找到它。"

刘渊无法拒绝，他点了点头。

寻　龙

次日清晨，两人一起驱车前往俄博梁深处。他们首先找到了那个温泉，也就是在他们迷路的那次，由勘测队打下的探井。勘测队没有打出石油，却打穿了地下水，形成热泉。

回忆着二十多年前走过的足迹，他们四处张望，仔细辨认着每一个雅丹土丘。

但最终他们还是迷失在了荒芜的迷阵里，这种感觉似曾相识——四周都是各异的雅丹，换个角度看就截然不同。但这次，一想到这些雅丹丛很可能是活人变成的，刘渊就感到浑身不自在，仿佛被无数双看不见的眼睛死死地盯着。

中午时分，火辣辣的阳光毫无遮掩地洒在赤红色的大地上，他们在一个阴凉处休息，刘渊从车上搬下水和食物，两人坐在土坡上吃简单的午餐。

"你说，那些变成石像的人会不会根本就没有死？"

孟瑶下意识地看了看四周，"什么意思？"

"我以前看过一篇科幻小说，好像叫《瘟疫》。"刘渊仰头喝了一口水，"说的就是一种会把人变成石头的瘟疫。主人公是个焚尸工，每天焚化石化的人。后来他发现他们并没死去，而是变成一种时间感知不同于人类的生命，对他们来说一年只相当于几秒钟。"

"了不起的作者。"孟瑶由衷地说。

"小说里，那种瘟疫是能找到病原体的，现实往往离奇多了。"刘渊抬起头，苍茫的红色大地上，雅丹群沉默矗立着，"想想看，如果它们还活着，它们是怎么感知这个世界的？"

孟瑶陷入了沉思。

刘渊站起身，转向温泉的方向。那年，他和孟瑶开始并没有想走远，只是注意到了一座形似弯曲宝塔的雅丹。那夜里，自己时不时地转头找一找那座雅丹，一直让它保持在视野里。

迷路是什么时候发生的呢？他回头望去，那座宝塔雅丹至今仍在。

"等等，好像是这条路。"孟瑶突然指着他们的左手边，那里有一座连体雅丹，"我想起来了，我说过它像骆驼，你还笑我，说骆驼的双峰哪有一高一低的。"

"好像是有这么回事……我记得我们好像绕了过去。"

两人绕过骆驼雅丹，继续前进。不知不觉，他们已经走了将近两个小时，越野车早就无法在崎岖的地形上行驶，被停在空地上，他们开始徒步。

"说真的……我不觉得那时候跑了那么远。"爬上一道破碎的山梁，刘渊已经气喘吁吁。长年累月坐办公室，他已经好久没一次走这么远了。

"你这会儿的体力可能还真不如当年呢。"孟瑶倒是镇定自若，长年野外考古工作可没白干，"要是没跑那么远，大人们不会找了整整一夜。"

"孟瑶，你想清楚了吗，真找到那个地方，你到底想干什么？"刘渊问。

"我清楚地记住了那九个人站的位置，我想知道那个地方是不是真的有九个雅丹。你知道吗，在那个石像附近，我说服了其他人帮我挖开了一些雅丹，如果里面能再次找到那种石像，就能证明我说的是真的了。"

"你失败了？"

"是的，"孟瑶摇摇头，"没有发现任何石像，都是些普通的雅丹，所以我能找到那个地方，我就能找到那九个武士变成的雅丹，里面一定有石像。"

"我觉得，即使真的找到了，镇上的人相信你了，又能做些什么呢？其实最本质的问题在于，如果这场瘟疫真的是由那个什么龙神引起的，那个龙神到底是什么？我可不相信世界上真的有神。"

"它没有具体的形体，可以随时变化，还能在固体的大地里穿行，还能降下连现代科学都无法解释的瘟疫——对古人来说，这不就是神了？"

"你还记得那个神话吗，关于俄博梁雅丹丛的神话，五个仙女制服了毒龙之后，化作了五座神山守护世界，"刘渊说，"神灵化为神山，这个古老的神话意象在藏族的神话中随处可见，藏区普遍的山神崇拜，现在看来——"他指了指面前的雅丹丛，"这种神话是不是其实就是描述人变成雅丹这种现象的呢？"

听到这里，孟瑶若有所思，她抱起双臂，"你想过没有，有许多民族的神话中都有人变成石头的故事。希腊神话中的美杜莎，圣经中罗得的妻子回头变成盐柱，日本神话中变成石头的鲛浦太郎，《一千零一夜》中变成石头的国王，复活节岛上的巨大石像，中国民间望夫石的传说……也许古代先民就知道人会变成石头，他们亲眼看见过这种现象，所以才演变出那么多传说。其实，我觉得最神奇的是，藏族先民关于人类起源的传说，在《西藏王统世系明鉴》中描写了猕猴变人的神话，这几乎已经接近了事实……这些古老原始的神话和现代科学的认知极为相似，难道真的只是巧合吗？"

听到孟瑶的一席话，刘渊说："在幻境中，我看到了一块巨大的大陆逐渐四分五裂，我看到海水退去，山脉隆起，看到猿人学会用火……后来，我才知道，原来地球上的大陆以前真的曾经是一个整体……那个龙神为什么要让我看到这些？"

"其实，这些年我一直在研究藏族神话，在本教经典《十万龙经》中曾经记载过世界的起源：母龙头上部变成天空，右眼变成月亮，左眼变成太阳，四颗上门牙变成四颗行星。当它睁开眼时白天就出现了；闭上眼睛时，黑夜即将降临。从它的上下牙处显现出似月形的黄道带。它的声音形成雷，舌头形成闪电，呼出之气形成云，眼泪形成雨。它的鼻孔产生风，血变成五大洋，血管变成河流，肉体变成大地，骨骼变成山脉……你想到了什么？"

"听起来很熟悉。"

"也许这也是盘古开天地和烛龙神话的起源。"孟瑶说，"也许，古人曾经也经历过我们看到的幻象，他们误以为世界真的是龙神创造的，所以才产生了这些神话。"

"还有，也许古人在幻境中也看到了猴子进化成人，所以也出现了猕猴变人的神话。"刘渊推测道，"天哪，这些真实的事件都以神话的形式流传了下来……看来，那个什么龙神可能比我们想象得要古老，没准儿它在人类出现以前就出现在地球上了。"

"问题是，它来自哪里？至少，从你的描述来看，它应该不是碳基生命体，可能是一种能量体类型的生命。如果它是来自于外太空的，它已经在地球上呆了可能几十亿年；如果它起源于地球……天哪，它甚至在地球刚形成的时候就出现了，也许它根本就是地球上的第一代生命体。"

"也许，龙神曾经干预过生命的进化史。"

"至少，它可能真的干预过人类的进化史，从漫长的进化史上看，现代智人文明出现得太突然了，我们突然有了语言能力和抽象思维能力，我们的大脑突然就变得与众不同……仅仅在几万年之内，我们就从人属的种群中脱颖而出，打败了尼安德特人，丹尼索瓦人等等所有的兄弟姐妹，突然进入了文明时代——不过，说实话，我不喜欢这种想法。"

"没人喜欢，"孟瑶摇摇头，"听起来，我们好像是实验室里的小白鼠。"

"孟瑶，即使我们真的找到了那九个雅丹，即使那些雅丹里面真的有石像，即使所有人都相信你是对的，我们还能做些什么呢？"

孟瑶沉默了，过了许久，她才轻轻地说："刘渊，你为什么要来俄博梁？"

"我……"刘渊顿时语塞，是啊，自己为什么要不远万里来到这个地方，他一直坚定地以为是那天晚上的景色触景生情，但现在细细想来，这似乎根本说不通。难道真的是冥冥中的命运将他指引到火星小镇和孟瑶身边么？难道真的是这片雅丹丛在呼唤他么？

"我是说，你在离开上海之前，根本就不知道火星小镇的存在，不是吗？"

"你想说什么？"

"你知道我为什么学考古吗？一个女孩子，去学考古，"孟瑶苦笑一声，"一般人都很难理解这种选择，但我知道为什么，那个晚上的所见所闻深刻地影响了我。刘渊，你能来到这里，一定是有理由的，也许是冥冥中的呼唤让我们一起回到了这里。"

"越说越玄乎了。"刘渊有些丧气，就在这时，孟瑶的对讲机响了，她拿起对讲机，接通了通话，片刻后，孟瑶快速地说："好，我马上回去。"

"怎么了？"刘渊心头一紧。

孟瑶脸色煞白，"镇上发现病例了。"

小　镇

孟瑶和刘渊回到小镇时，立即就感受到了一股恐慌的气氛。

小镇委员会在火星营地召开了紧急闭门会议，作为委员会成员，孟瑶也参加了会议。刘渊心神不宁，他在小镇里四处转了转，气氛凝重而紧张。根据其他地方的经验，一旦出现病例，瘟疫就会迅速蔓延，甚至连完全隔离的环境都无法阻止。甚至有人认为这种病症根本就是通过某种人类尚未探知的射线进行传播的。

病例是他和孟瑶正在俄博梁深处的时候被发现的。一个妈妈去喊赖床的孩子,掀开被子之后,女人惊恐地发现孩子的皮肤已经变成了石壳,只有一双还算清澈的眼珠无神地盯着集装箱顶的防寒棉布。

接着,小镇上又陆续发现了三个病例。人类最后一块净土终于宣告失守。

当刘渊的父母变成石像时,他觉得自己也已经死去,只想找一个荒无人烟的地方安静等待死亡。直到来到火星小镇遇到孟瑶,刘渊才又感觉到自己仿佛重新活了过来。而现在……刘渊回到自己的车里,木然呆坐,仿佛又回到了父母变成石像的那天,直到被敲玻璃的声音惊醒。

是孟瑶,他摇下车窗。孟瑶问:"你这是打算去哪儿?"

"没打算去哪……"

"真的出现病例了。"

"我知道……"刘渊伸手打开副驾驶的车门,"先进来吧。"

孟瑶绕到副驾驶,上了车。两人一时无言,心底都犹如压了一块沉重的巨石。

"这就是人类文明的末日了么?"孟瑶愣愣地看着车窗前的戈壁和远方的俄博梁雅丹丛,视野内一片苍凉景象,"为什么会这样……为什么我们连一点点反抗的机会都没有……"

刘渊一时无言。

孟瑶转头看着刘渊,早已泪流满面,"为什么所有人都不相信我,那天晚上之后,我给爸爸妈妈和所有人都说这件事情,可是他们根本不相信我,没有人相信我,从小到大就没有人相信我……"

刘渊伸出手,握住孟瑶的手,一股强烈的冲动让他不顾一切地把孟瑶抱在怀里,孟瑶热切都回应着。他们紧紧地相拥,就好像彼此是对方的唯一,就像多年以前两个无助的孩子在那个山梁下拥抱着互相取暖。

孟瑶低声说了一句什么，刘渊没有听清。

"什么？"他问。

"祭祀……"这一次，刘渊听清了。

"祭祀，"孟瑶喃喃道，"如果这种瘟疫在古代就存在了，为什么古人知道用祭祀能阻止瘟疫，龙神一定和古人交流过，那九个人，就是祭品，我们当年闯进了祭祀之地，那里是龙神和人类交流的地方。"

刘渊想起从地底伸出，缠绕他们的光须，心中不禁一凛，"我们……也差点变成祭品……"

"可是为什么它放过了咱们？"

"也许我们不满足作为祭品的条件……"

"那个古卷中记载，祭品每次都是九个人，"孟瑶说，"当年的我们只是两个孩子。"

"我还是觉得祭祀这种事情太反逻辑了……"刘渊说。

孟瑶打断他，"你觉得这几年发生的事情，还能讲逻辑吗？这场疫情，未知的致病因子，未知的传播链，这所有的一切，都早已经超出了现在的科学框架。"顿了顿，她又说："刘渊，如果非要从科学的角度去想，那么我一直有一个想法，你还记得那个石像脚下的石须吗？这些石像，很可能在地底互相连接成一个巨大的网络，就像一台巨大的计算机，甚至深入到了人类无法企及的地幔，可以直接从地核中汲取能量。"

"你继续说。"

"所以，那个祭祀地点，很可能是这个网络的一个输入输出的节点，而且这种节点绝对不止一个。还记得世界各地都有的人类化石传说吗？如果那些传说都是真的，那么，这些传说发生的地点很可能都有一个未知的节点。"

刘渊皱起眉，"这么说的话……其实这种祭祀在世界各地都有，只是形式不同？"

"没错！在古人的认知里，龙神就是一种神灵，所以他们认为那种行为是祭祀。但那真的是祭祀吗，如果用科学的眼光来看，如果那是一种交流方式呢？如果那所谓的龙神已经在地球上存在了数十亿年，它可能直接参与了地球生命的进化史，甚至直接干预了人类的文明史。如果龙神的目的是为了催生出人类文明，它一定要经常收集信息，但它收集信息的方式就是将生命转化成类似于石像的生命形式，所以许多地方才会零星地暴发这种疫情。而藏族先民偶然间发现了这个节点，也许有人曾在这里目击到龙神现身，古人的第一反应就是要祭祀它。阴差阳错之下，古人主动为节点送上了祭品，龙神就不必再到处去找样本，所以才出现了祭祀能够平息疫情的假象。所以，那根本就不是什么祭祀，那些所谓的仪轨根本不重要，重要的是要有人在合适的时间出现在节点上。"

听了孟瑶的推测，刘渊的表情也认真起来，"这个想法很有意思，的确能解释一些东西，不过，现在这种情况怎么解释？难道因为人们中断了祭祀，所以龙神决定将所有人都变成石像？"

"我不知道，"孟瑶垂下头，表情沮丧，"我怎么知道呢？"

他们相对无言，他们都感觉，这是一趟艰难的旅程，终于来到了终点，却发现面前是一望无际的沼泽。一种巨大的无力感压在他们心头，那是面对未知的恐惧。不管那个龙神到底是什么，它都是古老的难以想象的存在，也是人类难以理解的存在。也许龙神和人类之间的差距比人类和蚂蚁之间的差距都要大。浩瀚的宇宙到底孕育出了怎样的神奇存在，也许宇宙中充满了奇异的生命，只是人类的观测手段根本无法将它们与自然产生的现象分辨开来。所谓的费米悖论①可能只是人类自大的呓语，人类连光速的藩篱都没突破，甚至连最近的行星都没有亲自登陆，就好像生活在一个小岛上的居民，仅仅是将脚尖放进了海里，就以为自己洞悉了大海的一切秘密。现

---

① 阐述的是对地外文明存在性的过高估计和缺少相关证据之间的矛盾。

在看来，这种想法是多么的浅薄和无知。

"也许时间到了，"刘渊说，"不管那个龙神是什么，它都要完成最后一步工作了。"

"至少，我们还能做一件事情。"孟瑶说。

刘渊转头用探询的目光看着她。

"我们去完成最后一次祭祀。"孟瑶的目光里充满了坚定，"如果那里真的是一个节点，龙神一定会察觉到我们的到来，就像我们小时候那次一样。"

"祭祀么……"刘渊慢慢说，"你是说，我们自己去做祭品？"

"如果能拯救小镇，为什么不呢？"孟瑶苦笑，"反正我们的结局都是一样的，你愿意跟我一起吗？"

"是啊，我们的结局都是一样的。"刘渊喃喃道，"你知道吗，自从我父母死去之后，我以为自己再也见不到活人了，我不愿意孤零零地一个人死在那个巨大的墓地中，所以我才选择来这里。这是上天的安排，让我又遇到了你。你知道吗，其实我们小时候那一次，我们躲在山梁下面，我们抱着互相取暖，但还是好冷，我知道我们可能要死了，但我不害怕，因为我知道，我不会孤独地死去。"

沉默了一会儿，他坚定地说："我愿意。"

他们很快就到达了昨天返回的地方，孟瑶突然指着远方的一片微光，喊道："快看！就是那里！"

刘渊的心脏猛跳，难道龙神真的感应到了他们的存在，所以重现了奇景？

来不及多想，他们驱车向那片散发着微光的方向开去。随着距离的拉近，两人都看出来了，那绝不是自然的光线。那片微光呈青蓝色，和记忆中那晚看到的完全一样。越来越近了，他们不约而同地屏住了呼吸，光芒也越来越强烈，甚至照亮了眼前的戈壁。

绕过最后一个雅丹，水晶般的童话世界再次出现在他们眼前。

他们下了车，一起凝望着眼前的景象。不知不觉间，刘渊握紧了孟瑶的手，他们开始朝水晶世界走去，走向他们的宿命，走向一切的终点。

无尽的旅程

刘渊睁开"眼睛"。

他感知不到自己的形体，恍惚间觉得自己似乎走在一条隧道中，温和的光芒充斥着每一寸空间，他感到前所未有的宁静、祥和，仿佛就在隧道的尽头，永恒的宁静正在等待他。

一生的画面走马灯般的在刘渊眼前闪现而过。他看到幼小的刘渊和孟瑶手牵手走在雅丹丛中，他看到大人们焦急地四处寻找，他看到深夜里父母在卧室中担忧地低语，他看到自己初到上海时的局促不安，他看到高考前的挑灯夜战，他看到第一次参加工作时的紧张，他看到灾难发生，他看到人群变成沉默的石像，他看到城市因荒芜而重新变成荒野，他看到古老的不可思议的过去，也看到难以置信的未来。

他失去了时间感，他分不清刚刚是过去了一秒还是一千年。

隧道的尽头充斥着更强烈的白光，他走到了隧道的尽头，尘世的迷雾逐渐散去，无数散发着光芒的人影正在向前方汇集，汇入一片光的海洋。刘渊"转头"望去，只见身后来处有数不清的管道，每一个管道中都有无数的光影正在鱼贯而出。

我死了吗？这是天堂吗？

突然，刘渊感到一股强大的吸力在拉扯着他，呼唤着他。一条条光龙从光之海洋中腾起，它们盘旋着、穿梭着，看似杂乱却井然有序。这时，一条光龙朝刘渊飞来，它很快就飞到了刘渊的头顶。

"你来了。"一个宏大的声音在刘渊的意识中响起。

"你到底是什么？你为什么要毁灭我们？"刘渊问道，此时，他的心中没有恐惧，没有悲喜。

"这并不是毁灭，"那个声音说，"只是时间到了。"

"时间?"

"是的。"

"你杀了所有人。"

"从来就没有过真正的死亡。"

"你是谁?"

"所有曾在这颗星球上活过的人。"

"我不明白……"

光龙沉默不语，更多的光龙涌上天际，它们在一起盘旋，凝结成更大的光龙，不分彼此。

一股汹涌的记忆涌入刘渊的脑海，他的思维瞬间就和所有的意识相连通，它们分享着彼此的记忆，某些更遥远的记忆纷至沓来，某些不属于这个空间和时间的记忆也涌入他的脑海。

刘渊看到无数的光龙在深渊中穿行，它们来自一个陌生的世界，经过千万年的时光才来到地球。但那个世界也并非它们的起源，继续向前追溯，它们来自更古老的世界，来自无法想象的遥远的过去，来自宇宙大爆炸之前，甚至可能来自上一个宇宙。

他看到一位龙神在一颗气体行星终止旅程，在浓厚的大气层中，以闪电为食的生命出现了，猎食者扑闪垂着天之云般的羽翼，制造出困住猎物的旋涡。

他看到一位龙神在一颗潮汐锁定的星球上登陆，千万年后，一道冰雪长城赫然矗立在晨昏线上，一种奇异的生命在冰海下开始了壮丽的迁徙。

他看到一位龙神在下着铁雨的酷热行星上停留，奇异的金属生命涌出地面，在一场末日爆灭中破茧重生，新生的王子们飞向星空。

他看到一位龙神降落在一颗中子星上，极短的时间内，一种薄若蝉翼的简并态生命建造起高达一厘米的发射场，飞向群星。

他看到一位龙神冲进一颗恒星，一种以核能为基础，以磁单极子为骨架的生命在火海中惬意遨游。

……

原来这才是生命的真相，龙神们在星空中跋涉，将智能场散播到合适的世界。许多龙神在暗黑的深渊中死去了，只有极少数龙神才能找到合适的目的地。文明就是依靠这种方式来突破空间和时间的藩篱。

在不同的世界里，智能场演化出的生命形式截然不同，但都殊途同归。正是这种智能场引发了自组织现象，对抗熵增，催生了生命，催生了无数个进化的关键链条，催生了智慧和文明的产生。

而新生的龙神们将在成熟的世界中诞生，继续向未知的星空前进，将智能场扩散到更遥远的星域，催生更多的生命和文明。

……

刘渊回到了自己的躯体，他和孟瑶依然手拉着手，站在祭坛的中央。

他们的耳边传来不断的轰然巨响。亘古不变的雅丹丛在颤动，土层剥落，露出下面的石像。每一座石像都闪烁着微光，大地依然是透明的，他们看到无数的触须正闪闪发光，一道道温和的光流在网络间流转，最终汇集到每一座石像上。

网络越来越暗，最终陷入了黑暗，大地也重新凝结成实体。与之相反的是，雅丹丛中的石像已经几乎变成了透明，他们看到石像深处一个个形体各异的人形。

突然，无数道光流从石像中冲出，冲向夜空。不，不仅仅是俄博梁，远方也有无数的光流正在腾空而起，漫无边际的黑暗被璀璨的光流照亮。所有沉寂的人类城市都被光流照亮，它们奔向夜空，奔向无垠的银河，开启了新的旅程。

如果此时有一位位于外太空的观察者，它将看到地球短暂地变成了一颗恒星，无数光流从地球上冲出，冲向浩瀚无垠的宇宙。空寂辽远的戈壁荒原上，两个渺小的身影手牵着手仰望夜空，新生的龙神正在远去，越来越远，逐渐融化在璀璨的银河中。

刘渊转头看向孟瑶，孟瑶也正在看着他，从彼此的目光中，他们知道对方都已经知晓了一切。

他们会活下去，他们将是这个新世界的伏羲和女娲，亚当和夏娃。

这是末日，也是新生。

尾　声

一千年后。

夕阳悬垂在地平线上，天色暗了下来，火堆噼里啪啦燃烧着，一群孩子围着火堆出神地听着老人讲着古老的神话。

"……就这样，在龙神的祝福下，这个男人和女人就结为夫妇，变成了人类的祖先……"

讲完之后，满头银发的老格桑端起已经凉了的茶水喝了一口，眼前的孩子们个个都睁大了眼睛，似乎还沉浸在惊心动魄的故事中。

"格桑爷爷，"一个虎头虎脑的男孩睁大眼睛，好奇地问道，"世界上真的有龙神吗？"

老格桑捋了捋下巴上的胡须，肯定地点点头，"当然了，龙神就住在很深的地底看着咱们呢。"

他的视线从孩子们的头顶掠过，望向远方的群山。在他们和群山之间，是一片从未有人涉足的地方，无数奇形怪状的土丘林立，在寒风呼啸中发出令人胆寒的声响。人们都认为那是魔鬼的国度，是魔鬼的城池。

有那么一瞬间，他似乎看到一道光芒在魔鬼城上空一闪而过，老格桑擦了擦老眼昏花的眼睛再去细看，却只看到清冷的夜空。

起风了。

参考文献

［1］才让卓玛. 论藏族神话的产生与演变［D］. 拉萨：西藏大学，2019.

［2］孙正国. 藏族神话母题的文化解读［J］. 中国藏学，2003（03）：115—121.

［3］丹珠昂奔. 谈藏族神话"猕猴变人"［J］. 中央民族学院学报，1986（01）：100—102.

［4］李燕. 试论藏族神话中的自然历史观［J］. 西南民族学院学报（哲学社会科学版），1991（01）：52—55＋51.

［5］道吉才让. 从《格萨尔》探析古代藏族"拉、鲁、念"崇拜之渊源及演变》［D］. 兰州：西北民族大学，2011.

9

赛什腾之眼

万象峰年

/ 作者简介 /

　　万象峰年，从事科幻写作十五年，持续参与科幻行业，喜欢探索科幻小说的不同表达方式。从最初的带着兴趣和好玩的想法出发，到现在以自己的创作理念重新上路，希望能以本届冷湖奖为起点，迈向一个新的台阶。

/ 颁 奖 词 /

　　《赛什腾之眼》这篇小说，无论是构思的独创性，还是对宇宙和生命的洞察感悟，以及科技本身的审美，乃至对限制性特殊题材的处理，还有文学表达，都堪称中国科幻近年少见的杰作。

2035 年

　　祖外公①，对于我来说，你一直就像缥缈的存在一样。但是从今天开始，我看到了你描绘的那个真实的世界。今天，赛什腾睁开了它的眼睛，古精灵的歌声在冷湖上空回荡，我看到了站在冷湖天空下的你。我有了一生要去做的事。我会替你讲述那个你没有讲完的故事，从此，你的故事就成了我的故事。

——吴启星的日记

　　吴启星合上棕色的日记本，把它锁进一个原木色的盒子里。盒子被摩擦得能照出人影来，是能保守秘密的那般光洁。日记本刚刚写上的一页已经悄然夹进去了一张印着钢印的黑白照片。盒子的最底下躺着一本红色的老旧笔记本，和那张照片一样老。

1955 年

　　卡车在戈壁滩上颠簸着，应和着车上的人唱歌的节奏，往戈壁更深的地方开去。车上坐着的是一支地质勘探队。柴达木盆地发现石油踪迹后，他们是赶来大会战的其中一支队伍。

　　勘探队新加入了一个从上海来的青年学生，叫黄奔念，他唱歌

---

　　① 中国民间对上溯第三代长辈会有各种灵活简化的称呼，并非按照严格称呼，各地不一。"祖外公"指吴启星的外婆的父亲黄奔念，后文中的"祖外婆"指吴启星的外婆的母亲陈雪。

的声音就像清脆的苹果。大伙儿的目光不自觉地围着他看，据说这个小伙子不用打草稿就能在脑海里进行演算，看到一堆数据就能感觉出它们拟合的公式和规律来，就像看电影一样。没有人真的相信这个传说。他一直不离身地揣着一本红色的笔记本，揣在白色衬衣胸前的口袋里，上面插着一杆钢笔，他在众人的目光下一点也不感到羞涩。他的眼睛大大的，也许是因为好奇的缘故，不停地打量着这个和大城市不一样的地方。领队介绍过，他不是学地质专业的，学的是数学。队员们打听到，学校填工作分配表的时候，他争着吵着要到偏远地方去，正好青海石油勘探局派来冷湖地区的这支勘探队需要能熟练计算的物探工，就让这个数学成绩特别优异的学生先顶上了，理论知识再跟着慢慢学。

每到一个地方，他们竖井架，钻探，架设备，采集数据，计算。配合无间。

这一次，情况不太一样。前面一阵黄沙漫过来，歌声停止了。大家紧闭了嘴巴，看着被呛了一嘴黄沙的黄奔念，用鼻子笑出气来。很快连卡车声也听不见了。这是一堵遮天蔽日的沙尘暴墙，勘探队进行了这么多个月的野外作业也没有见到过这样的沙尘暴。天色暗下来，太阳的方向也分不清了。戈壁滩和天空消失了。卡车被卷进风沙中，不见了踪影。一切都消失了，只有黄沙。

地质大队在赛什腾山下的驻地炸开了锅。每个人都看到了那堵接上天空的大墙。有司机想开车出去找人，被拦住了。大墙向驻地压过来，人们躲进了帐篷。风吹着帐篷在地面跳舞，沙子噼里啪啦地打在帐篷上。

傍晚的时候，沙尘暴停了。人们抢修着驻地上被吹翻的帐篷，铲走积沙。

如果野外勘探队还不回来，等待他们的将是晚上戈壁滩上的狼群。驻地派了队伍去寻找，无功而返。第二天一早，野外队的卡车开回来了。

驻地像欢迎英雄一样迎接回来的队员。除了一点擦伤，所有人都活蹦乱跳的。只是所有人都吓得不轻，除了那个新来的小伙子。他高兴地逮着人便说，他看到了沙尘暴里的动物，可神奇了。

大队的随队医生陈雪赶过来，给每个人检查后，就地点了点药，放下心来。"你看到了什么啊？"她笑着问那个小伙子。她看到小伙子白衬衣口袋里的笔记本，红艳艳的。

"飞在天上的，巨大的动物，就像漂亮的大鱼！"小伙子说。

领队走过来，对陈雪说："别听他瞎说，他是吓出了幻觉。我们什么都没有看见。"

"不是幻觉。"小伙子比画着，"它们有队形。你听说过雁阵的原理吗？就是那样。它们一定是这里的精灵！我不晓得为什么只让我看到。"小伙子笑起来有两个酒窝，眼睛清澈又闪亮。

陈雪"扑哧"一声笑起来，点点头。黄奔念，她记住了这个小伙子。

2021 年

"从测试的结果来看，你的女儿属于回避型依恋人格。"

吴启星听到医生在走廊上小声地对妈妈说，声音轻轻地飘过来。

"什么意思？"妈妈的声音。

"也不用太过担心，这只是一种人格，她把和世界的交往都关在了自己的内心。你可以多给她安全感，但是不要给她压力……"

妈妈走进来，挂着一个微笑，对吴启星说："走吧！没什么大问题，我们去吃好吃的。"

吴启星站起来，路过妈妈走出了门口。

吴立秋看着女儿的背影，跟了上去。小星的脸挡在口罩下面，更加没有什么表情了。

走到街上，吴立秋想着给小星买什么生日礼物好呢，普通的礼物小星不喜欢，她搞不懂小星喜欢的那些奇怪的东西。

"十一岁生日你想要什么礼物啊？"吴立秋还是开口问道。

"数学习题集。"吴启星说。

"啊？你就不能要个好玩点的东西？"

"我觉得挺好玩的。"吴启星说。

吴立秋记得，小星是在数学老师的刺激下开始偏科的，数学老师说她肯定学不好数学，从此她憋着一股劲反着来，只有数学特别高分。吴立秋说："走吧，我带你去买课外书。好啦，数学习题集也不会落下。"

"嗯。"吴启星在地上的方砖上一跳一跳地走着，隔几块走一块，用她脑海里面的规则来计算出要走的方砖。

晚上，吴启星回到房间里，关上门。她把书"哗啦"扔在床上，盘腿坐上床，捡起一本课外书开始看。看完一页就撕下来，折成一个小动物的形状。

一排小动物在桌子上，说着话，看着吴启星写日记。写完日记，锁起来，吴启星也加入了小动物的聊天。

1956 年

黄奔念的领队来找过陈雪两次，说黄奔念总是沉浸在幻想里，拜托陈雪多观察着点。陈雪惦记着这件事，她观察到黄奔念总爱往戈壁滩上跑。那里有什么呢？

有一次，陈雪也偷偷地跟着去。她走了七八里地，走到能远远看见赛什腾山的地方了，看到黄奔念坐在雨后初干的一个小土墩上。她躲在土墩后面靠近，听到黄奔念一个人在说话。她探头瞧，黄奔念一边说话一边在笔记本上记着什么。

陈雪竖起耳朵听着，黄奔念在和天上大朵大朵的云说话，和戈壁滩上的土墩子说话。在赛什腾山下，云洁白得像新晒好的衬衫，各种各样形状的衬衫，被太阳镶上金边，散发着干爽的气味，黄奔念逐一叫它们的名字；土墩子被风蚀得千奇百怪，一个个呆头呆脑的，黄奔念模仿着它们不同的聊天语气。

陈雪忍不住笑起来，捂住嘴巴才没有笑出声来。她看着这个干净的背影，他就像云一样白。

1957 年。黄奔念已经掌握了物探的全部基础理论，成了队里的骨干，还获得了劳动表彰。表彰会后，他拿着一份誊抄的笔记去找给他发奖状的那个书记。

"这是我的观察记录，这是一种从来没有人发现过的动物。"黄奔念递上厚厚一沓信纸，上面写满了公式，画着图案。

书记问："在哪里？你带我去看看。"

"别人看不见。我猜，是那次沙尘暴时发生的奇异现象对我造成了影响。"

"这怎么可能，你怎么证明这件事？"

"我可以证明！它们的行为是符合数学逻辑的，我可以推算出来。我在笔记里都记下来了。"黄奔念激昂地说。

书记翻了翻笔记，又看了看这个年轻人，说："我帮你递上去，不一定会有什么结果。"

黄奔念期盼着。

过了一段时间，书记叫黄奔念过去，没有提笔记的事，只是皱着眉头对他说："你应该放弃生活中的一些主观主义的想法。"

没过多久，反右运动爆发了，黄奔念被上面划为了右派。

在批判会上，书记苦口婆心地对黄奔念说："这是资产阶级唯心主义的错误观点，你是个有才华的青年，回去多想想……"

"我能用数学证明！"黄奔念挺着胸坚持说，"那些动物，它们有碰撞，有惯性，有力的作用，是符合物理规律的。但是……不像是我们的物理规则。"

"你听听。"书记说。他把黄奔念的笔记交给一个物理专业的知识分子，说："你来看看。"

知识分子拿着圆眼镜，就像在测量似地一寸一寸看过去。看完后他说："逻辑上……看似有道理。"他看了一圈众人。"但是，他推导了另一套物理规则。"他举起拳头，"脱离人民群众和现实生产的理论，这不是唯心主义是什么？"

笔记被扔在地上，人群举起拳头高呼起来。

黄奔念透过拳头组成的"小树林"，看到陈雪在人群后面沉默着，他朝陈雪笑了笑。

这以后，黄奔念好几次向组织申请参加野外勘探，都没有得到批准，他只能干一些开荒挑担的重活。

1958 年，因为干重活受了伤，黄奔念去陈雪那里上药。

黄奔念带了一个布口袋来，拿出来一叠薄册子。绿色的封面，线条工整的插图，精致得就像要发出光来。

"这是什么？"陈雪问。

"《安徒生童话全集》，不是给你的，是请你帮我保管的。"

陈雪接过来，看到这套书是上一年刚刚出版的，散发着油墨的香味，译者是叶君健。"你从哪里弄到的？"她问。

黄奔念神秘地笑一笑。

从此黄奔念每次来上药都会一边看一边朗读一篇。虽说是他自己读，但是他的声音让陈雪也听得见。《丑小鸭》《雪人》《拇指姑娘》《小意达的花儿》《皇帝的新装》《坚定的锡兵》《卖火柴的小女孩》《白雪皇后》……《海的女儿》，他读了几遍。当读到《老头子做事总不会错》时，讲到农人用一头牛换了一只羊，黄奔念学着羊"咩咩"叫起来。陈雪终于忍不住笑出声来。

1958年9月的一天，地中四井钻到六百多米时喷出了原油，油柱就像长到天上的豌豆树一样，在井口周围形成了一片油海。大队驻地的人们赶过去，加入现场欢呼的人群。人们互相拍打着膀子，鼓着掌，挥舞着双手，欢呼声飞上云霄。黄奔念在人群里又跳着又笑着，去抹一把原油在脸上。陈雪走过去，黄奔念用黑乎乎的手一把抓住陈雪的手，两人跳起舞来。

两人看着对方的眼睛，知道他们就要在脚下这片土地上扎根了。

冷湖油田和被称为基地的石油城在一片热火朝天中开始了建设。赛什腾山下的一片戈壁滩上，红旗就像花朵一样开遍，机械声每天都在隆隆地唱着歌。戈壁滩就像被巨人的脚匀平了一块，房子一幢幢生长起来。黄奔念用干重活练出的体力，一人可以抬一块水磨石。陈雪也利用空余时间和他一起干活。他们搭建的是自己的家园，充满了干劲。在劳动的间隙，黄奔念喜欢给陈雪念几首诗。吃的是硬邦邦的青稞馍蘸辣椒酱，黄奔念就摇头晃脑地念道："姜桂存余辣，芝兰忆旧游。"他念诗的时候会看着空气，就像在看一幅景色。陈雪看着他——这个小伙子有神奇的感染力，世界也因他变得诗意，又像童话。冬天大雪埋起工地和帐篷，早上起来用手指沾一点一尝，甜甜的，每天早上人们都会在地上画出一串串脚印。夏天油田上开车带着大伙儿到戈壁滩上的一个个水泡子去洗澡，歌声一路飞向赛什腾山。

1959年，油田的第一车原油运出冷湖，人们就像目送着孩子去成家一样。然后车队就鸭群一样浩浩荡荡络绎不绝。黄奔念仿佛看到了石油运到中国大地上的城市、农村、边疆，然后房子盖了起来，路修了起来，机器唱起了歌来。

石油人在石油基地的小城里安顿下来。黄奔念在油田工作，陈雪进了卫生院。

小城的房子全部建起来的时候，黄奔念和陈雪结婚了。

单位的审批领导是黄奔念当年的领队，他批准了申请，给两人开了一张证明。在分别谈话的时候，他对陈雪说："组织上派你去转变右派分子，你一定要好好帮助他，也要保持好自己的觉悟。"

陈雪高兴地说："我保证完成任务！"

老领队当了证婚人。婚礼很简单，在宿舍里开了个茶话会。勘探队的老队员们凑了一些盆子杯子当礼物。新人把老领队送的一张毛主席画像工工整整地贴在墙上。

新婚夫妇把简陋的宿舍装点成一个温馨的家，戈壁滩上捡来的可爱的石头摆在桌子上，几棵小草种在窗台上，窗花剪纸贴在窗户上。

收拾完家里，二人对坐下，互相看着。然后二人拿出新杯子，各倒上一杯热开水代酒，对饮起来。黄奔念说："中国的古诗讲究虚实相生，一点也不比童话缺少想象力，所以我们这水虽不是酒，但是酒意一点也不少。"他晃着杯子念起李白的《月下独酌》："我歌月徘徊，我舞影零乱。醒时同交欢，醉后各分散。永结无情游，相期邈云汉。"

"我们不要做李白。"陈雪说。

黄奔念点点头，去拿来一根蜡烛点上，在暖暖的光里笑眯眯地对陈雪说："星星太远，这就是我们的壁炉。"

2028 年

吴启星即将高考的这一年，祖外婆安详地走了，走的时候瘦得轻飘飘的。在告别仪式上，吴启星心想，祖外婆就像她的名字一样，像一片雪融化了。

回到家中，祖外婆保存下来的祖外公的笔记本交到了外婆的手里。外婆又交给了吴启星的妈妈。妈妈没有把笔记本给吴启星看。

过了几天，外婆把吴启星叫去，偷偷交给她笔记本，说："你妈妈还不知道怎么面对你。她生你时太小了，有很多事情还没有准备好。你和你祖外公有些方面很像，你会在笔记里看到自己的。我和你祖外公、祖外婆之间也有过心结，我以前觉得是祖外公笔记里的这些事情让他抛弃了我。有些事情我到老了才释怀，可是已经有些晚了。我真的希望你不要有我的遗憾。"

吴启星在外婆的额头上亲了一下。

晚上，吴启星在房间里翻开祖外公的笔记本，里面有笔记，也有日记。红色的封皮下面散发出老旧的气味，但是里面记载的东西却是她想也没有想象过的一个全新的世界。

1959 年

结婚的前一天晚上，黄奔念向陈雪讲述了他遭遇沙尘暴那天的经历。

那天，卡车驶进沙尘暴里，不一会儿就失去了方向。黄奔念说他看得到方向。为什么？有人问。黄奔念想了想，可能是风蚀土丘的形状被大脑自动处理成方向了，这种大脑的自动处理对于自己是常有的事。

领队说那也不能再走了。车子停在一个土丘旁，队员们躲在车子和土丘之间。所有的布都拿来裹着脸。

晚上，沙尘暴停了，队员们从埋了半身的沙堆中站起来，抖落身上的沙子。夜晚不能开车了，队员们生起一堆火，清点了一下，子弹还有几百颗。他们做好了对抗狼群的准备。然而这天晚上狼群没有来，来的是一场怪事。

有人发现，漆黑的天空突然变成了灰白色，所有人确认了这一点。星星不见了踪影，有黑色的流星从天上射下来，但是不见什么东西掉到地面。那黑色流星只是不断地投射，看起来比灰白色的天空更暗，像挂在天上的几何图案。所有人都感觉到了什么，像是静电，但是是在身体内产生的，让人莫名地发痒。黑色的流星持续了一阵子，渐渐停歇了，天空也恢复了黑色，星星重新挂在天空。

队员们围坐在火堆旁，讨论着刚才的怪事。黄奔念指着天空说道："看哪！"

然而这次不是所有人都看得到。

"它过来了，你们没有看到吗？"黄奔念望着头顶上的天空问。

有人感觉到什么，一阵阵微微的发痒，但是没有人看到什么。

"还有呢，它们排着队！"黄奔念跑到戈壁滩上，惊奇得直跳脚。他朝天空大喊，又对着天空挥舞双手。其他人奇怪地面面相觑。

在黄奔念的眼里看到的，是一群巨大的动物。它们有着长长的鲸一样的身子，有着许多长飘带一样的附肢，漫出洁白的光。"鲸"的身体里也装满了白光，从天上优雅地游过。它们有时会碰撞摩擦身体，附肢飘动缠绕，像是交流的方式。但是它们看不到黄奔念的拼命示意，也没有发出声音。

一只"鲸"低低地俯冲下来。黄奔念缩起脖子挡住头。"鲸"从黄奔念身上穿过，像一阵微风吹过，实际上皮肤没有感觉到任何接触。黄奔念惊奇地看到，这只"鲸"的一部分腹部已经穿过了地面，它没有受到任何东西的阻碍，也没有被地面阻挡住影像。"鲸"从眼前经过时，能看到它的身上跟着一群小生物，仿佛在跟着"鲸"的水流游动。

眼睛睁得干涩，黄奔念眨了眨眼睛。他更惊奇地发现，当他闭上眼睛时，"鲸群"仍然在眼前！这时候世界的背景没有了，"鲸群"游在一片漆黑的虚空中。这说明他不是用眼睛看到的，是用什么他也说不清楚。

那一夜在篝火旁，黄奔念看了一整夜的"鲸群"，困了就躺下。

直到睡着，"鲸群"才在眼前消失。

第二天天光微亮，天气晴朗，站岗的队员把大家唤醒。黄奔念揉揉眼睛，以为"鲸群"随着梦境消失了。登上卡车的时候，他回头看到天边有一群"鲸"从昨天相反的方向游回来。

"再——见——"他朝着"鲸群"挥手喊道。

听完故事，陈雪走到屋外望向星空。在赛什腾山脉的巨大轮廓下，满天的星星向她眨着眼睛。她转过身对跟来的黄奔念眨着闪闪发亮的眼睛，说道："不管你看到的东西是不是真的，我都相信这个故事。"

2028 年

吴启星翻看了一夜的笔记本，第二天她打着哈欠抱着课本去上自习了。临出门时她在床头贴了一张纸条：距离高考还有 132 天。

根据祖外婆的遗愿，经过组织批准，祖外婆陈雪的骨灰将葬在冷湖烈士陵园里祖外公黄奔念的墓旁。茫崖市政府派人来护送骨灰盒，戴着白手套的护送专员敬了个礼，从外婆的手上接过骨灰盒。

吴启星闹着要跟妈妈一起去，于是母女俩第一次去到了遥远的冷湖。

祖外婆终于和祖外公团聚了，两个黑色的花岗岩墓碑静默地伫立在荒野中，不远处还有另一个黑色的墓碑。整个墓园里是四百多个在这里去世的，或者回到这里与亲人或战友团聚的石油人的墓碑，它们朝着故乡的方向，像一片小森林静静守在冷湖石油基地遗址的郊外。听外婆说过，1980 年祖外公得到平反后，坟墓迁到了被称为冷湖四号公墓的烈士陵园，安葬在同年一起平反的一个陈姓石油地质工程师旁边。吴启星对妈妈说，祖外公的日记里写到过这个陈老师。妈妈分了一些花给陈老师的墓。茫崖市政府的叔叔阿姨也到场了。这里只有人类，吴启星很快就开始觉得无聊，她什么奇异生物也没有看到。如果说祖外公是因为数学上的感受能力才看得到奇异的生物，那为什么当时勘探队的别人也多多少少感觉到了，她却什么都感觉不到？还缺少了什么？

走进石油城的废墟，这里已经成了被保留下来的遗址，像孩子玩剩下的一堆积木一样。吴启星独自走在只剩下残墙的房屋间，想象着年轻的祖外公和祖外婆从一间屋子里走出来，小时候的外婆也曾奔跑在这里的街道上。他们在这里平时玩什么呢？吴启星转头看到戈壁滩上的土丘，还有天上的云朵。她找了一个小土丘坐上去，看着天上的云。她的思绪渐渐平静下来，她知道那件事一定不是轻易发生的。她在地上捡了一块戈壁滩的石头，暗自下决心还会回来这里的。

晚上，在冷湖镇子上，吴启星惊讶地发现这里的星星比大城市里多得多得多。她看到了一批来这里采风的科幻作者，她出神地望着他们，觉得他们就像星星一样美丽。

冷湖成了一个莫名的梦想，吴启星为了那个谜拼尽全力地努力了一把。高考不算很理想，但是她执意报了一个普通学校的数学专业。学校离家很远，但是远远没有冷湖那么远。久未见面的爸爸开车送她去的大学。大学不像城堡，像一片牧场，她骑着马自由地奔驰。

吴启星随身带着自己的日记本和祖外公的笔记本。有一次宿舍插排冒烟了，她拿起笔记本就往外跑，被室友笑话了一个学期。

她自学了高一级的课本，最常待的地方就是自习室和图书馆。渐渐的同学们讨论的话题、玩的东西她听不懂了。在大学里，她成了一个透明人。

有一次她收到一个男生给她留下的纸条，男生想约她见面。她的心扑腾扑腾地就像要跳出来。她目不斜视地把纸条塞进了口袋，继续看书。第二天，她在心里默默计算着男生约定的见面时间，但没有去。

过了几天，男生又留下一张纸条，说道："你还没有了解我，为什么急着拒绝呢？"

这次她鼓起勇气去赴约了。她故意没有穿上好看的衣服，下了自习背起书包就去了。在食堂的日光灯下，男生穿着白衬衣，干净得就像一个童话。吴启星不敢看他的脸。她问男生喜欢什么，男生说喜欢看文艺电影，也喜欢看科幻电影。他们互相加了社交软件好友。

回到寝室后的几天，吴启星捧着手机，迟迟按不下发送信息的按钮。她收起手机，背起书包去看书了。

就在她鼓起勇气想要去向男生道歉的时候，室友来告诉她同学间对她的传言。她去打听得知，是那个男生在背后说了她的坏话。她生气地拉黑了男生，再也没有瞧他一眼。

现在的她心里只有一件事了。她坐在教室，拿出祖外公的笔记本，在稿纸上开始验算。两个学期过后，她已经验算了厚厚一本的稿纸。那种奇异生物的形象从数学公式中游出来，在她的脑海里盘旋，在上学的路上盘旋，在学校上空盘旋，在期末和开学往返家和学校之间的火车上方盘旋。

1959 年

黄奔念一有时间就一个人跑去戈壁滩上观察奇异生物。他觉得它们是世界上最纯净最美好的生灵，只有数学公式有这样的纯粹。看着它们，他感觉自己也变得洁白轻盈起来。

有一次，偶然间，他发现有一个生物会对他的手势做出反应。他高兴地跳着笨拙的舞蹈，吸引生物的注意。他给它起了个名字叫"大鲸"。

"大鲸"也很喜欢来找他玩。每次他来戈壁滩时，在路上"大鲸"就感应到了；他到了他们会面的地方，"大鲸"已经在那里摆动着"鱼鳍"等着他了。

没过多久，他们形成了一套简单的肢体语言。黄奔念爬到一个土墩子上面，对"大鲸"做出一个"起飞"的手势，"大鲸"就冲上云端，在云团里翻滚。黄奔念做出一个"俯冲"的手势，"大鲸"就滑翔着俯冲下来，潜入大地里，潜进深深的地底，又摆着尾巴游上来，从地面跃起，跃上他的头顶。"大鲸"有时也会给黄奔念发"手势"，然后观察他的行为。黄奔念发现，它的长短不一的十几个附肢能组合出复杂的情绪，它的交流大多是通过情绪来表达的，比如"雀跃"可以表达向上，"安静"可以表达下潜，有时它也会用"安静"来表达潜入天空，用脊背驮起倒坐的黄奔念。黄奔念跟着心情地起伏揣摩着"大鲸"的情绪的含义，一连几天心不在焉，超出自己的喜怒哀乐进行想象，又把自己放到另一个坐标系的空间维度去理解，才能猜出一点意思来。他心想，对方是不是也是拥有智慧的？

他盘腿坐在土墩子上面，抚摸着"大鲸"的额头，好奇"大鲸"能不能看到深埋在地里的矿藏和石油。他很快又否定了自己的这个猜想，如果是这样，他早就能够向别人证明奇异生物的存在了。

就这样，他的笔记本中的观察记录越来越厚。

黄奔念认识了一位下放来油田上的著名的石油地质学家，在基地的青海石油管理局担任地质师。前辈知识渊博，平易近人，黄奔念叫他陈老师。他说别叫我老师，叫我陈工就好。黄奔念私下里还是叫他陈老师。陈老师听说了黄奔念的处境，向管理局申请，带着祖外公去跑了几趟野外。

两人背着勘探工具行走在夏天长起了一些些骆驼刺的戈壁滩里。陈老师说："我听说你热衷于研究一种生物。"

"没错，那是神奇的生物……"黄奔念一打开这个话匣就滔滔不绝地讲起来。

陈老师没有打断他。

"太迷恋一种东西会陷入自我的想象。"陈老师等他说完以后说，"你怎么知道它们不是你靠想象的天赋创造出来的呢？"

"它们没有遵从我的想象。"黄奔念说，"它们有着自己的行为方式。有些事情我是计算了很久才想通的，在它们的世界里却是自然而然的。"

看过了黄奔念的笔记本后，陈老师没有继续评论什么，只是说道："真理不会因想象而产生，也不会因想象而破灭。"

黄奔念渐渐总结出了"大鲸"所在的世界的一些物理规律。他大胆地猜测，那个世界里面也有星球，奇异生物是在星球之间迁徙的。星球上和星球之间有什么呢？他不知道。让他担忧的是，他看到的"大鲸"和其他奇异生物开始越来越模糊。

1960年，黄奔念和陈雪的女儿出生了，他们给她起名黄思远。黄奔念抱着小思远掂着她的重量，欣慰地说："这是一个不需要去证明的精灵。"

小思远很快长到能够在石油城里到处跑了。黄奔念这一年也忙得很少去戈壁滩上看望他的动物朋友，他一直在心里惦记着。

有一天小思远打翻了桌子上的水杯，把黄奔念的笔记本泡了。黄奔念抢救出笔记本，把小思远吼了一顿。陈雪和黄奔念大吵起来。黄奔念一个人跑出了门。

他不知不觉走到了地中四井的井架下。井喷残留下的一片油海倒映着天空。黄奔念走到油海边，看到自己的倒影，倒影也映照着他，他们互相沉默地看着。

突然"海面"破碎了，倒影被撕裂成无数块，动荡着。黄奔念发现是一只野鸭误降落到了油海里。野鸭被原油粘住了，怎么扑腾都无济于事。黄奔念蹲下来伸出手，够不着，他想找个工具把野鸭捞出来，但是附近没有可作为工具的东西。再看时野鸭已经溺死在油海里了。

他呆呆地看着又逐渐恢复平静的"海面"，倒影重新凝聚在上面。远处的赛什腾山无言。

黄奔念回头，看到陈雪抱着小思远站在后面。他沉默地站起来，走过去接过小思远，跟着陈雪回家了。

之后他还会偶尔去到戈壁滩上，但是他再也没有把奇异生物的事拿出来公开说。

2032 年

吴启星大学毕业，考上了中科院的应用数学方向研究生。她第一时间跑回家给卧病在床的外婆报喜。

外婆笑着说："小星星越来越闪亮了。"

吴启星说："对了，外婆你也看过冷湖的星星吧？可多了！"

"我很小的时候看过，再看就很大了。现在，想看看不着了。"

"没事的外婆，"吴启星说，"等你身体好了我带你去。"

外婆呵呵地笑起来，"当年啊，你的祖外公就是这样躺在床上，给我和祖外婆讲了一个童话故事，后来我再也没有在别的地方见过那个童话，可能是祖外公自己编的。可惜现在丢失了很多记忆，我想不起那个故事的细节了，只记得很美。我希望我最后也能像那个童话一样美。"

吴启星梳着外婆的头发说："说什么呢，您现在就有这么美！"

吴启星走之前，外婆拉着她的手问："上完大学，你有看上的男同学吗？"

吴启星说："没有，都是丑八怪。"

外婆拍了拍她的手背，"别急，慢慢找，你会找到王子的。"

研究生入学的那一天，吴启星注意到一个叫叶曲的男同学。他说数学天才头脑里的数学不是靠想出来的，是看到的。

下课后，吴启星找到叶曲，问他："如果有一种只有一个人能看见的动物，也不与现实世界发生相互作用，有什么办法可以证明这种动物存在吗？"

叶曲没有嘲笑这个荒唐的问题，他认真想了想，说："你听说过卡尔·萨根的龙吗？"

"卡尔·萨根的龙？"

"卡尔·萨根在他的最后一本书《魔鬼出没的世界》里写过这样一个故事：有一天他声称他的车库里有一条喷火的龙，朋友赶来并没有看到，他又补充说那条龙是隐身的。朋友提出可以撒一些粉末在地上让龙的足迹现形，他说龙是飘浮在空中的。朋友提出那可以探测龙喷的火的温度，他又声称龙喷出的是没有温度的火焰。朋友说，喷漆让龙现身总可以了吧？他说，龙是非物质的，油漆接触不到它。就这样，朋友提出的任何验证手段，总会被他以某个理由规避掉。这是卡尔·萨根根据当时的各种伪科学骗局做出的比喻，这样一条没有实体，不影响现实，不能被探测到的龙，和'根本没有龙'之间没有任何区别。"

"你是说……这条龙是伪科学？"

"波普尔提出过一个可证伪原则，用来判断一个问题是不是科学问题。简单地说就是，当且仅当一个命题是可证伪的，这个命题才是科学命题。卡尔·萨根的龙揭穿的就是不可证伪的伪科学骗局。"

吴启星的眼睑低垂下来。她谢过叶曲，心不在焉地走了。

1965 年

不知不觉，小思远已经五岁了，聪明得已经可以掐着手指帮妈妈算账了。她就像一朵莲花来到世上，不沾染任何东西地生长起来。就连调皮捣蛋都像一串摇晃着的清脆的铃铛一样。世间重要的东西大概就是如此。

在生活之外的另一个世界，"大鲸"就像带着心情的云一样。黄奔念经过与"大鲸"很长时间的交流才意识到，"大鲸"也是能理解逻辑和物理概念的，比如它会先把长度比喻成一种情绪，然后表达这种情绪的强烈程度。

这一年，黄奔念听说南京中科院古生物研究所的人来冷湖考察介形虫化石，他背着干粮和水在戈壁滩上找，硬是在戈壁滩深处找到了考古队的野外帐篷。

他走进帐篷里，感觉走进了一个森林中的神秘的小木屋。堆放着的标本箱子、取样工具和测量仪器就像小木屋里的锅子和架子一样。科学家就像森林里的先知，脸上的干裂仿佛古树。

考古队员们惊讶地看着这个被太阳晒成黑炭一样的男青年，还以为一只黄羊闯进了帐篷。

黄奔念拘谨地递上自己的工作证，然后递上笔记本，请古生物研究员帮看看。

一个看起来是队长的研究员把帐篷里的地图、测量图收起来，才接过笔记本。一页页翻开，他的表情从警惕变成惊讶，然后他招呼另外几个研究员来看。众人围观了一圈，又拿出笔来画草图，拿出图册来比较，就像研究一本遥远的游记。

队长把笔记本递还给黄奔念，问："这真的是你在戈壁滩上看到的生物？"

黄奔念点头。

"我用我的知识仔细地分辨了，我没法证明你是错的。"队长说。

黄奔念开心地咧嘴笑起来。

"因为它们匹配的是另一套物理规则，所以我也没法证明你是对的，除非我能看到它们。"队长说。

黄奔念点点头，眼眶里转着泪光。这就够了，这已经是他获得过的最大的肯定。

"你记录的这些生物显然带有演化的痕迹，你要么有关于生物演化的知识，要么是真的看到过它们。不管怎样，你是个不一般的知识青年。"队长拍了拍黄奔念的胳膊。

研究员们也纷纷上来拍着黄奔念的胳膊，像见到老乡一样把他围在中间。他们邀请黄奔念参观他们采集的介形虫标本，就像孩子分享玩具一样。他们和黄奔念互相分享在这一带遇到的奇闻轶事，又留他下来一起吃饭。直到天色开始暗下来，黄奔念才依依不舍地告别。

回去的路上黄奔念一边抹着眼泪一边笑着。这是他度过的最幸福的一天。噢，应该是和井喷的那天还有结婚的那天还有小思远降临的那天一样幸福的一天。不同的是，这一天是属于他自己的。

后来考古队的人对油田的领导说，你们那里有个人数学很了不得，想象力也很好，是难得的人才。油田上关于黄奔念的事情悄悄地传开了，黄奔念走在路上跟他打招呼的人也多了起来，人们叫他"黄数学"。

一天傍晚，黄奔念牵上五岁的小思远走到旷野上。走了很远，一直到回望石油城已经变成小小的一片了，黄奔念蹲下来指着石油城的方向，对小思远说："你看这座小城，在你出生的前一年还是一片戈壁荒滩。"

小思远眨着眼睛，看着家的方向。她不知道爸爸要让她看的究竟是什么，她总觉得爸爸的眼睛还在看着别的什么东西。

"你听过丑小鸭的故事吧？"黄奔念问。

小思远点点头。

"你看这个小城里住着的人，他们从这里还没有一块砖的时候就来到了这里，把这里当成家，因为他们能看到未来的城市。这个世界上总有人可以看到别人看不到的东西，他们会把丑小鸭变成白天鹅，他们有一天也会变成白天鹅的。"

小思远似懂非懂地望着白白的云朵下，被夕阳照着像饼干一样可口的小城。她咽了一口口水，记住了一句话，人有一天会变成白天鹅的。

秋风中，赛什腾山环抱着一对小小的父女，也环抱着一座小小的城里生活着的人。

进入深秋的一天，陈雪心急火燎地跑来对黄奔念说："你的事情传出去了，有人要对你进行新一轮批判，这次更严重了！"

这个消息黄奔念就像没听到似的，他从书桌前站起来，惊喜地对陈雪说："我解出来了，它们是有智慧的生物！之前没有发现是因为它们的公理系统和我们的不同，原来他们能理解公理系统转换后的勾股定理！"

陈雪看着爱人，眼泪流下来。

黄奔念捧着她的脸问道："怎么了我的小雪人？"

陈雪依偎在他的胸口，让要说的话消融于心中了。

2033 年

吴启星面前的一张稿纸上，写着密密麻麻的数学公式，这些公式已经远远超出了课程的要求。

叶曲走过她旁边，看了片刻，说："非球形引力摄动①，多体摄动，你怎么计算这么复杂的东西？"

---

① 摄动是指一个天体绕另一个天体按二体问题的规律运行时，因受别的天体吸引或其他因素的影响，其轨道产生的偏离。

"为了证明一些东西。"

"你可以用软件算，会省事得多。"叶曲建议道。

吴启星把一本笔记本拍在桌子上，"没有计算机的时候呢？"

叶曲拿过笔记本翻看，问："这些设定是谁写的？"

"我的祖外公。"

"他在那个时候就会虚构一个世界了？"

"这就是他看到的卡尔·萨根之龙。"吴启星抬头对叶曲说。

一个月后，叶曲约吴启星来实验室。

叶曲把数据模型跑在大屏幕上。展现在吴启星面前的，是一个简化了的星系，鲸群一样的生物受引力曲线影响，也利用着引力曲线，在星球之间迁徙。更神奇的是，它们自身就可以改变引力曲线，所以它们之间的运动涉及非常复杂的多体摄动。有时它们会聚集停留在空间中的"洄水"区域，也就是笔记里记录的冷湖地区，这时的摄动还涉及大量的非球形摄动，连计算机都要简化以后才能模拟出来。

叶曲说："建模表明，数据是自洽的，确实可以还原出一个物理法则与我们的世界不同的世界。"

吴启星沉入了那个世界里，直直地望着前方，她仿佛看到了那个世界在自行运转着，星辰环绕，生物洄游。过了一会儿她才发现自己盯着的方向是叶曲。叶曲低头，红了耳朵。吴启星也红了脸。

2035 年

研究生毕业那一年，吴启星对妈妈说："我就要解开祖外公藏在笔记里的故事了，我要回到冷湖去验证这一点。"

吴立秋的眼里泛起一点光芒。"带我去吧。"她恳求道。

回到冷湖，叶曲开车来接她们。沿着荒凉的公路穿过火星一样的戈壁滩，他们来到曾经环抱着石油小城的赛什腾山。

山上竟然有一座天文观测站，之前吴立秋完全不知道，吴启星也没有来过。叶曲进了中科院国家天文台读博，他的第一件事就是来到这里。

车子沿着碎石路开上光秃秃灰扑扑的赛什腾山脉，到了有一片光伏发电板的地方就是观测站的主建筑了，这里已经建起了一些圆的方的房屋。

叶曲领二人走进最高处的一座圆顶建筑。在一楼大厅里，中间放着一个减震台面，一个真空玻璃罩里用细丝悬挂着祖外公的一页笔记，上面贴着平整的特制的镜面纸。这是吴启星和叶曲联合设计的一台实验装置，吴启星第一次看见它的成品。

吴立秋看到这个场景，感觉完全插不上话了，她感觉女儿已经远远走在了她的前面，这是一种微微的落寞的幸福感。

三人等到晚上，微红色的暮云落下了山脉尽头。叶曲打开实验台旁边的一个保护盖，里面是一个橙色的按钮。

"你来吧。"叶曲对吴启星说。

吴启星站在实验台前，深吸了一口气，按下按钮。

一道激光从夜空中水平射过来，穿过建筑的一道门，射到玻璃罩中的镜面纸上，又原路反射回去。

吴立秋望向激光的那一头，看不到头。

"另一头在十公里外。"叶曲对吴立秋解释道。

激光自动对准。一台笔记本电脑上显示着另一头传来的数据，数据在屏幕上处理成波形。

"这是根据引力波探测器的原理改装的，是一个简化版。"叶曲继续说，"如果纸张受到微弱的作用力，干涉波形就会变化。如果是什么事也没有发生的正常情况，波形不会变。"

屏幕上的波形一直保持着规律，没有变化。吴启星紧紧盯着。

时间一秒一秒地过去，一分钟一分钟地过去。月亮升起在赛什腾山上。

叶曲把手搭在吴启星的肩膀上，说："可能我们想错了。"

吴启星不愿意放弃，仍然盯着屏幕。

"唉。"吴立秋叹了一口气。

这时，屏幕上的波形动了一下，一个小小的干扰波上下错开了。然后是陆续的一连串小波。干扰波越来越大，已经远远超过了其他扰动能带来的误差。虽然肉眼看上去，那一页笔记纸仍然纹丝不动。

吴启星冲出门，望着一望无际的戈壁。

"初步确认，数据有效。"叶曲微微颤抖的声音传来。

夜幕覆盖下，戈壁滩就像盖在一张墨色的巨毯下，一如往常，静谧，安宁。

这天晚上，三人驱车来到烈士陵园，来到黄奔念和陈雪的墓前。

"祖外公、祖外婆，卡尔·萨根的龙是存在的！"吴启星告诉两位老人。

吴立秋蹲在墓前，点燃一炷香。看着香燃了一阵子，她问："为什么只有他能看见呢？"

叶曲说："还没有结论。我们猜想是一种能量'磁化'了他的大脑内的物质，也'磁化'了笔记本上的物质，'磁化物质'能够感应到一种平时不与我们的世界产生作用的物质。可能是在黄奔念的日记里记载的那个异常天象下产生的。'磁化'只是一种比喻。被'磁化'的物质会被人体慢慢代谢掉，所以他看到的奇异生物越来越模糊。"

吴立秋站起来，面对着墓碑，对吴启星说："祖外公讲的童话，你的外婆给我也讲过，当时她讲得很清楚，我每一个字都记得。我给你们讲讲吧。"

1967 年

陈雪两年来一直护着黄奔念,她豁了出去,别人也不敢硬着来,或许是可怜她。

陈老师上一年悄悄地走了,他一直穿得工工整整的,给黄奔念留下一句工工整整的话:"能看见真理的人是幸福的。对不起不能再带你了。"

陈老师走后,黄奔念更常往戈壁滩上跑。重体力劳动加上有一次在戈壁滩上淋了雨,他病倒了,不停发恶寒。

陈雪把能弄到的药都弄来了,但是缺少营养不行。她去贸易公司换鸡蛋,排到的时候已经一个也没有了。

她回家收拾了一下,对躺在床上的黄奔念说:"我搭车去敦煌买鸡蛋,明天回来,桌子上有馍馍,让思远照顾你。"

黄奔念拉住她的手说:"别去,别去……"

陈雪见状不敢去了。

到了晚上,黄奔念说:"我给你们讲一个童话故事吧。"

黄奔念让陈雪把家里剩下的一根蜡烛点上,把灯熄了。烛光下,就像燃着一个温暖的火炉。

陈雪坐在床边,黄思远趴在黄奔念怀里。

黄奔念开始讲那个叫《小岛的眼睛》的童话。

在遥远的大海上,航行着一艘大船,船上最高的一间阁楼里,住着一个小公主。小公主有着一双王国中最闪亮的眼睛。这是她第一次跟着父母出海远航,她已经准备好了用这双眼睛去看最美丽的新的世界。她要为所有见到的事物唱最动听的歌,为月光下的海浪和跃起的大银鱼,为阳光下的鲸的水柱和停落在甲板上的海鸥。甲板上传来的那个最响亮的，忽东忽西的，像银铃一样的笑声，总是她发出的，错不了。半夜里，她的梦从阁楼上展翅飞起来，飞向银色的广阔的大海。

然而，有一天的一场风暴打碎了她的梦。船被大浪抛得高高的，她看见黑色的浪像斧头一样劈开船身。人们的尖叫声被卷入狂风中。当她落到海面时，只看见海上的碎片了。她拼命抓住一块木板，漂向了大海的深处。

第二天早晨，小公主被一个声音唤醒。她在一座小岛的海滩上醒来。就像她梦中的小岛，海浪洁白，沙滩是银色的，踩上去又细又软，岛上结着吃不完的水果，清甜又解渴。小公主赤着脚走上小岛，岛上是细细软软的草地，挠着脚板底，草地上长着可以爬上去睡觉的不高不矮的大树。岛的北边是一座高高的悬崖。走到岛的中间，是一片镜子一样的湖。湖的中间还有一个小岛，远远地看去，湖心小岛上有一间小木屋。小公主心想，要是能住在那里，一定舒适极了。她在湖岸边发现了一条小木船，上面放着一对桨。小公主爬上船，用笨拙的姿势划到了湖心小岛。好在没有人催促她。

小木屋没有人居住，但是铺着松软的床，有一个堆满柴的壁炉，一个能够望见傍晚湖面上升起的雾气的窗子。

"你就住在这里吧。"一个声音说道。这正是唤醒小公主的声音。

"你是谁？"小公主问。

"我就是这座小岛。你的眼睛真闪亮啊，你愿意成为我的眼睛吗？"

"我为什么要成为你的眼睛？"小公主问。

"唉，我受了诅咒变成了一座空梦岛，我在这里日复一日地做着空空的梦，就像月光下的草地一样。如果你肯做我的眼睛，你就能替我看见我的梦境里本该有的东西，我也就能梦到它们了。"小岛哀伤又满怀期待地说。

"好吧。"善良的小公主说，"我要怎么做呢？"

小岛说："首先你要知道，做了这双眼睛，就再也不能走出这座小岛了，除非你永远忘记你见过的梦境。"

"这可不行！"小公主说，"我还要等爸爸妈妈来接走我。"

"他们已经沉进了海底。我亲眼看见，黑色的水草埋葬了他们，红色的珊瑚成了他们的墓碑。"

小公主美丽的眼睛涌出泪花，她伤心地哭起来，哭了一整个晚上。她觉得自己成了世界上最最孤独的人儿。哭累了以后，她躺在松软的床上睡着了。小岛在晚上也陷入了空梦中，没有回应小公主的呼唤。

第二天，小公主问："我要怎样成为你的眼睛呢？"

小岛的声音回来了："你需要爬上北边的若高崖，爬上一棵高大的神药树，采下树顶最嫩的枝芽，熬成药汤喝下。每过七七四十九天就要喝一次药汤。当你想要离开这座岛时，你就挖出一截树根熬成药汤喝下，这样你会忘记所有曾见过的梦境。"

小公主再也没有犹豫地来到小岛的北边，攀着藤蔓爬上满是青苔的一踩上去就打滑的若高崖。神药树有粗粗的树干，要十个小公主才能抱得下。小公主踩着树干上的疙瘩往上爬，几次差点摔下去，好不容易爬上了树顶。她采下嫩芽，用小木屋里的锅熬成药汤。喝下去后，就像什么事都没有发生。

"今晚你会睡个好觉的。"小岛说。

晚上，一条大鲸鱼从天边游来了。它有着比海里的鲸鱼更宽广的翅膀。随着它而来的是各种各样的小动物。小鹿、兔子、百灵鸟、蝴蝶……这些动物是半透明的，像雾气一样，或者从空中跳下来，停留在草地上；或者在空中遨游。它们布满了小岛。

动物们惊奇地围绕着小公主。月光照在草地上，大鲸贴着草地游过，像风一样，没有撞到小公主，留下的闪闪银光就像月光碎成的粉末。小公主追逐着一只兔子。一只小鹿从旁边跑过，一蹦一跳的，又回过头来等她。一只百灵鸟落在小鹿的犄角上，唱着歌儿。小公主也唱起歌儿。几只蝴蝶在草丛间翻飞，不时停在小公主的秀发上。

"这就是你的梦境吗？它真美！"小公主说。

空梦岛没有回答，它已经沉入不再空空的梦中去了。

小公主回到木屋里，看着窗外的动物们，躺在软床上睡着了。在早晨天亮之前，动物们悄然回到天空，远去了。

"谢谢你，我又能做梦了。"第二天小岛对小公主说。

"谢谢你，用你的梦境陪伴我。"小公主说。

每天晚上，都会有一群动物来到岛上，每一天的动物都有些许不同。小公主每隔四十九天喝下一次神药树的药汤。有一次小公主看到一只肥大的蛤蟆肚子朝天飘浮在空中，呱呱地唱着歌。还有一次她看到白马钻过云的缝隙奔跑在湖面上。

有一次她在奔跑时被一丛草绊倒了，摔了一跤。

"你没事吧？"草地上的一只松鼠用细小的声音问。

"你们会说话？"小公主惊奇地说。

"当然，我们的世界里，动物都会互相说话。"

"你们的世界？你们在梦境外面还有一个世界吗？"

"梦境？"小松鼠摇摇头，"我们的世界就是我们的世界，不是什么梦境。"

一只高大的雄鹿走过来，用树干一样厚实的嗓音说道：

"我们在遥远的岛之间旅行，路过这里。"

小松鼠跳上了雄鹿的大树一样的角，"我们的世界和你们的世界互相是看不见的，但是你很特别。你的眼睛真亮呀。"

小公主说："谢谢。你们能给我说说你们世界的事吗？"

"在天亮启程之前，当然可以。"雄鹿讲了起来。小松鼠时不时地插嘴。

小公主知道了，大海的深处漂流着巨大的、人看不见的海岛。海岛上的大树生长成城堡，动物们在海岛上有着自己的生活，树木结出的最红的果子要给将成为王的那只动物。人感觉不到的风从一座海岛吹向另一座海岛，动物们乘着风旅行。

小公主着迷地听着，直到在草地上睡着了。第二天醒来，昨晚的动物已经离开了。

小公主质问小岛："那些来客不是你的梦，对吗？你不可能知道遥远世界的事情。"

小岛说："我承认……它们不是我的梦。我不知道怎样解除空梦的诅咒，所以我骗你喝下神药树的药汤，让你看见它们，我用它们来装点我的梦境。你有着这样闪亮的眼睛，我多想看到你看到的东西……"

小公主原谅了小岛。她给人们看不见的动物起了个名称，叫空空动物。她继续听来到岛上的空空动物们讲另一个世界的事情，她也会给动物们讲她的故事。小公主的事情在空空动物中传开了，所有动物路过这里都会来岛上看一看小公主。每天晚上，小公主的身边都围满了大大小小的动物，她不再感到孤独。

空空动物感谢小公主把他们的灵魂带到这个新的世界上，小公主也感谢空空动物带去她的故事。空空动物雀跃着说："我们是有灵魂的！"小公主说："是的，你们是有灵魂的，我也是有灵魂的。"

小岛则继续做着美丽的梦。

渐渐地，小公主长大了，长到可以去见识更多的王子的年龄了。

有一天，海上刮起了大风，一艘大船在海滩上搁浅，一个王子和他的随从来到小岛上。

小公主用丰盛的水果款待了他们。

王子赞美道："你真是我见过的最善良最美丽的姑娘！你的眼睛就像黑夜里的星星一样。"

"别人都这么说。"小公主不好意思地说道。他给王子讲了小岛、神药树还有空空动物的故事。

"真的有那样神奇的东西吗？你可以带我去看看那棵树吗？"王子说。他的眼睛充满着期待，他英俊的脸庞让小公主无法拒绝。

小公主带着王子爬上了高高的若高崖。小公主爬上高高的神药树顶，给王子摘下一棵嫩芽。"喝下它熬的药汤，你就能和我一样看见空空动物了。"小公主对王子说。

王子抬头看着高大的神药树，高兴地说："太好了，有这样一棵大树，就能修好船了。"

王子叫来随从，砍下了神药树。大树倒下的时候，好像小岛也震动了一下。

小公主哭着阻拦王子的随从们，但是无济于事，神药树已经被砍成一截一截的抬往海滩上的大船了。

"不要伤心。"小岛说，"神药树的根还在，你还可以离开小岛。"

"我离开了，你就又做空空的梦了。"小公主说。

"那又有什么关系呢？我就是这样过来的。"

王子从人群中走过来，捧着小公主的脸说："不要伤心，我仍然喜欢你的闪亮的眼睛。登上我的船，随我一起离开这里吧，我会把你接回皇宫。"

小公主退后一步说："不，你砍倒了神药树，我再也不要相信你了。"

"我不得不做更有用的事情。我会去寻访一颗神药树的种子，把它带回小岛。我保证。"王子望着小公主的眼睛说。

"可是，我也不想忘记空空动物们。"

王子想了想，说："我会回来这里，在岛上建造一座宫殿。"

"真的？"小公主带着泪花问。

王子点点头。他获得了小公主的一个吻。

王子乘着大船走了，小公主留在小岛上。药效过去后，小公主再也没有见到空空动物。她每天都会到草地上等待。

有一天，小岛对小公主说："你喝下神药树根的药汤吧，乘着剩下的一截木头离开这里。"

小公主在空空的草地上坐了一整个晚上。第二天，她回答："我不想忘记空空动物们。它们因为我，才在这个世界上有了灵魂。"

小岛发出一声哀叹，再也没有说话了。

小公主独自在小岛上度过了余生。她不知道自己是在等待王子回来，还是在等待空空动物回来，还是在等待一棵神药树重新生长出来。

有一天她在梦中梦到岛上长出了一棵新的神药树芽，她天天给树芽浇水。终于，神药树长到天上去了。下了一场神奇的雨，空空动物们回来了，围着她叽叽喳喳，巨大的鲸鱼在天上跟她打着招呼。长到天上的神药树使得全世界落下的雨都有了神奇的药效，淋过雨的人们都可以看见空空动物了，空空动物也能看见人们和人类的世界。远方的游客慕名来到岛上学习与空空动物交流的方法。获得了这一能力的人航行在海上，就会有成群的空空动物飞在天上为他们指引方向，帮他们避开风暴和恶浪。人们进入了新的大航海时代。小公主每日忙着招待来到小岛上的学习者，教人们认识每一个动物。她不再感到孤独。

没有人来唤醒小公主的这个梦，她睡得是那么香甜。

故事讲完时，蜡烛也快要烧完了。陈雪感到惋惜，叹了一口气。黄奔念躺在床上，气息均匀，他伸出手对陈雪说："剩下的蜡烛还够跳一支舞的。"陈雪笑着打掉他的手。

第二天，陈雪在门外看到一篮鸡蛋，就像小精灵送来的。后来黄奔念的身体并没有像陈雪担心的那样恶化下去，只是在好转以后留下了病根。

2035 年

吴立秋讲完了那个童话故事，墓园里静静的。她看见吴启星和叶曲拉着手，就找了个借口离开了。

叶曲开车带吴启星来到火星一号公路上。这是老基地遗址外一条穿越俄博梁雅丹地貌的公路，叶曲说这条公路一头通向神秘，一头通向真相。夜色里的公路还带有一点温度，叶曲把车停在路边，两人坐在车前盖上。叶曲关掉了车前灯，旷野上只有白霜一样的星月照亮，路两旁的土丘像保守着秘密的时间的见证者。

叶曲问："你的祖外公是一个什么样的人？"

吴启星说："其实我也不了解他。我外婆说祖外公和我有些方面挺像。如果我们见了面，可能会吵起来吧。"她笑道。

"你有没有想过，你的祖外公为什么和同时遭遇了那场天象的其他人不一样?"

"想过，我研究过很多和他相似的案例，也请教过神经科学的专家，这可能是和一种大脑重建的天赋有关。"

"哦?"

"比如，有一部分盲人能够利用回声来定位，识别大致的物体，他们激活的是大脑的视觉中枢，有极少数盲人经过训练可以在大脑中重建出回声定位的虚拟图像。音乐家能够将看到的乐谱重建为大脑里的'音乐会'。和祖外公相似的情况是数学家欧拉，据说双目失明的欧拉能够在大脑中'看到'数学的宫殿，他仅凭心算就完成了不可思议的复杂计算。这在数学家里也是一种罕见的天赋。"

"你觉得是黄奔念的大脑的重建天赋，使得他把一种微作用力重建为视觉图像?"

"我希望是这样，这多美啊!"吴启星抬起头，看着满天的星星。她知道这有多难，就像要在这片戈壁滩上，仅仅依靠皮肤辨认出这条公路散发的热辐射，并且在大脑中重建为热成像图像。但是这对于热成像仪来说却不难。

叶曲接上了她的想法，说道:"如果是这样，我们也可以重建出图像。只是……"

"需要算法是吧? 你解决超算资源，我解决算法。"

叶曲看向吴启星的侧脸，就像看着星星一样，"一言为定。"

二人躺在车前盖上，看着天上。他们感觉到，赛什腾的眼睛已经张开了一条缝，当这只眼睛完全张开时，世界将完全不同。

"你现在还认为那是卡尔·萨根的龙吗?"吴启星说。

叶曲说:"我道歉。波普尔的证伪主义并不是天衣无缝的，它受到的质疑之一就是无法涵盖难以验证的黑天鹅事件。你的祖外公就是一只黑天鹅。"

吴启星笑起来，"他听到了会开心的。"

"他更应该开心的是，他让那些生物存在于我们的世界。存在即感知。"

"什么？"

"贝克莱所说的，能被观念感知到的事物才会存在。罗素把物质定义为'满足物理学方程的东西'。这正是你的祖外公证明的东西，他用他的数学证明向世界宣示了一种可以被感知的方式。"

"其实它们一直存在着，不是吗？知道了这一点就再也不可能视而不见了。祖外公他永远走不出那个小岛了，我们也是。"

叶曲沉默着，眨着眼睛。

叶曲就躺在离吴启星不近也不远的距离上，这让吴启星总感觉到一股逼人的热量。一种不安从心底升起来，仿佛是没有带伞，又突然遇到暴雨前的艳阳天的感觉。她的目光从星星退到头顶上的这片天空，他们就像乘着小船漂在海上。她想象着优雅的生物从天上游过，在旷野上散播出远古的歌声，小船从巨大的鲸腹中穿过，如此近，又那么远。

这让吴启星的心情平静下来，平静地波动起来。

1968 年

黄奔念和陈雪商量后，把小思远送到了上海的亲戚家养。亲戚来接她的时候，小思远哭个不停，就像把天都要哭塌了。黄奔念和陈雪回到家抱头痛哭了一场。

第二天就下起了大雨。雨陆陆续续下了三个月，戈壁滩上都开出了花。最让黄奔念发愁的事情是，他看到的奇异生物已经依稀难辨了，只有翻开笔记能证明它们存在过。

黄奔念又一次生病了，这次比上次更重，躺在床上难得动弹一下。好在陈雪囤了鸡蛋，却发现大部分鸡蛋因没舍得吃而放坏了，能吃的只有几个。油田组织人去戈壁滩上打了黄羊回来分给大家，陈雪跑去据理力争，给自家和其他几户落后家庭也争取到了配额。她提了一斤黄羊蹄子回来，炖了汤，对黄奔念说："没有什么肉，多喝汤吧。"

黄奔念怕起床上厕所麻烦，也没有多喝。陈雪不高兴，黄奔念就气息恹恹地学羊"咩咩"叫，说羊还可以换一只鹅呢。陈雪被逗乐了，笑完她发现黄奔念已经睡着了。黄奔念在迷迷糊糊中说听到一只大鲸在呼唤他，就在荒野上。陈雪朝窗外看去，乌云压着荒野。

有一天，又下了入秋的一场冷雨，陈雪摸到床上空空的被子，黄奔念像鱼儿滑上了天空。

2035 年

吴启星加入了中科院国家天文台，和叶曲搬到了一起，在北京朝阳区一个老小区里。他们的新家不大但收拾得很干净，她感觉脑袋蒙蒙的，总觉得不真实，一切东西都很新，新得不像自己的。

她走进位于朝阳区的国家天文台大楼时，感觉就像走进了一座梦中的宫殿。

她在一间办公室里见到了一群奇怪的科研人员。奇怪是因为他们不全是国家天文台的人，他们来自各个机构各个领域。基础科学局的论证组牵头人，他带来的人来自力学研究所、测量与地球物理研究所、生物物理研究所、理论物理研究所、几大天文台，一共八人。

叶曲介绍说："在座的都来自'中科院中立观测论证组'，这位是论证组的牵头人于大群博士。"

于大群站起来，一一介绍了众人，对吴启星说："吴启星，这个项目缺了你可不行，现在我邀请你加入我们。"

"中立观测？我怎么从来没听说过这个领域？"吴启星说。她望向叶曲。

叶曲一脸无辜。

于大群呵呵笑着说："不怪他，他也是刚知道。这个计划因为你才存在，如果成功了，我们就是开创这个领域的人。你听说过中观世界吗？"

"我听说过佛教的中观，经济学的中观，物理尺度上的中观。你说的应该是后者？"

"接近了。"于大群叫吴启星一起坐下，慢慢说，"中观世界这个概念在科学里被讨论得很少，对概念进行推广的是生物学家道金斯，就是写《自私的基因》的那个。他提出，人类以自己作为参照系去理解宇宙，导致我们对宇宙的理解受到限制，这就是'中观世界'，人类中心的世界。所有动物，包括人类，它们的大脑建立起的'真实世界'的模型各不相同，基于不同的生理演化基础，都是为了协助生存而诞生的功能。如果中微子有意识，它们理所当然会认为岩石是空洞的，宇宙的大部分都是空洞的。"于大群拿起桌子上的一个原子模型，揉了一小团纸从中间砸过去，纸团轻易地穿过了"原子"。"要跨出中观世界的局限，成为'中立观察者'，是非常艰难的事，我们需要唐·吉诃德一样的探索精神，需要黄奔念这样的人，需要你这样的人。"他望着吴启星。

需要小岛的眼睛。吴启星在心里默默地说。"需要我做什么呢？"她问。

于大群说："太好了。你先别急，我先跟你说说这个领域的基础理论。"

"我以为这个领域还是一片空白呢。"

"哈哈，永远有更早的人。"于大群说，"我们可以把中观世界的概念拓展一下，拓展成宇宙学上的中观世界。前些年，一个印度物理学家拉尔曼提出过一个猜想，作为总宇宙演化结果的一部分，我们的宇宙只是一部分我们能够观测到的世界，还有一部分世界是不对我们的可观测世界产生任何影响的，叫作'不存在宇宙'。但是这个'任何'说得有些绝对了。黄奔念的笔记证明了一个近年来出现的猜想，'桥粒子假设'——两个宇宙摩擦，会在一段时间里产生一种中速衰变的稀有桥粒子，它们在两个宇宙中成对产生，且虚实对应，两类粒子互相影响，可以在微弱的程度上连接两个世界。这样'不存在宇宙'就不是完全不存在了，就得叫'虚宇宙'了。由于这种作用力散落在极微小的空间尺度内，不能聚合，所以虚宇宙总体上还是不能影响我们的宇宙的。"

"黄奔念的身体里和笔记本里捕获的就是这种粒子。"吴启星说。

"现在只剩下笔记本里的了。"于大群说。

"所以你们需要我祖外公的笔记本？"

"我们需要笔记本，也需要你。"

吴启星点头。

"为了让你有个心理准备，我得告诉你，我们会把你的祖外公的笔记本粉碎掉，但会事先复制一份尽量一模一样的笔记本给你。"

吴启星想了想，说："我要去说服我的外婆和妈妈，我相信没问题。"

"那么——"

"还有什么问题吗？"吴启星问。

在场的人笑起来，这是带着善意的笑。于大群说："看来你确实忽略了最大的问题。虚宇宙的性质决定了这项研究的价值可能是'无用'的，夸张的话，甚至可以说在科学的边界之外。一旦踏进了这个领域，你可能要承受一辈子的冷清和孤独。你想好了吗？"

吴启星环视众人，他们纷纷都站起来了，像一群拿着生锈长矛的骑士。她看向叶曲，叶曲眼神坚定，朝她微微点头。

吴启星郑重地点点头。她掏出那一本红色封皮的旧笔记本，贴在心口。

旧地球历 3258 年，大宇航历 677 年

日志 677056：恒星际飞船"世界树号"。飞船受到的

撞击是致命的，我们不可能赶到任何一个目的地了。飞船太古老了，以至于有些部分已经不能再维修。我们被困在这艘森林一样的巨大飞船里，还剩下四十多天的无所事事的时间。

这个时代的人类已经不再是原来的形态、性别，他们使用的是古老的人称代词"他"或"祂"。艾尔米尔拖着舒展的四肢在船舱里游动，他是一个导航精灵，有着二分之一的旧人类血统，这从他的那颗大脑袋可以看得出来。在这艘船上人们已经忘了他的名字，只记得他的职能是导航精灵。

"在最后的好日子里，我要去做我自己的事了。"导航精灵说，"祝各位好运。"

金属义眼的船倌，眼睛冒着红光，他敲着控制台呼喊着水手。

附身在外骨骼上的水手抓着舱壁上的抓手爬进船头堡，骂骂咧咧地说："能干的都干了！你在出发的那天就说过，我们会葬身宇宙，难道只是过过嘴瘾？你好好想想怎么让铁森林的居民们接受这件事吧。"

宽大的额头上布满电路的智慧老人也挂着拐杖离开了，他回头看了一眼船倌，说："我们的飞船经历了四代人，留下了很多宝贵的文化。制作一艘种子船吧，把我们的故事流传下去。"

船倌冷静下来，眼睛的红光幽幽地闪烁着。不需要做任何补救了，就算现在有人马上赶来，也不可能来得及拯救这艘飞船了。他抬头看到酿酒师还坐在控制台上。"你也去干点什么吧。"他对酿酒师说。

"我在等你发话。"长袍及地的酿酒师说，"我已经迫不及待要把窖藏的好酒拿出来分发了。"他拿着曲颈瓶滴了一滴酒到嘴里，发出砸吧嘴的声音，"尤其是那一坛在三万 g 的重力加速度下酿的'速度之魂'。"

"去吧，给我也来点。"船倌说。

导航精灵提着一盏灯游在管线组成的铁森林中。粗大的金属管线从飞船的地面伸出，通向顶上，它们可比真正的树还古老。已经没有他的什么事了，唤醒森林小屋中的居民是船倌的事。导航精灵来到铁森林深处的一个地宫外，他把手一抖，一把光的钥匙抖落下来，挂在光绳上摇晃。光的钥匙插进锁孔后，地宫的合金门震荡着灰尘，隆隆地打开了。

巨大的地宫里响着物品被震落的回声。这里存放着飞船在旅途上搜集到的东西，就像一只古代巨龙在城堡里囤积的一堆宝藏。导航精灵游到最深处，在发白的长明灯照射下有一个大家伙。它像一个平放着的摩天轮，是模块化组装起来的，带着中古时代的技术和审美风格。

这是一个在太阳系小行星带捡到的数据陵墓。趁着最后的时间，导航精灵最后一个想要满足的好奇心就是解开这个数据陵墓中的秘密。想不到这个前宇航时代的古董实验室还保持着不错的气密性，闸门被手脚并用拧开的时候，一股带着轻微霉味的空气涌出来。导航精灵腰上挂的万用表响起警报，随着空气的流通，警报声消失了。

导航精灵提着灯游进去，这里是靠中部的船员活动空间，设置着人类标准化时代的健身器材，仓壁上挂着一筒筒已经枯干的植物。用中古时代的多国文字书写的操作说明贴在墙上，留光镜自动翻译出来，说明上指出船员活动空间的外围是实验和居住舱。留光镜自动扫视着实验和居住舱上的标识，都是一些导航精灵已经了解，并且在后世得到长足发展的实验项目。一个舱门的标识吸引了导航精灵的注意，它翻译过来是"中立观测"。奇怪的是，导航精灵从来没有听说过这一类实验，也搜索不到任何记录。

他进入这个舱内，实验舱和居住舱并列在一起，只由一道墙相隔。他先游向居住舱，这里洁净如初，只是很多物品在宇宙射线的照射下改性褪色了，几张已经完全变白的照片贴在墙上，墙上还挂着一碰就碎的衣物。门口的墙上写着一行字：

　　　天地我一体，宇宙本同家。与君心已通，离别何怨嗟。

　　此时，分散去各个舱室的金甲虫已经发回了消息，每个舱室都写着临别的留言。可以推断，这些物品和文字是故意留在这里的纪念品。可是，是什么导致了这个中立观测实验没有继续发展下去呢？

　　导航精灵进入实验舱。这里没有看到观测设备，想必观测设备是位于空间站外面，可能已经遗失。实验舱的每一面墙上都有大屏幕，工具箱里放着一排眼镜，一面白板上的笔迹是碳素墨水成分，仍然保留着，上面画着一类奇异的生物。导航精灵从来没有听说过这种生物。他愈发感到奇怪。在一个硬碟柜里，他惊喜地发现了那个时代还不常见的玻璃硬碟，这意味着里面的数据可能还能被读取出来。他退回地宫，找到了一些同时代的古董，用一天的时间拼凑出了一台读取设备。他将玻璃硬碟插入设备中，一阵几乎无声的读取过后，一份名为"中立观测计划"的实验资料跳上屏幕。

2037 年

　　月夜下的冷湖，赛什腾观测站，中立观测望远镜的原型机矗立在山顶上。它和历史上任何望远镜长得都不像，它的核心是一个淡蓝色的边长两米的凝胶立方体，里面分成许多立体网格，黄奔念的笔记本化成的粉末均匀散布其中。在保护罩里，风雨不能撼动其分毫，只有一种力可以。每一个网格受到的微小扰动都会以电信号的方式传递出来。

　　实验就要开始了，实验组的众人退到实验楼，远远地望着棱角分明的中立观测望远镜站立在星空的背景下。这个实验一直是低调开展的，在成功之前不能对外界透露，因为任何外界的非议都会使它夭折。

于大群对吴启星说："中观世界的顽固性存在于这个项目的每一个阻力中，我们必须把结果直接显示在世人面前，恐怕历史没有留给我们失败的机会。"

这次还是吴启星，在电脑上点下启动的按钮。室外的变电设备发出一阵嗡鸣。大屏幕上显示着望远镜的数据并持续记录着，再传至远在北京的超算中心。

大厅里鸦雀无声，人们等待着。

超算中心的第一组结果数据传回来了，没有观测到任何东西。

数据继续传回来。人们等待着，就像等待一棵大树上结出果实。人们不确定，过了七十多年，仍然携带着桥粒子的生物还有多少？还有多少只会在这里逗留？上次探测到的微作用力是不是惊鸿一瞥的幸运？

月亮升上高空的时候，突然，黄灯先亮了，这是观测到活动对象的意思。

有人尖叫起来。然后又是一片安静。

过了约一分钟，生成的画面在大屏幕上显示出来。一个硕大顾长的身影，拖着飘带一样的附肢缓缓地游过，就像一个身体柔软的优雅舞者。如果能还原出月亮的位置，这个舞者应该在夜空中伴着月亮起舞。

赛什腾睁开了它的眼睛，看到了那个世界。大厅里爆发出欢呼。吴启星和叶曲拥抱在一起。

后来的事实证明，这确实是一次幸运的遇见，留下来的并且还携带着桥粒子的生物已经寥寥无几了。

晚上，在黄奔念的墓前，吴启星对祖外公说："祖外公，我终于看见你的世界了。"

第二天的新闻发布会上，这一总类生物被命名为"奔念生物"，另一个宇宙被称为"虚宇宙"，赛什腾中立观测站正式建立，吴启星给这种中立观测型望远镜起名为"赛什腾之眼"。有一张吴启星站在望远镜下的照片流传在新闻上，人们称这个姑娘为"赛什腾的眼睛"。

于大群在发布会上说道："自从科学革命使得人类认识到自己并非处于宇宙的中心后，人类所处的宇宙也不再是中心宇宙。中立观测计划有助于我们重新寻找我们在宇宙中的位置，让我们怀着一颗谦逊的勇敢的心。"

世人看到了这种巨大温和的古精灵，它的身影很快出现在新闻上，商场的外墙大屏幕上，文创产品的设计上，聊天的表情里。一个评论家说道："它们在漫长的岁月里与我们共舞了多久了？为何我们现在才看见它们？"

全国各地甚至世界各地的记者奔向冷湖。那几个月，冷湖烈士陵园的黄奔念、陈雪二人的墓前堆满了花篮。

旧地球历 3258 年，大宇航历 677 年

在数据陵墓里待了一整天，导航精灵沉迷在那个全新的世界里，他几乎忘记了将要到来的灭亡末日。他不敢确定，这是一个真事，还是一个故事。那些发现了一整个宇宙的探索者，真的连同那个宇宙被历史遗忘了吗？

他抓住了一根线，线的那一头延伸到历史的那一端，冷湖，一座山下的小城里，线的这一头却是空空的。

他通过灵讯分享给同伴这个消息。酿酒师钻进数据陵墓来看了一眼，在墙上的诗前抚墙长叹。他把一杯酒浇在实验舱的地上，又和导航精灵痛饮了一壶。

醉醺醺以后，导航精灵躺在居住舱的床上，酿酒师倒挂在舷窗上。

"世界何其广！"酿酒师张开双臂感叹，"生灵何渺渺。"

如果真如记录所说，存在着另一个世界，奔念生物，那么不管那个世界还能不能与他们的世界产生联系，在茫茫宇宙中，它的存在就是一种慰藉。二人情不自禁想起了自己的孤独命运，人类制造出了虫洞，最大的作用却是证实了虫洞确实是不可穿越的。建造的虫洞会产生极不稳定的空间扭曲，人类科学假设的用于支撑虫洞的宏观负能量物质并不存在，虫洞内部就像吞噬一切航船的湍流迷宫一样，触碰到引力壁的一切都会被撕得粉碎。大宇航时代的所有远航者都是孤独的人，他们看到在宇宙深处的生活的可能性，前往一颗遥远的星球进行开拓。成功者被称为能看到未来的智者，失败者都是被人遗忘的飞蛾。宇宙太大了，没有人记得起失败的英雄。

导航精灵找到了一份技术资料。他在一间森林小屋中找到了智慧老人，这个拥有人工智能的复合人类略微动脑就调出了那个时代的技术资料。昏暗的小屋中智慧老人的眼睛闪闪发光。他们决定修复这台被称为"赛什腾之眼"的双向天线望远镜。

2038 年

每次吴启星站在清静的赛什腾山上，透过观景望远镜看着远处游人川流不息的冷湖镇和老基地遗址，总是感叹恍如隔世。

在冷湖小镇和"火星营地"上，人们来到这里只要租用一副 AR 眼镜，抬头就能看到用赛什腾观测站的数据建立起的"鲸群"景观。奔念生物被按照相对坐标投影在 AR 眼镜上，景区运营方使了一个小手段，把同一个生物在不同时间的不同影像同时呈现出来，这样游客就能看到成群的奔念生物在小镇和戈壁的上空遨游。

实际上，望远镜找到的奔念生物在很长时间里都没有超过十只。人们对该生物的分类学知识也迟迟不能建立，只知道它们的附肢各有差别。

几年后，"赛什腾之眼一号"被拆毁、回收，"赛什腾之眼二号"，一座双向天线建立起来。它既能接收信号，又有一组被称为"两仪臂"的天线，这个名字寓意着虚实相生。两仪臂由连杆组成，能发送复杂的摆动信号。"赛什腾之眼二号"站在赛什腾山上，就像一个朝着天空独自打着手语的孤独的人。人们始终没有发现那只能与黄奔念对话的特殊的奔念生物，那个被称为"大鲸"的个体。

晚上，游客散去，吴启星独自来到黄奔念的墓前。她看着眼镜里天空中的"鲸影"，在心里默默地说：七十多年过去了，还是没有人能像祖外公那样和你们相见，不知道你们中能同祖外公对话的那个天才还在不在？你们的生命也像我们这样脆弱吗？你们那么美，你们的造物主会不会给你们赋予永恒的生命力呢？

她面对祖外公的墓碑说道："祖外公你知道吗？和人类在宇宙中的渺小比起来，很多事情都可以放下了。"

手机响了，是叶曲打来的，吴启星想了想，还是接了，安抚了对方的担心。

吴启星接受了叶曲的求婚。戴上闪着星芒的戒指时，她对叶曲说："这是我这辈子做的第二大冒险。"

"第一大是什么？"叶曲笑着问。

"是喝下神药树的药。"

此时，两人已经是中立观测计划的领军人物，科学界的贤伉俪，吴启星外婆口中的公主和王子。在叶曲的主导下，吴启星也半推半就地默认了这个公众形象。她攻读了博士，课题是桥粒子源探测。得到资金支持后，桥粒子源探测计划也开始实施，本来就稀少的桥粒子被分出一部分来探测另一个宇宙中可能存在的虚桥粒子源。如果探测到虚桥粒子源，在附近就能找到实桥粒子源。

2047 年

距离望远镜观测到奔念生物过去了十年，人类仍然没有与奔念生物建立联系。除了迁徙路线上的十多个奔念生物，以及根据另一套物理规则的引力摄动推断出来的另外几十个个体，没有更多的发现了。奔念生物的代谢虽然比人类缓慢，但是经过八十多年，还能看到的奔念生物只剩下两三只，还只是模糊不清的影子。找到桥粒子来源也遥遥无期。那个世界始终只是一个看得见摸不着的泡影，现在连看也要渐渐地看不见了。时间消磨着生活也消磨着科学界，科学界的热度开始退去。

吴启星的生活在冷湖与北京之间来回，一个家她急着回去，一个家有人急着等她回去。有一次她回到北京家里，看到锅已经发霉了，她随手就把锅碗一起扔了。

有一天于大群来找到吴启星，语气沉重地说："中立观测计划要撤销了。有一个人工虫洞基础论证项目，虽然也很遥远，但是潜在回报很高，上面准备把资源让给那个更有现实意义的项目。如果你想的话，我可以帮你调过去。"

吴启星拒绝了。她开始四处演讲，宣传中立观测项目，什么样的媒体采访都不拒绝。

有一次演讲结束，叶曲开车来接她。在车上，叶曲说："不如，你考虑考虑转变研究方向吧。"

吴启星望向他，"你想要离开小岛了？"

叶曲愁眉不展地说："小星，你不需要忘记那些存在，但现实生活中有更实在的东西。"

吴启星取下戒指，放在仪表台上，下了车。

这个分手事件使中立观测计划的意义再次遭受外界质疑。

过了一段时间，叶曲到赛什腾山上的中立观测站找到吴启星，道歉说："我没有照顾到你的情感。"

"我的方式也太冲动了。"吴启星说。

冷湖的风从站上的观景台上吹过，人声变得微薄。

"有些事情，不是一代人就能完成的，但是人的生命只有一次，我想与你度过。"

吴启星摇头说："人生太短了，如果只有时间看清楚一部分东西，我选择去看清楚另一个世界。"

吴启星抽空去妈妈家看了一次。

转眼妈妈已经到了退休的年龄了。她大兴采买，准备了一桌子菜。吃完饭，她拿出生日蛋糕。

吴启星问："谁生日？"

妈妈说："你忘了吗，你的三十七岁生日。"

吴启星僵站着，眼泪在眼眶里打转。妈妈伸出手来，吴启星一头扎进妈妈的怀里，在过往的时间里扛住的眼泪在这里决堤了。

因为吴启星的强势，赛什腾中立观测站得以继续维持着存在。站长退休了，吴启星成了新的站长。

旧地球历 3258 年，大宇航历 677 年

实验舱里还保存着一些桥粒子，存放在凝胶罐中。根据记载这种粒子的半衰期是170年，所以实际上剩下的桥粒子还不到原本的1%。导航精灵和智慧老人一起，使用一部分桥粒子恢复了一架双向天线。他们按照实验记录记载的序列，将它命名为"赛什腾之眼四号"。天线以一个底座为支撑站立着，几乎接触到了地宫的顶部。

导航精灵叫来水手帮忙。水手用有力的铁肢把天线推出了地宫。导航精灵抓着智慧老人的手，把智慧老人又笨又重的身子拉出地宫的大门。出了地宫有一种恍如隔世的感觉。铁森林里的居民已经全部被唤醒了，他们已经接受了命运的安排，在铁森林里营造最后的生活。看"赛什腾之眼"的开眼仪式成了他们的盛大节日。

铁森林被彩灯装点起来，在森林的暗处也不需要掌灯就能游逛。

人们把彩灯缠绕在身上，就像在森林中流淌的彩色河流。在水手的帮忙下，"赛什腾之眼"被推上森林的玻璃穹顶下的高塔。人们在高塔下围绕成圆圈，组成了"赛什腾之眼"的"眼睑"。

形状奇特的"赛什腾之眼"朝着天空，那里是船民们再也到达不了的星星。导航精灵用细长的上肢插入一把光的钥匙，"赛什腾之眼"震动了一下，运转起来。高塔下的人们举起彩灯的灯带，喊着口号："呼哈！"踩着脚步的节拍，一次次地举起灯带。

沉睡了一千多年后，"赛什腾之眼"在宇宙的深处再次轰然睁开，眨着眼睛。

数十根连杆组成的两仪臂摆动着，按照古代实验室中记载的"两仪语"打出"手势"，传向宇宙中。两仪臂下的立方体接收天线聆听着宇宙中的回复。

两天后，导航精灵在他的小屋里不停地回放实验资料，想弄懂为什么没有看到任何虚宇宙的事物。他不知道望远镜是不是被正确还原了，或者那个世界根本就是一个巨大的玩笑？

导航精灵去找到智慧老人。

智慧老人已经吸收完了全部的实验资料，他指出了有两点必须满足其一的前提：一是太空中需要出现一个桥粒子源，且虚宇宙中恰巧有一个能够感知桥粒子的天才个体经过，也就是历史的重现；二是虚宇宙中还有人继续着这个实验，此刻此处恰巧有人携带着桥天线经过。

不管哪种情况可能性都太小。天才太少了，人类不会在遥远的历史两端经历同一个幸运。时间太远了，一千多年没有联系，虚宇宙的人不太可能还在等着人类的回音。宇宙太大了，就算还有那么一两个坚持着的探索者，他们也不会恰巧出现在宇宙中的这一处。

智慧老人摇了摇硕大的头颅。

导航精灵黯然转身离开。

这时船倌发来了灵讯，他准备让全体船民表决一件事——尝试穿越虫洞。

2063 年

又十六年过去了，"赛什腾之眼"已于四年前彻底跟丢了最后一只奔念生物的踪迹。

中立观测站在赛什腾观测站里只剩下一间办公室，门前罕有人至。门口的牌子也褪了色，有一天咣啷掉了下来。站长说节约经费，别换了，钉上去就行。年纪大的站长和几个学生每天都要打扫门前吹来的沙，赛什腾观测站其他部门的人笑称，他们像一群隐居者。

这天，这间小小的办公室里爆发出一阵欢呼声。一则来自一个太空探测器的探测数据转到了中立观测站。两年前，一颗前往小行星带的探测器顺便搭载了一个桥粒子探测的实验载荷，这是于大群帮忙争取到的一张"船票"。传回的数据显示，在小行星带中探测到了一个桥粒子源，并且疑似探测到了活动的虚宇宙物体。由于载荷太小，后者无法确定。

一个月后，吴启星接到于大群的电话："你愿意去往太空吗？我有可能可以给你争取到中立观测二期项目。"

吴启星说："你能争取到，我就能去。"

于大群说："只有你一个人，需要完成其他主要实验任务，中立观测是附带任务。"

"没问题。"

三年后，位于小行星带的国际空间实验室组装完成。吴启星剪短了头发，每天训练，硬是坚持了每天十公里的跑步。以这个时代的技术，她已经符合前往太空的身体条件。

在吴启星前往戈壁深处的酒泉发射中心之前，已经退休的于大群打来电话对她说："我总担心我害了你。你要知道，无论你做出怎样的发现，都不能影响地球上的现实一分一毫。”

"叶曲问过我一个问题：你知道人类第一次看见不存在的东西是什么时候吗？"

"哦？什么时候？"

"是坐在篝火旁的原始人类说出第一个词语的时候。这个人类看到了这个词语描绘的想象中的概念，然后这些概念建造了整个文明。"

于大群说："你们可惜了。对了，我申请返聘回去了，地面的事就交给我吧。"

吴启星临走前去看了一次妈妈，她抚着妈妈额头上不知什么时候生长出的皱纹说："对不起了老妈，我是一个贪图风景的人。"

妈妈塞给她一堆东西，说："去吧，只有你能看到的风景，就一定要抓住。"

吴启星给了妈妈一个拥抱，在她耳边说："我要去点亮最后一根蜡烛了。"

"你是我的骄傲。"妈妈带着哭腔说。

吴启星通过重重测试后即将登上火箭。在出发大厅，叶曲隔着玻璃朝她笑笑，他们相对无言，只有微笑。

火箭飞上天空，新闻里铺天盖地都是小行星带联合矿业公司的报道。

2066 年，吴启星以五十六岁的年龄踏上了小行星带国际空间实验室。

旧地球历 3258 年，大宇航历 677 年

"这毫无用处。"导航精灵用细小的拳头敲打着控制台说，"我

绝不会赞同穿越虫洞的。自从旧地球历的二十世纪以来，我们就没有从理论上解决过这个问题。"

智慧老人在一边看着，这个情势下，他不能偏向任何一方。

当然，在这里的人都知道，人类掌握了人工虫洞技术后，曾有不少先驱者冒着生命危险留下了穿越虫洞的实验资料，他们无一生还，他们的碎片随着虫洞的解体分散到宇宙中。有一个未经证实的传言说，人类踏足的宇宙中，平均每立方米就有一个牺牲者的微小碎片，宇宙就是这样一座稀薄的墓碑。虫洞航行中，因前方的不可探测性，使得飞船不可能穿越这个迷宫。

船倌说："理论上我们不是完全没有希望，最大有数千万分之一的概率我们能成功穿过。"

导航精灵讥笑道："这就像蒙着脑袋径直跑过一个随机生成的迷宫，而这个迷宫恰巧是直的。"

船倌说："没错！反正我们都会死掉，为什么不做一次英雄呢？"

智慧老人决定插话了："船民们有权安详地度过最后的时间，但是，他们也可能会选择另一种死法。"

铁森林的居民以压倒性的票数同意做一次尝试，就算留下一点有价值的数据也好。他们围着等离子喷口的火堆唱歌跳舞起来，歌唱着宇宙中的无名英雄。也许是为未来的自己歌唱吧。

水手们跟着导航精灵下到地宫。地宫里收藏着几枚颇旧的虫洞炸弹，但是状况良好，它们蕴藏着恒星级的能量，足以生成一个入口大过飞船的短暂存在的虫洞。

导航精灵钻进古董实验室中，继续查看他的宝藏。

过了两天，他去找到智慧老人，说自己想到了一个联系虚宇宙生物的办法——将一部分桥粒子混入一枚虫洞炸弹中引爆。随着虫洞解体，桥粒子会扩散到宇宙这广大的空间中去，进而有可能被虚宇宙的智慧生物探测到。

智慧老人问："但是扩散出去的信号已经失去了原始位置信息，

他们要怎么和我们联系呢？"

导航精灵说："使用旧人类和奔念生物交流的'两仪语'，他们约定过当桥粒子不足时，以最简单的点阵方式来沟通。我计算过，点阵可以压缩进原子大小的空间，被完整地弹射出去。只是需要加以编程。旧人类还和奔念生物建立过双方宇宙的映射坐标系，我们可以直接广播我们的位置。"他活动着纤细的手指，"键盘的魔法我还想得起来。"

智慧老人说："这需要他们还保留着全天监听的桥天线，还保存着那种古老的语言。桥粒子不能远距离通信，还是要有人航行到我们的位置附近，可能性依然很渺茫。"

导航精灵两手一摊，"反正我们都会死掉，为什么不做一次英雄呢？"

智慧老人额头上的电路流淌着光，"去吧！伙计。不需要问我概率了，我们是百分之百的英雄。"

水手们喊着号子，把氧化成青铜色的虫洞炸弹推到发射口。片刻后，那颗混入了桥粒子的虫洞炸弹爆炸了，仿佛一个被橱柜灯镀上银边的透明的果冻在宇宙的背景中抖动。遥远的星光通过洞口涌来，就像触手可及的泡影一样。随着星空恢复平静，一切就像什么都没有发生过。

但是携带着点阵信息的桥粒子已经分散到那些遥远的星光中去了。

铁森林的居民们欢呼起来。

2067 年

空间站镶嵌在小行星带中间，就像被遗失在太空的一枚小小的宝石。

　　来到这个新的家，就像一百多年前祖外公去到冷湖的那个新的家园一样，陌生的地方会因为这里能看到未来而变得亲切。吴启星把实验和居住舱门上的标识撕掉了，强行换上了"中立观测"的标识，反正这里没人管得了她。

　　空间站是一组模组舱对接在公共舱上，由于半径太小，并不会靠旋转来产生重力。她每天锻炼两个小时维持肌肉强度，除了吃饭睡觉剩下的就是实验。"赛什腾之眼三号"望远镜在空间站外展开后，她连吃饭也坐在电脑旁监视着数据。窗外是被太阳光照得微亮的稀疏的小行星群，一边是木纹色的木星，一边是橙色的火星，淡蓝色的地球退居到远处。空间站的远端有一片"凝胶农场"，由一格格的凝胶罐拼成。有时候她还得到舱外行走，回收凝胶农场收集到的桥粒子。新的桥粒子让望远镜的灵敏度倍增。

　　她带来了祖外公的笔记本副本。一件妈妈织的毛背心"挂"在墙上，把这里装点得就像一个家一样。对于她来说，这里就是空梦岛的湖心岛上的小木屋。

　　有一天睡梦中，电脑的警报音响起来了。吴启星一下子从床上弹起来，解开束带，抓过床头的 AR 眼镜戴上。望远镜的数据经过图像转换后，几乎实时地显示在眼前。

　　"赛什腾之眼"第一次在地球之外看到了奔念生物。

　　就像久违的老朋友一样，一群柔软的"鲸"从小行星群中钻出来。它们跨越了浩瀚的太空，从冷湖来到这里。这一次的分辨率远超以往，吴启星能清楚地看到"鲸"的脊背上附着着古老的痕迹，可能是伤痕，可能是寄生物。它们的附肢各不相同地从身体外侧延伸出来，在阳光中摆动着，也许在搅动着它们那个宇宙的引力的曲线。一群细小的生物像星际间的尘埃一样跟随在"鲸群"的"水流"后。

　　一只庞大的"鲸"游过来，将空间站吞入腹中，又吐出来。空间站笼罩在一片白色的微光中。吴启星伸出手去，飘出一滴眼泪来。

往后的几天，空间站其他项目的航天员没事就来借一副 AR 眼镜，看窗外的"鲸群"。

有一天，吴启星在日常观察中看到一只特殊的奔念生物，她一眼就认出来，那就是祖外公笔记中画的那只"大鲸"，它的形象她在脑海中已经无比熟悉。她立刻调整两仪臂的方向。"大鲸"的动作随即出现了变化，它摆动着肢体，急急地游向天线的方向。吴启星在电脑上调出祖外公和"大鲸"约定的问候手势，回车键按下，她向奔念生物发送了第一声问好。"大鲸"摇摆起尾巴，上下翻滚起来，说着"想念"。两仪臂摆动着，"大鲸"绕着天线游了一圈又一圈。

就像做梦一样，吴启星感觉空间站从眼前退去了，她成了戈壁滩上石油城里的一个小小女孩，她跑出小小的房屋，跑到赛什腾山下的旷野上，与一个大大的世界成了朋友。她不知道生活会把她带向何方，但是有了此刻，她再也不怕被命运的巨浪吞没。

旧地球历 3258 年，大宇航历 677 年

一个月过去了，"世界树号"恒星际飞船没有收到任何回复。飞船到了最后的时刻，不能再支撑航行了。

大家放弃了等待，为最后的虫洞穿越做好了准备。

导航精灵在古代玻璃硬碟里的一个私人文件夹中翻出来一篇童话故事，他只和智慧老人还有酿酒师分享了。他说，我真希望这个故事能流传下去。酿酒师说，我真希望为这个故事酿一坛酒，就叫神药酒吧。

铁森林的告别宴上，导航精灵与船倌和解了，他送了船倌一个从地宫中拼装出来的古老的躲避游戏。酿酒师把"速度之魂"搬出来任由饮用。幽魅又强劲的酒香溢满铁森林，使人忘记世界的开始和终结。

人们举杯道："敬过去不为人知的人类！""敬现在即将消失的人类！""敬未来繁荣昌盛的人类！"

就在众人醉倒成一片的时候，一根颤抖的手指伸上人群，指着高塔上的投影问道："那是……一群鲸吗？"

没有人相信他的话。但是看到"鲸群"的人越来越多，人们终于清醒了——那是奔念生物的太空船。

之所以看得出是太空船，是因为上百只奔念生物"挂在"一棵巨大的"树"上——也许是它们的珊瑚，也许是类似它们世界别的什么东西的航行器——在船员看来就像一棵投影在铁森林上方的"巨树"，填满了整个玻璃穹顶。比例显示是1：1250，实际的"巨树"比"世界树号"恒星际飞船还大，简直是一座太空城市。想必这是一艘布满了桥粒子的特殊的飞船。不知道是"巨鲸"驮起了"巨树"，还是"巨树"推动着"巨鲸"。"巨鲸"随着树枝游动，有一些个体在树枝间穿行，像是在巡检。看起来"巨树"提供了补给和一种连接结构。望远镜自动跟踪着目标，"巨树"像是静止的，但是从一旁显示的数字来看，这艘航船的相对速度在十秒之间，已经从百分之二光速降到了百分之一点五光速。它正在减速，减速的反向加速度高得惊人，奔念生物并没有出现任何被甩离的现象。"巨鲸"和"巨树"结成一个整体力场在宇宙中运动。

"巨树"飞船越来越清晰。经过一段时间的减速后，数据显示"巨树"停泊在了飞船的上方。肉眼望去，那里什么也没有。如果能看到的话，会有一棵万树之王君临在铁森林的上空。导航精灵正在手脚并用地朝高塔上攀爬，如果不是他亲手制作的望远镜，他准会以为这是谁的恶作剧。

"赛什腾之眼"探测到的"巨树"也从侧视图变成了仰视图。铁森林上方，几只"巨鲸"从"巨树"上游下来，游到"赛什腾之眼"前面，就好像和它对视着。导航精灵没有看到它们的接收天线，可能它们已经把自己改造成可以感知桥粒子的个体，可能它们把天线植入了体内。

导航精灵站在望远镜下面，戴上翻译用的"两仪头盔"。据资料说这种头盔会把奔念生物的情绪语言用神经信号传达给人类。之所以不翻译成人类的语言，是因为奔念生物一般不会使用精确的词语，每一次的表达都不尽相同，需要接收者靠想象来重建出话语的意思。不知道什么样的人才会发明出这样奇怪的两仪语，他不知道自己能不能解读出来。

奔念生物绕着两仪臂研究了一番，一只奔念生物摆动身体和附肢，率先发出信号。

信号经由两仪头盔的转换传进了导航精灵的脑海。导航精灵感受到一种古老的、久远的、广大的情感波动，就像站在山脉上连为一体的人群，还夹杂着各种难以言说的感觉，在他的心内涌动。他感到迷惑，又似乎抓住了什么。然后，他仿佛看到一轮蓝色的月亮挂在夜空，那月亮高挂于千古，高挂于心头。他有了一个直觉，拿起灵讯广播的话筒，试着转达道："他们在称呼我们，人类。"

铁森林里喧哗起来，人们经提醒，想起了自己古老的身份，人类。

导航精灵知道，对方说的是那个时代的人类。这个时代的我们呢？当然，我们还是人类，被那一轮蓝月牵引着走到这里。原来，"人类"这个词已经这么古老了，他从来没有这么切身地感受到这件事。原来，我们从没有走丢。

他从望远镜的底座上抽出一个铜制键盘，回复道："是的，我们是人类。"他有点好奇，这句话转换成两仪语是怎样的一种情绪。

两仪臂舞蹈了一阵。奔念生物翻滚着拖动长袖一般的附肢，动作轻缓。导航精灵感觉到一股悠长的情绪传来，带着愁怨，带着期待。他的嘴巴抽动着，对着颤抖的话筒不禁吐出一句话："时光如酒，一醉千年。"

"他们是诗人！"酿酒师在高塔下扯着一个人的领子说道。

导航精灵很惊讶自己竟然能吐出这样的句子，他不知道这句话是否算是自己的创造，但他吟诵的确实是情绪中包含的诗意。他被情绪驱使着，也成为一个诗人，就像同奏一首钢琴曲，同跳一支舞蹈一样。他敲打键盘回答道："对不起，我们……我们也不知道发生了什么。"

一只奔念生物进行了一段复杂的舞蹈。这次返回的情绪让导航精灵琢磨了很久，情绪表达的内容让他感觉时间过了更久，然后他转达道："我感觉到了他们的悲怆，时间改变了两个宇宙的文明，一千多年只是宇宙的一瞬，对于文明来说却物是人非。他们怀念着两个曾经的人类，如心念奔走的和如明星启晨的人类。"他补充道："应该是指最早的两个交流者，已经遗失在时间中的两个名字。"

高塔下的人群中发出一阵叹息。

导航精灵感到惊奇，这两个在人类之中都已经被忘记的名字，竟然还在另一个宇宙流传。"我们也怀念'大鲸'。"他回复道，不太确定这句话是否真心。

奔念生物看完两仪臂的舞蹈，应和了一段舞蹈。导航精灵猜测："他们似乎是'大鲸'的传承者，一个守望的站点发现了我们的信号，就像重逢的旧人。他们感叹，我们总算回来了。"

铁森林中没有人欢喜，人们明白一个显而易见的事实。

导航精灵摇头叹气，发送信息："可惜……"

一只奔念生物用舞蹈表示了疑惑。

接下来，导航精灵耐心地讲述了"世界树号"恒星际飞船上发生的事情。飞船事故，古董实验室，实验资料，"赛什腾之眼"，虫洞炸弹，穿越虫洞。这些一一转换为两仪臂的舞蹈。两仪语字典里没有这样精确的词语，他甚至不相信这种模糊的语言能够传达这样复杂的信息。

过了良久，奔念生物才重新舞动起来。

"啊。"导航精灵抬头望向浩瀚的太空，感到一种强烈的孤独感。

他转达道："我想他们听懂了。我猜，他们和我们一样，也受困于低速航行中，所以才会有同样的面对宇宙的孤独感。"

奔念生物的附肢起伏着，和同伴一起涌动起来。过了一会儿，导航精灵感受到一种力量的浪潮。"他们在赞颂英雄。"他转达。

"英雄?"铁森林的居民们疑惑道。

"我们仍然是探索宇宙的英雄!"导航精灵高声说。

铁森林的居民们举起拳头，喊道："呼哈!"

导航精灵随即又感到万分沮丧。他们找回了一段伟大的历史，却又要眼睁睁将它丢弃。他向奔念生物表达遗憾："想不到见面即是离别，你们不知道又要等待到什么时候了。"

奔念生物中的对话者向"巨树"上的群体传了一段信息，然后，所有的个体舞动起来。导航精灵感到通达的开阔驱走了愁绪，一股善意流入心间，又如风般散发开去。这段舞蹈的结尾标注了一个明确的数字指针，指向两仪语字典中的一段人类语言。

导航精灵调出两仪语字典，那是吴启星留下的一首诗，奔念生物赠还给了人类："天地我一体，宇宙本同家。与君心已通，离别何怨嗟。"他向众人复述了一遍这首诗。

酿酒师张开双臂仰天又念诵了一遍。铁森林里静悄悄的。

导航精灵抬头望向宇宙，感叹道："这是一首古体诗，可惜时间太久远，我们已经不知道它的出处了。有多少前路人已经埋没在时间中。"

这时，"巨树"上的全体奔念生物的阵型改变了，他们组成了两个阵列，一个阵列收缩在一个球形空间内，一个阵列分散开来随机排布。导航精灵发现，前一个阵列中的个体与后一个阵列中的个体保持着同步的舞蹈，像一个仪式。这段舞蹈没有被自动转换成情绪信号，它在两仪语字典里不存在。

仔细体会，也感受不出带有的具体情绪，似乎就是"与君心已通"的另一种表达，但是两个阵列的形状又是什么意思呢? 导航精灵朝塔下的众人摇摇头，他猜不出来。

奔念生物的对话者发来一段表示邀请的舞蹈。

邀请的是什么呢？导航精灵发去寻问。对方传达来的感觉让他觉得这是关于一种希望，一种未来，一种重要的可能性。导航精灵表示需要时间来理解，暂时告别了奔念生物。奔念生物回到了"巨树"上等候。

2069 年

在茫茫太空中的这个小小屋子里，人类的小女孩与另一个宇宙的智慧生命交换着一点一滴，这一切地球上几乎无人知晓。

她把祖外公的童话故事《小岛的眼睛》打在电脑上，展开在脑海里。她开始利用空余时间撰写一份报告《中立观测计划的潜在未来》。这篇童话给了她启发，她每天在缀满星星的舷窗前想象童话里的场景，尤其是最后的那场大雨和大航海时代。祖外公不太可能了解过 1962 年才被提出的虫洞不稳定问题，也许他本能地感觉到宇宙中存在的可能。

吴启星提出了一个"合作航行理论"：物理结构上，人类的实宇宙中的虫洞映射到虚宇宙是一片广阔的宇宙空间。如果有一种办法将实桥粒子散布到虫洞中，实桥粒子的影响就会在虫洞消失前散布到另一个宇宙的宇宙空间中，可以很容易地被奔念生物探测到，从而还原出虫洞的一些结构信息——虫洞结构的不可探测性将被打破。这样就有可能绕过假想中的维持虫洞稳定的宏观负能量物质，直接实现在不稳定的虫洞中航行。反之，对虚宇宙的航行亦然。两个宇宙的文明以这种方式进行合作航行，就能超越光速的限制，开启新的大宇航时代。

当然，这只是一个很遥远的想象，现在就连人工虫洞也还只是存在于理论中，人类连行星级别的能量利用水平都没有达到。她感觉自己就像在写一个童话。这个童话是祖外公没有写完的，她自己也不可能将它写完。她只觉得，写出来以后，她就看到了别样的东西。

旧地球历 3258 年，大宇航历 677 年

"究竟是什么样的希望能够超越死亡的困境？"导航精灵在智慧老人的小屋里踱着步发出疑问。他已经踱步一整天了。

"有一个可能，它们在教我们脱离困境。"酿酒师说。他带着酒气的话语让人不敢相信。

"它们的宇宙根本不能对我们的宇宙产生影响。"导航精灵说，"它们的物理定律也和我们的完全不一样。它们能帮我们什么？喂，智慧老头，你说呢？"

这时，一直埋头的智慧老人抬起头来，额头上的电路发着光，他喊道："被埋没的终将重现！"

二人吓了一跳，等智慧老人吐出下一句。

"我恢复了玻璃硬碟的已删除文件，发现了一篇报告。"他在屏幕上展示出报告的内容，"不知道为什么它被删除了，也许是过于离奇。"

二人看了报告中被突出显示的部分。酿酒师摇摇头。

导航精灵突然醒悟过来，高叫道："那个舞蹈，是两个宇宙的空间映射！之所以形状不同，是因为它们想表达的是我们的虫洞到它们的平滑宇宙的空间映射。上一个虫洞还没有消失时，它们观测到了桥粒子的分布。也就是说，他们有可能可以帮助我们还原出迷宫的地图！"

智慧老人点点头。

回到高塔上，导航精灵与奔念生物约定了起航的日子。奔念生物飞回了"巨树"。导航精灵走下高塔，他怀着忐忑，不知道人们是

否相信这个只经过他的口说出的解读，连他自己也不确定。

下到塔下，铁森林中已经人声沸腾。船倌抱着他的脸，狠狠亲了一下。无数双手托起他，抬向地宫。

两天后，最后之旅启程了。奔念生物的"巨树"飞船伴随着"世界树号"航行。

在启程之前，导航精灵在古董实验室里找到了一段乘员离开空间站时录制的告别视频，视频储存在屋顶一角的一个摄像头里。视频里，吴启星跟墙上的一张黑白照片道别，黑白照片上是两个年轻的旧人，背后是冷湖的石油小城；她跟外婆和妈妈的照片道别，跟自己的照片道别，跟白板上画的"大鲸"道别。舱门关上，灯光暗下来，空间站沉入长眠。二十世纪的过眼春风，吹动二十一世纪的太空烛火，将一枚未来得及发芽的种子埋藏到十二个世纪后。

导航精灵关上古老的实验室的舱门，向新认识的老朋友告别道："如果有机会，我会把你们没有讲完的故事讲下去。我要带上你们的故事去讲述我的故事了，祝我好运吧。"

"世界树号"飞船向前方发射了一枚特制的虫洞炸弹，空间扭曲的对位折叠点设定在一处有着完备空港的新殖民星系。炸弹在前方两个天文单位处爆炸，星光荡漾开来，桥粒子在虫洞中填满了扭曲结构，在虚宇宙中已经扩散到广大空间。然后"世界树号"开始了最后一次加速。

"巨树"飞船一直紧紧地跟"世界树号"保持着伴飞，就像一只巨大的伴雁。它们此刻是沉默而神秘的生灵。一些"巨鲸"已经不在"树"上，可能它们已经奔赴星空中的各处。

"会不会有一天，这样的旅行就像一场郊游一样？"导航精灵在船头堡对船倌说。

"如果我们成功了，我回去就组织一艘导航船。"船倌搓着手说。

"带上我。我答应过它们。"导航精灵说。

船倌说："那当然，你负责设计探测天线。我们将开创一个新的时代！"

这个约定连起了两个本不相关的宇宙。

十二个世纪前，没有人注意到一个在宇宙的长河中一闪而过的想法：真正的宇宙大航行时代是靠两个宇宙的合作航行来实现的。在两天前，人类才再一次想起来。

"世界树号"的前方不仅是宇宙的边疆，也是另一个宇宙的未来。

智慧老人望着舷窗外的星空，没有人知道他在想什么。他说了一句像他的脑门一样深奥的话："看，星星多明亮啊。总有人能看到别人看不到的东西，来不及走到未来的人给了我们眼睛，星星就是他们的眼睛。"

铁森林里，酿酒师拍了拍他的宝贝酒坛，盖上了酒窖的门。"这坛酒就命名为……"他自言自语道，"当然，宝贝，你叫神药酒。"

导航精灵坐到控制台前他的专属座位上，戴上布满电极的导航头盔。他没忍心告诉船倌，他是那个古老的躲避游戏的全历史最高纪录保持者。

所有人等待着解开迷宫的数据发过来。

"世界树号"接近虫洞的入口了。导航精灵抓着控制杆，手心渗出了汗。

铁森林的居民们站在高塔下，望着天空祈祷着。

虫洞的入口向飞船张开，入口是一个明亮的大环，环边上聚拢着密集的星光，围绕着虫洞入口旋转着，里面则像一个看不透的动荡着的水晶球。

铁森林中久违地照进了阳光，照亮铁一样坚定的人群。人们看到，"巨树"上的所有奔念生物同时舞动起来。它们满载着速率传输来了那一组改变历史的数据。迷宫的地图被绘制出来，盲目的行者摘掉了蒙眼的布，露出目光，剩下的工作就是驾驶飞船穿越这个迷宫。

"我们身在同一个广大的宇宙里，我们还会相见的!"导航精灵对着窗外的奔念生物喊道。

奔念生物的"巨树"飞船伴随着"世界树号"冲向虫洞。下一刻，它们就将各奔东西。

虫洞中涌动着风暴。如果有人能从"世界树号"的后方看去，就会看到包围住飞船的虫洞入口像一只巨大的眼睑，"世界树号"飞船就是眼睑中的瞳仁。这只眼睛在宇宙中睁开，匆匆地凝望了一眼，又眨了一下，闭上了。

"喂，跟我说说，在两仪语里，'未来'是什么感觉的?"船倌问。

导航精灵还没有来得及回答，星空消失了，变成一条流动的光的河流。"世界树号"飞船飞进虫洞的入口，驶向从未有人见过的未来。

第四届冷湖奖获奖名单

/ 中篇小说一等奖

万象峰年《赛什腾之眼》

/ 中篇小说二等奖

海　漄《走蛟》

相非相《青鸾》

/ 短篇小说一等奖

星　决《退化》

/ 短篇小说二等奖

零上柏《空舞》

赵　鹏《对接》

/ 短篇小说三等奖

叶　剑《无敌》

潘海天《与时间为敌的男人》

分形橙子《出冷湖记》

冷湖奖大事记

2018 年 4 月　　科幻作家采风团赴冷湖采风

2018 年 5 月　　首届冷湖奖征文启动

2018 年 9 月　　首届冷湖奖在火星营地颁奖

2018 年 11 月　第二届冷湖奖征文启动

2018 年 12 月　首届冷湖奖获奖作品集《十二个冷湖》出版

2019 年 8 月　　第二届冷湖奖获奖名单揭晓

2019 年 10 月　第三届冷湖奖征文启动

2019 年 11 月　第二届冷湖奖颁奖典礼在中国科幻大会（北京）上盛大举行

2019 年 11 月　第二届冷湖奖获奖作品集《冷湖Ⅱ宿主》出版

2020 年 7 月　　第三届冷湖奖颁奖典礼在火星营地举行

2020 年 10 月　第三届冷湖奖获奖作品集《冷湖Ⅲ当星河如故》出版

2021 年 7 月　　第四届冷湖奖颁奖典礼在火星营地举行

2021 年 10 月　著名科幻作家付强的第三届冷湖奖获奖作品《闭环》由知名作家周浩晖改编为剧本杀《星落五丈原》